全国医药高职高专规划教材

（供护理及相关医学专业用）

生 物 化 学

SHENG WU HUA XUE

主　编　陈明雄　朱荣林

副主编　胡玉萍　邵红英

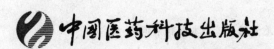

中国医药科技出版社

内 容 提 要

本书是全国医药高职高专规划教材之一，依照教育部〔2006〕16 号文件要求，结合我国高职教育的发展特点，根据《生物化学》教学大纲的基本要求和课程特点编写而成。全书由 16 章组成，第一章至第十二章为理论生物化学部分，包括蛋白质化学、核酸化学、酶、维生素与微量元素、糖代谢，生物氧化、氨基酸代谢、核苷酸代谢、核酸的生物合成、蛋白质的生物合成、基因工程；第十三章至第十五章为临床生物化学部分，包括肝脏生物化学、血液生物化学，水与无机盐代谢及酸碱平衡；第十六章为实验指导。

本教材简明扼要，针对性、实用性强，适合医学类高等职业技术学院和医学高等专科学校护理及相关医学专业使用。

图书在版编目（CIP）数据

生物化学/陈明雄，朱荣林主编. —北京：中国医药科技出版社，2009.8
全国医药高职高专规划教材. 供护理及相关医学专业用
ISBN 978 - 7 - 5067 - 4243 - 6

Ⅰ. 生…　Ⅱ. ①陈…②朱…　Ⅲ. 生物化学 - 高等学校：技术学校 - 教材
Ⅳ. Q5

中国版本图书馆 CIP 数据核字（2009）第 074646 号

美术编辑　陈君杞
版式设计　郭小平

出版　中国医药科技出版社
地址　北京市海淀区文慧园北路甲 22 号
邮编　100082
电话　发行：010 - 62227427　邮购：010 - 62236938
网址　www. cspyp. cn
规格　787 × 1092mm $\frac{1}{16}$
印张　15
字数　283 千字
印数　1 - 5000
版次　2009 年 8 月第 1 版
印次　2009 年 8 月第 1 次印刷
印刷　北京地泰德印刷有限责任公司
经销　全国各地新华书店
书号　ISBN 978 - 7 - 5067 - 4243 - 6
定价　**28.00** 元

本社图书如存在印装质量问题请与本社联系调换

出 版 者 的 话

随着我国医药卫生职业教育的迅速发展，医药职业院校对具有职业教育特色医药卫生类教材的需求也日益迫切，根据国发［2005］35号《国务院关于大力发展职业教育的决定》文件和教育部［2006］16号文件精神，在教育部、国家食品药品监督管理局的指导之下，我们在对全国医药职业教育相关专业教学情况调研的基础上，于2008年12月组织成立了全国医药高职高专规划教材建设委员会，并开展了全国医药高职高专规划教材的组织、规划和编写工作。在全国20多所相关院校的大力支持和积极参与下，共确定25种教材作为首轮建设科目。

在百余位专家、教师和中国医药科技出版社的团结协作、共同努力之下，这套"以人才市场需求为导向，以技能培养为核心，以职业教育人才培养必需知识体系为要素、统一规范科学并符合我国医药卫生事业发展需要"的医药卫生职业教育规划教材终于面世了。

这套教材在调研和总结其他相关教材质量和使用情况的基础上，在编写过程中进一步突出了以下编写特点和原则：①确立了以通过相应执业资格考试为基础的编写原则；②确定了"市场需求→岗位特点→技能需求→课程体系→课程内容→知识模块构建"的指导思想；③树立了以培养能够适应医药卫生行业生产、建设、管理、服务第一线的应用型技术人才为根本任务的编写目标；④体现了理论知识适度、技术应用能力强、知识面宽、综合素质较高的编写特点；⑤具备了"以岗位群技能素质培养为基础，具备适度理论知识深度"的特点。

同时，由于我们组织了全国设有医药卫生职业教育的大多数院校的大批教师参加编写工作，强调精品课程带头人、教学一线骨干教师牵头参与编写工作，从而使这套教材能够在较短的时间内以较高的质量出版，以适应我国医药卫生职业教育发展的需要。

根据教育部、国家食品药品监督管理局的相关要求，我们还将组织开展这套教材的修订、评优及配套教材（习题集、学习指导）的编写工作，竭诚欢迎广大教师、学生对这套教材提出宝贵意见。

全国医药高职高专规划教材建设委员会

主 任 委 员 胡友权（益阳医学高等专科学校）

副主任委员（以姓氏笔画为序）

马晓健（怀化医学高等专科学校）

孔德建（曲靖医学高等专科学校）

王兴武（山东医学高等专科学校）

吴元清（湘潭职业技术学院）

宋国华（漯河医学高等专科学校）

李世胜（永州职业技术学院）

武天安（楚雄医药高等专科学校）

武继彪（山东中医药高等专科学校）

范珍明（益阳医学高等专科学校）

饶学军（保山中医药高等专科学校）

魏凤辉（白城医学高等专科学校）

秘 书 长 吴少祯（中国医药科技出版社）

蒋乐龙（怀化医学高等专科学校）

委 员（以姓氏笔画为序）

邓翠珍（邵阳医学高等专科学校）

孙梦霞（岳阳职业技术学院）

朱荣林（江西中医药高等专科学校）

许建新（曲靖医学高等专科学校）

邢爱红（山东医学高等专科学校）

李久霞（白城医学高等专科学校）

李树平（怀化医学高等专科学校）

陈月琴（漯河医学高等专科学校）

胡玉萍（保山中医药高等专科学校）

黄学英（山东中医药高等专科学校）

蒋小剑（永州职业技术学院附属医院）

谢玉琳（永州职业技术学院）

蔡晓红（遵义医药高等专科学校）

办 公 室 高鹏来（中国医药科技出版社）

罗万杰（中国医药科技出版社）

编　委　会

主　编　陈明雄　朱荣林

副主编　胡玉萍　邵红英

编　委（以姓氏笔画为序）

朱荣林（江西中医药高等专科学校）

邵红英（宝鸡职业技术学院）

陈　莉（山东中医药高等专科学校）

陈明雄（益阳医学高等专科学校）

胡玉萍（保山中医药高等专科学校）

郭劲霞（益阳医学高等专科学校）

韩　霞（山东中医药高等专科学校）

前　言

　　本教材为全国医药高职高专规划教材之一，是按照全国医药高职高专规划教材建设委员会的要求，本着以人才市场为导向，以技能培养为核心，以职业教育人才培养必需知识体系为要素，结合国家执业资格考试内容和岗位职业能力的需要，力求体现高等医学职业教育、高等医学专科教育的特色而编写的一本符合我国医学事业发展需要的教材。

　　本教材可供医学类高等职业技术学院和医学高等专科学校护理及相关医学专业使用。全书由生物化学理论和实验指导两部分组成，理论部分共分 15 章，第一章至第十二章介绍了生物化学的基本理论，第十三章至第十五章介绍了临床生化的相关内容。第十六章实验指导重点介绍了血糖的测定、分光光度计的使用及酶的特异性等 7 个实验。在教学过程中，各学校可根据自己的具体情况对教材内容做适当调整。

　　本书在编写过程中，尽量体现"理论必需、知识够用"的原则，尽可能在内容取舍上贴近国家执业资格考试内容和满足学生岗位职业能力培养的需要。在每章中增加了"知识链接"的内容，以增加本书的知识性和趣味性，在各章的最后还增加了"本章小结"和"本章主要考点"内容，以便使学生在学完一章后对每章的重要内容和主要考点有个明确的认识和理解。

　　本书由多所医学高等专科学校和高等职业技术学院的老师编写，其中，陈明雄老师编写序言和第七章；邵红英老师编写第一章和第三章；朱荣林老师编写第二章和第五章；韩霞老师编写第六章和第十章；郭劲霞老师编写第八章和第十三章；胡玉萍老师编写第十一章和第十二章；陈莉老师编写第九章、第十四章和第十五章；胡玉萍老师和陈莉老师合编第四章。另外，部分插图由郭劲霞老师帮助修改，在此表示衷心的感谢。

　　由于编者水平有限，加上时间较紧张，书中疏漏和错误在所难免，敬请同行专家和使用本书的师生批评指正。

编　者
2009 年 3 月

目 录

生 物 化 学

绪　论

　　生物化学（biochemistry），简称生化，是一门重要的医学基础课，也是生物科学或生命科学的一门重要学科。它是主要运用化学及生物学的原理和方法，研究生物体的物质组成与结构、物质代谢与调节及其生命活动规律的一门学科。简而言之，生物化学就是生命的化学，是一门在分子水平上研究生命现象和本质的科学。在医学领域中，生物化学主要研究人体内化学变化的规律，即探讨人体物质组成、新陈代谢及其与生理功能的关系。

一、生物化学研究的对象

　　生物化学研究的对象是生物体（包括人类、动物、植物和微生物等）。医用生物化学研究的对象主要是人体，属于人体生物化学，但在研究过程中，实验动物也常作为一种研究对象，许多生物化学研究成果常常来自于动物实验。

二、生物化学研究的内容

　　生物化学的研究内容很广，但归纳起来主要包含以下三个方面。

（一）生物体的物质组成

　　生物体是由多种物质成分按严格的规律、方式和一定的数量组成的。其中，人体约含水 55% ~ 67%、蛋白质 15% ~ 18%、脂类 10% ~ 15%、无机盐 3% ~ 4%、核酸 2% 及糖类 1% ~ 2%。从组成上看，人体的构成似乎比较简单，是由水、无机盐和有机物（主要包括糖、脂类、蛋白质、核酸和维生素等）组成的。但从分子水平上看，人体构成非常复杂。就人体的蛋白质分子而言，估计不下 10 万种，而生物界可能存在着 100 亿种不同的蛋白质。

　　在生物体的物质组成中，生物大分子是十分重要的的组成成分。所谓生物大分子，是指机体的某些组成成分将基本结构单位按一定顺序和方式连接而形成的多聚体。它们的分子量一般大于 10^4，如蛋白质、核酸、复合脂类和多糖等。这些生物大分子是生命的标志，也是生物与非生物在化学组成上的分界。除生物大分子外，许多生物小分子、无机盐和水等也是生物体的重要组成成分。生物的大、小分子在生物体内不是杂乱无章的堆积，而是按一定的规律、一定的顺序、一定的方式连接并组合成一个完整生命体。因此，研究生物体的组成和结构，特别是从分子水平上探讨生物体的组成和结构，是生物化学研究的重要内容。

（二）物质代谢及其调控

生物体在生命活动过程中，不断地与外界环境进行物质交换，称为新陈代谢。这是生物区别于非生物的重要特征。新陈代谢主要包括合成代谢和分解代谢两个方面。据测算，一个人在其一生中（按 60 岁计算），通过物质代谢与周围环境交换了约 60 000 kg 水、10 000 kg 糖类、1 600 kg 蛋白质和 1 000 kg 脂类。在物质代谢过程中，物质分解并提供机体所需要的能量，更新机体的组成成分。代谢一旦停止则生命终止。在正常情况下，虽然内外环境在不断变化，但生物体内的高度、精确的自我调控机制，使得物质代谢和能量代谢总是处在动态平衡中。酶（enzyme）作为一种特殊的蛋白质，在物质代谢的反应中具有十分重要的作用，其结构和量的细微改变往往对物质代谢的调控产生重要的影响。探讨生物体的物质代谢、能量代谢及其调控，对于了解生命活动规律、探索疾病发生机制、寻求诊断和防治疾病途径，都具有极为重要的意义。

（三）物质结构、新陈代谢与生理功能的关系

结构是功能的基础，而功能则是结构的体现。生物大分子的功能与它们的结构密切相关。如酶及蛋白质的空间结构被破坏后，其功能就会丧失。脱氧核糖核酸（DNA）在遗传信息传递及表达中的特殊生物学功能与它们的双螺旋结构密切相关。DNA 双螺旋结构的确立，奠定了它们在遗传学中的重要地位，也促进了分子生物学的诞生和分子遗传学的发展。除生物大分子外，组成生物体的各种组织、器官及系统都有其特有的结构，有其特定代谢规律，具备各自特有的生理功能。

三、生物化学发展简介

我国人民很早就对生物化学知识有所认识。早在夏禹时代，就能用酒曲为酶酿酒，运用发酵方法制造酱、醋等食品。而在唐代，名医孙思邈就懂得利用富含维生素 A 的猪肝治疗现在称之为夜盲症的"雀目"。

尽管古人在长期的劳动和生活中，对生物化学知识有所认识，但对生物化学的研究从 18 世纪开始，20 世纪初才成为一个独立的学科，进入快速发展阶段。在 20 世纪初，人们发现了必需氨基酸、必需脂肪酸、维生素和激素；20 世纪 50 年代提出了 DNA 双螺旋结构模型，阐明了核酸结构与功能的关系。60 年代初确立了遗传信息传递的中心法则；70 年代建立了 DNA 重组技术；80 年代发现了核酶；90 年代开展了庞大的人类基因组计划的研究；进入 21 世纪后，人们又开始了蛋白质组学的研究。

在 20 世纪，我国生物化学工作者也为生化的发展作出了较大的贡献。1965 年和 1981 年我国先后人工合成了具有生物活性的多肽类物质——结晶牛胰岛素和酵母丙氨酸转运核糖核酸。近年来，我国在基因工程、蛋白质工程、人类基因组计划以及基因克隆与功能研究方面都取得了重要成就，缩小了在生命科学领域与发达国家的差距。

四、生物化学与医学的关系

生物化学与医学的发展密切相关。生物化学的理论和技术已越来越多地渗透到基

础医学各个领域，并广泛地被其他学科应用。如免疫学、药理学、病理学等均已运用分子生物学技术从分子水平上研究探讨本学科的相关问题，衍生出了如分子免疫学、分子药理学、分子病理学等多个前沿学科，这些学科的诞生均与生物化学的发展有关。

生物化学虽是一门医学基础课，但也越来越广泛地在临床医学中得到应用。人们利用生物化学的理论和技术，在分子水平上探讨病因、协助诊断、寻求治疗方法（如克隆与疾病相关的基因，进行基因诊断和基因治疗）。人们现已能对肿瘤、心血管疾病、遗传性疾病、神经系统疾病、免疫性疾病等重大疾病的发生、发展从分子水平上进行剖析，以促进对这些疾病进行早期诊断和防治。因而，生物化学及其分支学科分子生物学成为人类对付许多重大疾病的又一重要工具。

生物化学的理论与技术在药学科学中也得到了广泛应用，它是进行药物研究、药品生产、药物质量监控与药品临床应用的基础学科。人们目前已能运用生物化学的研究成果将生物体的重要活性物质转变成药物，用于治疗疾病。目前这类药物已达数百种，如氨基酸、多肽、蛋白质、核酸及其降解产物、酶与辅酶、维生素、激素、脂类、无机盐和微量元素等。以生物化学、微生物学和分子生物学为基础发展起来的生物制药工业已经成为制药行业的一个新门类。越来越多的重组药物，如干扰素、生长激素、促红细胞生长素、胰岛素、单克隆抗体、乙肝疫苗、超氧化物歧化酶、组织胞浆素原激活剂、凝血因子Ⅷ、生长因子、白细胞介素及粒细胞－巨噬细胞集落刺激因子等都在临床得到广泛使用。而动物克隆技术的产生和运用，又为临床上的器官移植提供了丰富的组织器官源。

正是因为生物化学与医药学关系密切，所以在执业医师、护师、药师的考试中均包含有生物化学的内容，因此，掌握生物化学的基本理论、基本知识和基本技能，既有利于学习后续其他基础课程和专业课程，又可为毕业后的继续教育奠定坚实的基础。

本章小结

生物化学是一门主要运用化学及生物学的原理和方法，研究生物体的物质组成与结构、物质代谢与调节及其与生命活动规律的学科。医学生物化学研究的对象是人体，包括人体的物质组成，物质代谢及其调控，物质结构、新陈代谢与生理功能的关系等方面。

本章主要考点

生物化学的概念，生物化学的主要研究内容，生物大分子的概念。

（陈明雄）

第一章

蛋白质的化学

蛋白质（protein）是由氨基酸组成的一类高分子有机化合物，在生物体内含量丰富、功能复杂、种类繁多，它是一切生命活动的物质基础。生物体的组成、生长、发育、繁殖、遗传等一切生命活动都与蛋白质有关。

第一节 蛋白质的重要性

一、蛋白质是人体的基本结构成分

人体所有的器官、组织都含有蛋白质，蛋白质是构成人体组织细胞的基本成分。据估算，人体约含蛋白质 10 万余种，占人体干重的 45%。

二、蛋白质的多种生物学功能

1. 促进组织细胞的生长、发育、更新和修复 人体在发育过程中，各种组织如肌肉、血液、骨骼、神经、毛发的形成都离不开蛋白质，成年人的组织更新、组织损伤的修复等都需要蛋白质。

2. 参与多种生理活动

（1）催化和调节物质代谢 生命的基本特征是新陈代谢，体内的物质代谢能有序而高效地进行，主要是通过特殊的蛋白质——酶的催化作用而完成的。物质代谢过程错综复杂，代谢反应彼此相互联系、相互制约，在这个过程中有许多调控物质的参加，而这些调控物质如胰岛素、生长素和多种促激素物质的化学本质都是蛋白质。

（2）参与肌肉收缩和凝血 人体的许多活动都伴有肌肉的收缩，如躯体运动、心脏的跳动、肺脏的呼吸、血液的流动，这些活动均与肌肉的收缩与舒张有关。肌肉的收缩和舒张则是由肌肉组织中的肌动蛋白和肌球蛋白的相互作用来完成的。

血液凝固需要凝血因子参与，而大部分凝血因子都是蛋白质，所以蛋白质在血液凝固方面也具有重要作用。

（3）免疫保护作用 人体的免疫功能与抗体有关，而抗体是一类特异性球蛋白，它对病毒、细菌和异体蛋白质具有很高的识别能力，并可与之结合而失活，以抗御病原生物体对机体的损害。

（4）运输和贮存作用　体内一些小分子物质的转运和贮存需要蛋白质参与，如血液中氧的运输、脂类的运输、铁的运输、胆红素及血液中部分药物成分的运输就分别需要血红蛋白、脂蛋白、运铁蛋白、清蛋白及血浆蛋白质的作用。

（5）调控生长和繁殖　生物的生长、繁殖、遗传信息的传递等会受到一些蛋白质的调节控制，蛋白质在生物遗传信息的传递中担负着重要作用，它除直接作为蛋白质因子参与外，还对遗传信息的传递和表达进行调控。如组蛋白、阻遏蛋白通过与遗传物质的结合，对遗传信息的传递进行调控，以保证机体生长、发育和分化的正常进行。

（6）构成载体和受体　细胞膜上具有特定功能的载体，这些载体是一些特殊蛋白质，它们能将细胞外的物质转移到细胞内。在细胞膜上及细胞内还存在另一类蛋白质，称之为受体，它们能接受细胞外的化学信息，并将信息传到细胞内，起着调节物质代谢的作用。

3. **氧化供能**　在必要时，体内组织蛋白质可分解为氨基酸，后者再氧化并释放能量。每 1g 蛋白质完全氧化，约释放能量 17.2kJ（千焦耳）。

总之，蛋白质的生物学功能极其广泛，几乎参与体内所有的生命活动。

第二节　蛋白质的分子组成

一、蛋白质的元素组成

尽管蛋白质的种类繁多，结构各异，但元素组成相似。组成蛋白质的元素主要有碳（50% ~ 55%）、氢（6% ~ 8%）、氧（19% ~ 24%）、氮（13% ~ 19%）。大部分蛋白质含有硫（0 ~ 4%）和磷，有的还含有铁、铜、锌等元素。蛋白质是体内主要的含氮化合物，各种蛋白质的含氮量十分接近，平均含氮量为 16%，即每克氮相当于 6.25g蛋白质。因此，只要测定生物样品的含氮量，即可算出样品中蛋白质的含量。

$$蛋白质含量 = 样品所测含氮量 \times 100/16 = 蛋白质含氮量 \times 6.25$$

二、蛋白质的基本组成单位

蛋白质是高分子化合物，可以受酸、碱或蛋白酶作用水解为小分子物质，水解后的产物都是氨基酸，因此氨基酸是蛋白质的基本组成单位。存在于自然界中的氨基酸有 300余种，但组成人体蛋白质的氨基酸仅有 20 种。各种蛋白质分子间的差异只是氨基酸的含量及其连接关系各不相同。如果把蛋白质看作一种语言、一篇文章、一部文学作品，则20 种氨基酸就是它的书写文字，犹如英语中的 26 个字母，可以编辑出不同的英文单词、句子和美妙的文章。

（一）氨基酸的结构

20 种氨基酸虽各不相同，但具有共同的结构特征，即在其 α - 碳原子上（与羧基相邻的碳原子）都结合有氨基（—NH₂）或亚氨基（ =NH ），故称为 α－氨基酸。氨基酸的通式如下：

$$R—CH—COOH$$
$$|$$
$$NH_2$$

氨基酸的侧链（R）除甘氨酸为 H 外，其他氨基酸的侧链与 α－碳原子上的 4 个基团都不相同，α－碳原子称为不对称碳原子，不对称碳原子具有旋光异构现象，存在 D 型和 L 型两种旋光异构体。但组成人体蛋白质的氨基酸都是 L 型 α－氨基酸。D 型 α－氨基酸大都存在于某些细胞产生的抗生素及个别植物的生物碱中。氨基酸的化学结构式如下：

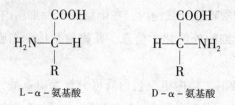

L－α－氨基酸   D－α－氨基酸

（二）氨基酸的分类

氨基酸的侧链 R 对蛋白质性质、结构和功能具有决定性的影响，根据氨基酸侧链 R 的不同和氨基酸在体内能否合成可对氨基酸进行分类。

1. 根据氨基酸的侧链 R 基团的结构和理化性质分类

（1）酸性氨基酸　R 侧链含有羧基（酸性基团），在水溶液中能释放出氢离子（H⁺）而带负电荷，氨基酸显酸性。酸性氨基酸有天冬氨酸、谷氨酸。

（2）碱性氨基酸　R 侧链含有氨基、胍基、咪唑基等碱性基团，在水溶液中能结合氢离子而带正电荷，氨基酸显碱性。碱性氨基酸有精氨酸、组氨酸、赖氨酸。

（3）极性中性氨基酸　R 侧链含有羟基、巯基、酰胺基等极性基团，具有亲水性质，氨基酸显中性，如色氨酸、丝氨酸、酪氨酸、甲硫氨酸（蛋氨酸）等。

（4）非极性疏水性氨基酸　R 侧链含有烃基等非极性基团，具有疏水性质，如甘氨酸、丙氨酸、缬氨酸、亮氨酸等

2. 根据氨基酸的营养价值分类

（1）必需氨基酸　指人体必需而体内不能合成，需要从食物中摄取的一类氨基酸。这类氨基酸共有 8 种，即苏氨酸、缬氨酸、亮氨酸、异亮氨酸、赖氨酸、色氨酸、苯丙氨酸、甲硫氨酸。

（2）非必需氨基酸　指人体必需而体内可以自行合成的一类氨基酸。在 20 种氨基酸中，除上述八种必需氨基酸外，其他 12 种均属于非必需氨基酸。

组成蛋白质的 20 种氨基酸见表 1－1。

表1-1　氨基酸分类

结构式	中文名	英文名	三字符号	一字符号	等电点（pI）
1. 非极性疏水性氨基酸					
$H-CHCOO^-$ $\quad\ \ +NH_3$	甘氨酸	glycine	Gly	G	5.97
$CH_3-CHCOO^-$ $\qquad\ \ +NH_3$	丙氨酸	alanine	Ala	A	6.00
$CH_3-CH-CHCOO^-$ $\qquad CH_3\ +NH_3$	缬氨酸	valine	Val	V	5.96
$CH_3-CH-CH_2-CHCOO^-$ $\qquad CH_3\qquad\ +NH_3$	亮氨酸	leucine	Leu	L	5.98
$CH_3-CH_2-CH-CHCOO^-$ $\qquad\qquad CH_3\ +NH_3$	异亮氨酸	isoleucine	Ile	I	6.02
$CH_2-CHCOO^-$（苯基） $\qquad\ +NH_3$	苯丙氨酸	phenylalanine	Phe	F	5.48
吡咯烷结构 $CHCOO^-$ N^+H_3	脯氨酸	proline	Pro	P	6.30
2. 极性中性氨基酸					
$CH_2-CHCOO^-$（吲哚基） $\qquad\ +NH_3$	色氨酸	tryptophan	Trp	W	5.89
$HO-CH_2-CHCOO^-$ $\qquad\qquad +NH_3$	丝氨酸	serine	Ser	S	5.68
$HO-$（苯基）$-CH_2-CHCOO^-$ $\qquad\qquad\qquad +NH_3$	酪氨酸	tyrosine	Tyr	Y	5.66
$HS-CH_2-CHCOO^-$ $\qquad\qquad +NH_3$	半胱氨酸	cysteine	Cys	C	5.07
$H_3CSCH_2CH_2-CHCOO^-$ $\qquad\qquad\quad +NH_3$	甲硫氨酸	methionine	Met	M	5.74
$O\!\!=\!\!C-CH_2-CHCOO^-$ $H_2N\qquad\qquad +NH_3$	天冬酰胺	asparagine	Asn	N	5.41
$O\!\!=\!\!CCH_2CH_2-CHCOO^-$ $H_2N\qquad\qquad\quad +NH_3$	谷氨酰胺	glutamine	Gln	Q	5.65
CH_3 $HO-CH-CHCOO^-$ $\qquad\quad +NH_3$	苏氨酸	threonine	Thr	T	5.60
3. 酸性氨基酸					

结构式	中文名	英文名	三字符号	一字符号	等电点（pI）
HOOCCH$_2$—CHCOO$^-$ $^+$NH$_3$	天冬氨酸	aspartic acid	Asp	D	2.97
HOOCCH$_2$CH$_2$—CHCOO$^-$ $^+$NH$_3$	谷氨酸	glutamic acid	Glu	E	3.22

4. 碱性氨基酸

结构式	中文名	英文名	三字符号	一字符号	等电点（pI）
H$_2$NCH$_2$CH$_2$CH$_2$CH$_2$—CHCOO$^-$ $^+$NH$_3$	赖氨酸	lysine	Lys	K	9.74
H$_2$NCNHCH$_2$CH$_2$CH$_2$—CHCOO$^-$ $^+$NH$_3$	精氨酸	arginine	Arg	R	10.76
HC=C—CH$_2$—CHCOO$^-$ N NH $^+$NH$_3$ CH	组氨酸	histidine	His	H	7.59

第三节　蛋白质的分子结构

蛋白质分子是由许多氨基酸通过肽键连接的、具有一定三维空间结构的生物大分子，根据蛋白质结构的不同层次，可将蛋白质结构分为一级、二级、三级、四级结构。其中一级结构称为蛋白质的基本结构，二至四级结构称为蛋白质的空间结构。

一、肽键和肽键平面

氨基酸的 α–羧基与另一分子氨基酸的 α–氨基脱水缩合所形成的酰胺键称为肽键（—CO—NH—）。肽键属共价键，是蛋白质分子中的主要化学键。肽键的键长在 C—N 单键和 C═N 双键的键长之间，所以肽键具有部分双键的性质，由于肽键不能自由旋转，因此参与肽键形成的 6 个原子共处于同一平面上，该平面称为肽键平面。在多肽链中，氨基酸残基上 α–碳原子两侧所形成的单键可以自由旋转，而此旋转决定了两个肽键平面的相对位置关系，肽键平面是主链各种构象的结构基础。肽键平面见图 1–1。

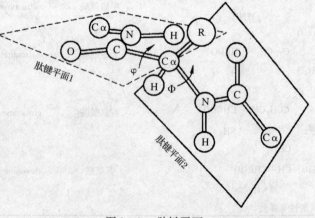

图 1–1　肽键平面

　　氨基酸通过肽键连接形成的化合物称为肽（peptide）。由两个氨基酸缩合成的肽称为二肽，3个氨基酸缩合形成的肽称为三肽，依此类推，通常把十肽以下者，称为寡肽。10个及以上氨基酸组成的肽称为多肽，以肽键连接而成的肽分子长链骨架称为多肽主链。肽链中的氨基酸由于参与肽键的形成，已不是原来完整的氨基酸分子，故称为氨基酸残基，氨基酸残基中R基团为多肽侧链。

　　蛋白质是由许多氨基酸残基通过多个肽键连接而成的多肽链。每条多肽链有两个末端，一端是游离的 $\alpha-NH_2$，称为氨基末端或N端，另一端是游离的 $\alpha-COOH$，称为羧基末端或C端。体内多肽和蛋白质生物合成时是以氨基端开始，羧基端终止，因此，N端为多肽链"头"，C端为多肽链的"尾"。在书写肽链时，N端写在左侧，C端写在右侧，各氨基酸的名称则依次从左至右用中文或英文符号列出，如谷-丙-甘……组-苏。

二、蛋白质的一级结构

　　蛋白质的一级结构是指蛋白质多肽链中氨基酸的排列顺序，它是蛋白质分子的基本结构，是蛋白质空间结构和特异生物功能的结构基础。一级结构中主要的化学键是肽键，此外，在某些蛋白质分子中还含有二硫键。二硫键是由两个半胱氨酸残基的巯基（—SH）脱氢氧化生成的。

　　世界上第一个被确定一级结构的蛋白质分子是牛胰岛素（图1-2）。胰岛素是由胰岛 β 细胞分泌的一种激素，分子量为5773，由51个氨基酸残基构成的A、B两条多肽链组成。其中，A链含21个氨基酸残基，B链含30个氨基酸残基。A、B两条肽链之间通过两个二硫键相连，A链的第6位及第11位两个半胱氨酸形成一个链内二硫键。

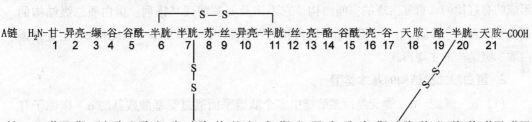

图1-2　牛胰岛素的一级结构

·知识链接·

胰岛素的发现

　　在胰岛素问世以前，糖尿病像妖魔一样，疯狂地吞噬着人类的生命。1920年加拿大年轻的外科医师班廷在阅读了大量有关糖尿病的资料后，提出了利用胰岛细胞提取物控制血糖的实验设想。经过了上百次的反复实验，班廷和他的助手白斯特终于发现胰岛提取物具有维持糖尿病狗生命的作用，他们给它取名为"岛素"。后来，他们用酸化乙醇处理牛胰腺组织，从中提取所需的岛素。当他们将这些提取的液体注射到1只已经出现糖尿病昏迷的小狗身上时，奇迹发生了，昏迷中的小狗有了反应，血糖也开始下降。当液体注射完毕，从糖尿病昏迷状态苏醒过来的小狗站起来跑开了。从牛的胰脏中提取的"神奇液体"，就是我们现在使用的胰岛素。胰岛素于1921年由加拿大 F. G. 班廷和 C. H. 贝斯特首先发现。1922年开始应用于临床，从此，人们不再惧怕过去认为是不治之症的糖尿病。1955年英国 F. 桑格小组测定了牛胰岛素的全部氨基酸序列，开辟了人类认识蛋白质分子结构的道路。1965年中国科学家首次人工合成了具有生物活性的结晶牛胰岛素，这是第一个在实验室中用人工方法合成的具有生物活性的蛋白质。80年代初人们又成功地运用基因工程技术通过微生物大量生产人胰岛素，使普通糖尿病患者接受胰岛素治疗成为可能。

三、蛋白质的空间结构

蛋白质的空间结构是指蛋白质分子内各原子和基团在三维空间上的排列、分布以及肽链的走向。空间结构也称为空间构象（conformation）。空间构象对蛋白质的理化性质和生物学活性具有重要的影响。

（一）蛋白质的二级结构

1. 蛋白质二级结构的概念　蛋白质二级结构是指蛋白质分子中主链原子沿长轴方向形成的有规律的、重复出现的空间结构，它不涉及氨基酸残基排列。蛋白质二级结构的基本形式有 α-螺旋、β-折叠、β-转角和无规卷曲四种。其中 α-螺旋和 β-折叠是蛋白质二级结构的主要形式。

2. 蛋白质二级结构的基本类型

（1）α-螺旋　α-螺旋是指多肽链中多个肽键平面通过氨基酸残基的 α-碳原子有规律的旋转，所形成的螺旋状稳定结构。螺旋的走向为顺时钟方向，即右手螺旋。氨基酸侧链位于螺旋外侧，侧链的形状、大小及所带电荷量的多少，均影响 α-螺旋的稳定性。螺旋上升一圈含3.6个氨基酸残基，螺距为0.54nm。α-螺旋结构中每个肽键的 N—H 与第四个肽键的羰基氧形成氢键，氢键的方向与螺旋的纵轴基本保持平行，是稳定 α-螺旋结构的主要作用力。

（2）β-折叠　β-折叠亦称 β-片层，是肽链中各肽键平面之间折叠成的锯齿状结构。β-折叠结构中，相邻肽键平面的夹角为110°，R 基团位于肽键平面的上方和下方。两条肽链接近时，彼此通过肽链中羰基氧（ C=O ）和对侧肽链上的氢（N—H）形成氢键，氢键方向与 β-折叠长轴垂直，是维持 β-折叠结构稳定的作用力。β-折叠可由一条肽链折返而成，也可以是两条以上多肽链排列而成，若两链走向相同称为顺向平行，走向相反称为反向平行。

（3）β-转角 β-转角常发生在肽链的180°的转角上，通常由4个氨基酸残基组成，其第一个氨基酸残基的羧基氧（ —C=O ）与第四个氨基酸残基的亚氨基氢（ —N—H ）可形成氢键，以维持β-转角构象的稳定。

（4）无规卷曲 除上述结构外，肽链其余部分表现为无确定规律的环或卷曲结构，习惯上称为无规卷曲。

蛋白质二级结构的几种形式见图1-3。

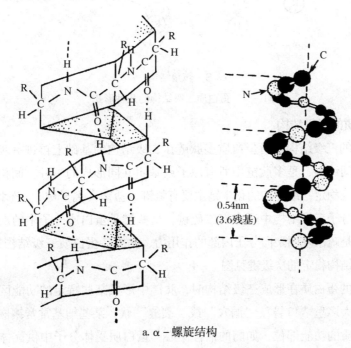

a. α-螺旋结构

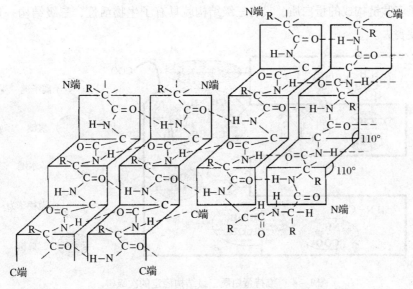

b. β-片层结构

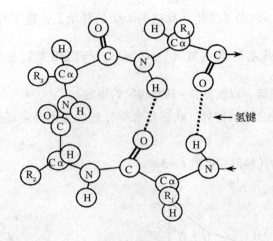

c. β–转角结构

图 1 – 3　蛋白质二级结构的几种形式

（二）蛋白质的三级结构

蛋白质分子的三级结构是指蛋白质多肽链在二级结构的基础上再进一步盘曲、折叠而形成的三维空间结构，是多肽链中所有原子或基团共同形成的一种空间构象，包括主链和侧链的构象。稳定三级结构的化学键主要有氢键、盐键（离子键）、疏水键、范德华力，有些蛋白质分子三级结构中还含有二硫键，这些键是蛋白质分子中的次级键又称副键。其中疏水键是疏水基团聚向分子内部的作用力，是维持蛋白质三级结构最主要的键。维持蛋白质三级结构稳定的次级键见图 1–4。

分子量较大的蛋白质在形成三级结构时，肽链中形成某些特定的功能区域称为结构域，这种结构域大多呈"口袋"、"洞穴"或"裂缝"状，某些辅基常常镶嵌在其中，结构域往往是蛋白质的功能部位，如酶的活性中心、蛋白质受体分子中供配体结合的部位等。由一条多肽链构成的蛋白质，具有三级结构就具有了生物活性，三级结构一旦破坏，生物活性便丧失。

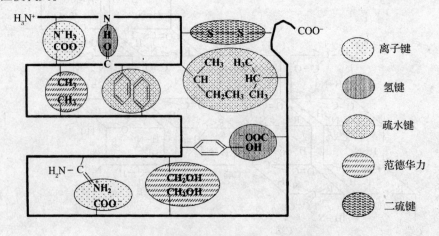

图 1 – 4　维持蛋白质三级结构稳定的次级键

（三）蛋白质的四级结构

由两条或两条以上具有独立三级结构的多
肽链通过非共价键相互结合形成的空间结构，
称为蛋白质的四级结构。其中，每一条具有三
级结构的多肽链被称为一个亚基，在蛋白质分
子中，亚基的结构可以是相同的，也可以是不
同的。如血红蛋白就是由两个 α - 亚基和两个
β - 亚基形成的四聚体（图 1 - 5）。在一定条件
下，具有四级结构的蛋白质可解离成单个亚基，
单独的亚基无生物学活性，只有各个亚基集合

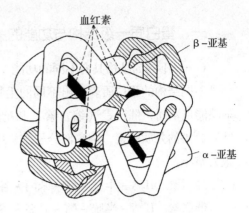

图 1 - 5　血红蛋白的结构

成完整的蛋白质后才具有生物活性。所以，蛋白质分子中亚基的聚合或解聚对蛋白质的
活性具有调节作用。

蛋白质的各级结构见图 1 - 6。

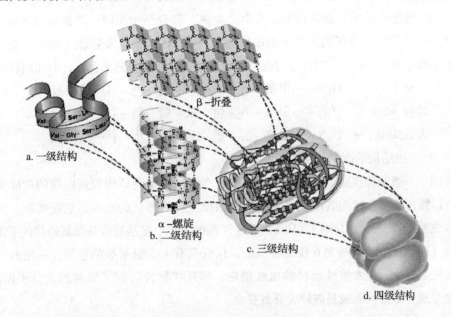

图 1 - 6　蛋白质的各级结构

第四节　蛋白质结构与功能的关系

蛋白质多种多样的生物学功能取决于其特定的空间结构，而蛋白质一级结构对其空
间结构起决定作用。因此，蛋白质的一级结构与空间结构都与蛋白质的功能有关。

一、蛋白质一级结构与功能的关系

（一）不同的结构具有不同的功能

不同结构的蛋白质表现出不同的生物学功能，如胰岛素结构不同于生长激素，它们的功能也不同；催产素（缩宫素）和抗利尿激素（加压素）都是由神经垂体（垂体后叶）分泌的九肽激素，因它们分子结构中有两个氨基酸的不同，导致两者的生理功能有很大差异。

加压素 H_2N - 半胱 - 酪 - 苯丙 - 谷胺 - 天胺 - 半胱 - 脯 - 精 - 甘 - OH

催产素 H_2N - 半胱 - 酪 - 异亮 - 谷胺 - 天胺 - 半胱 - 脯 - 亮 - 甘 - OH

加压素作用于血管平滑肌，促进血管收缩，升高血压，并促进肾小管对水的重吸收，表现为抗利尿作用；而催产素则刺激子宫平滑肌，使子宫收缩，产生催产效应。

（二）结构相似，功能亦相似

已有大量的实验结果证明，一级结构相似的多肽或蛋白质，其空间构象以及功能也相似。在一些蛋白质的一级结构中，其中"关键"部分结构相同，其功能也相同。例如腺垂体（垂体前叶）分泌的促肾上腺皮质激素（ACTH）和促黑激素（MSH）有一段相同的氨基酸序列，因此，ACTH 也可促进黑色素细胞发育和分泌黑色素，但作用较弱。

ACTH H_2N - …甲硫 - 谷 - 组 - 苯 - 精 - 色 - 甘……39 肽

动物 MSH H_2N - …甲硫 - 谷 - 组 - 苯 - 精 - 色 - 甘……13 肽

人 MSH H_2N - …甲硫 - 谷 - 组 - 苯 - 精 - 色 - 甘……13 肽

（三）一级结构的改变与疾病的关系

蛋白质一级结构决定蛋白质的空间结构，而蛋白质空间结构与蛋白质的功能密切相关，所以蛋白质一级结构的改变常常导致蛋白质生物学活性的改变而引起疾病。如镰状细胞贫血的患者，其血红蛋白（HbS）β链 N 端的第 6 个氨基酸残基缬氨酸替代了正常血红蛋白（HbA）β链 N 端第 6 位的谷氨酸，仅仅只有 1 个氨基酸的差异，就使血红蛋白的性质发生变化，使水溶性丝状的血红蛋白，相互"粘合"成了线状的大分子而沉淀，红细胞变成为镰刀状而极易破碎，导致贫血。

        1   2   3   4   5   6   7   8

HbA   β链 H_2N - 缬 - 组 - 亮 - 苏 - 脯 - 谷 - 谷 - 赖 -

HbS   β链 H_2N - 缬 - 组 - 亮 - 苏 - 脯 - 缬 - 谷 - 赖 -

二、蛋白质空间结构与功能的关系

蛋白质生物学功能与其特定的构象（空间结构）密切相关，构象发生变化，其功能也随之改变。如牛核糖核酸酶是由 124 个氨基酸残基组成的单链蛋白质，分子内 4 对二硫键和次级键（氢键、疏水键、离子键）等共同维系其空间结构的稳定。用尿素（破坏氢键）和 β - 巯基乙醇（破坏二硫键）处理核糖核酸酶，使其二三级结构遭到破坏，此时该酶活性丧失殆尽，但肽键不受影响，故一级结构不被破坏。当用透析方法除去尿素和

β－巯基乙醇后，松散的多肽链可重新折叠，4 对二硫键正确配对，恢复酶的天然构象，此时酶活性又逐渐恢复到原来的水平。这充分说明，牛核糖核酸酶的空间构象对该酶的催化活性具有决定性的影响。

酶的变构效应也说明了蛋白质空间结构与功能密切相关。在体内，某些小分子物质能特异性地与某种酶结合而导致酶的空间构象发生改变，从而改变酶的生物学活性，这称为酶的变构效应。变构效应是体内调节酶活性的一种重要方式，在调节物质代谢的过程中具有重要的作用。

第五节　蛋白质的理化性质

蛋白质是氨基酸组成的高分子有机化合物，因此，蛋白质与氨基酸具有相似的理化性质。

一、蛋白质的两性电离性质

蛋白质分子多肽链两端除自由的 α－氨基和 α－羧基外，侧链上尚有一些可解离的基团，包括能释放出 H^+ 的酸性基团（如谷氨酸和天门冬氨酸上的 α－羧基）和能结合 H^+ 的碱性基团（如赖氨酸上的 α－氨基、精氨酸上的胍基、组氨酸上的咪唑基等）。因此蛋白质是两性电解质，具有两性电离的性质。

蛋白质在溶液中以何种离子形式存在，与溶液的 pH 和蛋白质分子中酸、碱性基团的数目、比例有关。当蛋白质在某溶液中所带正、负电荷数相等，即净电荷为零时，蛋白质成为两性离子，此时溶液的 pH 为该蛋白质的等电点（pI）。处于等电点状态的蛋白质在电场中不移动。当蛋白质所在溶液的 pH 大于 pI 时，该蛋白质带负电荷而成为阴离子。当蛋白质所在溶液的 pH 小于 pI 时，该蛋白质带正电荷而成为阳离子。

$$R-\underset{NH_2}{CH}-COOH$$

$$R-\underset{NH_3^+}{CH}-COOH \underset{H^+}{\overset{OH^-}{\rightleftharpoons}} R-\underset{NH_3^+}{CH}-COO^- \underset{H^+}{\overset{OH^-}{\rightleftharpoons}} R-\underset{NH_2}{CH}-COO^-$$

正离子	两性离子	负离子
(pH<pI)	(pH=pI)	(pH>pI)

不同的蛋白质因其所含酸性基团、碱性基团的数目及解离程度不同，等电点也多不相同，每一种蛋白质都具有稳定的等电点。含酸性氨基酸较多的蛋白质，其等电点较低，如胃蛋白酶的 pI 为 2.75～3.0；含碱性氨基酸较多的蛋白质等电点较高，如鱼精蛋白的 pI 为 12.0～12.4。人体大多数蛋白质 pI 在 5.0 左右，所以在生理条件下（pH＝7.35～7.45）蛋白质以阴离子形式存在。

在同一 pH 环境下，由于各种蛋白质所带电荷的性质和数量不同，分子量大小不一，因此它们在同一电场中移动速率不同，这一现象称为蛋白质的电泳。利用这一特性，用电泳法可将蛋白质进行分离、提纯，临床上常用血清蛋白电泳分析来帮助诊断疾病和判断病情变化。

二、蛋白质的胶体性质

蛋白质是高分子化合物，分子量多在 1 万～100 万之间，颗粒直径达到了胶体颗粒范围 1～100nm。因此，蛋白质在水溶液中具有胶体的各种性质，如扩散速度慢，黏度大，不能透过半透膜等。当蛋白质溶液中混杂有小分子物质时，可将此溶液放入半透膜袋内，将袋置于蒸馏水或适宜的缓冲液中，小分子杂质即从袋中逸出，大分子蛋白质则留于袋内，使蛋白质得以纯化，这种用半透膜来分离纯化蛋白质的方法称为透析。

蛋白质水溶液是一种较稳定的胶体溶液，在蛋白质颗粒的表面有大量的亲水基团，如—NH_2、—OH、—COOH、—SH 等，这些亲水基团与周围的水分子产生水合作用，使蛋白质分子表面被许多水分子包围，形成比较稳定的水化膜，水化膜的存在将蛋白质颗粒彼此相隔。另外，蛋白质分子在 pH 大于或小于等电点的溶液中，都带有相同电荷，电荷之间相互排斥，阻止了蛋白质聚集、沉淀，使蛋白质稳定地分散在水溶液中。蛋白质表面的水化膜和同种电荷的排斥作用是蛋白质在溶液中的两个稳定因素，当去掉水化膜和电荷后，蛋白质就相互聚集，从溶液中沉淀出来（图 1-7）。

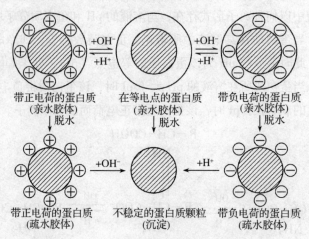

图 1-7　蛋白质表面的水化膜和电荷

三、蛋白质的变性

（一）蛋白质变性的定义

蛋白质在某些理化因素作用下，副键断裂，空间结构破坏，从而改变其理化性质，失去生物学活性，称为蛋白质的变性（denaturation）。引起蛋白质变性的物理因素主要有高温、高压、紫外线、X 射线和超声波等，化学因素有强酸、强碱、重金属盐、尿素、乙醇等。

（二）蛋白质变性后的特征

一般认为蛋白质的变性是理化因素破坏了蛋白质的次级键和空间结构，不涉及一级结构的改变或肽键断裂。蛋白质变性后其原有理化性质被改变，如蛋白质的黏度增加，溶解度降低，分子结构松散，易为蛋白酶水解。蛋白质变性后更为重要的改变是蛋白质生物功能的丧失。

（三）蛋白质变性在医学上的应用

蛋白质变性理论广泛地应用于医学实践中。例如，临床上应用煮沸、高压蒸汽、紫外线、乙醇等消毒，使菌体蛋白质变性失活，从而达到消毒灭菌的目的；将生物制剂如疫苗、血清、抗体、酶类等放在低温下保存，也是为了防止较高的室温引起蛋白质变性。

四、蛋白质的沉淀

蛋白质分子发生聚集自溶液中析出的现象，称为蛋白质的沉淀。沉淀的蛋白质有些是变性的蛋白质，但沉淀的蛋白质并非都是变性的蛋白质。若用物理或化学方法破坏蛋白质分子溶液中的两个稳定因素，就可使蛋白质聚集而沉淀，但蛋白质不变性。

在临床上可利用蛋白质沉淀的方法抢救重金属中毒的患者。当误服重金属后，可让患者口服牛奶、蛋清等蛋白质食物，使蛋白质与重金属结合后不易吸收而在胃中沉淀下来，再用催吐药物使患者排出重金属，以解除重金属中毒。

五、蛋白质的其他理化性质

（一）蛋白质的紫外吸收特性

蛋白质分子中因含有共轭双键的酪氨酸和色氨酸而对紫外光有较强吸收作用，其最大吸收峰在280nm的波长处，利用此特性可用于蛋白质含量的测定。

（二）蛋白质的呈色反应

1. **茚三酮反应**　在pH5~7时，蛋白质分子中的游离的α-氨基与茚三酮反应生成蓝紫色化合物，此反应可用于蛋白质的定性与定量分析。

2. **双缩脲反应**　含有多个肽键的蛋白质分子在碱性溶液中加热，与铜离子生成紫红色络合物，此法可用于蛋白质的定性与定量，亦可用于测定蛋白质的水解程度，水解越完全则颜色越浅。

3. **酚试剂反应**　在碱性条件下，蛋白质分子中的酪氨酸、色氨酸残基可与酚试剂（含磷钨酸-磷钼酸）反应，生成蓝色化合物，颜色深浅与蛋白质含量成正比。此法的灵敏度比双缩脲反应高100倍，可测定微克水平的蛋白质含量。

第六节　蛋白质的分类

根据蛋白质的化学组成、形状和功能的不同可将蛋白质进行分类。

一、按蛋白质的化学组成分类

根据蛋白质分子的组成特点，将蛋白质分为单纯蛋白质和结合蛋白质两大类。

1. **单纯蛋白质**　指蛋白质分子中除氨基酸外再无别的成分，如白蛋白、球蛋白等。

2. **结合蛋白质**　由蛋白质和非蛋白质两部分组成，非蛋白质部分称为辅助因子，多数辅助因子通过共价键与蛋白质相连。这类蛋白质有糖蛋白、核蛋白、脂蛋白、磷蛋白、金属蛋白及色蛋白等。

二、按蛋白质分子的形状分类

根据分子的形状不同，可将蛋白质分为纤维状蛋白质和球状蛋白质两大类。

1. **纤维状蛋白质**　蛋白质分子呈纤维状，其长轴与短轴之比大于10，是较难溶于水的一类蛋白质。纤维状蛋白质主要为生物组织结构材料，作为组织细胞坚实的支架或连接各组织、器官。如皮肤、结缔组织中的胶原蛋白，肌腱和韧带中的弹性蛋白及毛发指甲中的角蛋白，蚕丝的丝心蛋白等。

2. **球状蛋白质**　此类蛋白质分子长轴与短轴之比例小于10，分子形状近似球形或椭圆形，多数可溶于水。自然界大部分蛋白质属于球状蛋白质，大都具有特异的生理功能，如酶、血红蛋白、免疫球蛋白等均属于球状蛋白质。

三、按蛋白质的功能分类

按蛋白质的功能不同可将蛋白质分为活性蛋白质和非活性蛋白质二类。

1. **活性蛋白质**　通常有特殊生理功能的蛋白质属于活性蛋白质，如酶、肽类激素等。

2. **非活性蛋白质**　仅作为机体结构成分的蛋白质，如角蛋白、胶原蛋白等。

本章小结

蛋白质具有多种生物学功能，在体内分布广泛、含量丰富、种类繁多，是生命的物质基础。组成蛋白质的元素主要有碳、氢、氧、氮、硫等，其中氮含量较恒定，平均为16%。组成蛋白质的基本单位为 L-α-氨基酸，共有20种，按氨基酸结构性质分为酸性氨基酸、碱性氨基酸和中性氨基酸；按营养价值可分为必需氨基酸和非必需氨基酸。

蛋白质中的氨基酸通过肽键相连形成多肽链。多肽链中氨基酸的排列顺序称为蛋白质的一级结构。多肽链中原子、化学基团在三维空间排列、折叠盘曲构成的结构称为蛋白质的空间结构（构象），包括二级、三级、四级结构。蛋白质二级结构是指蛋白质分子中主链原子沿长轴方向形成的有规律的、重复出现的空间结构。蛋白质二级结构的基本形式有α-螺旋、β-折叠、β-转角和无规卷曲四种，氢键是维持蛋白质二级结构稳定的主要力量。蛋白质分子的三级结构是指蛋白质多肽链在二级结构的基础上再进一步盘曲、折叠而形成的三维空间结构。由两条或两条以上具有独立三级结构的多肽链通过非共价键相互结合形成的空间结构，称为蛋白质的四级结构。次级键是维持蛋白质三级和四级结构稳定的主要力量。体内存在成千上万种蛋白质，各有其特定的结构和特殊的生物学功能。一级结构是空间构象的基础，也是功能的基础。一级结构相似的蛋白质，其空间构象及功能也相近。

蛋白质是由氨基酸构成的生物大分子，具有两性解离、呈色反应、变性、沉淀等性质。这些性质在医学实践中可分别应用于分离提纯，测定蛋白质含量以及消毒灭菌。

本章主要考点

1. 名词：肽键、蛋白质的等电点、蛋白质的各级结构、蛋白质的变性。
2. 蛋白质的重要性、蛋白质的元素组成及特点、氨基酸的结构特征及种类。
3. 蛋白质的基本结构、空间结构与功能的关系。
4. 蛋白质的理化性质及其应用。

（邵红英）

第二章

核酸的化学

"种瓜得瓜，种豆得豆"这是人们对自然界生物遗传规律的朴实描述。生物通过遗传，使生命得以延续，并世世代代传递下去。那么遗传的物质基础是什么呢？人们在长期的研究过程中证实，遗传的物质基础就是核酸，核酸（nucleic acid）是1868年人们从细胞核中分离出的一种含磷量极高的酸性化合物。

•知识链接•

核酸的发现

1868年，法国和普鲁士发生战争，当年在德国工作的瑞士外科医生米歇尔（F. Miescher），以伤病员绷带上收集的脓细胞为材料，从细胞核中提取到一种含磷量很高的化合物，定名为核素。20年后，化学家奥特曼（Altman）从动植物细胞中分离出一种不含蛋白质的核素，发现具有强酸性，故称为核酸。经过半个多世纪后，1944年，爱威（O. Avery）利用致病肺炎球菌中提取的DNA使另一种无致病作用的肺炎球菌遗传性状发生改变而成为致病菌，从而证明DNA是遗传的物质基础。

核酸是以核苷酸为基本单位组成的携带和传递遗传信息的生物大分子。它主要由C、H、O、N、P等元素组成，其中磷的含量较恒定，平均为9%～10%，通过测定生物样品中含磷量可计算出核酸的含量。

核酸与蛋白质一样，都是生命的物质基础，广泛存在于自然界中，即使比细菌还小的病毒也含有核酸。不仅生物的繁殖、遗传变异与核酸有密切关系，而且生命的异常活动如肿瘤形成、辐射损伤、遗传病、代谢病、病毒感染也与核酸息息相关。因此，核酸研究是现代生物化学、分子生物学与医药学发展的重要领域。研究核酸对认识疾病的发生、诊断和治疗有极其重要的意义。

天然存在的核酸分为两大类：一类为脱氧核糖核酸（deoxyribonucleic acid，DNA）；另一类为核糖核酸（ribonucleic acid，RNA）。DNA主要分布在细胞核中，是遗传信息的载体。每种蛋白质的氨基酸排列顺序和RNA分子中的核苷酸顺序都是由细胞中DNA的核苷酸顺序决定的。通常所说的基因，就是DNA分子的某一个功能片段。一个最简单的细胞也含有成千上万个基因，基因的功能就是贮存生物信息。RNA 存在于细胞质和细胞核内，它参与遗传信息的传递和蛋白质的生物合成，病毒中 RNA 也可作为遗传信息的载体。

第一节　核酸的分子组成

一、组成核酸的基本成分

核酸在酶、酸或碱的作用下，可逐步水解，最终生成磷酸、戊糖和含氮碱（碱基）。磷酸、戊糖和碱基是组成核酸的基本成分。

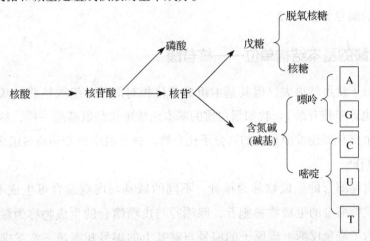

1. 含氮碱（碱基）　核酸中的碱基是两类含氮杂环化合物——嘌呤（purine）与嘧啶（pyrimidine）的衍生物。嘌呤碱有腺嘌呤（adenine，A）、鸟嘌呤（guanine，G）；嘧啶碱有胞嘧啶（cytosine，C）、胸腺嘧啶（thymine，T）和尿嘧啶（uracil，U），这些碱基的结构式及碱基化学元素的编号如图 2-1。

图 2-1　参与组成核酸的主要碱基

在 DNA 分子中含有 A、G、C、T 四种碱基；RNA 分子中含有 A、G、C 以及 U 四种碱基。RNA 的碱基与 DNA 的区别在于以尿嘧啶（U）替换了胸腺嘧啶（T）。胸腺嘧啶（T）仅存在于 DNA 分子中，而尿嘧啶（U）只出现在 RNA 分子中。因此，DNA 与

RNA 的碱基组成特点是：部分碱基相同，部分碱基不同。除了上述五种碱基外，核酸中还有一些含量甚少的碱基，称为稀有碱基，如次黄嘌呤、甲基鸟嘌呤、羟甲基胞嘧啶、二氢尿嘧啶等。

嘌呤和嘧啶环中都含有共轭双键，对 260nm 的紫外光有较强的吸收，这一性质常被用于核酸、核苷酸的定性与定量分析。

2. 戊糖（核糖） RNA 和 DNA 两类核酸是因所含戊糖不同而分类的。RNA 含 D - 核糖，DNA 含 D - 2 - 脱氧核糖，其结构式及戊糖碳原子的编号如图 2 - 2。

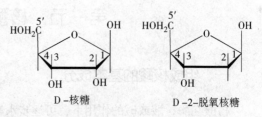

图 2 - 2　戊糖结构

二、核酸的基本结构单位——核苷酸

核酸的分子量虽然很大，但其基本组成单位相对简单。组成核酸的基本结构单位是核苷酸（也称单核苷酸）。犹如蛋白质的基本组成单位是氨基酸一样，核酸是由数十个至数十万个核苷酸连接而形成的高分子化合物。核苷酸由核苷和磷酸组成。

（一）核苷

碱基与戊糖缩合的生成物称为核苷。不同的碱基与戊糖缩合可生成不同的核苷，如胞嘧啶与戊糖缩合的生成物称胞苷，腺嘌呤与戊糖缩合的生成物称为腺苷等。在核苷分子中，为了避免戊糖上碳原子的编号与碱基上的编号相混淆，常在戊糖上碳原子上标上"'"以示区别。核苷的结构式如图 2 - 3。

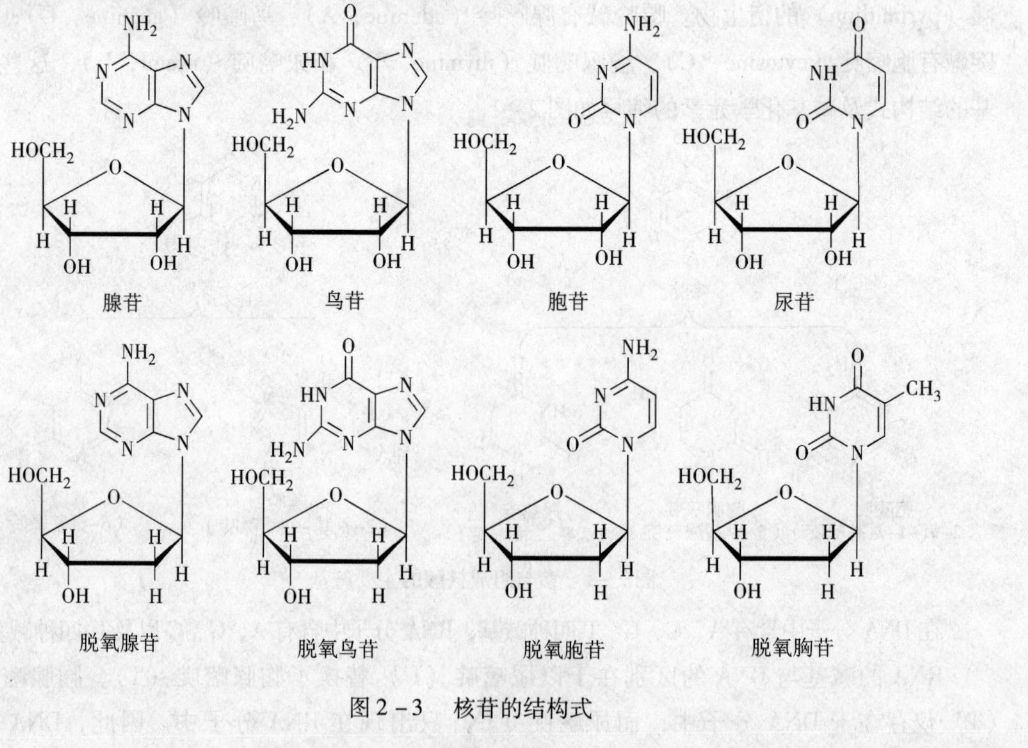

腺苷	鸟苷	胞苷	尿苷

脱氧腺苷	脱氧鸟苷	脱氧胞苷	脱氧胸苷

图 2 - 3　核苷的结构式

（二）核苷酸

核苷中戊糖基上的羟基与 1 分子的无机磷酸通过脱水缩合，以磷酸酯键相连形成的化合物为核苷酸。理论上戊糖上的所有游离羟基均可与磷酸形成酯键，分别形成 2′-核苷酸、3′-核苷酸、5′-核苷酸。但生物体内多数核苷酸的磷酸是连接在核糖或脱氧核糖的 C-5 上，形成 5′-核苷酸或 5′-脱氧核苷酸（图 2-4）。

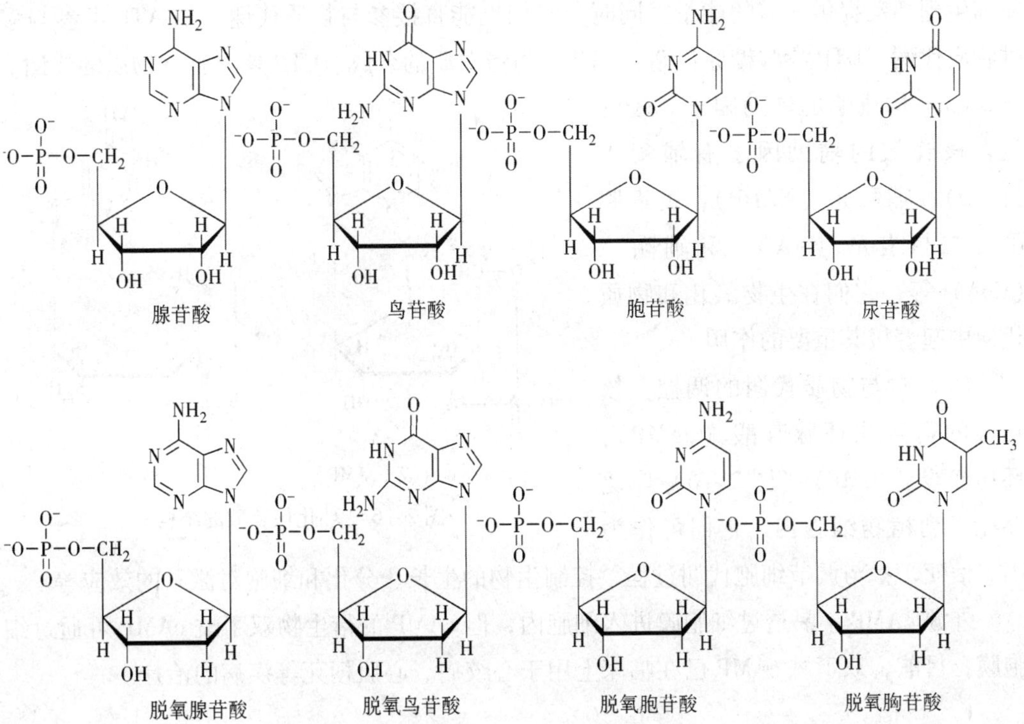

腺苷酸
鸟苷酸
胞苷酸
尿苷酸
脱氧腺苷酸
脱氧鸟苷酸
脱氧胞苷酸
脱氧胸苷酸

图 2-4　核苷酸的结构

含有一个磷酸基团的核苷酸称为核苷一磷酸（NMP），含有两个磷酸基团的核苷酸称为核苷二磷酸（NDP），含有三个磷酸基团的核苷酸称为核苷三磷酸（NTP）。其中 N 代表核苷，MP、DP、TP 分别代表一磷酸、二磷酸、三磷酸。如一磷酸腺苷（AMP）、二磷酸鸟苷（GDP）、三磷酸胞苷（CTP）等，以此类推。核苷二磷酸和核苷三磷酸分子中的磷酸键（P—O 化学键）与核苷一磷酸中 P—O 键不同，属高能磷酸键，当它们水解时，可分别释放出 30 kJ/mol 的能量，而核苷一磷酸的 P—O 键是普通的磷酸酯键，水解时仅释放 14kJ/mol 的能量，含有高能键的化合物也称高能物质。核苷三磷酸的结构如图 2-5。

碱基
核苷
核苷一磷酸(NMP)
核苷二磷酸(NDP)
核苷三磷酸(NTP)

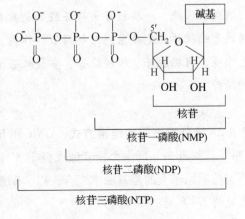

图 2-5　核苷三磷酸的结构

1. 核苷酸的功能

（1）是 DNA、RNA 合成的原料及组成成分　四种脱氧三磷酸核苷（dNTP，其中 d 表示脱氧之意）和四种三磷酸核苷（NTP）分别是合成 DNA 和 RNA 的原料，而四种脱氧一磷酸核苷和四种一磷酸核苷则分别构成 DNA 和 RNA。

（2）参与物质代谢与能量代谢　三磷酸核苷是能量物质，在物质代谢中为代谢反应和生理活动提供所需的能量。同时，它们也能直接参与物质代谢，如 ATP 可参与多种物质代谢、UTP 参与糖原代谢、GTP 参与蛋白质的合成、CTP 参与脂类物质的代谢。

（3）构成酶的辅助因子　较常见含核苷酸的辅助因子有辅酶Ⅰ（NAD）、辅酶Ⅱ（NADP），黄素腺嘌呤二核苷酸（FAD）和辅酶 A（CoA）等，它们在生物氧化和物质代谢中起着极其重要的作用。

（4）参与物质代谢的调控　核苷酸的衍生物环腺苷酸（cAMP），环鸟苷酸（cGMP）（图 2-6）广泛存在于动植物细胞内，它们可作为

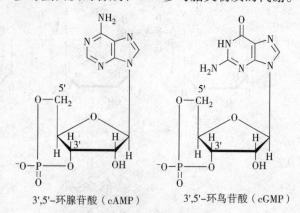

3',5'-环腺苷酸（cAMP）　　3',5'-环鸟苷酸（cGMP）

图 2-6　环化核苷酸的结构

第二信使，参与调节细胞代谢过程，控制生物的生长、分化和细胞对激素的效应等。

外源 cAMP 不易透过细胞膜进入细胞内，但 cAMP 的衍生物双丁酰 cAMP 可通过细胞膜，目前，双丁酰 cAMP 已在临床上用于心绞痛、心肌梗死等疾病的治疗。

·知识链接·

肿瘤与病毒性疾病的克星——核苷与核苷酸的衍生物

病毒性疾病、癌症、放射病及遗传性疾病、辐射损伤等都与核酸的结构和功能变化有关，因此，一些核苷与核苷酸的衍生物可通过影响病毒和病变组织的核酸合成或通过影响机体的免疫系统而起到治疗作用，成为这些疾病的克星，如氟尿嘧啶、6-巯基嘌呤、阿糖胞苷、阿糖腺苷、多聚肌苷酸、多聚胞苷酸等已用于肿瘤或病毒性肝炎的治疗。

2. 核苷酸之间的连接方式

DNA 和 RNA 中的核苷酸残基都是通过磷酸基团这个"桥"连接起来，即一个核苷酸戊糖第 5′ 位碳原子上的磷酸羟基与下一个核苷酸戊糖第 3′ 位碳原子上的羟基脱水缩合，以"磷酸二酯键"相连。多核苷酸链片段及其简写式见图 2-7、图 2-8。

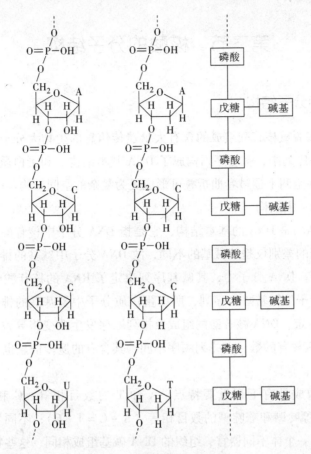

图 2-7　多核苷酸链结构示意

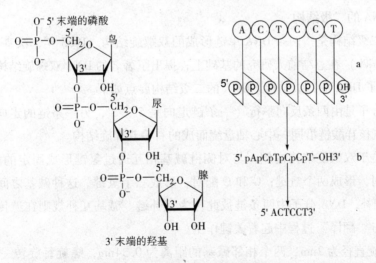

3′末端的羟基

图 2-8　核酸的一级结构及简写式

图 2-8 的右侧是多核苷酸排列顺序的两种简写法：a 为线条式缩写，竖线表示脱氧核糖，AGCT 表示不同碱基，P 和斜线代表 5′,3′ 磷酸二酯键；b 为文字式简写，P 表示磷酸基团，即核酸 5′末端，—OH 为戊糖 3′羟基，亦称 3′末端。习惯是将 5′末端作为多核苷酸链的"头"写在左边，将 3′末端作为"尾"写在右边，按 5′→3′ 的方向书写。

第二节 核酸的分子结构

一、DNA 的分子结构

DNA 是由许多脱氧核苷酸组成的含有大量遗传信息的生物大分子，其遗传信息均蕴藏于它们的碱基序列中，碱基序列构成了 DNA 基本结构，和蛋白质一样，在基本结构基础上，DNA 在空间上通过卷曲折叠可形成更为复杂的空间结构。

（一）DNA 的一级结构

DNA 的一级结构是 DNA 的基本结构，它是指 DNA 分子中核苷酸的排列顺序。由于脱氧核苷酸之间的差别仅是其碱基的不同，故 DNA 分子中碱基的排列顺序就代表了核苷酸的排列顺序。DNA 分子中，其碱基序列决定了 RNA 的核苷酸的序列，而 RNA 又决定了蛋白质分子中氨基酸的序列，所以蛋白质分子中氨基酸的排列顺序最初是由 DNA 的碱基序列决定，DNA 核苷酸的组成及排列顺序发生改变将导致相应蛋白质的改变。不同的 DNA 其核苷酸数目和排列顺序不同，其含有的遗传信息也不同，因此 DNA 是遗传信息的载体。

DNA 的碱基构成具有下列重要特点：A 和 T 的数目相等，G 和 C 的数目相等（A = T，G = C）；嘌呤碱和嘧啶碱的数目相等（A + G = T + C）；不同生物种属的 DNA 碱基组成不同；同一个体不同器官、组织的 DNA 碱基组成相同；这些特点称为 Chargaff 规则。

（二）DNA 的二级结构

DNA 的二级结构是指两条 DNA 单链形成的双螺旋结构。1953 年，沃森（Waston）和克里克（Crick）在总结前人研究的基础上，提出了著名的 DNA 双螺旋结构模型（图 2 - 9），确定了 DNA 的二级结构。DNA 的二级结构要点如下。

1. DNA 分子是由两条反向平行（一条链走向是 5′→3′，另一条链的走向是 3′→5′方向）的脱氧核苷酸链沿同一中心轴盘绕而成的右手双螺旋结构。

2. 碱基位于双螺旋结构内侧，与对侧链碱基相互通过氢键形成固定的配对方式，即 A 和 T 配对，形成两个氢键；G 和 C 配对，形成三个氢键。这种碱基之间的互相配对称为碱基互补，DNA 分子中两条链彼此称为互补链。碱基互补规则在遗传信息的传递"转录"与"翻译"过程中起着关键作用。

3. 双螺旋直径为 2nm，两个相邻碱基的距离为 0.34nm，螺旋每旋转一圈包含 10 个碱基对（10 对核苷酸，10 bp），每圈高度为 3.4nm，故每毫米长的 DNA 相当于 3000 个碱基对。

4. 由于两条核苷链的方向性，使配对碱基占据的空间不对称，因此在双螺旋的表面形成两个凹下去的沟，分别称为大沟和小沟。这些沟状结构对 DNA 与蛋白质的相互识别起重要作用。

5. 稳定 DNA 双螺旋结构的三种作用力：①氢键，两条链互补碱基之间氢键维持两条链的结合；②碱基堆积力，碱基之间的层层堆积形成疏水型核心，它是稳定 DNA 结构的主要力量；③磷酸基上的负电荷与介质中的正离子（如 Na^+、K^+、Mg^{2+} 等）之间形成的离子键。

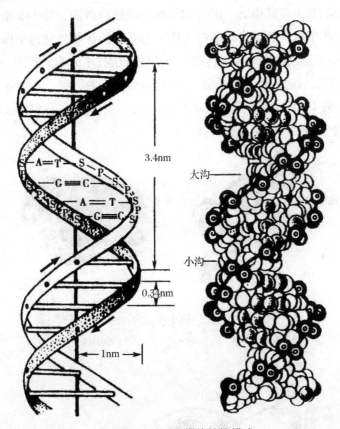

图 2-9　DNA 双螺旋结构模式

（三）DNA 的三级结构

DNA 的三级结构是指双螺旋链进一步盘曲所形成的空间构象，属超螺旋结构。超螺旋从字面上看意味着在螺旋基础上再螺旋，犹如电话话筒和电话机之间的电话线一般是螺旋的，这种螺旋线的再卷曲缠绕就形成超螺旋。细菌、病毒以及线粒体内 DNA 是以环状超螺旋形式存在（图 2-10）。

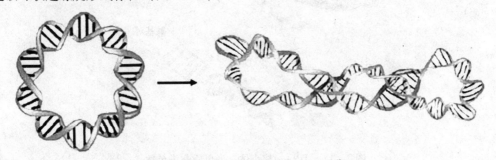

图 2-10　原核生物的环状 DNA 示意

真核生物细胞内的双链 DNA 呈线状，以非常致密的形式存在于细胞核内，在细胞生活周期的大部分时间里以染色质的形式出现。染色质由 DNA 和蛋白质构成，是真核细胞内 DNA 超螺旋结构的形式。当细胞准备有丝分裂时，染色质凝集，组装成形状特异的染色体。

染色质的基本结构单位是核小体。核小体由组蛋白核心（H_2A、H_2B、H_3、H_4）和盘绕其表面上的 DNA 双链构成。DNA 双链缠绕组蛋白两圈，约 146 个碱基对，两个核小体之间由约 54 个碱基对围绕组蛋白（H_1）形成连接区域，使核小体链连成串珠状（图 2 – 11）。核小体连成的串珠样线性结构再由每 6 个核小体为一圈进一步盘曲成直径为 30nm 螺旋筒结构，组成染色质纤维。经过多次的折叠卷曲，人体每个细胞中长约 1.7m、直径 2nm 的 DNA 被压缩到了仅 200nm 长的（最终压缩了 8400 多倍）、以染色体形式储存在细胞核中的 DNA （图 2 – 12）。

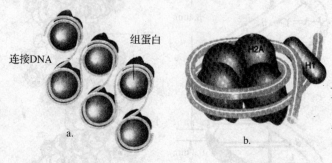

图 2 – 11　核小体结构示意

a. 多个核小体　　　　　　　　　　b. 单个核小体

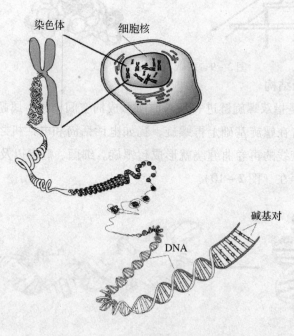

图 2 – 12　DNA、核小体、染色质与染色体

二、RNA 的种类和分子结构

（一）RNA 的类型

RNA 在生命活动中具有重要作用，它和蛋白质共同负责遗传信息的表达和表达过程的调控。RNA 的种类、大小、结构多种多样，其功能也多不相同。目前人们把一个细胞内的全部 RNA 称为 RNA 组（表 2-1）。

表 2-1　动物细胞内的 RNA 组及其功能

名称	简写符号	细胞定位	功能作用
信使 RNA	mRNA	细胞核、细胞质、线粒体	蛋白质合成的模板
转运 RNA	tRNA	细胞核、细胞质、线粒体	转运氨基酸
核糖体 RNA	rRNA	细胞核、细胞质、线粒体	蛋白质生物合成的场所
不均一 RNA	hnRNA	细胞核、细胞质	成熟 mRNA 的前体
小核 RNA	snRNA	细胞核、细胞质	参与 hnRNA 的剪接、转运
小核仁 RNA	snoRNA	细胞核、细胞质	参与 rRNA 的加工和修饰
小胞质 RNA	scRNA/7SL-RNA	细胞核、细胞质蛋白质	内质网定位合成的信号识别体的组成成分

（二）RNA 的共性

1. RNA 的基本组成单位是四种核苷酸，即 ATP、GTP、CTP、UTP。

2. RNA 分子所含核苷酸数目由十几个到数千个组成，差异较大。

3. RNA 主要是单链结构，但局部区域可卷曲形成双链结构或称发夹结构。双链部位的碱基也是通过氢键而相互配对，即 A-U、G-C；不参加配对的碱基形成单链成环状突起。

（三）RNA 的结构特点和功能

1. **信使 RNA**　mRNA 是传递 DNA 遗传信息的 RNA，称为信使 RNA（messenger RNA，mRNA），它是蛋白质合成的模板，能将 DNA 分子中的遗传信息以蛋白质的方式体现出来。mRNA 分子从 5′ 末端开始，每三个核苷酸为一组，组成三联体密码或密码子，每个密码子代表多肽链上一个氨基酸。mRNA 含量最少，约占总 RNA 的 3% 左右，细胞核内初合成的是不均一核 RNA（heterogeneous nuclear RNA，hnRNA），其分子量比成熟的 mRNA 大，是 mRNA 前体。HnRNA 经剪接加工转变为成熟 mRNA，并移位到细胞质（图2-13）。

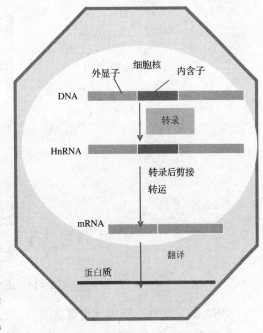

图 2-13　mRNA 的转录、剪接、模板作用示意

mRNA 分子有以下特点：

（1）细胞内 mRNA 种类很多，分子量大小不一，由几百甚至几千个核苷酸构成。

（2）在真核细胞 mRNA 5′末端有一个"帽子"结构，即 7 - 甲基鸟嘌呤核苷三磷酸结构，mRNA 的帽子结构可以与一类帽结合蛋白（cap binding proteins，CBPs）的分子结合。这种 mRNA 和 CBPs 复合物对于 mRNA 从细胞核向细胞质的转运、与核蛋白体的结合、蛋白质生物合成的起始以及 mRNA 稳定性的维系等均有重要作用。

（3）大部分真核细胞 mRNA 3′末端有一段长约 200 个腺苷酸残基的尾巴，称为多聚 A 尾（PolyA），起稳定 mRNA 结构的作用。

2. 转运 RNA 转运 RNA（transfer RNA，tRNA）具有转运氨基酸的作用，约占细胞内 RNA 总量的 15%。tRNA 核苷酸链长度较短，是分子量最小的 RNA。细胞内 tRNA 种类有多种，每一种编码蛋白质的氨基酸都有与其相应的一种或几种 tRNA，携带而转运至核蛋白体。tRNA 结构有以下特点。

（1）tRNA 的一级结构特点 ①由 70～90 个核苷酸组成；②含有较多稀有碱基，包括双氢尿嘧啶（DHU）、假尿嘧啶（pseudouridine）、次黄嘌呤（I）和甲基化嘌呤（如 ^mG，^mA）等。③tRNA 分子的 3′末端均为—CCA—OH 结构，是 tRNA 结合和转运氨基酸所必需部位。

（2）tRNA 的高级结构特点 tRNA 的二级结构呈"三叶草"形，局部双链互补区构成三叶草的叶柄，突环好像三片小叶（图 2 - 14）。

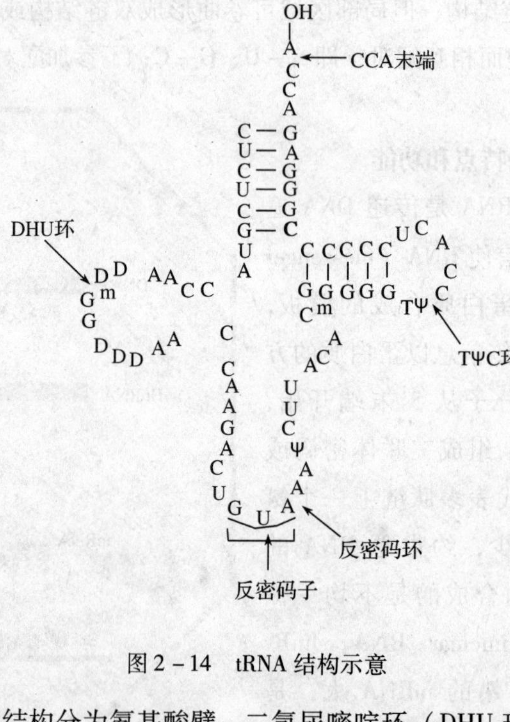

图 2 - 14 tRNA 结构示意

tRNA 的三叶草形结构分为氨基酸臂、二氢尿嘧啶环（DHU 环）、反密码环和 TΨC 环。反密码环由七个核苷酸组成，其中间的三个核苷酸构成反密码子，可以识别 mRNA

上密码子，实现遗传密码信息向蛋白质的氨基酸顺序信息的流通。

tRNA 三级结构一般呈倒 L 形。氨基酸臂与 TΨC 环构成字 L 下面的一横，DHU 环与反密码环构成 L 的一竖。

3. 核糖体 RNA 核糖体 RNA（ribosomal，rRNA）是细胞内含量最多的 RNA，约占 RNA 总量的 80％ 以上。rRNA 与多种蛋白质结合形成核糖体，在蛋白质合成中起装配机作用。原核生物和真核生物的核糖体均由易于解聚的大小两个亚基组成。目前已测出不少 rRNA 分子的一级结构，每种 rRNA 分子所含核苷酸都不相同。对 rRNA 二级结构与功能的研究还需进一步深入的进行。

4. 小分子核 RNA 在真核细胞核内有一类核苷酸数目在 300 以下的小分子 RNA，称为小分子核 RNA（small nuclear RNA，SnRNA）。SnRNA 不单独存在，常与多种特异的蛋白质结合在一起，形成小核糖核酸蛋白（small nuclear ribonucleoprotein，snRNP）。在哺乳动物细胞核内已至少发现 10 种 SnRNA，由于其中尿嘧啶核苷酸含量较多，故命名为 U。U_1、U_2、U_4、U_5 和 U_6 位于细胞核内，参与 mRNA 剪切、加工。U_3 主要存在于核仁，与 rRNA 的加工有关。

某些小分子核 RNA 具有催化特定 RNA 降解的活性，在 RNA 合成后的剪接修饰中起重要作用。这种具有催化作用的小分子核 RNA 亦被称为核酶（ribozyme）或催化性 RNA（catalytic RNA）。

另有一种 RNA 称为小片断干扰 RNA（small interfering RNA，siRNA），是生物宿主对于外源侵入的基因所表达的双链 RNA 进行切割而生成的，由 21 个核苷酸组成。siRNA 能够与外源基因表达的 mRNA 相结合，并诱发这些 mRNA 的降解，对机体起到保护作用。由此而产生的 RNA 干扰（RNA interference，RNAi）技术正被广泛应用于生命科学的各个研究领域，也将在防治病毒感染性疾病以及其他疾病中发挥重要作用。

有关 SnRNA 的研究越来越受到重视，并由此产生了 RNA 组学的概念。RNA 组学研究细胞中 SnRNAs 的种类、结构和功能。

两类核酸的分子组成、结构与功能见表 2-2。

表 2-2 两类核酸的分子组成结构与功能的比较

分类	细胞定位	功能	结构	戊糖	碱基
DNA	主要存在细胞核	遗传信息的载体	双螺旋结构	脱氧核糖	AGC T
RNA	主要存在细胞质	参与蛋白质的生物合成以及 RNA 的剪接、修饰等	单链，局部成双螺旋	核糖	AGC U

第三节 核酸的理化性质与分子杂交

一、核酸的一般性质

1. 线性大分子性质 若将人体细胞 DNA 展开成一直线，可长达 1.7m，由于 DNA

分子细长，在溶液中黏度大，微溶于水，不溶于乙醇、乙醚等有机溶剂。

2. 两性电解质性质　核酸分子中有酸性的磷酸基和碱性的碱基，故在水溶液中可进行两性电离，是两性电解质。因磷酸基的酸性较强，核酸常表现为酸性。

3. 紫外线吸收性质　核酸分子中的碱基具有吸收紫外线的性质，其最大吸收峰在260nm附近，利用这一特性可对核酸进行定性、定量测定。

二、DNA 的变性

DNA 双螺旋结构的稳定性主要靠碱基间的堆积力和互补碱基之间的氢键来维持。在理化因素作用下，这两种次级键可断裂，双螺旋 DNA 分子被解开成单链，这一过程称为 DNA 的变性。引起 DNA 变性的因素有：加热、酸、碱、有机溶剂、尿素和酰胺等因素。DNA 变性后，在波长260nm 处的紫外吸收值增高，此种现象称为 DNA 的增色效应。

因温度升高而引起的 DNA 变性称为热变性。DNA 的变性是爆发性的，像结晶

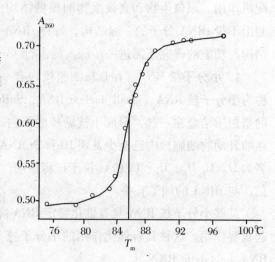

图 2 - 15　DNA 变性温度

体的熔化一样，是在一个较狭窄的温度范围内迅速发生并完成。通常把紫外吸光度值达到最大值的50%时的温度，称为 DNA 的解链温度（图 2 - 15）或熔解温度（T_m），T_m 也是 DNA 双链解开50%时的环境温度。

DNA 的 T_m 值一般在 70 ~ 85℃之间，其高低与 DNA 分子中碱基组成有关，G—C 对含量越多，T_m 值越大。这是因为 G—C 对比 A—T 对之间多一个氢键，变性时要消耗的能量更多。

三、DNA 的复性与分子杂交

变性 DNA 在适当条件下（如温度或 pH 恢复到生理范围），两条彼此分开的单链重新缔合成双螺旋结构，称为 DNA 的复性或退火。热变性的 DNA 必须缓慢冷却，才可以复性。若将 DNA 变性温度突然急剧下调到4℃以下，复性不能进行。

不同来源的 DNA 变性后在一起复性时，只要核酸分子的核苷酸序列含有可以形成碱基互补的片段，彼此间就可以形成局部双链，这一过程称为核酸分子杂交。杂交的单链分子可以是 DNA 与 DNA，RNA 与 RNA 或 DNA 与 RNA 之间局部形成互补片断。核酸分子杂交技术已在疾病的诊断及科学研究中得到广泛应用。

·知识链接·

分子杂交技术与遗传病的诊断

两条不同来源的互补核苷酸序列通过碱基配对原则，以氢键相连而形成稳定的双链分子的过程称为分子杂交。分子杂交技术在临床医学中已得到广泛的应用。在此项技术诞生之前，对一些遗传疾病的产前诊断，一般是检查细胞核型或酶活性，但灵敏度差，易漏诊。现在可从羊水细胞中分离出微量 DNA，再加入已知的特异核苷酸片段，进行杂交，然后进行基因检测，极大地提高了遗传病诊断的准确率。

本章小结

核酸是生物大分子物质，分为 DNA 和 RNA 两大类。DNA 主要分布于细胞核内，是遗传信息的载体，RNA 主要存在于细胞质，参与蛋白质的生物合成和遗传信息的传递。核酸的基本组成单位是核苷酸，而核苷酸是由戊糖、碱基和磷酸组成。核酸分子中的核苷酸之间均以 3′，5′ 磷酸二酯键相连接成链。DNA 与 RNA 的分子组成差异在于 DNA 中的戊糖是脱氧核糖，四种碱基为 TAGC；而 RNA 中的戊糖是核糖，四种碱基为 UAGC。

核酸分子中碱基的排列顺序为核酸的一级结构，DNA 分子中的碱基构成遵循 Chargaff 规则。DNA 的二级结构为两条反向平行的核苷酸链形成的双螺旋结构，两条链上的碱基严格配对、互补。RNA 的二级结构是局部双链成螺旋状，单链成突起的环状结构。

核酸的特征物理性质是在波长 260nm 处，呈现最大的紫外线吸收。DNA 双螺旋链被解开成单链的过程称为 DNA 变性，DNA 的变性和复性是核酸分子杂交的基础。分子杂交技术在生命科学领域已得到广泛的应用。

本章主要考点

1. 核酸的分子组成：核酸的基本组成单位和组成成分；主要核苷酸的种类及缩写符号；DNA 与 RNA 的差别。

2. 核酸的分子结构：核酸一级结构的概念、连接方式、书写方式；DNA 双螺旋结构要点，碱基互补规律；主要 RNA 的结构特点、功能作用；DNA 变性、复性以及分子杂交的概念。

（朱荣林）

酶

新陈代谢是生物体最基本的生命特征之一，其中物质代谢是一切生命活动的基础，物质代谢所包含的化学反应几乎都是在酶的作用下完成的。酶（enzyme）是由活细胞产生的具有催化功能的生物催化剂，大多数酶由蛋白质组成。酶能够在体内外对其特异底物起催化作用。酶所催化的化学反应称为酶促反应。在酶促反应中受酶作用的物质叫底物（substrate，S），所生成的物质叫产物（product，P）；酶所具有的催化能力称为酶的"活性"，如果酶丧失催化能力称为酶失活。

20世纪80年代相继发现少数RNA、DNA也具有与酶相似的催化作用，因此将这些具有酶活性的核酸称为核酶。核酶的发现使生物催化剂家族增添了新的成员。

各种生命活动与酶的催化作用密切相关，正是由于酶的高效催化作用，使得新陈代谢过程中发生的化学反应能快速进行，从而保证生命活动的正常进行。可以说没有酶的催化作用，新陈代谢就会终止，生命也就结束。本章主要讨论化学本质为蛋白质的酶。

·知识链接·

核酶的发现

核糖酶是由美国科罗拉多大学化学系教授切赫（Cech，Thomas，Robert，1947~）等在研究四膜虫的rRNA加工过程中发现的，在没有任何蛋白酶类情况下，该rRNA可以自身剪接加工。美国耶鲁大学生物系教授奥特曼（Altman，Sidney，1939~）也发现了参与tRNA加工的核糖核酸酶P（ribonucleaseP），是由RNA和蛋白质两部分组成的，其具有催化作用的是RNA组分，而蛋白质只是起调节作用的辅基。这一重大发现打破了"酶是蛋白质"的经典概念，正是由于酶活性RNA的发现，切赫和奥特曼共同荣获1989年诺贝尔化学奖。

第一节 酶的结构与功能

一、酶的分子组成

酶大部分是蛋白质，根据酶的化学组成不同，可分为单纯酶和结合酶两类。

1. 单纯酶 单纯酶是指酶分子仅含有蛋白质，不含其他成分的酶，通常只有一条多肽链，其催化活性主要由蛋白质结构决定。催化水解反应的酶，如淀粉酶、脂肪酶、蛋白酶等均属于单纯酶。

2. 结合酶 结合酶由蛋白质和非蛋白质成分组成，其中蛋白质部分称为酶蛋白，非蛋白质部分称为辅助因子，酶蛋白和辅助因子结合形成的复合物称为全酶。

辅助因子由两类物质组成：一类是金属离子，如 Mg^{2+}、Zn^{2+}、Fe^{2+}（Fe^{3+}）、Cu^{2+}（Cu^+）、Mn^{2+} 等（表 3-1）；另一类是分子结构中含有 B 族维生素或维生素衍生物的小分子有机化合物。有的金属离子与酶结合比较牢固，这些酶称为金属酶，如羧基肽酶、黄嘌呤氧化酶等。有的金属离子不与酶直接结合，而是通过底物相连接（酶-底物-金属离子），为酶的活性所必需，这些酶称为金属活化酶，如己糖激酶、肌酸激酶、丙酮酸羧化酶等。金属离子在酶促反应中的作用是：①稳定酶蛋白的空间构象；②参与催化反应传递电子；③在酶与底物间起连接作用，便于酶对底物的催化；④中和阴离子，降低反应中的静电斥力。

表 3-1 某些需金属离子的酶

酶种类	所含金属离子
己糖激酶	Mg^{2+}
细胞色素氧化酶、过氧化酶	Fe^{3+} 或 Fe^{2+}
细胞色素氧化酶、酪氨酸酶	Cu^{2+} 或 Cu^+
精氨酸酶	Mn^{2+}
丙酮酸激酶	K^+
质膜 ATP 酶	Na^+
黄嘌呤氧化酶	Mo^{3+}
α-淀粉酶	Ca^{2+}

辅助因子中的小分子有机化合物在酶促反应中起着传递电子、质子或转移基团（如酰基、氨基、甲基等）作用。酶的辅助因子按其与酶蛋白结合的紧密程度与作用特点的不同可分为辅酶和辅基。与酶蛋白结合疏松，用透析或超滤的方法可将其与酶蛋白分开的称为辅酶。与酶蛋白结合紧密，不能通过透析或超滤方法将其除去的称为辅基。金属离子多为酶的辅基，小分子有机化合物有的为辅酶（如 NAD^+、$NADP^+$ 等），有的为辅基（如 FMN、FAD 等）。

酶催化作用有赖于全酶的完整性，酶蛋白和辅助因子分别单独存在时均无催化活性，只有结合在一起构成全酶后才有催化活性；一种辅助因子可与不同的酶蛋白结合构成多种不同的特异性酶；在酶促反应过程中，酶蛋白决定催化反应的特异性，而辅助因子决定反应的类型。

二、酶的活性中心

酶是生物大分子，它催化的底物多为小分子。酶与底物结合的部位多集中在酶分子表面的某一特定区域，在这区域中，集中了与酶活性密切相关的基团，称为必需基团。常见的必需基团有羟基、巯基、羧基、氨基等。

酶分子中的必需基团在其一级结构的排列上可能相距甚远，但肽链经过盘绕、折叠形成空间结构时，这些必需基团可彼此靠近，集中在一个特定区域内。由必需基团构成的、具有特定空间构象、能与底物特异结合，并将底物转化为产物的区域称为酶的活性中心（图3-1）。

酶活性中心的必需基团分为两种：能直接与底物结合的必需基团称为结合基团，催化底物发生化学变化并将其转化为产物的必需基团称为催化基团。有一些化学基团虽然不参加酶活性中心的组成，但对维持酶活性中心的空间构象所必需，这些基团称为酶活性中心以外的必需基团。

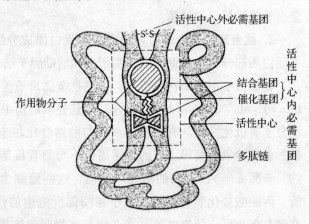

图 3-1　酶的活性中心

三、酶原与酶原的激活

有些酶在细胞内合成或初分泌时，没有催化活性，这种无活性的酶的前身物质称为酶原。酶原是体内某些酶暂不表现催化活性的一种特殊存在形式。在一定条件下，酶原受某种因素作用后，分子结构发生变化，转变成具有活性的酶，这一转变过程叫做酶原的激活。酶原的激活实质是活性中心形成或暴露的过程。

消化道的某些酶，例如胃蛋白酶、胰蛋白酶以及血液中具有凝血作用的酶类在初分泌时均以无活性的酶原形式存在，在一定的条件下酶原才能转化成具有活性的酶。例如胰蛋白酶原在胰腺细胞内合成和初分泌时没有活性，当它随胰液进入肠道后，在肠激酶的作用下，从N端水解掉一个六肽，使肽链分子空间构象发生改变，形成活性中心，胰蛋白酶原便转变成具有催化活性的胰蛋白酶（图3-2）。

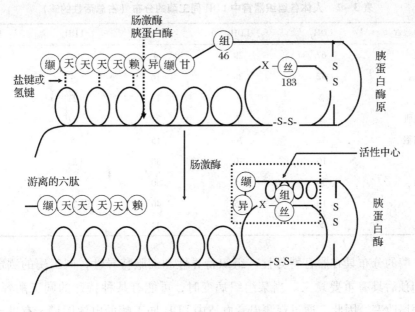

图 3 - 2　胰蛋白酶原的激活

酶原在特定的部位、环境和条件下被激活，表现出酶的活性，这一特征具有重要的生理意义。消化系统中的蛋白酶以酶原的形式分泌，不仅避免分泌细胞自身被消化，同时保证了体内代谢过程的正常进行。又如，血液中参与凝血过程的酶类以酶原形式存在，可保证血液畅通，在出血时，凝血酶原被激活，使血液凝固，以防止过多出血。

四、同工酶

同工酶是指催化相同的化学反应，但酶蛋白的分子结构、理化性质乃至免疫学特性不同的一组酶。这些酶存在于同一种属、同一机体的不同组织中，甚至同一组织细胞内的不同亚细胞结构中，它在代谢调节上起着重要的作用。同工酶常由两个或两个以上的亚基聚合而成。

现已发现百余种同工酶，如乳酸脱氢酶、酸性磷酸酶、肌酸磷酸激酶等。其中了解最早的是乳酸脱氢酶（LDH），该酶是由两种亚基组成的四聚体，即骨骼肌型（M型）亚基和心肌型（H型）亚基，两种亚基以不同比例组成五种同工酶：LDH_1（HH-HH 或 H_4）、LDH_2（HHHM 或 H_3M）、LDH_3（HHMM 或 H_2M_2）、LDH_4（HMMM 或 HM_3）、和 LDH_5（MMMM 或 M_4）。由于分子结构的差异，五种同工酶具有不同的电泳速度，电泳时它们都移向正极，其电泳速度由 LDH_1→LDH_5 依次递减。

LDH 的同工酶在不同的组织器官中的含量与分布比例不同（表 3 - 2），心肌中以 LDH_1 较为丰富，在心肌 LDH_1 以催化乳酸脱氢生成丙酮酸为主；肝和骨骼肌中含 LDH_5 较多，以催化丙酮酸还原为乳酸为主。

表 3-2 人体各组织器官中 LDH 同工酶的分布（占总活性的%）

组织器官	LDH$_1$	LDH$_2$	LDH$_3$	LDH$_4$	LDH$_5$
心肌	67	29	4	<1	<1
肾	52	28	16	4	1
肝	2	4	11	27	56
骨骼肌	4	7	21	27	41
红细胞	42	36	15	5	2
肺	10	20	30	25	15
胰腺	30	15	50	—	5
脾	10	25	40	25	5
子宫	5	25	44	22	4

同工酶的分布具有器官特异性、组织特异性和细胞特异性，同工酶的测定对疾病的诊断和预后具有重要意义。当某组织病变时，可能有某种特殊的同工酶释放出来，使同工酶谱改变。因此，通过观测患者血清中 LDH 同工酶的电泳图谱，有助于心肌梗死、肝功能损伤和恶性肿瘤的诊断。例如，心肌受损患者血清 LDH$_1$ 含量上升，肝细胞受损患者血清 LDH$_5$ 含量增高。

第二节 酶催化作用的特点

酶作为生物催化剂具有一般催化剂的如下特征：①在化学反应前后没有质和量的改变；②只能催化热力学上允许进行的化学反应；③缩短化学反应达到平衡所需的时间，但不能改变化学反应的平衡点，即不能改变反应的平衡常数；④对可逆反应的正反应和逆反应都具有催化作用。此外，酶又具有与一般催化剂不同的个性特征。

一、酶的高催化效率

酶具有极高的催化效率。一般而言，对于同一反应，酶催化反应的速度比非催化反应的速度高 $10^8 \sim 10^{20}$ 倍，比一般催化剂催化的反应高 $10^7 \sim 10^{13}$ 倍。例如，酵母蔗糖酶催化蔗糖水解的速度是 H^+ 催化此反应速度的 2.5×10^{12} 倍；脲酶催化尿素水解的反应速度是催化 H^+ 作用的 7×10^{12} 倍。酶的高催化效率取决于酶蛋白分子与底物分子之间独特的作用机制——降低活化能。活化能是指在反应体系中底物分子从初态转变到活化态所需的能量（图 3-3）。在反应的任意瞬间，只有那些能量较高、达到或超过一定能量水平的分子（即活化分子）才有可能发生化学反应。活化分子愈多，反应愈快。酶通过其特有的作用机制，可以大幅度地降低反应的活化能，从而加快化学反应的速度，表现为酶作用的高度催化效率。

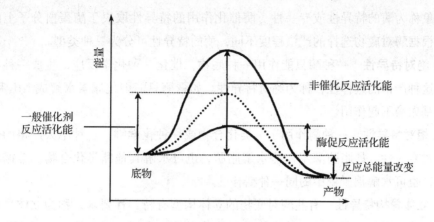

图 3-3 酶促反应的活化能

酶（E）在发挥催化作用之前，先与底物结合，生成酶-底物复合物（ES），然后再分解成产物（P），称为中间产物学说。

$$E + S \longleftrightarrow ES \rightarrow E + P$$

ES 的形成，改变了原来化学反应的途径，使原来能域较高的一步反应（S→P），变成能域较低的两步反应，从而大幅度降低反应所需的活化能，使化学反应速度加快。

酶与底物结合并不是简单的锁与匙钥的机械关系。酶与底物结合之前，它们的结构不一定完全吻合，但当酶与底物相互接近时两者相互诱导，相互变形和相互适应，进而相互结合形成 ES，从而催化底物转变为产物，这一过程称为酶-底物诱导契合学说（图 3-4）。

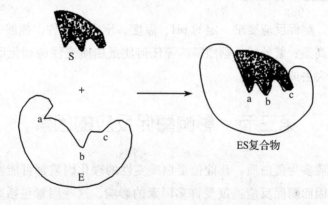

图 3-4 酶-底物结合的诱导契合学说

关于酶-底物复合物降低反应活化能、加快化学反应速度的机制，可能与邻近效应、多元催化、表面效应等多种因素有关。一种酶的催化反应不限于上述某一种因素，而常常是多种催化机制综合作用，使酶具有极高的催化活性。

二、酶的高度特异性

与一般催化剂不同，酶对其所催化的底物具有较严格的选择性。即一种酶只能作用于某一种或某一类底物或一定的化学键，催化一定的化学反应，生成相应的产物，这种现象称为酶的特异性或专一性。酶催化作用的特异性取决于酶蛋白分子上的特定结构。根据酶对底物选择的严格程度不同，酶的特异性可分为三种类型。

1. 绝对特异性　一种酶只能作用一种底物，催化一种化学反应，生成一种特定的产物。这种严格的选择性，称为绝对特异性。如脲酶只能催化尿素水解成 NH_3 和 CO_2。而对甲基尿素不起作用。

2. 相对特异性　一种酶作用于一类化合物或一种化学键，这种不太严格的选择性称为相对专一性。如脂肪酶不仅能水解脂肪，也可水解其他酯类化合物。蔗糖酶可水解蔗糖，也可水解棉子糖中的同一种糖苷键。

3. 立体异构特异性　有些酶对底物的立体构型有特异性要求，称为立体异构特异性。一种酶只对某一底物的一种立体异构体具有催化作用，而对其立体对映体不起催化作用。如 L – 乳酸脱氢酶只催化 L 型乳酸脱氢而不能作用 D 型乳酸。α – 淀粉酶只能水解淀粉中的 α – 1，4 糖苷键，而不能水解纤维素中的 β – 1，4 糖苷键。

三、酶催化活性的可调节性

物质代谢在正常情况下处于错综复杂、有条不紊的动态平衡中。对各种代谢过程酶活性的调节作用是维持这种平衡的重要环节，通过各种调节方式，改变酶的催化活性，以适应生理功能的需要，促进体内物质代谢的协调统一，保证生命活动的正常进行。

四、酶活性的不稳定性

酶是蛋白质，酶促反应要求一定的 pH、温度、压力等条件，强酸、强碱、有机溶剂、重金属盐、高温、紫外线、剧烈震荡等任何使蛋白质变性的理化因素都可使酶蛋白变性，而使其失去催化活性。

第三节　影响酶促反应的因素

酶的化学本质多为蛋白质，凡能使蛋白质变性的理化因素都可能影响酶活性和酶促反应的结果，因而酶促反应速度受许多因素的影响，这些因素包括底物浓度、酶浓度、pH、温度、激活剂和抑制剂等。研究酶促反应速度总是取酶促反应开始的速度，即初速度，因为只有初速度才与酶的浓度成正比，且反应产物及其他因素对酶促反应速度的影响较小。在研究某一因素对酶促反应速度的影响时，应保持反应体系中的其他因素不变。酶促反应速度是以单位时间内底物的减少或产物的生成量来显示，酶促反应速度快慢同时也代表酶活性的大小。

一、底物浓度的影响

在酶浓度及其他条件不变的情况下，底物浓度变化对酶促反应速度的影响呈矩形双曲线（图3-5）。

由图3-5可知，在底物浓度 [S] 很低时，反应速度随 [S] 的增加而增加，两者成正比关系；随着底物浓度进一步增加，反应速度的上升和底物浓度就不再成正比直线关系；因为当底物浓度增加到一定浓度时，所有酶分子的活性中心均被底物饱和，此时的反应速度达最大值，再增加底物浓度，中间产物不再增加，反应速度趋于恒定。

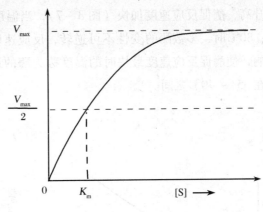

图3-5 底物浓度对酶促反应速度的影响

（一）米-曼氏方程式

根据中间产物学说，1913年 L. Michaelis 和 M. L. Menten 提出了酶促反应速度与底物浓度关系的数学方程式，即著名的米-曼氏方程式，简称米氏方程式。

$$V = \frac{V_m [S]}{K_m + [S]}$$

式中，V 为反应速度；[S] 为底物浓度；V_{max} 为最大反应速度；K_m 为米氏常数。

（二）K_m 值的意义

1. K_m 值等于酶促反应速度为最大反应速度一半时的底物浓度，其单位为 mol/L，$V = 1/2V_{max}$ 时，代入米氏方程得：

$$\frac{1}{2}V_{max} = \frac{V_m [S]}{K_m + [S]}$$

$$K_m = [S]$$

2. K_m 是酶的特征性常数之一，K_m 只与酶的结构、酶催化的底物和反应环境（如 pH、温度等）有关，与酶的浓度无关。大多数酶的 K_m 值在 $10^{-6} \sim 10^{-2}$ mol/L 之间。

3. K_m 可用来表示酶与底物的亲和力。K_m 愈小，酶与底物的亲和力越大，表示不需要很高的底物浓度就可达到最大反应速度；反之，K_m 愈大，酶与底物的亲和力愈小，表明必须在高浓度底物存在的情况下，酶促反应才可以快速进行。

二、酶浓度的影响

在底物浓度浓度足够大和无抑制剂存在时，酶促反应速度与酶浓度成正比，即酶浓度越高，反应速度越快（图3-6）。

三、温度的影响

温度对酶促反应速度存在两方面的影响。一般化学反应随温度的升高而加快，温度每升高10℃，反应速度可增加1～2倍。酶促反应在一定范围内（0～40℃），随着温度升高，酶促反应速度加快（图3-7），当温度升高到60℃以上时，大多数酶开始变性；80℃时，多数酶的变性不可逆转，反应速度则因酶变性而降低。综合这两方面的影响，使酶促反应速度最快时的温度称为酶的最适温度。温血动物体内酶的最适温度多在35～40℃之间。

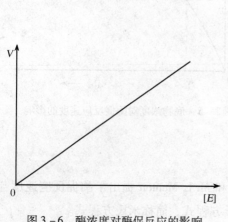

图3-6 酶浓度对酶促反应的影响

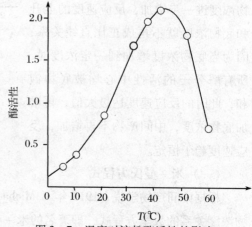

图3-7 温度对淀粉酶活性的影响

低温使酶的活性降低，但不破坏酶的活性，复温后酶活性恢复。临床上低温麻醉就是利用酶的这一特性来降低组织细胞的代谢速度，以提高患者在手术期间对营养物质和氧的耐受力。此外，酶制剂、疫苗等生物制剂则需要低温保存，以防止酶变性失活。

四、pH 的影响

酶对环境的 pH 非常敏感，在不同的 pH 条件下酶分子中的许多极性基团解离状态不一样，其所带的电荷的种类和数量也各不相同。酶促反应环境的 pH 可影响酶分子中的极性基团，特别是酶活性中心内必需基团的解离，也可能影响底物和辅酶（如 NAD^+、CoASH、氨基酸等）的解离，从而影响酶与底物结合。只有在某一 pH 范围内，酶、底物和辅酶的解离情况最适宜于它们之间相互结合，酶才具有最大催化作用，使酶促反应速度达最大值。因此，pH 的改变对酶的催化作用影响很大。酶促反应速度最快时的环境 pH 称酶的最适 pH。偏离酶的最适 pH，都会使酶活性降低，过酸或过碱均可导致酶变性失活（图3-8）。

每一种酶都有其各自的最适 pH。生物体内大多数酶的最适 pH 接近中性，但也有例外，如胃蛋白酶的最适 pH 大约为1.8，肝精氨酸酶的最适 pH 在9.8 左右。临床上用酸性溶液

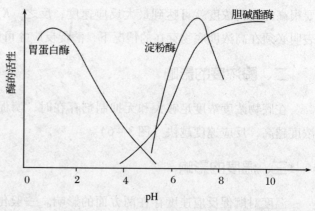

图3-8 pH 对某些酶活性的影响

配制胃蛋白酶合剂就是依据这一特点。此外，人体内参与各种代谢反应的酶其最适 pH 在 7.35~7.45 之间（同血浆 pH），因此，当血浆 pH 低于 7.35 时导致酸中毒，pH 大于 7.45 则出现碱中毒。

五、激活剂的影响

凡能使酶由无活性变为有活性或使酶活性增加的物质称为酶的激活剂。激活剂大多数是金属离子，如 Mg^{2+}、K^+、Mn^{2+} 等，少数为阴离子如 Cl^- 等。也有的激活剂是有机化合物，如胆汁酸盐就是胰脂肪酶的激活剂。其中，有些金属离子作为激活剂对酶促反应是不可缺少的，否则酶将失去活性。这类激活剂称为必需激活剂，如 Mg^{2+} 是许多激酶的必需激活剂。有些激活剂不存在时，酶还有一定的催化活性，但催化效率较低，加入激活剂后，酶的催化活性显著提高，这类激活剂称为非必需激活剂，如 Cl^- 是淀粉酶的非必需激活剂。

六、抑制剂的影响

凡能有选择地使酶活性降低或丧失，但不能使酶蛋白变性的物质通称为酶的抑制剂。无选择地引起酶蛋白变性使酶活性丧失的理化因素不属于抑制剂范畴。抑制剂多与酶活性中心内、外必需基团结合，直接或间接地影响酶的活性。根据抑制剂与酶紧密结合的程度不同，酶的抑制作用可分为不可逆性抑制和可逆性抑制两类。

（一）不可逆性抑制作用

不可逆性抑制作用中的抑制剂与酶活性中心的必需基团形成共价键结合，使酶失去活性，不能用透析、超滤等物理方法去除抑制剂而恢复酶的活性，称为不可逆性抑制。例如农药敌百虫、敌敌畏、1059 等有机磷化合物能专一性地与胆碱酯酶活性中心丝氨酸残基的羟基（—OH）结合，使酶失去活性。通常把这些能够与酶活性中心的必需基团进行共价结合，从而抑制酶活性的抑制剂称为专一性抑制剂。

胆碱酯酶是催化乙酰胆碱水解的羟基酶，有机磷化合物中毒时，此酶活性受到抑制，胆碱能神经末梢分泌的乙酰胆碱不能及时水解因而积蓄，患者表现出迷走神经兴奋的中毒症状，如恶心、呕吐、心率变慢、瞳孔缩小、惊厥、呼吸困难等。临床上常采用解磷定（PAM）治疗有机磷化合物中毒。解磷定与有机磷酰化羟基酶的磷酰基结合，使羟基酶游离，从而解除有机磷化合物对酶的抑制作用，使酶恢复活性。

$$\begin{array}{cc} RO \diagdown \quad \diagup O \\ \quad P \\ R_1O \diagup \quad \diagdown X \end{array} + E{-}OH \longrightarrow \begin{array}{cc} RO \diagdown \quad \diagup O \\ \quad P \\ R_1O \diagup \quad \diagdown O{-}E \end{array} + E{-}X$$

有机磷化合物　　羟基酶　　　　失活的酶　　　　　酸

某些金属离子（Hg^{2+}、Ag^+、Pb^{2+}）及 As^{3+} 可与酶分子的巯基（—SH）进行结合，使酶失去活性。由于这些抑制剂所结合的巯基不局限于必需基团，所以此类抑制剂又称为非专一性抑制剂。化学毒剂路易士气是一种含砷的化合物，它能抑制体内的疏基酶而使人畜中毒。

$$\begin{matrix} Cl \\ | \\ Cl \end{matrix} As—CH=CHCl + E \begin{matrix} SH \\ \\ SH \end{matrix} \longrightarrow E \begin{matrix} S \\ \\ S \end{matrix} As—CH=CHCl +2HCl$$

路易士气　　　　　疏基酶　　　　　失活的酶　　　　酸

失活的疏基酶可用二疏基丙醇（BAL）或二疏基丁二酸钠等含疏基化合物解毒，两者含有两个疏基，体内达到一定浓度后，可与毒剂结合，从而恢复疏基酶活性，实现治疗目的。

$$E \begin{matrix} S \\ \\ S \end{matrix} As—CH=CHCl + \begin{matrix} H_2C—SH \\ | \\ HC—SH \\ | \\ CH_2—OH \end{matrix} \longrightarrow E \begin{matrix} SH \\ \\ SH \end{matrix} + \begin{matrix} H_2C—S \\ | \\ HC—S \\ | \\ CH_2—OH \end{matrix} As—CH=CHCl$$

失活的酶　　　　　BAL　　　　　　疏基酶　　　　BAL与砷剂结合物

（二）可逆性抑制作用

可逆性抑制作用中的抑制剂通常以非共价键与酶可逆性结合，使酶活性降低或丧失。此种抑制采用透析或超滤等方法可将抑制剂除去，恢复酶的活性。根据抑制剂与底物的关系，可逆性抑制分为两种类型。

1. 竞争性抑制作用　抑制剂（I）的结构与底物（S）的结构相似，可竞争性地与酶活性中心结合，阻碍酶与底物结合形成（ES）复合物，从而使酶的活性受到抑制，这种抑制作用称为竞争性抑制作用。竞争性抑制作用具有以下特点：①抑制剂在化学结构上与底物分子相似，两者竞相争夺同一酶的活性中心；②抑制剂与酶的活性中心结合后，酶分子失去催化作用；③竞争性抑制作用的强弱取决于抑制剂与底物之间的相对浓度，抑制剂浓度不变时，通过增加底物浓度可以减弱甚至解除竞争性抑制作用；④酶既可以结合底物分子，也可以结合抑制剂，但不能与两者同时结合。E、S、I 及其催化反应的关系如下式：

$$\begin{matrix} E + S \longleftrightarrow ES \rightarrow E + P \\ + \\ I \\ \downarrow \\ EI \end{matrix}$$

从上式可见，[I] 增加时，引起的平衡移动使 EI 增加，但 EI 不能生成产物，导致酶促反应降低。而 [S] 增加引起的平衡移动使 ES 增加，EI 减少。当 [S] 足够高时，能够减弱甚至解除抑制剂的抑制作用，酶促反应速度仍然可以达到 V_{max}，但 K_m 相应提高。

$$H_2N—\bigcirc—COOH \qquad H_2N—\bigcirc—SO_2NHR$$

对氨基苯甲酸　　　　　　　　磺胺类药物

竞争性抑制作用在临床药物研发方面具有重要作用，如磺胺类药物和磺胺增效剂便是通过竞争性抑制作用抑制细菌生长的。对磺胺类药物敏感的细菌在生长繁殖时不能利用环境中的叶酸，而是在菌体内二氢叶酸合成酶的作用下，利用对氨苯甲酸PABA、二氢蝶呤及谷氨酸合成二氢叶酸（FH_2），后者在二氢叶酸还原酶的作用下进一步还原成四氢叶酸（FH_4），四氢叶酸是细菌合成核酸过程中不可缺少的辅酶。磺胺类药物与对氨苯甲酸结构相似，是二氢叶酸合成酶的竞争性抑制剂，可以抑制二氢叶酸的合成，从而影响四氢叶酸的合成，进一步抑制细菌核酸的合成而抑制细菌生长；磺胺增效剂（TMP）与二氢叶酸结构相似，是二氢叶酸还原酶的竞争性抑制剂，可以抑制四氢叶酸的合成（图3-9）。

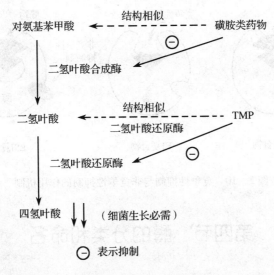

图3-9 磺胺类药物竞争性抑制四氢叶酸合成

磺胺类药物与其增效剂在两个作用点分别竞争性抑制细菌体内二氢叶酸和四氢叶酸的合成，影响一碳单位的代谢，从而有效地抑制了细菌体内核酸及蛋白质的生物合成，导致细菌死亡。人体能从食物中直接获取叶酸，所以人体四氢叶酸的合成不受磺胺及其增效剂的影响。许多抗代谢类抗癌药物，如甲氨蝶呤（MTX）、5-氟尿嘧啶（5-FU）、6-巯基嘌呤（6-MP）等，几乎都是酶的竞争性抑制剂，可抑制肿瘤细胞生长。

2. 非竞争性抑制作用 非竞争性抑制作用中的抑制剂与酶活性中心外的其他位点可逆地结合，使酶的三维形状改变，导致酶催化活性降低。此种结合不影响酶与底物分子的结合，同时，酶与底物分子的结合也不影响酶与抑制剂的结合。底物与抑制剂之间无竞争关系。但酶-底物-抑制剂复合物（ESI）不能进一步释放产物。这种抑制剂作用称为非竞争性抑制作用。抑制作用的强弱取决于抑制剂的浓度，不能通过增加底物浓度减弱或消除抑制作用。

典型的非竞争性抑制作用的反应过程是：

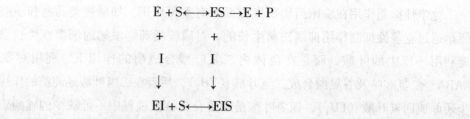

从上式可见，[I] 增加时，引起平衡向生成 EIS 的方向进行；[S] 增加时，有利于 $E + S \longrightarrow ES$，因 ES 很快生成 EIS，故 ES 的实际含量下降。此类抑制作用使 V_{max} 降低，K_m 不变。

竞争性与非竞争性抑制作用机制比较见图 3 - 10。

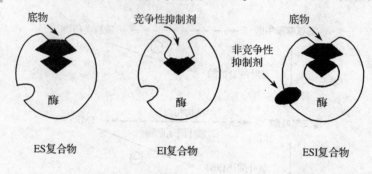

图 3 - 10　竞争性抑制与非竞争性抑制的作用机制

第四节　酶的分类和命名

一、酶的分类

国际酶学委员会根据酶促反应的类型，将酶分为六大类，分别用 1、2、3、4、5、6 编号来表示。

1. 氧化还原酶类　催化底物进行氧化还原反应的酶类。反应通式：$AH_2 + B \rightarrow A + BH_2$，如乳酸脱氢酶、琥珀酸脱氢酶等。

2. 转移酶类　催化底物之间进行某种基团转移或交换的酶类。反应通式：$A—R + C \rightarrow A + C—R$，如氨基转移酶、甲基转移酶等。

3. 水解酶类　催化底物发生水解反应的酶类。反应通式：$A—B + H_2O \rightarrow A—H + B—OH$，如淀粉酶、蛋白酶、脂肪酶等。

4. 裂合酶类或裂解酶类　催化从底物移去一个基团并留下双键的反应或其逆反应的酶类。反应通式：$A—B \rightarrow A + B$，如柠檬酸合成酶、醛缩酶等。

5. 异构酶类　催化各种同分异构体间相互转化的酶类。反应通式：$A \longleftrightarrow B$，如磷酸丙糖异构酶、磷酸己糖异构酶等。

6. 合成酶类或连接酶类　催化 2 分子底物合成为 1 分子化合物，同时伴有 ATP 的磷酸键断裂并释放能量的酶类。反应通式：A + B + ATP→A—B + ADP + Pi，如谷氨酰胺合成酶、谷胱甘肽合成酶。

二、酶的命名

酶的命名方法分为习惯命名法和系统命名法。

1. 习惯命名法　通常是以酶催化的底物、反应的性质以及酶的来源命名。依据酶所催化的底物命名，如淀粉酶、脂肪酶、蛋白酶等。依据酶的来源和酶的底物命名，如唾液淀粉酶、胰蛋白酶等；依据催化反应的类型命名，如脱氢酶、转氨酶等；综合命名，如乳酸脱氢酶、氨基酸氧化酶等。习惯命名法简单、易懂，应用历史较长，但缺乏系统的规则。

2. 系统命名法　国际酶学委员会（IEC）以酶的分类为依据，制定了与分类法相适应的系统命名法。系统命名法虽然合理，但比较繁琐，使用不方便，一般适宜于专业研究人员应用。

第五节　酶与医学的关系

一、酶与疾病的发生

医学研究发现，一些疾病的发生是由于酶的质或量异常或者酶活性受到抑制所引起的。酶的质和量异常可分为两类：一类为先天性或遗传性酶缺陷病，如酪氨酸酶缺乏引起的白化病；苯丙氨酸羟化酶缺乏时，苯丙氨酸转变为酪氨酸的途径受阻，继而经转氨基生成大量苯丙酮酸，以致尿中出现苯丙酮酸，导致苯丙酮酸尿症。另一类为维生素 K、凝血酶功能低下，肝脏合成的凝血酶原不能进一步羧化成成熟的凝血因子，患者出现凝血时间延长，皮下、肌肉及胃肠道出血。

另外，有些疾病是因酶的合成障碍或酶活性异常所致，如重金属盐中毒是含巯基的酶活性受抑制，氰化物及一氧化碳中毒是因为抑制了呼吸链中的细胞色素氧化酶的活性等。

二、酶与疾病的诊断

酶是在细胞内合成的，所以体液中的酶来自组织细胞内。因此，收集血液、尿液等样品进行有关酶活性的测定，可以反映产生该酶的器官组织的功能状态，有利于临床多种疾病的诊断和预后判断。引起血浆酶活性改变的主要原因有以下几种。

1. 细胞损伤或细胞膜通透性增高，使原本存在于细胞内的酶释放入血，如急性病毒性肝炎时，血清中谷丙转氨酶增高；心肌梗死时 LDH_1 活性增高等。

2. 细胞内酶的合成速度增加，进入血中的酶的含量随之相应增加。如恶性肿瘤广泛转移时，血清中的乳酸脱氢酶的活性增高；患佝偻病和骨肉瘤时，血清中碱性磷酸酶的活性增高。

3. 细胞内酶合成障碍，导致血清中酶的活性降低，如肝脏疾病时，血中凝血酶原、部分凝血因子含量明显降低。

4. 酶活性受到抑制，有机磷农药中毒时，红细胞的胆碱酯酶活性降低。

此外，同工酶活性的测定可提高酶学诊断的特异性和敏感性。

三、酶与疾病的治疗

酶制剂已广泛应用于临床，主要作用有以下几个方面。

1. **促进消化**　胃蛋白酶、胰蛋白酶、胰脂肪酶、胰淀粉酶等可以用于因消化腺分泌不足所致的消化不良，或因某些酶基因缺陷所致的先天性代谢障碍。

2. **抗菌消炎**　胰蛋白酶、溶菌酶、菠萝蛋白酶、木瓜蛋白酶、胶原蛋白酶等能水解炎症部位的纤维蛋白及脓液中黏蛋白，可用于消炎、消肿、排脓及促进伤口愈合。磺胺类药物通过酶的竞争性抑制起到抗菌消炎的作用。

3. **抗肿瘤**　甲氨蝶呤可抑制肿瘤细胞的二氢叶酸还原酶的活性，从而抑制肿瘤生长繁殖。天冬酰胺酶能水解破坏肿瘤生长所需的天冬酰胺，用于治疗淋巴肉瘤和白血病。

4. **抗血栓**　纤溶酶、尿激酶与链激酶等可溶解血栓，防止血栓形成，用于心脑血管栓塞的治疗。

5. **其他**　超氧化物歧化酶用于治疗类风湿性关节炎和放射病，止血酶用于止血；单胺氧化酶可抗抑郁；青霉素酶用于治疗青霉素过敏。

四、酶在医学上的其他应用

1. **酶作为试剂用于临床检验**　在生化检验中，把酶作为试剂用于底物浓度的检测或用于另一种酶活性的测定。例如血糖、血脂水平都是用酶法测定。

2. **酶作为工具用于科学研究**　酶可以代替放射性核素作为某些物质的标记，或利用酶的高度特异性特点，在分子水平上对某些生物大分子进行定向的分割与连接。最典型的是基因工程中应用的限制性核酸内切酶、连接酶以及 PCR 反应中应用的热稳定的 DNA 聚合酶等。

本章小结

　　酶是由活细胞产生的具有高度催化效率、高度特异性的生物催化剂，绝大部分为蛋白质，还包括少量的核酸。酶按分子组成可分为单纯酶和结合酶，结合酶中的蛋白质部分称酶蛋白，非蛋白质部分称为辅助因子，只有酶蛋白与辅助因子结合在一起构成全酶才具有催化活性。酶蛋白决定酶的专一性，辅助因子决定酶促反应的类型。根据辅助因子与酶蛋白结合的紧密程度不同，辅助因子分为辅酶和辅基。许多 B 族维生素的衍生物参与辅酶的构成。

　　酶分子中与酶活性密切相关的化学基团称为必需基团，必需基团在空间结构上集中在一起，形成能特异地与底物结合并将底物转化为产物的一个区域，称为酶的活性中心。有些酶在体内初分泌时是没有活性的酶的前体，称为酶原。在一定条件下，酶原形成活性中心或暴露出活性中心，称为酶原的激活。同工酶是指催化的化学反应相同，但酶的分子结构、理化性质及免疫学性质不同的一组酶。

　　酶促反应的速度受许多因素的影响：底物浓度、酶浓度、温度、pH、激活剂、抑制剂。其中底物浓度对反应速度的影响可用米氏方程式表示：$V = \dfrac{V_m [S]}{K_m + [S]}$

　　国际生化学会根据酶催化的反应性质分为六大类：氧化还原酶类、转移酶类、水解酶类、裂合酶类、异构酶类及合成酶类。酶的命名有习惯命名和系统命名两种方法。酶在医学上的应用包括疾病的发生、疾病的诊断、疾病的治疗、科学研究等。

本章主要考点

1. 酶、酶原、同工酶、K_m、活性中心的概念，K_m 值的意义。
2. 酶促反应的特点，影响酶促反应的因素。
3. 竞争性抑制、非竞争性抑制的概念，磺胺类药物的抗菌机制。

（邵红英）

第四章

维生素与微量元素

第一节　维生素概述

一、维生素的概念

维生素（vitamin）是人类必需的七大营养素之一，是维持机体正常生命活动所必需而机体自身又不能合成或合成量不足，必须靠外界供给的一类微量，低分子有机化合物。人体对维生素需要量很少，但又不可缺少，一旦缺乏，物质代谢可能发生障碍，引起相应的维生素缺乏症。

二、维生素的命名和分类

（一）命名

维生素命名方法甚多，一般按发现先后顺序以拉丁字母命名，如：维生素 A、B、C、D、E 等。有的按生理功能命名，如维生素 B_1 又称抗脚气病维生素，维生素 A 又称为抗干眼病维生素，维生素 C 又称为抗坏血病维生素等。有的按化学结构命名，如维生素 B_{12} 是惟一含金属元素钴的维生素，又称为钴胺素，维生素 B_1 是含硫的胺类，又称为硫胺素。

（二）分类

按溶解性质可将维生素分为脂溶性维生素和水溶性维生素两大类。脂溶性维生素包括维生素 A、D、E、K 四种，水溶性维生素包括维生素 B_1、B_2、B_6、B_{12}、维生素 PP、泛酸、叶酸、生物素等。

三、维生素的缺乏与中毒

（一）维生素缺乏的主要原因

1. 摄入量不足　食物供给不足、存储时间过长、烹调不当，均可造成食物中维生素大量破坏与流失而造成维生素摄入不足。如新鲜水果及蔬菜放置时间过长可致维生素 C 大量破坏，淘米过度、煮稀饭或蔬菜烹饪时加碱、五谷过于精细加工，可使大量维生素 B_1 丢失。

2. 肠道吸收降低 当消化系统有疾患时，如长期腹泻、胆道疾病等，常使维生素在肠道的吸收降低。

3. 机体需要增加 生长期儿童、青少年、孕妇、乳母、重体力劳动者以及长期高热、慢性消耗性疾病患者对维生素需求量增加，这些人没有及时补充维生素时可导致维生素缺乏。

4. 长期使用抗生素 长期服用抗生素，使正常菌群生长受到抑制，可引起由肠道合成的某些维生素缺乏，如维生素 K、B_6、叶酸等。

（二）维生素中毒

人体对维生素的需要有一定范围，每日需要量很少（常以毫克和微克计），如果长期缺乏某种维生素则可发生相应的维生素缺乏症，若食入过量则可引起维生素中毒。如长期大量使用维生素 A、D，可引起维生素 A、D 中毒，患儿中毒可致长骨变短，生长停滞，肝和肾受损等。维生素 B_1 用量过大会引起周围神经痛觉缺失，维生素 B_{12} 长期大量使用可致红细胞过多等。因此，在临床上要注意合理正确地使用维生素。

第二节 脂溶性维生素

维生素 A、D、E、K 不溶于水，易溶于脂类及有机溶剂，故将其称为脂溶性维生素。食物中的脂溶性维生素常以脂类共同存在，它们在胃肠道的吸收与脂类的吸收密切相关，当脂类吸收减少，脂溶性维生素的吸收也可减少，甚至可引起缺乏症，吸收后的脂溶性维生素贮存在肝，若食入过量可引起维生素中毒。

一、维生素 A

（一）化学性质及来源

维生素 A 又称视黄醇、抗干眼病维生素，其化学本质是含 β - 白芷酮环的不饱和一元伯醇类。维生素 A 化学性质活泼，易被空气氧化，紫外光照射亦可破坏，保存时应将其放置在棕色瓶内避光保存，食物中的维生素 A 在一般烹调过程中破坏较少。

维生素 A 主要来源于动物性食物，如哺乳类动物和咸水鱼肝中、蛋类、乳类。植物中虽不含维生素 A，但胡萝卜、黄玉米、菠菜、生菜、油菜、西兰花、红辣椒、芒果、枇杷中的类胡萝卜素可在肠中和肝中转变成维生素 A，称为维生素 A 原。

维生素 A 又分为维生素 A_1（视黄醇）、维生素 A_2（3 - 脱氢视黄醇）。维生素 A_2 生理功效仅有维生素 A_1 的 40%。植物中的 β - 胡萝卜素又称为维生素 A 原，它可转化为视黄醇。维生素 A 在体内的活性形式是视黄醇、视黄醛、视黄酸。

（二）生化功能及缺乏病

1. 构成视觉细胞内感光物质 11－顺视黄醛、全反型视黄醛可感受暗光，维生素 A 缺乏时，11－顺视黄醛得不到补充，对暗光敏感度下降，暗适应时间延长，严重时造成夜盲症。

2. 维持上皮组织结构完整和功能的健全 维生素 A 能维持细胞结构的完整和功能的健全。维生素 A 缺乏时，细胞结构被破坏，其功能也受影响。当上皮细胞受影响时，可出现皮肤干燥、角化、脱屑、泪液分泌减少而导致干眼病，严重时角膜上皮过度角化，可出现感染、角膜混浊及角膜软化。

3. 促进机体的生长和发育 视黄醇、视黄酸具有类固醇激素样作用，能促进机体生长和发育。

4. 其他作用 β－胡萝卜素和类β－胡萝卜素能捕捉自由基，有一定的抗氧化作用。

过量摄取维生素 A 可出现维生素 A 中毒，表现为头痛、恶心、腹泻、肝脾肿大、生长停滞、长骨变短等，孕妇过量摄取可引起胎儿畸形。

二、维生素 D

（一）化学性质及来源

维生素 D 又称为抗佝偻病维生素、钙化醇。其化学本质是类固醇的衍生物，主要类型有维生素 D_2（麦角钙化醇）、维生素 D_3（胆钙化醇）、维生素 D_2 原（麦角固醇），维生素 D_3 原（7－脱氢胆固醇）。

维生素 D 主要来源于动物性食物，如肝、乳及蛋黄、鱼肝油等。皮肤微血管中的 7－脱氢胆固醇经日光照射可转变为维生素 D_3，因此，经常晒太阳可预防维生素 D 缺乏。

（二）生化功能及缺乏病

维生素 D 活性形式是 1, 25－二羟维生素 D_3，又称活性维生素 D_3，其中第 1 位的羟化在肾中完成，25 位的羟化在肝中进行。

维生素 D 可促进小肠黏膜对钙、磷的吸收，促进肾小管对钙、磷的重吸收，从而提高血钙、血磷的浓度，促进骨的钙化和骨组织生长。

如果缺乏维生素 D，儿童引起佝偻病，成人引起骨软化症。

过量摄取维生素 D 可引起中毒，表现为头痛、恶心、腹泻、呕吐、食欲下降，严重时可导致肾功能衰竭。

三、维生素 E

（一）化学性质及来源

维生素 E 又名生育酚，抗不育症维生素。其化学本质是苯骈二吡喃衍生物，它对热稳定，对氧敏感，是最重要的天然抗氧化剂。维生素 E 主要来源于植物油，如麦胚油、棉籽油、花生油等。

（二）生化功能及缺乏病

维生素 E 的作用主要与动物生殖功能有关。动物实验发现，缺乏维生素 E 时，雄性动物的精子产生减少，雌性动物易流产，因此，临床上常用维生素 E 治疗习惯性流产和先兆流产。

抗氧化作用是维生素 E 的又一功能。维生素 E 能捕捉自由基，避免脂质过氧化，具有保护生物膜，减少脂褐素生成，从而延缓衰老过程的作用。

四、维生素 K

（一）化学性质及来源

维生素 K 又称凝血维生素，它是 2 - 甲基 - 1，4 - 萘醌的衍生物。天然的维生素 K 有维生素 K_1 和维生素 K_2 两种，维生素 K_1 主要来源于绿叶植物如菠菜、花菜和动物肝脏中，维生素 K_2 是人体肠道细菌的代谢产物，人工合成的有维生素 K_3 和维生素 K_4。

（二）生化功能与缺乏病

维生素 K 作为谷氨酸羧化酶的辅助因子，能促进凝血酶原及凝血因子 Ⅱ、Ⅶ、Ⅸ 及 Ⅹ 的合成，从而参与凝血作用。

缺乏维生素 K 时，血液中凝血因子合成障碍，出现凝血时间延长、易出血，尤其是新生儿易发生出血性疾病。

第三节 水溶性维生素

水溶性维生素包括 B 族维生素和维生素 C，B 族维生素有维生素 B_1、维生素 B_2、维生素 B_6、维生素 B_{12}、维生素 PP、泛酸、叶酸和生物素。水溶性维生素是构成酶的辅助因子的主要成分，参与物质代谢中原子、电子或化学基团的传递。由于其易溶于水，摄入后可随尿排出，因此体内不易储存，必须经常从食物中摄取。

一、维生素 B_1

（一）化学性质及来源

维生素 B_1 又叫抗脚气病维生素，因其分子中含有硫和氨基，所以又叫硫胺素。在种子的外皮、胚芽、黄豆、酵母及瘦肉中维生素 B_1 含量较丰富，维生素 B_1 摄入体内转变成焦磷酸硫胺素（TPP）后才具有生物活性。

$$\text{硫胺素} + \text{ATP} \xrightarrow[\text{Mg}^{2+}]{\text{硫胺素激酶}} \text{TPP} + \text{AMP}$$

（二）生化功能与缺乏病

1. 维生素 B_1 作为辅酶 TPP 的组成成分，参与 α - 酮酸的氧化脱羧基作用（详见糖代谢与氨基酸分解代谢章）。如维生素 B_1 缺乏，则 α - 酮酸的氧化脱羧不能进行，从而出现能量代谢障碍，如影响到神经组织，可出现四肢无力、肌肉麻木、感觉异常等周围神经炎的表现。

2. 维生素 B_1 可抑制胆碱酯酶的活性，缺乏时可出现胃肠蠕动减慢、消化液分泌减少、食欲下降等消化系统症状。

·知识链接·

维生素 B_1 的发现

1912 年，波兰科学家丰克，经过千百次的试验，终于从米糠中提取出一种能够治疗脚气病的白色物质，这种物质被丰克称为"维持生命的营养素"，即现在的维生素 B_1。随着时间的推移，越来越多的维生素种类被人们认识和发现，维生素成了一个大家族。根据发现的先后，人们把它们按 A、B、C 一直到 L、P、U 进行排列。

二、维生素 B_2

（一）化学性质及来源

维生素 B_2 是核醇与 6，7 - 二甲基异咯嗪的缩合物。它呈黄色针状结晶，易溶于水，又叫核黄素。主要来源于干酵母、豆、蛋、奶及绿叶蔬菜。

（二）生化功能与缺乏病

维生素 B_2 在体内转化成黄素单核苷酸（FMN）和黄素腺嘌呤二核苷酸（FAD）后而发挥传递氢的作用，所以 FMN 和 FAD 是维生素 B_2 在体内的活性形式。维生素 B_2 缺乏时可产生舌炎、口角炎及眼结膜炎等皮肤与黏膜的炎症和溃疡。

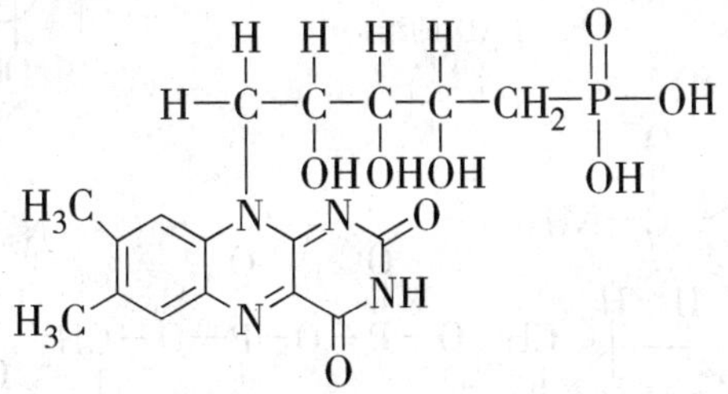

黄素单核苷酸(FMN)

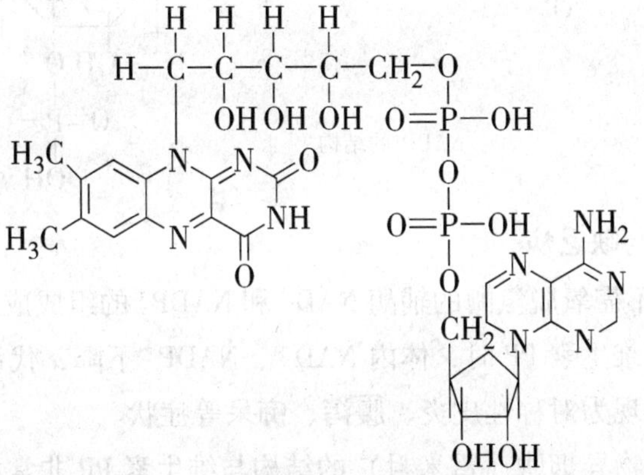

黄素腺嘌呤二核苷酸(FAD)

三、维生素 PP

（一）化学性质及来源

维生素 PP 又叫抗癞皮病维生素或称维生素 B_5，它包括尼克酸（烟酸）和尼克酰胺（烟酰胺），二者均为吡啶衍生物。

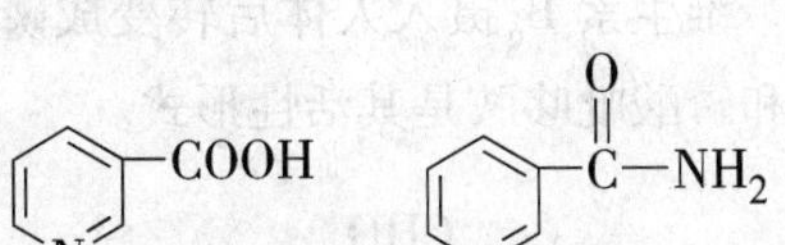

尼克酸

尼克酰胺

维生素 PP 主要来源于肉类、肝脏、酵母、花生。此外，人体肝脏可利用色氨酸合成维生素 PP，但量甚少，仍需食物供给。

维生素 PP 进入人体后转变为尼克酰胺腺嘌呤二核苷酸（NAD^+）和尼克酰胺腺嘌呤二核苷酸磷酸（$NADP^+$），两者分别又称辅酶 I 和辅酶 II。

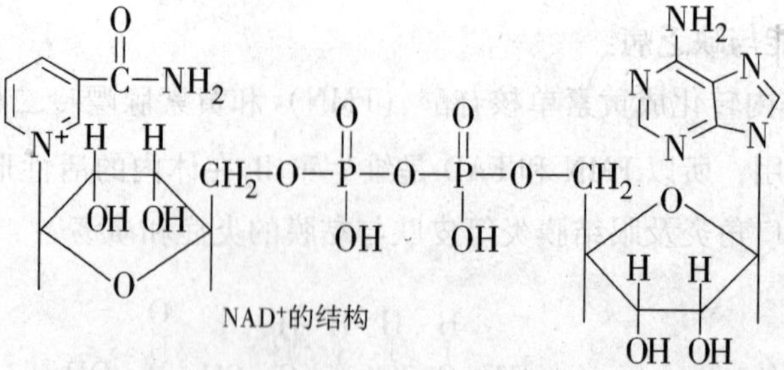

NAD⁺的结构

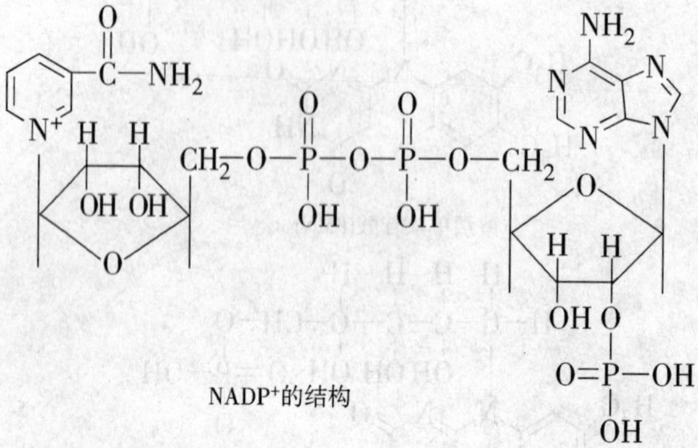

NADP⁺的结构

（二）生化功能与缺乏病

维生素 PP 作为不需氧脱氢酶的辅酶 NAD⁺ 和 NADP⁺ 的组成成分，在物质代谢中参与氧化脱氢。人缺乏维生素 PP 时，体内 NAD⁺、NADP⁺ 下降，代谢物不能正常氧化而出现癞皮病，本病表现为对称性皮炎、腹泻、痴呆等症状。

另外，抗结核药物异烟肼（雷米封）的结构与维生素 PP 非常相似，因此二者有拮抗作用，长期服用异烟肼可引起维生素 PP 缺乏。

四、维生素 B₆

（一）化学性质及来源

维生素 B₆ 包括吡哆醇、吡哆醛和吡哆胺，三者均为吡啶衍生物。它们来源于五谷杂粮，肠道细菌也可以合成，维生素 B₆ 摄入人体后转变成磷酸吡哆醛和磷酸吡哆胺而发挥作用，所以磷酸吡哆醛和磷酸吡哆胺是其活性形式。

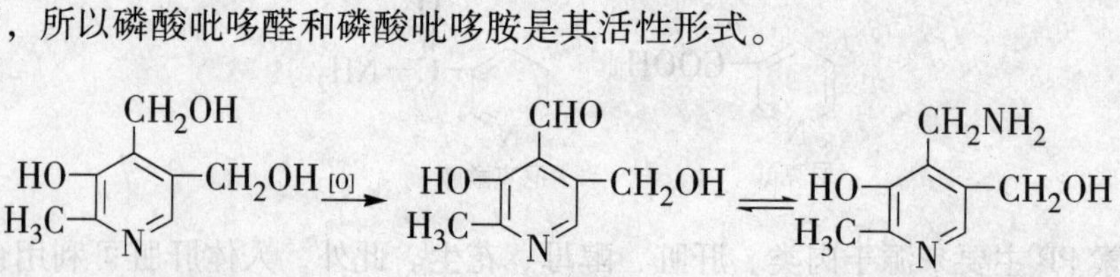

吡哆醇　　　　　　　　吡哆醛　　　　　　　　吡哆胺

（二）生化功能与缺乏病

维生素 B₆ 广泛参与氨基酸的各种反应，是氨基酸转氨酶和脱羧酶的辅酶，参与氨基酸的脱氨基和脱羧基作用。另外，维生素 B₆ 还作为 ALA 合成酶的辅酶参与血红素的合成。

人类尚未发现因维生素 B₆ 缺乏而引起的缺乏症，但中枢神经异常兴奋出现妊娠呕吐、惊厥时，可辅助使用维生素 B_6 以抑制中枢神经系统，长期使用异烟肼的患者也需要补充维生素 B_6 来降低其副作用。

五、泛酸

（一）化学性质及来源

泛酸又叫遍多酸、维生素 B_3，它广泛分布于动植物组织中。

泛酸

（二）生化功能与缺乏病

泛酸是酰化酶的辅助因子辅酶 A（CoASH 或 HSCoA 或 CoA）的组成成分，在物质代谢中参与酰基的转移。

食物中含有丰富的泛酸，肠道细菌又可以合成，所以在正常膳食条件下，人体不会出现泛酸缺乏症。

六、生物素

（一）化学性质及来源

生物素又称维生素 B_7，有 α – 生物素和 β – 生物素两种，二者具有噻吩 – 尿素 – 戊酸衍生物，动植物组织中均含有生物素。

α – 生物素　　　　　　　　β – 生物素

（二）生化功能与缺乏病

生物素作为羧化酶的辅酶，在物质代谢中参与 CO_2 的固定和羧化反应。

由于鸡蛋清中含有抗生物素蛋白，而抗生物素蛋白可与生物素结合，使生物素在肠道中难以吸收，因此食用生鸡蛋可出现生物素的缺乏。鸡蛋煮熟后，鸡蛋清中的抗生物素蛋白遭到破坏，失去抗生物素的作用。

七、叶酸

（一）化学性质及来源

叶酸又称维生素 B_{11}，它是由蝶酸和谷氨酸结合而成，主要存在于新鲜的绿叶蔬菜、酵母、动物肝和肾，肠道细菌也可合成叶酸。

进入体内的叶酸在小肠和肝等组织中被二氢叶酸还原酶还原为二氢叶酸（FH_2），

二氢叶酸再还原为四氢叶酸（FH_4）而发挥作用。

（二）生化功能与缺乏病

叶酸参与一碳单位转移酶的辅酶 FH_4 的构成，在嘧啶、嘌呤、甲硫氨酸和胆碱等重要物质的生物合成中起着传递一碳单位的作用，是一碳单位的载体。

当叶酸缺乏时，一碳单位代谢障碍，嘌呤、嘧啶合成减少，使幼红细胞 DNA 合成受阻，红细胞分裂增殖速度减慢，胞核内染色质疏松，细胞体积巨大，导致红细胞发育成熟障碍，出现巨幼红细胞性贫血。

避孕药及抗惊厥药物能干扰叶酸的吸收及代谢，长期服用这些药物应及时补充叶酸。

八、维生素 B_{12}

（一）化学性质及来源

维生素 B_{12} 又叫抗恶性贫血维生素或钴胺素，它是惟一含有金属元素的维生素。天然存在的维生素 B_{12} 有 $5'$-脱氧腺苷钴胺素、甲基钴胺素和羟钴胺素三种形式。维生素 B_{12} 主要来源于动物食品，以肝中含量最丰富，植物食品中不含维生素 B_{12}，故素食者易缺乏维生素 B_{12}。

维生素 B_{12} 摄入人体后，需要在胃黏膜内因子作用下才能在回肠部位被吸收，所以内因子缺乏的人不能通过口服维生素 B_{12}，而只能通过注射维生素 B_{12} 才能起到治疗的作用。

（二）生化功能与缺乏病

维生素 B_{12} 是甲基转移酶的辅酶，能促进 FH_4 的再利用，从而参与一碳单位的合成、分解、转运，与核酸和蛋白质的合成有关。缺乏维生素 B_{12} 也会影响红细胞成熟，产生巨幼红细胞性贫血。

从上述 B 族维生素的作用来看，B 族维生素与辅酶的作用密切相关。B 族维生素往往是作为酶的辅酶的组成成分参与酶促反应，现将 B 族维生素与辅酶的关系列于表4-1。

表4-1　B 族维生素与辅酶的关系

维生素	活性形式或辅酶	传递的基团
维生素 B_1	TPP	转移醛基或酮基
维生素 B_2	FMN、FAD	传递氢原子和电子
维生素 PP	NAD^+、$NADP^+$	传递氢原子和电子
维生素 B_6	磷酸吡哆醛（胺）	传递氨基酸的氨基
		传递氨基酸的羧基
泛酸	CoASH	转移酰基
生物素	生物素	参与羧化反应
叶酸	FH_4	转移一碳单位
维生素 B_{12}	甲基钴胺素	传递甲基

九、维生素C

（一）化学性质及来源

维生素C是L－己糖酸内酯，又叫L－抗坏血酸，它含有不饱和的一烯二醇结构，易被氧化，具有酸性和较强的还原性。

$$
\begin{array}{c}
O=C \\
HO-C \\
HO-C \\
H-C \\
HO-C-H \\
CH_2OH
\end{array}
\quad
\underset{+2H}{\overset{-2H}{\rightleftharpoons}}
\quad
\begin{array}{c}
O=C \\
O=C \\
O=C \\
H-C \\
HO-C-H \\
CH_2OH
\end{array}
$$

L-抗坏血酸　　　　　氧化型抗坏血酸

维生素C主要来源于新鲜水果、蔬菜，尤以西红柿、青椒、柑橘、鲜枣含量丰富，因植物组织中含抗坏血酸氧化酶，可使维生素C氧化失活，故食物贮存时间过长可使维生素C遭到破坏。

（二）生化功能与缺乏病

1. 参与体内氧化还原反应　维生素C具有较强的还原性，所以维生素C可作为还原剂中和体内一系列的氧化性物质，保护体内蛋白质及巯基酶不被氧化。砷、铅等重金属离子进入体内后可与巯基酶类结合，导致重金属中毒。维生素C可促使谷胱甘肽还原，生成的还原型谷胱甘肽具有保护巯基酶不被重金属离子所氧化的作用，所以维生素C具有解除重金属中毒的作用。

维生素C还能促进红细胞中高铁血红蛋白（MHb）还原为血红蛋白，从而增加血红蛋白运氧能力。

2. 参与体内的羟化反应　维生素C是羟化酶的辅酶，能促进胶原纤维的合成，维持毛细血管的完整性。当维生素C缺乏时，胶原纤维合成减少，毛细血管通透性增加，出现全身皮肤、黏膜的出血，称之为坏血病。

3. 其他功能　目前研究认为，维生素C在减少胆固醇合成、阻止癌细胞扩散等方面有一定的作用。

第四节　微量元素

一、微量元素的概念和功能

构成人体的化学元素有数十种，其中有十余种元素不到体重的0.01%，人体每天需要量在100mg以下，我们称这种元素为微量元素。目前认为，铁、铜、锌、锰、铬、钼、硒、镍、钒、锡、钴、氟、碘、硅等14种元素是人类和动物所必需的微量元素，其中碘、锌、铜、钴、铬等几种微量元素缺乏已导致人类微量元素缺乏病。随着对微量元素认识的深入，微量元素对人体的作用也越来越引起人们的重视，现重点介绍几种微量元素的作用。

二、重要的微量元素

（一）铁

正常成人含铁量约在 $2.5 \sim 4g$，其中约 70% 存在于血液，10% 存在于肌肉，其余则贮存于肝、脾、骨髓等组织。铁的主要生理功能为：参与血红蛋白、肌红蛋白的构成；参与机体能量代谢，是线粒体电子传递与氧化磷酸化过程的重要组成部分；参与其他一些含铁酶的组成。

人体内铁的来源为食物铁和体内血红蛋白分解释放铁两大部分。食物中的铁主要以 Fe^{2+} 的形式在小肠上段被吸收，决定铁吸收的量在很大程度上取决于机体对铁的需求量，若机体对铁需求量增加，内存铁减少，则铁的吸收率会大大增加，反之则减少。能够刺激红细胞生成的因素如缺氧、失血等亦能促进铁的吸收。

抗坏血酸可促进小肠对铁的吸收以及血红蛋白中铁的循环利用，抗坏血酸不足可致铁吸收下降，红细胞铁循环利用减少。维生素 E 也有与抗坏血酸类似的作用。

铁可通过消化道、尿、汗液及呼吸道等途径丢失。

缺铁时可出现缺铁性贫血，表现为口舌炎、凹甲、小细胞低色素性贫血、血清铁蛋白下降、运铁蛋白增加、运铁蛋白饱和度减低、骨髓铁染色减少等。缺铁时，由于机体能量代谢的障碍，患者常有乏力、消化吸收功能下降、机体免疫力降低等症状。孕妇、婴幼儿如有缺铁，则可使胎儿、婴幼儿中枢神经系统发育障碍，尤其是其认知能力方面会出现异常。经期妇女常因铁丢失过多出现铁缺乏，所以对孕妇、经期妇女及婴幼儿应注意补充铁剂，以预防铁的缺乏。

长期大量输血及食物中摄入过量铁可出现铁过多，慢性铁摄入过多可造成皮肤、肝脏、心脏、胰腺、性腺等靶器官损害，急性铁中毒时可发生严重的坏死性胃肠炎。

（二）锌

正常成人含锌量约 $2 \sim 4g$，血浆含锌量约为 $100 \sim 140mg/dl$，其中 30% $\sim 40\%$ 与 α_2 - 巨球蛋白相结合。红细胞含锌量约为血浆的 10 倍，主要存在于红细胞的碳酸酐酶中。

锌是体内含锌酶的组成成分，现知体内有 200 多种酶含锌，重要的有碳酸酐酶、DNA 和 RNA 聚合酶、碱性磷酸酶、羧基肽酶、丙酮酸羧化酶、谷氨酸脱氢酶、乳酸脱氢酶等。锌在体内很少储存，如果食物中锌含量不足，会很快出现锌缺乏症。锌缺乏症表现为食欲减退、生长不良、皮肤病变、伤口愈合缓慢、味觉减退、胎儿畸形等，长期缺乏还可引起性功能障碍和矮小症。营养学会推荐成人每日锌摄入量为 15mg，孕妇和哺乳期妇女应达到 20mg。

（三）铜

正常成人体内含铜量约 100～150mg。人体各组织均含铜，其中以肝、脑、心、肾和胰含量较多。

铜是许多酶的组成成分，如细胞色素氧化酶、铜锌超氧化物歧化酶、过氧化氢酶、酪氨酸酶、单胺氧化酶、抗坏血酸氧化酶等均含铜。含铜酶多属氧化酶类，机体缺铜时这些酶活性下降。铜虽有重要的作用，但摄入过多会引起铜中毒。

（四）碘

正常成人体内含碘量约 20～50 mg，其中 70%～80% 在甲状腺内。碘是合成甲状腺激素必需的原料，成人每日需碘量为 100～300μg。

碘的主要生理功能是参与合成甲状腺素。甲状腺素在调节物质代谢及生长发育中起重要作用，它具有促进糖和脂类氧化分解、促进蛋白质合成、调节能量代谢、促进骨骼生长、维持中枢神经系统的正常功能等重要作用。成人缺碘可引起单纯性甲状腺肿，胎儿和新生儿缺碘可影响个体和智力发育，产生呆小症。

（五）氟

正常成人含氟量为 2.6g，氟主要分布在骨骼和牙齿中。人体每日氟的需要量为 1.0～1.5 mg。羟磷灰石的羟基可被氟取代而成为氟磷灰石 $[Ca_{10}(PO_4)_6F_2]$，氟磷灰石比羟磷灰石更坚固而有弹性，所以膳食中适量的氟有保护骨和牙齿的作用。氟主要来源于水，一般饮水中约含 1mg/L，茶叶含氟较多，干燥茶叶可高达 100mg/kg。若食物和饮水中含氟量过少，人易出现龋齿；含量过高，则引起牙齿斑釉及慢性中毒。一般认为饮水中氟的含量以百万分之一（1ppm，相当于 1mg/L）较为合适。

（六）硒

正常成人体内含硒量约为 4～10 mg，硒主要分布在肝、胰和肾。成人每日需要量为 30～50μg。硒在十二指肠吸收，主要经肠道排泄，小部分由肾和汗排泄。

硒是谷胱甘肽过氧化物酶的成分，能拮抗氧化剂对机体的破坏作用。硒可激活 α-酮戊二酸脱氢酶，参与辅酶 A、辅酶 Q 的生物合成，所以硒与三羧酸循环和呼吸链电子传递有关。硒对心肌的保护、抗癌作用等均可能与此有关。此外，硒还有拮抗镉、汞、砷等的毒性作用。

我国医学工作者研究表明，硒摄入量不足也与克山病有关。他们发现克山病流行区居民的血硒和头发硒水平均低于非病区人群，用含硒的亚硒酸钠防治克山病也取得了显著的效果。

（七）锰

正常人体内含锰量为 10～20mg，锰广泛分布于全身各组织，以脑中的含量最高，成人每日需锰量 2.5～7.0mg。

锰是体内某些金属酶的成分，如精氨酸酶、丙酮酸羧化酶及锰超氧化物歧化酶等均含有锰，锰也是一些酶的激活剂，是人体必需的微量元素之一。

人体锰缺乏的典型病例尚未见报道，但发现某些疾病存在锰代谢紊乱，如癫痫患者血锰含量降低。此外，锰缺乏还可能与关节疾病、精神抑郁、骨质疏松及先天畸形等疾病的发生有关。锰在食物中分布广泛，通常能满足需要。

本章小结

维生素是维持机体正常生命活动所必需而机体自身又不能合成，必须靠外界供给的一类微量、低分子有机化合物。按溶解性质可将维生素分为脂溶性维生素和水溶性维生素两大类。脂溶性维生素包括维生素 A、D、E、K 四种，水溶性维生素包括维生素 B_1、B_2、B_6、B_{12}、维生素 PP、泛酸、叶酸、生物素等。

维生素缺乏的主要原因有摄入量不足、肠道吸收降低、机体需要增加及长期使用抗生素。脂溶性维生素摄入过多可在组织细胞中蓄积而出现维生素中毒。

维生素 A 影响细胞分化和发育，与暗适应有关。缺乏时引起夜盲症和干眼病。

维生素 D 与骨代谢有关，儿童缺乏时引起佝偻病，成人引起骨软化症。抗氧化作用是维生素 E 的主要功能。维生素 K 与血液凝固有关，缺乏时，血液中凝血因子合成障碍、凝血时间延长、易出血。

B 族维生素是构成酶的辅助因子的主要成分。维生素 B_1 又叫硫胺素，缺乏时，产生脚气病。维生素 B_2 又叫做核黄素，缺乏时可产生舌炎、口角炎及眼结膜炎等皮肤与黏膜的炎症和溃疡。维生素 PP 又叫抗癞皮病维生素，缺乏时产生癞皮病。维生素 B_{12} 及叶酸缺乏时出现巨幼红细胞性贫血。维生素 C 缺乏时产生坏血病。

人体肠道可合成的 B 族维生素有维生素 B_2、维生素 PP、维生素 B_6、泛酸、生物素、叶酸、维生素 B_{12}。

直接作为辅酶的 B 族维生素有生物素、维生素 B_{12}，其余的维生素要在组织细胞内转化成活性形式后才能发挥作用。维生素 B_{12} 是惟一含金属的维生素。

可在肝脏贮存的维生素有脂溶性维生素 A、维生素 D、维生素 K，水溶性维生素 B_2、维生素 PP、维生素 B_6、维生素 B_{12}。

人体有十余种元素不到体重的 0.01%，每天人体需要量在 100mg 以下，这些元素称为微量元素。它们是铁、铜、锌、锰、铬、钼、硒、镍、钒、锡、钴、氟、碘、硅等元素。微量元素分布于机体各组织，它们通过构成各种辅酶成分或以酶的激活剂的形式参与物质代谢而发挥作用。微量元素缺乏可致代谢紊乱，但过多也可出现代谢失调。

本章主要考点

1. 维生素的概念及分类。
2. 脂溶性维生素与水溶性维生素的功能及缺乏病。
3. 维生素与辅酶的关系。
4. 微量元素的概念及微量元素的组成。

（胡玉萍　陈莉）

第五章

糖 代 谢

第一节 概 述

糖（carbohydrates）是指多羟基醛或多羟基酮及其衍生物或多聚物，也称碳水化合物。

根据其水解产物的情况，糖主要可分为以下四大类。

1. **单糖** 如葡萄糖、果糖、半乳糖。

2. **寡糖** 如麦芽糖（葡萄糖－葡萄糖）、蔗糖（葡萄糖－果糖）、乳糖（葡萄糖－半乳糖）。

3. **多糖** 如淀粉、糖原、纤维素

4. **结合糖** 糖与非糖物质的结合物，如糖脂是糖与脂类的结合物，糖蛋白是糖与蛋白质的结合物。

一、糖的生理作用

1. **氧化供能** 糖的主要生理作用是为机体提供生命活动所需的能量，1g 糖氧化后可产生 16.75kJ（4.1kcal）的能量，人类所需能量的 50%～70% 来自糖的氧化分解。与供能有关的糖类主要是葡萄糖和糖原，前者为运输和供能形式，后者为贮存形式。

2. **作为组织结构成分** 糖类可与脂类形成糖脂或与蛋白质形成糖蛋白，糖脂和糖蛋白是生物膜的重要组分；一些蛋白聚糖和糖蛋白还参与结缔组织、软骨、骨基质的构成；还有些糖蛋白具有特殊生理功能，如部分激素、酶、抗体、受体、免疫球蛋白等。

3. **作为核酸类化合物的成分** 核糖和脱氧核糖参与构成核酸。

4. **转变为其他物质** 糖类可经代谢而转变为脂肪或氨基酸等化合物。

二、糖的消化吸收

食物中的糖一般以淀粉为主。唾液和胰液中都有 α-淀粉酶，可水解淀粉分子内的 α-1，4 糖苷键。淀粉消化主要在小肠内进行。在胰淀粉酶作用下，淀粉被水解成葡萄

糖。糖被消化成单糖后才能在小肠被吸收，再经门静脉进入肝。小肠黏膜细胞对葡萄糖的摄入是一个依赖于特定载体转运的、主动耗能的过程，糖在吸收过程中同时伴有 Na^+ 的转运。

三、糖代谢的概况

糖代谢概况图解如下图 5 - 1。

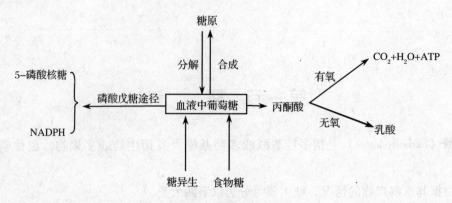

图 5 - 1　糖代谢概况

在供氧充足时，葡萄糖进行有氧氧化，彻底氧化成 CO_2 和 H_2O；在缺氧时，则进行糖酵解生成乳酸。此外，葡萄糖也可进入磷酸戊糖途径等进行代谢，以发挥不同的生理作用。

葡萄糖也可经合成代谢聚合成糖原，储存于肝或肌组织。有些非糖物质如乳酸、丙氨酸等还可经糖异生途径转变成葡萄糖或糖原。以下将介绍糖的主要代谢途径、生理意义及其调控机制。

第二节　糖的分解代谢

一、糖的无氧分解（糖酵解）

体内组织在缺氧情况下，葡萄糖或糖原生成乳酸并合成少量 ATP 的过程称为糖的无氧分解过程，也称之为糖酵解。

（一）糖酵解的反应过程
糖酵解的全部反应在胞液中进行，可分为两个阶段。

1. 葡萄糖生成 2 分子磷酸丙糖（耗能过程）
（1）葡萄糖在己糖激酶（肝脏中此酶称葡萄糖激酶）作用下，由 ATP 提供磷酸基，转化成 6 - 磷酸葡萄糖（G - 6 - P），此反应消耗 1 个 ATP，为不可逆反应。催化此反应的己糖激酶是糖酵解反应的第一个关键酶。

（2）G-6-P 转变为 6-磷酸果糖，后者在 6-磷酸果糖激酶催化下，再消耗 1 分子 ATP，磷酸化为 1,6-二磷酸果糖（F-1,6-BP），这也是一个不可逆反应。6-磷酸果糖激酶是糖酵解第二个关键酶。

$$6-磷酸果糖 \xrightleftharpoons[ATP \quad ADP]{6-磷酸果糖激酶} 1,6-二磷酸果糖$$

（3）1,6-二磷酸果糖在醛缩酶催化下分解为 2 分子磷酸丙糖，其中的磷酸二羟丙酮经异构酶作用可变成 3-磷酸甘油醛。相当于 1 分子葡萄糖生成 2 分子 3-磷酸甘油醛。

$$1,6-二磷酸果糖 \xrightleftharpoons{醛缩酶} 磷酸二羟丙酮 + 3-磷酸甘油醛$$

2. 磷酸丙糖转变为丙酮酸（产能过程）

（1）在 3-磷酸甘油醛脱氢酶作用下，3-磷酸甘油醛氧化成 1,3-二磷酸甘油酸，并使 NAD^+ 变成 $NADH + H^+$。

$$3-磷酸甘油醛 \xrightleftharpoons{3-磷酸甘油醛脱氢酶} 1,3-二磷酸甘油酸$$

（2）1,3-二磷酸甘油酸含高能磷酸键，可经底物水平磷酸化使 ADP 转变为 ATP，并产生 3-磷酸甘油酸。

$$1,3-二磷酸甘油酸 \xrightleftharpoons[ADP \quad ATP]{磷酸甘油酸激酶} 3-磷酸甘油酸$$

（3）3-磷酸甘油酸转变成 2-磷酸甘油酸。

$$3-磷酸甘油酸 \xrightleftharpoons{变位酶} 2-磷酸甘油酸$$

（4）2-磷酸甘油酸由烯醇化酶催化脱水生成磷酸烯醇式丙酮酸，含有一高能磷酸键。

$$2-磷酸甘油酸 \xrightleftharpoons{烯醇化酶} 磷酸烯醇式丙酮酸$$

（5）磷酸烯醇式丙酮酸（PEP）在丙酮酸激酶催化下，转变为丙酮酸，并经第二次底物水平磷酸化使 ADP 磷酸化为 ATP。

$$磷酸烯醇式丙酮酸 \xrightleftharpoons[ADP \quad ATP]{丙酮酸激酶} 丙酮酸$$

3. 丙酮酸转变成乳酸　氧供应不足时，糖酵解途径生成的丙酮酸在乳酸脱氢酶催化下，由 $NADH + H^+$ 提供氢，还原成乳酸。

$$丙酮酸 \xrightleftharpoons{乳酸脱氢酶} 乳酸$$

反应产生的氧化型 NAD^+ 为上游的 3-磷酸甘油醛脱氢酶催化的反应提供辅酶，使整个途径能在无氧条件下不断运转。1mol 葡萄糖经糖酵解途径氧化成 2mol 乳酸，净生成 2mol ATP。

糖酵解反应全过程归纳如下（图5-2）：

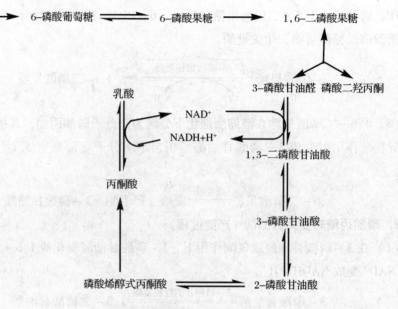

图5-2 糖酵解反应全过程

己糖激酶（葡萄糖激酶）、磷酸果糖激酶和丙酮酸激酶催化的是单向反应，它们是糖酵解途径的关键酶。

（二）糖酵解反应特点

1. 反应部位 胞液。

2. 糖酵解反应过程无氧参与，最终产物是乳酸。

3. 糖酵解释放能量较少。1分子葡萄糖净生成2分子ATP。若从糖原开始，则净生成3分子ATP。

（三）糖酵解的生理意义

1. 糖酵解是机体在缺氧情况下供应能量的重要方式。在剧烈运动时，肌肉局部血流不足，肌肉收缩时相对缺氧，这时可由糖酵解迅速提供能量。在缺氧、缺血性疾病时，机体供氧不足，也通过糖酵解供能。

2. 成熟红细胞没有线粒体，不能进行有氧氧化，糖酵解是为红细胞供能的主要方式。

3. 某些组织细胞如视网膜、睾丸、神经、白细胞等，即使不缺氧也由糖酵解提供部分能量。

4. 为体内其他物质的合成提供原料。如磷酸二羟丙酮可转变为磷酸甘油，用于脂肪的合成；丙酮酸可经氨基化转变为丙氨酸而参与蛋白质的合成。

5. 体内生长的肿瘤细胞也主要通过糖酵解获取能量。这是因为癌细胞的生长分裂速度快于血管的生长和供氧能力，使癌细胞处于缺氧状态，糖酵解就成为其获得能量的主要来源。癌细胞这种对缺氧环境的适应，使得它能够生存下来，直到新血管的增生。

二、糖的有氧氧化

（一）糖的有氧氧化的定义

葡萄糖在有氧条件下彻底氧化分解生成 CO_2 和 H_2O 并释放能量的过程，称为糖的有氧氧化。

（二）糖的有氧氧化的反应过程

糖的有氧氧化分三个阶段进行：①葡萄糖或糖原经糖酵解途径转变为丙酮酸，此阶段反应过程同糖酵解过程；②丙酮酸进入线粒体氧化脱羧，生成乙酰 CoA；③乙酰 CoA 进入三羧酸循环，彻底氧化为 CO_2 和 H_2O 并释放能量。

1. 第一阶段是糖酵解途径　葡萄糖转变成 2 分子丙酮酸，在胞液中进行。但 3 - 磷酸甘油醛脱氢产生的 $NADH + H^+$ 不再用于将丙酮酸还原成乳酸，而是进入线粒体经呼吸链氧化成 H_2O 并产生 ATP。

2. 第二阶段是丙酮酸氧化脱羧生成乙酰辅酶 A（乙酰 CoA）　丙酮酸进入线粒体，由丙酮酸脱氢酶复合体催化，经氧化脱羧基转化成乙酰 CoA。丙酮酸脱氢酶复合体由三个酶和五个辅酶组成，三个酶是丙酮酸脱羧酶、转乙酰基酶、二氢硫辛酸脱氢酶。五种辅酶是 TPP、CoASH、硫辛酸、FAD 及 NAD^+。反应结果丙酮酸脱氢并脱羧，生成 CO_2、$NADH + H^+$ 和乙酰 CoA。

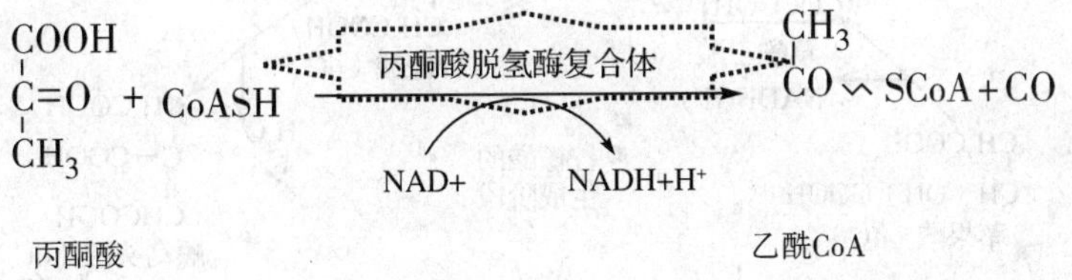

$$
\begin{array}{c}
\text{COOH} \\
| \\
\text{C=O} \\
| \\
\text{CH}_3
\end{array}
+ \text{CoASH}
\xrightarrow[\text{NAD}^+ \quad \text{NADH+H}^+]{\text{丙酮酸脱氢酶复合体}}
\begin{array}{c}
\text{CH}_3 \\
| \\
\text{CO} \backsim \text{SCoA} + \text{CO}
\end{array}
$$

丙酮酸　　　　　　　　　　　　　　　　　乙酰CoA

3. 第三阶段是三羧酸循环和氧化磷酸化　三羧酸循环的生理作用是氧化分解乙酰辅酶 A，产生 $NADH + H^+$ 和 $FADH_2$，再经呼吸链氧化磷酸化产生 ATP。每次三羧酸循环氧化 1 分子乙酰 CoA，同时生成 12molATP。三羧酸循环的基本过程如下（图 5 - 3）。

（1）乙酰 CoA 与草酰乙酸经柠檬酸合成酶催化生成枸橼酸（柠檬酸），柠檬酸变成异柠檬酸。

$$\text{乙酰 CoA + 草酰乙酸} \xrightarrow{\text{柠檬酸合成酶}} \text{柠檬酸}$$

（2）在异柠檬酸脱氢酶作用下，以 NAD^+ 为辅酶，异柠檬酸脱氢、脱羧生成 α - 酮戊二酸、$NADH + H^+$ 和 CO_2。

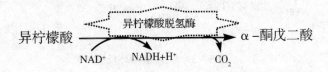

$$\text{异柠檬酸} \xrightarrow[\text{NAD}^+ \quad \text{NADH+H}^+ \quad \text{CO}_2]{\text{异柠檬酸脱氢酶}} \text{α -酮戊二酸}$$

（3）α－酮戊二酸与 NAD^+、CoASH 反应，脱氢、脱羧生成琥珀酰 CoA，$NADH + H^+$ 和 CO_2。

（4）琥珀酰 CoA 的高能硫酯键水解，使 GDP 磷酸化为 GTP，并生成琥珀酸，发生底物水平磷酸化。

琥珀酰CoA $\xrightarrow[\text{GDP+Pi} \quad \text{GTP}]{\text{琥珀酰CoA合成酶}}$ 琥珀酸

（5）琥珀酸脱氢生成延胡索酸及 $FADH_2$；由琥珀酸脱氢酶催化，FAD 为辅基。

琥珀酸 $\xrightarrow[\text{FAD} \quad \text{FADH}_2]{\text{琥珀酸脱氢酶}}$ 延胡索酸

（6）延胡索酸加水生成苹果酸，苹果酸由苹果酸脱氢酶催化，以 NAD^+ 为辅酶，重新生成草酰乙酸及 $NADH + H^+$。

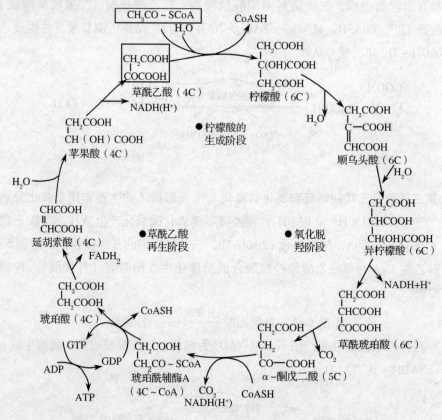

图 5-3　三羧酸循环反应

4. 三羧酸循环的特点　三羧酸循环是在氧供给充足的条件下在线粒体中进行的，有氧时丙酮酸氧化脱羧生成乙酰辅酶 A，进入三羧酸循环彻底氧化。三羧酸循环是机体主要的产能途径，一次三羧酸循环发生 2 次脱羧反应，产生 2 分子 CO_2；有 4 次脱氢反应，其中生成 3 分子 $NADH + H^+$ 和 1 分子 $FADH_2$；有一次底物水平磷酸化生成 GTP；1mol 乙酰 CoA 经过三羧酸循环共生成 12 分子 ATP。三羧酸循环是单向反应体系，为不可逆反应。循环中的柠檬酸合成酶、异柠檬酸脱氢酶、α - 酮戊二酸脱氢酶系是该代谢途径的限速酶。

（三）糖的有氧氧化的生理意义

1. 是机体获得能量的主要方式 1 分子葡萄糖经有氧氧化可生成 38（或 36）分子 ATP（表 5 - 1）。

表 5 - 1 有氧氧化 ATP 的生成

三阶段	反应过程中生成的物质	生化反应	生成 ATP 数
第一阶段	葡萄糖生成 2 分子磷酸丙糖	两次耗能反应	-2
	磷酸丙糖转变为丙酮酸	两次生成 ATP 反应	2×2
	3 - 磷酸甘油醛生成 1，3 - 二磷酸甘油酸	一次脱氢（$NADH + H^+$）	2×2 或 2×3
第二阶段	丙酮酸氧化生成乙酰辅酶 A	一次脱氢（$NADH + H^+$）	2×3
第三阶段	三羧酸循环	三次脱氢（$NADH + H^+$）	$2 \times 3 \times 3$
		一次脱氢（FADH）	2×2
	底物磷酸化	生成 ATP	2×1
净生成 ATP			36 或 38

2. 三羧酸循环是体内三大营养物质彻底氧化分解的共同通路，糖、脂肪及蛋白质经氧化分解都能最终转变为乙酰 CoA，而各种来源的乙酰 CoA 最终都需通过三羧酸循环完成彻底氧化。

3. 三羧酸循环是体内三大营养物质代谢相互联系的枢纽，如糖代谢中间物 α - 酮戊二酸和草酰乙酸可分别与谷氨酸和天冬氨酸互相转换。脂肪酸氧化生成的乙酰 CoA 可经三羧酸循环分解，糖代谢产生的乙酰 CoA 又是合成脂肪酸的原料。

4. 三羧酸循环为其他合成代谢提供小分子前体 如琥珀酰 CoA 为血红素合成前体，柠檬酸透出线粒体裂解出乙酰 CoA 作为脂肪酸、胆固醇合成的前体。

巴斯德效应：供氧充足的组织主要进行糖的有氧氧化，而糖酵解被抑制称为巴斯德效应。有氧时，由于无氧酵解产生的 NADH 和丙酮酸进入线粒体而产能，故糖的无氧酵解代谢受抑制。

（四）糖的有氧氧化与糖的无氧氧化的比较

糖的有氧氧化与糖的无氧氧化的主要特点比较见表 5 - 2。

表 5 - 2 糖的无氧氧化和糖的有氧氧化主要特点比较

比较内容	糖的无氧氧化（糖酵解）	糖的有氧氧化
反应部位	胞液	线粒体
需氧条件	无氧或缺氧	有氧
底物、产物	糖原、葡萄糖——→乳酸	糖原、葡萄糖——→$H_2O + CO_2$
产能	1mol 葡萄糖净生成 2molATP	1mol 葡萄糖净生成 36 ~ 38molATP

比较内容	糖的无氧氧化（糖酵解）	糖的有氧氧化
关键酶	6－磷酸果糖激酶，己糖激酶，丙酮酸激酶	糖酵解关键酶加上丙酮酸脱氢酶系、柠檬酸合成酶、异柠檬酸脱氢酶、α－酮戊二酸脱氢酶复合体
生理意义	迅速供能	机体产能的主要方式

三、磷酸戊糖途径

磷酸戊糖途径是葡萄糖分解代谢的另一重要途径。葡萄糖可经此途径代谢生成磷酸核糖、$NADPH + H^+$。此途径主要发生在肝、脂肪组织、哺乳期乳腺、肾上腺皮质、性腺、骨髓和红细胞等组织细胞内。

（一）磷酸戊糖途径的反应过程

磷酸戊糖途径的代谢反应部位在胞浆中进行，其过程可分为两个阶段，第一阶段是氧化反应，第二阶段是包括一系列基团转移的非氧化反应

1. 氧化反应生成磷酸戊糖 此反应从6－磷酸葡萄糖开始，6－磷酸葡萄糖在6－磷酸葡萄糖脱氢酶催化下，以 $NADP^+$ 为辅酶，脱氢再加水生成6－磷酸葡萄糖酸及 $NADPH + H^+$。6－磷酸葡萄糖酸在6－磷酸葡萄糖酸脱氢酶催化下，以 $NADP^+$ 为辅酶，再次脱氢并自发脱羧而转变为5－磷酸核酮糖，同时生成 CO_2、$NADPH + H^+$。5－磷酸核酮糖在异构酶作用下，即转变为5－磷酸核糖；在6－磷酸葡萄糖生成5－磷酸核糖的过程中，可生成2分子 $NADPH + H^+$ 及1分子 CO_2。

2. 基团转移反应的非氧化反应 5－磷酸核糖通过一系列基团转移反应，最终生成6－磷酸果糖和3－磷酸甘油醛而进入糖酵解途径。因此磷酸戊糖途径也称磷酸戊糖旁路。磷酸戊糖途径的两种重要生成物为5－磷酸核糖和 $NADPH + H^+$。

（二）磷酸戊糖途径的生理意义

1. 为核酸的生物合成提供核糖 磷酸戊糖途径是葡萄糖在体内生成5－磷酸核糖的惟一途径。此途径生成的5－磷酸核糖是人体合成各类核苷酸和核酸的基本原料。

2. 提供 NADPH 作为供氢体 磷酸戊糖途径生成的 NADPH 参与体内多种代谢反应，如参与脂肪酸、胆固醇和类固醇激素等的合成。或作为供氢体参与激素、药物代谢及毒物的生物转化反应。

3. 参与机体免疫反应 巨噬细胞膜上存在 NADPH 氧化酶，它催化 NADPH 上的电子转移给 O_2，形成超氧阴离子以杀灭入侵的微生物。在巨噬细胞与微生物的"战斗"中，NADPH 氧化酶依赖于磷酸戊糖途径，需消耗大量的 NADPH。因此，磷酸戊糖途径缺乏，将会导致免疫力下降，机体容易受到感染。

4. 维持红细胞膜的完整 NADPH 还是谷胱甘肽还原酶的辅酶，用于维持谷胱甘肽的还原状态。还原型谷胱甘肽（G—SH）通过自身的氧化转变成为氧化型（GS—SG）。2分子 GSH 可以脱氢氧化成为 GS—SG，从而保护一些含巯基的重要酶或蛋白质免受氧化剂尤其是过氧化物 H_2O_2 的损害。

$$2GSH + H_2O_2 \xrightarrow{\text{谷胱甘肽过氧化物酶}} G-S-S-G + 2H_2O$$

还原型谷胱甘肽更具有重要作用，它可以保护红细胞膜蛋白不被氧化，维持红细胞膜的完整性。而谷胱甘肽则在谷胱甘肽还原酶催化下，以 $NADH + H^+$ 为供氢体，使氧化型谷胱甘肽重新转变成还原型，保持足够的还原型 $G-SH$，以对抗体内产生或体外进入的氧化剂，保持红细胞膜的稳定性。

有一种先天性 X 染色体连锁的遗传病患者，其红细胞内缺乏 6 - 磷酸葡萄糖脱氢酶，不能经磷酸戊糖途径得到充分的 NADPH，使谷胱甘肽保持于还原状态，患者体内红细胞很脆弱，易于破裂而发生溶血性黄疸。他们常在食用蚕豆或服用一种叫奎宁的抗疟疾药物后诱发，故称为"蚕豆病"。

以上是糖在体内的主要分解过程，现将糖的三条分解途径归纳如图 5 - 4。

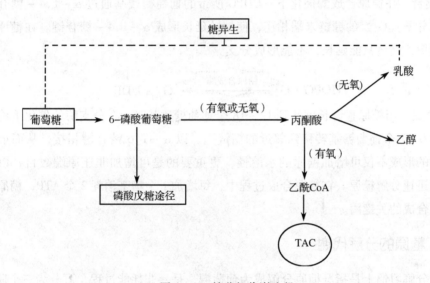

图 5 - 4　糖分解代谢途径

第三节　糖原的代谢

糖原是以葡萄糖为单位聚合而成的带有分支的高分子多糖类化合物，又名动物淀粉。糖原是动物体内糖的储存形式，主要存在于肝脏、肌肉和肾脏等组织细胞中。它的存在对于维持血糖浓度恒定以及为机体快速提供容易被利用的储备燃料具有特殊意义。肌糖原主要提供肌收缩时所需要的能量；肝糖原则是血糖的重要来源。下面主要以肝糖原为例介绍糖原合成与分解的途径、调节和生理意义。

一、糖原的合成代谢

糖原合成指的是葡萄糖合成糖原的过程。糖原合成的过程可分为三个阶段。

1. 活化　由葡萄糖生成尿苷二磷酸葡萄糖（UDPG）：葡萄糖→6 - 磷酸葡萄糖→1 - 磷酸葡萄糖→UDPG。葡萄糖进入肝脏或其他组织后，在 ATP、Mg^{2+} 存在下，经已糖激酶或葡萄糖激酶（肝脏）的催化，生成6-磷酸葡萄糖。

$$葡萄糖 \xrightarrow{己糖激酶} 6-磷酸葡萄糖$$

在磷酸葡萄糖变位酶的催化下，6-磷酸葡萄糖转变成1-磷酸葡萄糖，这是一个可逆反应。

$$6-磷酸葡萄糖 \xrightleftharpoons{变位酶} 1-磷酸葡萄糖$$

1-磷酸葡萄糖在UDPG-焦磷酸化酶的催化下，与三磷酸尿苷（UTP）作用释放出焦磷酸（PPi），生成二磷酸尿苷葡萄糖（UDPG）。此阶段需使用UTP，并消耗相当于2分子的ATP。

$$UTP + G-1-P \xrightarrow{UDPG\ 焦磷酸化酶} UDPG + PPi$$

2. **缩合** 在糖原合成酶催化下，UDPG所带的葡萄糖残基通过α-1,4-糖苷键与原有糖原分子（G_n）的糖链末端相连，使糖链延长形成α-1,4-糖苷键。在糖原合成酶的作用下，糖链只能延长，不能形成分支。

$$UDPG + G_n \xrightarrow{糖原合成酶} G_{n+1} + UDP$$

3. **分支** 当糖原直链长度达到12~18个葡萄糖残基时，在分支酶的催化下将一段糖链，约6~7个葡萄糖基转移到邻近的糖链上，以α-1,6糖苷键相接，从而形成分支。分支的形成不仅可增加糖原的水溶性，更重要的是可增加非还原端数目，以便磷酸化酶能迅速分解糖原。在糖原合成过程中，每增加1个糖基消耗2个ATP，糖原合成酶为糖原合成的关键酶。

二、糖原的分解代谢

糖原分解习惯上是指肝糖原分解成为葡萄糖，是一非耗能过程，可分为三个阶段。

1. **水解** 糖原→1-磷酸葡萄糖。在糖原磷酸化酶催化下，从糖原分子上分解出1个葡萄糖基生成1-磷酸葡萄糖。

$$G_n \xrightarrow{糖原磷酸化酶} G_{n-1} + G-1-P$$

磷酸化酶只能水解α-1-4糖苷键，对α-1,6-糖苷键无作用。当糖链上的葡萄糖基逐个磷酸解离至分支点约4个葡萄糖基时，在脱支酶作用下进一步水解剩余糖基成葡萄糖。此阶段的关键酶是糖原磷酸化酶，并需脱支酶协助。

2. **异构** 1-磷酸葡萄糖→6-磷酸葡萄糖。1-磷酸葡萄糖由变位酶催化成6-磷酸葡萄糖。

$$1-磷酸葡萄糖 \xrightarrow{变位酶} 6-磷酸葡萄糖$$

3. **脱磷酸** 6-磷酸葡萄糖→葡萄糖。糖原分解生成的6-磷酸葡萄糖在葡萄糖-6-磷酸酶作用下脱磷酸生成葡萄糖。

$$6-磷酸葡萄糖 \xrightarrow{葡萄糖-6-磷酸酶} 葡萄糖$$

葡萄糖 – 6 – 磷酸酶只存在于肝、肾中，因此只有肝糖原可直接分解为葡萄糖以补充血糖，肌糖原只能经糖酵解成乳酸，后者再间接转变成葡萄糖。

糖原的合成与分解见图 5 – 5。

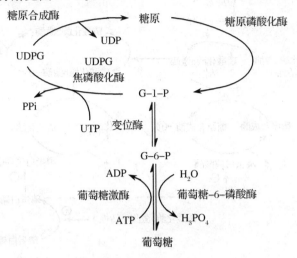

图 5 – 5　糖原合成与分解示意

三、糖原合成与分解代谢的生理意义

1. **贮存能量**　葡萄糖可以糖原的形式贮存。
2. **调节血糖浓度**　血糖浓度高时可合成糖原，浓度低时可分解糖原来补充血糖。
3. **利用乳酸**　肝中可经糖异生途径利用糖无氧酵解产生的乳酸来合成糖原。这就是肝糖原合成的三碳途径或间接途径。

四、糖原合成与分解代谢的调节

糖原合成途径中的关键酶是糖原合成酶，糖原分解途径中的关键酶是磷酸化酶。两种酶的快速调节有共价修饰调节和变构调节两种方式。

1. **磷酸化酶和糖原合成酶的共价修饰调节**　升血糖激素通过 cAMP 依赖的蛋白激酶（PKA）使磷酸化酶 b 激酶磷酸化激活，后者再使低活性的磷酸化酶 b 磷酸化激活为磷酸化酶 a，使磷蛋白磷酸的抑制物磷酸化为有活性的抑制物抑制磷蛋白磷酸酶 – 1，阻止已被磷酸化的酶蛋白脱磷酸，促进糖原分解。糖原分解增强升高血糖水平。糖原合成酶为糖原合成的关键酶，可被共价修饰调节，cAMP 依赖的蛋白激酶使活性的糖原合成酶 a 磷酸化为无活性的糖原合成酶 b，减少糖原合成酶（图 5 – 6）。

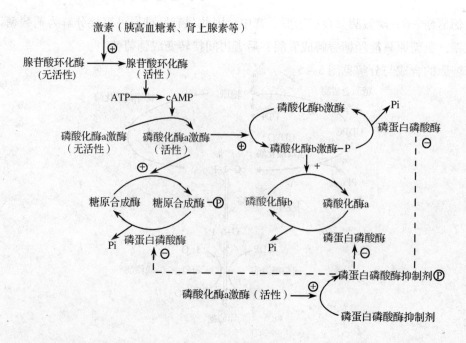

图 5-6 磷酸化酶和糖原合成酶的共价修饰调节示意

2. 磷酸化酶和糖原合成酶的变构修饰调节 磷酸化酶活性还受变构调节，如葡萄糖增加可使肝磷酸化酶变构失活。糖原合成酶也可受变构调节。肝糖原生理功能是补充血糖，主要受胰高血糖素调节；肌糖原生理功能是为肌肉提供能量，主要受肾上腺素调节。能量分子 AMP/ATP 调节时，AMP、Ca^{2+} 激活磷酸化酶 b，ATP、6-磷酸葡萄糖抑制磷酸化酶 a，并激活糖原合成酶。葡萄糖是磷酸化酶的变构调节剂。

3. 糖原合成与分解的生理性调节 主要靠胰岛素和胰高血糖素。胰岛素抑制糖原分解，促进糖原合成，胰高血糖素促进糖原分解。肾上腺素也可促进糖原分解，但可能仅在应激状态下发挥作用。

第四节 糖的异生作用

一、糖异生的概念

糖异生作用：由非糖物质转变成葡萄糖或糖原的过程。

糖异生的主要原料：乳酸、甘油、丙酮酸、生糖氨基酸等。

糖异生的部位：机体内进行糖异生，补充血糖的主要器官是肝。长期饥饿或酸中毒时，肾的糖异生作用可大大加强。

二、糖异生的过程

从丙酮酸生成葡萄糖的过程称为糖异生途径。在肝脏、肾脏中，糖异生的途径基本上是糖酵解途径的逆行过程。糖酵解途径与糖异生途径的多数反应是共有的，是可逆的，但酵解途径中有三个不可逆反应，即分别由己糖激酶、磷酸果糖激酶及丙酮酸激酶催化的单向反应，构成所谓"能障"。实现糖异生必须绕过这三个"能障"。在糖异生途径中须由另外的反应和酶代替。

1. **丙酮酸转变成磷酸烯醇式丙酮酸**　经由丙酮酸羧化支路完成，即丙酮酸进入线粒体，先由丙酮酸羧化酶催化，消耗 ATP，丙酮酸与 CO_2 缩合羧化为草酰乙酸，草酰乙酸加氢还原成苹果酸，苹果酸透出线粒体后再脱氢氧化成草酰乙酸。在胞浆中，草酰乙酸由磷酸烯醇式丙酮酸羧激酶催化，由 GTP 供应磷酸基，脱去 CO_2，转变成磷酸烯醇式丙酮酸，后者经糖酵解途径逆行，转变为 1,6 - 二磷酸果糖。

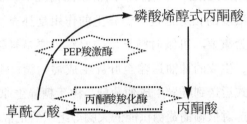

丙酮酸羧化支路

2. **1,6 - 二磷酸果糖转变为 6 - 磷酸果糖**　由果糖二磷酸酶催化 1,6 - 二磷酸果糖脱磷酸生成 6 - 磷酸果糖，再变为 6 - 磷酸葡萄糖。

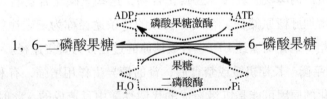

3. **6 - 磷酸葡萄糖水解为葡萄糖**　由葡萄糖 - 6 - 磷酸酶催化 6 - 磷酸葡萄糖水解，生成葡萄糖。葡萄糖 - 6 - 磷酸酶存在于肝、肾细胞中，肌肉组织中不含此酶，故肌肉组织不能生成自由葡萄糖。

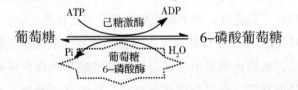

三、糖异生的调节

糖酵解途径与糖异生途径是方向相反的两条代谢途径。如从丙酮酸进行有效的糖异生，就必须抑制酵解途径，以防止葡萄糖又重新分解成丙酮酸；反之亦然。这种协调主要依赖于对这两条途径中的 2 个底物循环和激素进行调节。第一个底物循环在 6 - 磷酸果糖与 1,6 - 二磷酸果糖之间，第二个底物循环在磷酸烯醇式丙酮酸和丙酮酸之间。机体通过代谢物和激素，对糖异生和糖酵解途径中两个底物循环进行调节，如 1,6 - 二磷酸果糖、AMP 可别构激活 6 - 磷酸果糖激酶促进糖酵解过程；又别构抑制果糖二磷酸酶降低糖异生。而胰高血糖素、肾上腺素、肾上腺皮质激素等促进糖异生。胰高血糖素通过蛋白激酶可直接使丙酮酸激酶磷酸化失活，促进糖异生而抑制糖分解，胰岛素则相反。

丙酮酸羧化酶需乙酰 CoA 作为激活剂，胰高血糖素通过蛋白激酶诱导磷酸烯醇式丙酮酸羧激酶基因表达促进糖异生。可以调节、控制糖代谢的反应方向，以维持血糖浓度的恒定。

四、糖异生的生理意义

1. 维持血糖浓度的相对恒定　在较长时间饥饿的情况下，机体需要靠糖异生作用生成葡萄糖以维持血糖浓度的相对恒定。糖异生的作用是补充及维持血糖水平，特别在肝糖原接近耗竭时更为重要。饥饿时糖异生的原料主要是氨基酸和甘油。在空腹或饥饿时，脂肪动员增加，生成的甘油运输至肝异生成葡萄糖；组织蛋白分解加强，以丙氨酸、谷氨酰胺的形式运送到肝异生成葡萄糖。由于糖异生原料增多，糖异生增加，使血糖水平维持恒定。这对依赖葡萄糖供能的大脑等组织的正常活动有重要意义。

2. 补充肝糖原　糖异生是肝补充或恢复糖原储备的重要途径，这在饥饿后进食更为重要。当饥饿后再进食时，肝糖原仍可迅速合成。因为一部分摄入的葡萄糖先在小肠、肝、肌中分解成丙酮酸、乳酸等三碳化合物，这些三碳化合物转运到肝中可以异生成糖原，优先增加肝糖原储备。合成肝糖原的这条途径称为三碳途径，也有学者称之为间接途径。相应地葡萄糖经 UDPG 合成糖原的过程称为直接途径。

3. 调节酸碱平衡　长期饥饿或禁食后，肾的糖异生作用增强，有利于维持酸碱平衡。发生这一变化的原因可能是饥饿造成的代谢性酸中毒造成的。此时体液 pH 降低，促进肾小管中磷酸烯醇式丙酮酸羧激酶的合成，从而使糖异生作用增强。另外，当肾中 α-酮戊二酸因糖异生成糖而减少时，可促进谷氨酰胺脱氨生成谷氨酸以及谷氨酸的脱氨反应，肾小管细胞将 NH_3 分泌入管腔中，与原尿中 H^+ 结合，降低原尿 H^+ 的浓度，有利于排氢保钠作用的进行，对于防止酸中毒有重要作用。

4. 有利于乳酸的再利用　乳酸是糖异生的重要原料。肌肉组织肌糖原可经无氧酵解产生乳酸，乳酸通过血液运到肝脏，在肝内乳酸经糖异生转化成葡萄糖，葡萄糖进入血液又可被肌肉摄取利用，此过程称乳酸循环。乳酸循环的意义是：一方面使机体可利用乳酸分子的能量，避免乳酸的损失；另一方面，通过乳酸循环促进乳酸的再利用。因乳酸是酸性物质，乳酸循环能及时转化乳酸，防止乳酸在组织堆积引起酸中毒。

第五节　血　糖

血糖指血液中的葡萄糖，正常空腹静脉血糖浓度为 3.89～5.5mmol/L（70～100mg/dl）。当空腹静脉血糖在 6.1 mmol/L（110mg/dl）～7.0 mmol/L（126mg/dl）时，称为空腹血糖受损（IFG）即糖尿病前期。

一、血糖的来源与去路

正常情况下，血糖浓度的相对恒定是由其来源与去路两方面的动态平衡决定的。

1. **血糖的来源**　血糖的来源有食物糖经肠道的消化、吸收，肝糖原分解，肝、肾内非糖物质的糖异生作用。

2. **血糖的去路**　糖主要经各氧化途径氧化分解为机体供能，在肝、肌肉等组织合成糖原，转化成脂肪或氨基酸及其他糖类物质等。

血糖的来源和去路见图5－7。

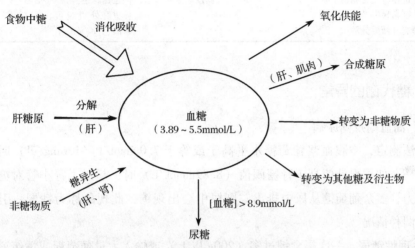

图5－7　血糖的来源与去路示意

二、血糖浓度的调节

血糖浓度受到组织器官与激素的调节，其中，特别是激素在调节血糖浓度中具有重要作用。

（一）组织器官的调节

1. **肝脏对血糖的调节**　肝脏储存糖原。血糖升高时，通过加快将血中的葡萄糖转运入肝细胞，加强合成糖原储存。血糖降低时，肝糖原迅速分解成葡萄糖补充血糖。肝脏是糖异生的主要器官，不断将非糖物质转变为葡萄糖，补充血糖。肝是其他单糖（果糖、半乳糖等）代谢和转变为葡萄糖的主要部位。在维持血糖水平稳定方面有重要作用。

2. **肌肉等外周组织对血糖的调节**　肌肉等外周组织通过促进其对葡萄糖的氧化利用来降低血糖浓度。

（二）激素的调节

1. **降低血糖浓度的激素——胰岛素**　胰岛素是由胰岛 β 细胞合成，含51个氨基酸残基的含氮类激素，有降低血糖作用。胰岛素（insulin）是体内惟一的降低血糖的激素，也是惟一同时促进糖原、脂肪、蛋白质合成的激素。胰岛素的分泌受血糖控制，血糖升高时胰岛素分泌增加；血糖降低，分泌即减少。

2. 升高血糖的激素　升高血糖的激素有糖皮质激素、胰高血糖素、肾上腺素等。表5-3为各种激素对血糖的调节作用。

表5-3　激素对血糖浓度的调节

降血糖的激素	作用机制	升血糖的激素	作用机制
胰岛素	促进葡萄糖进入肌肉、脂肪等组织细胞	肾上腺素	促进肝糖原分解 促进肌糖原酵解
	加速葡萄糖在肝、肌肉组织合成糖原	胰高血糖素	促进糖异生 抑制肝糖原合成
	促进糖的有氧氧化		促进糖异生
	促进糖转变为脂肪	糖皮质激素	促进糖异生
	抑制糖异生 抑制肝糖原分解		促进肝外组织蛋白质分解，生成氨基酸

三、糖代谢的异常

（一）高血糖及糖尿病

用酶法测定，空腹血浆葡萄糖水平高于或等于 7.0mmol/L（126mg/dl）时，可诊断为糖尿病。如果血糖值高于肾糖阈值（8.89mmol/L）时，超过了肾小管对糖的最大重吸收能力，多余葡萄糖从尿中排出，则尿中会出现糖，此现象称为糖尿。引起糖尿的原因有两种情况。

1. 生理性糖尿　一次摄食糖过多（200g 以上）或输入大量葡萄糖或情绪紧张、激动致肾上腺素分泌增加，使血糖升高超过肾阈值，出现暂时性糖尿，为生理性糖尿。

2. 病理性糖尿　病理性糖尿多见于糖尿病。糖尿病是一组内分泌代谢紊乱以血糖水平升高为特征的代谢性疾病群。主要是由于胰岛素分泌绝对或相对不足、或胰岛素受体敏感性降低或胰岛素受体缺乏而导致葡萄糖、脂类和蛋白质代谢紊乱，并继发动脉粥样硬化、心血管、肾、视网膜等组织发生病变，严重时出现酮症酸中毒。临床表现为持续性高血糖和糖尿，出现"三多一少"即多食、多饮、多尿、体重减少等症状。

由于肾脏疾病导致的肾小管对糖重吸收障碍、肾糖阈值降低也可导致糖尿，称为肾性糖尿，此时糖尿与血糖水平无关。

•知识链接•

"世界糖尿病日"的确定

国际糖尿病联盟（IDF）和世界卫生组织（WHO）为了纪念伟大的医学家班廷和他的同事发现胰岛素所作出的杰出贡献，在 1991 年倡导将班廷的生日 11 月 14 日命名为"世界糖尿病日"（World Diabetes Day, WDD）。以后每年的这一天，世界各国都开展大规模的糖尿病知识的宣传，以此提醒人们注意目前正在不断增高的糖尿病发病率。

国际糖尿病联盟（IDF）希望全球社会各阶层，包括个体、保健人员、政府官员等均应对糖尿病有充分的警觉：任何人、任何年龄、在任何地点，均存在发生糖尿病的可能性。

（二）低血糖

空腹血糖水平低于 3.9mmol/L 称为低血糖。低血糖严重影响脑的正常功能。低血糖的常见原因有：①长期饥饿、禁食致糖摄入不足或吸收不良；②严重肝脏疾病；③肾上腺或脑垂体功能减退；④胰岛 β 细胞增生或肿瘤致功能亢进等。

低血糖时表现为头晕、饥饿感、四肢无力、面色苍白和出冷汗、手颤等。脑组织正常能量供应主要依赖血液供给葡萄糖，当血糖浓度过低时（低于 2.5mmol/L）可发生低血糖昏迷，此时立即给患者输入葡萄糖溶液，症状就可缓解。

（三）其他糖代谢疾病

1. 糖原累积症 糖原累积症是一类遗传性代谢病，其特点为体内某些组织器官中有大量糖原堆积，造成组织器官功能损害。引起该病的原因是患者先天性缺乏与糖原代谢相关的酶类。因缺陷酶在糖原代谢中作用不同、受累器官部位的不同、糖原结构差异等，对健康及生命的影响程度也不相同，可出现肝肾肿大、肝硬化、低血糖、心肺功能障碍等症状。

2. 半乳糖血症 是一种不能将半乳糖转化为葡萄糖的疾病。由于先天性缺乏半乳糖激酶，而引起半乳糖代谢障碍，出现高半乳糖血症，半乳糖尿，血葡萄糖浓度降低。肝硬化、白内障和智力障碍是本病的三大特征。通过限制饮食中半乳糖的膳食治疗，可使临床症状得到缓解。

3. 果糖代谢异常 果糖主要来自水果、蔬菜、蔗糖和蜂蜜等食物，随食物的消化吸收。当肝中果糖激酶缺乏时，果糖不能磷酸化分解而被机体利用，患儿出现特发性果糖尿，无症状，可因尿糖阳性而被误诊为糖尿病；当肝中缺乏醛缩酶 B（F－1－P 醛缩酶）时，1－磷酸果糖不能进一步代谢，结果在组织中堆积，造成肝和肾小管功能受损，此为遗传性果糖不耐；如果缺乏果糖 1,6－二磷酸酶，血液中果糖含量增加，并出现低血糖。

•知识链接•

代谢综合征

1988 年瑞文教授对以糖代谢异常、高血压、血脂异常、肥胖等多种主要疾病或危险因素在个体聚集为特征的一组临床症候群称为 X 综合征，1999 年 WHO 建议改称为"代谢综合征"。诊断代谢综合征的标准是：空腹血糖升高或糖代谢异常、肥胖、高血压、血甘油三酯升高和高密度脂蛋白胆固醇降低。人们认为上述因素里有三个就可以定义为代谢综合征。2005 年国际糖尿病联盟将代谢综合征的标准定义为：中心性肥胖为基本点，其他四个指标中具有两个，就可以诊断为代谢综合征。

本章小结

糖的主要生理作用是为机体提供生命活动所需的能量，它也是构成组织的基本成分，还能转变成核糖、脂肪等物质。

糖在体内的分解代谢有无氧分解、有氧氧化和磷酸戊糖三条途径。葡萄糖或糖原在缺氧情况下生成乳酸并合成少量 ATP 的过程称之为糖酵解。糖酵解反应特点：①反应过程无氧参与，最终产物是乳酸；②1 分子葡萄糖经糖酵解净生成 2 分子 ATP，若从糖原开始，则净生成 3 分子 ATP；③己糖激酶（葡萄糖激酶）、磷酸果糖激酶和丙酮酸激酶是糖酵解途径的关键酶，催化的是单向反应。

糖酵解的生理意义：在缺氧情况下为机体供应能量，是成熟红细胞、视网膜等特殊组织细胞获得能量的重要方式。

葡萄糖在有氧条件下彻底氧化分解生成 CO_2 和 H_2O 并释放能量的过程，称为糖的有氧氧化，是糖在体内的主要分解途径。糖有氧氧化分丙酮酸的生成、丙酮酸生成乙酰辅酶 A 及三羧酸循环三个阶段完成。

糖的有氧氧化的生理意义：糖的有氧氧化是机体获得能量的主要方式，1 分子葡萄糖经有氧氧化可生成 38（或 36）分子 ATP。三羧酸循环是糖、脂肪及蛋白质三大营养物质彻底氧化分解的共同通路；是体内三大营养物质代谢相互联系的枢纽；三羧酸循环为其他合成代谢提供小分子前体物质，如琥珀酰 CoA 为血红素合成前体，乙酰 CoA 为脂肪酸、胆固醇合成的前体。

磷酸戊糖途径是葡萄糖分解代谢的另一途径。葡萄糖可经此途径代谢生成磷酸核糖、$NADPH + H^+$，而其意义不是生成 ATP。此反应主要发生在肝、肾上腺皮质、骨髓和红细胞等组织细胞内。其生理意义为核酸的生物合成提供核糖；以 NADPH 作为供氢体，参与体内脂肪酸、胆固醇的合成，还参与激素、药物代谢及毒物的生物转化等反应。NADPH 还是谷胱甘肽还原酶的辅酶，用于维持红细胞膜的完整。

糖原是以葡萄糖为单位聚合而成的带有分支的高分子多糖类化合物，是动物体内糖的储存形式，主要存在于肝脏、肌肉和肾脏等组织细胞中。肌糖原主要为肌收缩时提供所需要的能量；肝糖原则是血糖的重要来源。

由非糖物质转变成葡萄糖或糖原的过程称糖异生。主要原料：乳酸、甘油、丙酮酸、生糖氨基酸等。肝是糖异生的主要器官，长期饥饿或酸中毒时，肾的糖异生作用可大大加强。

糖异生对于维持血糖浓度的相对恒定，促进乳酸的再利用，调节酸碱平衡，防止酸中毒有重要作用。

血糖是指血液中的葡萄糖，正常空腹静脉血糖浓度为 3.89 ~ 5.5mmol/L（70 ~ 100mg/dl）。当空腹静脉血糖大于 6.1 mmol/L（110mg/dl）而小于 7.0 mmol/L（126mg/dl）时，称为空腹血糖受损（IFG），即糖尿病前期。正常情况下，血糖浓度的相对恒定是由其来源与去路两方面的动态平衡所决定的。血糖的来源有食物糖经肠道的消化、吸收，肝糖原分解，肝、肾内由非糖物质糖异生作用。血糖的去路，主要经各氧化途径氧化分解，为机体供能，在肝、肌肉等组织合成糖原，转化成脂肪或氨基酸及其他糖类物质等。

机体依赖肝脏及胰岛素、胰高血糖素等调节作用维持血糖浓度的相对恒定。糖代谢紊乱可导致发生糖尿病、低血糖、糖原累积症等疾病。

本章主要考点

1. 糖的生理功能。

2. 糖的无氧分解：糖酵解的概念及反应部位；糖酵解反应过程中的关键酶；糖酵解的生理意义。

3. 糖的有氧氧化：有氧氧化的概念；明确有氧氧化的三个阶段；三羧酸循环的概念及生理意义；有氧氧化生成的 ATP 数量及相关计算。

4. 磷酸戊糖途径的生理意义。

5. 糖异生：糖异生的概念、原料、组织及细胞定位，糖异生的生理意义。

6. 血糖：血糖的概念、血糖的来源与去路、正常值；血糖水平的调节及机制。

（朱荣林）

第六章

脂 类 代 谢

脂类是脂肪和类脂的总称，它们不溶或微溶于水而易溶于乙醚、三氯甲烷、丙酮等有机溶剂中。脂肪（lipids）是由 1 分子甘油和 3 分子脂肪酸通过酯键相连形成的酯，又称为三酰甘油（甘油三酯）（triglyceride，TG，图 6 – 1）。在有机化学中，脂肪和油总称为油脂，习惯上把室温下呈液态的称为油，如豆油、花生油、菜油等，在室温下呈固态或半固态的称为脂肪。类脂主要包括磷脂（phospholipid，PL）、糖脂（glycolipid，GL）、胆固醇（cholesterol，Ch）及胆固醇酯（cholesterol ester，CE）等。

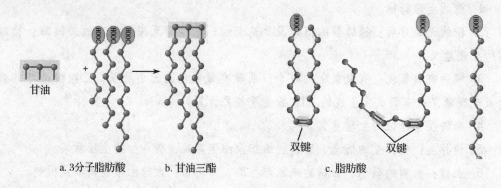

| 甘油 | + | a. 3分子脂肪酸 | b. 甘油三酯 | 双键 | c. 脂肪酸 双键 |

图 6 – 1　甘油三酯及脂肪酸的分子结构

第一节　脂类的分布与生理作用

一、脂类的分布

（一）脂肪的分布

脂肪主要储存在脂肪组织的脂肪细胞中，多分布于皮下组织、腹腔大网膜和肠系膜、肾脏周围及肌纤维间，这些部位的脂肪称为储存脂。人体内的脂肪约占体重的 14% ~ 19%，其含量个体差异很大，并受营养状况的好坏和机体活动的大小而发生改变，所以脂肪又称为"可变脂"。

（二）类脂的分布

类脂是构成生物膜的重要组成成分，它约占体重的 5%，其含量不受营养状况和机体活动的影响，故类脂又称固定脂或基本脂。在生物膜中，脂类分子呈双层结构排列，它约占膜干重的 40%，其中磷脂占总脂量的 50%~70%，胆固醇占 20%~30%。

二、脂类的生理作用

（一）脂肪的生理作用

1. 储能和供能 脂肪在体内的主要生理功能是储能和氧化供能。正常人生理活动所需能量的 17%~25% 由脂肪供给，空腹时机体 50% 以上的能源来自脂肪的氧化。每克脂肪彻底氧化可释放 38.94kJ（9.3kcal）的能量，比每克糖、蛋白质彻底氧化释放能量 16.75kJ（4kcal）多 1 倍以上。

2. 保温和保护 皮下脂肪层不易导热，可减少体内热量散失，起到保温作用。内脏周围的脂肪层可缓冲外来机械力以保护内脏。

3. 协助脂溶性维生素吸收 脂溶性维生素难溶于水，食物中脂肪有利于其消化吸收。

（二）类脂的生理作用

1. 构成生物膜 类脂尤其是磷脂和胆固醇是构成生物膜的重要组分。生物膜是镶嵌有蛋白质的脂质双分子层，起着划分和分隔细胞和细胞器作用，也是许多能量转化和细胞内通讯的重要部位。生物膜包括细胞质膜、线粒体膜、核膜及神经鞘膜等。在生物膜中，磷脂中的不饱和脂肪酸有利于膜的流动性，而胆固醇及饱和脂肪酸则降低膜的流动性。

2. 提供必需脂肪酸 食物脂类特别是磷脂含有大量的必需脂肪酸。营养必需脂肪酸是指不能在体内合成，必须从食物中摄取的不饱和脂肪酸，它包括花生四烯酸、亚油酸和亚麻酸。另外，二十碳五烯酸（EPA）和二十二碳六烯酸（DHA）也是重要的不饱和脂肪酸。

•知识链接•

必需脂肪酸

机体能合成和转化多数不饱和脂肪酸，但体内不能合成亚油酸和亚麻酸，这两种多不饱和脂酸必须由食物脂类提供。花生四烯酸虽可由亚油酸转化而来，但不能满足机体需要，仍需从食物中获得补充。二十碳五烯酸，二十二碳六烯酸可由亚麻酸转化而来。这些多不饱和脂肪酸主要富含于植物油、海水鱼油等食物中，它们是脑及精子发育不可缺少的组分，也具有降血脂、抗血小板聚集、延缓血栓形成、保护脑血管、抗癌等特殊生物效应，对心脑血管疾病的防治具有重要价值。

3. 参与代谢调节 某些脂类衍生物参与组织细胞间信息的传递，并在机体代谢调节中发挥重要作用。如花生四烯酸在体内可衍变生成前列腺素、血栓素及白三烯等，这些衍生物分别参与多种细胞的代谢调控；又如磷脂酰肌醇经磷酸化后再分解可产生二酰甘油（甘油二酯）和三磷酸肌醇，两者均为重要的第二信使物质，在细胞信息传递中具有重要作用。

第二节　脂肪的分解代谢

一、脂肪的动员

脂肪细胞中储存的甘油三酯在脂肪酶的催化下逐步水解，释放甘油和脂肪酸的过程称为脂肪的动员（fat mobilization）。

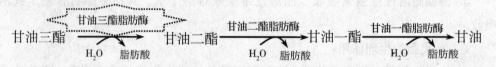

甘油三酯脂肪酶为脂肪动员的限速酶，它的活性受多种激素的影响，故又被称为激素敏感性脂肪酶（hormone sensitive lipase，HSL）。胰高血糖素、肾上腺素、去甲肾上腺素、促肾上腺皮质激素等促进其活性，称为脂解激素。当禁食、饥饿或交感神经兴奋时，以上激素分泌增加，而促进脂肪分解。胰岛素抑制其活性，称为抗脂解激素。糖尿病患者因胰岛素作用不足，故脂肪分解增加，出现体重减轻的症状。

脂肪动员生成的游离脂肪酸进入血液后与血浆清蛋白结合，运送至全身各组织被利用，主要利用部位是心、肝、骨骼肌等组织器官；甘油溶于水，直接由血液运送到组织被利用，主要利用部位是肝、肾、肠等组织器官（图6－2）。

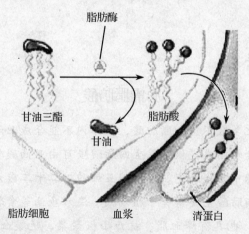

图6－2　脂肪的动员

二、甘油的代谢

甘油三酯分解产生的甘油首先在甘油激酶作用下，转变为 α - 磷酸甘油，然后脱氢生成磷酸二羟丙酮，磷酸二羟丙酮可循糖代谢途径进行氧化分解并释出能量，供组织细胞利用，少量也可在肝内经糖异生转变为糖原和葡萄糖。甘油激酶主要存在于肝、肾及小肠黏膜细胞中，在骨骼肌及脂肪细胞中活性很低，故这些组织利用甘油较少。

$$CH_2-OH \quad \xrightarrow[甘油激酶]{ATP \quad ADP} \quad CH_2-OH \quad \xrightarrow[\beta-磷酸甘油脱氢酶]{ATP \quad ADP} \quad CH_2-OH \quad \begin{array}{l} \nearrow 葡萄糖和糖原 \\ \searrow CO_2+H_2O+能量 \end{array}$$

甘油　　　　　　　　α-磷酸甘油　　　　　　　　　磷酸二羟丙酮

（$CH-OH$，$C=O$，$CH_2-O-\text{P}$ 等结构式标注省略）

三、脂肪酸的氧化

体内脂肪酸的氧化途径有 α - 氧化、β - 氧化和 ω - 氧化等途径，其中 β - 氧化为主要途径，其氧化过程分为脂肪酸的活化、脂酰 CoA 转入线粒体、β - 氧化以及乙酰 CoA 的彻底氧化四个阶段。

（一）脂肪酸的活化

脂肪酸的活化即脂肪酸生成脂酰 CoA 的过程。这一过程在细胞质中进行，需要脂酰 CoA 合成酶的催化，同时需要消耗 ATP 的两个高能键。

$$脂肪酸 + CoASH + ATP \xrightarrow{酯酰\ CoA\ 合成酶} 脂酰 \sim SCoA + AMP + PPi$$

（二）脂酰 CoA 转入线粒体

催化脂肪酸 β - 氧化的酶系存在于线粒体基质中，胞液中产生的脂酰 CoA 分子自身不能穿过线粒体内膜，需经线粒体内膜上的特殊载体肉碱（carnitine）携带，在肉碱脂酰转移酶Ⅰ和Ⅱ的催化下，穿过线粒体内膜转入线粒体基质中进行氧化分解。

线粒体内膜外侧含有肉碱脂酰转移酶Ⅰ，催化脂酰 CoA 的脂酰基转移到肉碱上，生成脂酰肉碱进入线粒体内膜。线粒体内膜内侧含有肉碱脂酰转移酶Ⅱ，催化进入的脂酰肉碱释出脂酰基，并与辅酶 A 一起重新在线粒体基质中生成脂酰 CoA，而肉碱则回到内膜外侧再参加脂酰基的移换反应（图6-3）。肉碱脂酰转移酶Ⅰ是限速酶，其催化的反应是脂肪酸 β - 氧化的限速步骤。当脂肪酸供应量超过该酶的转运能力时，脂酰 CoA 进入内质网合成甘油三酯；当饥饿、高脂低糖膳食或糖尿病等情况下，体内糖的供应相对不足，糖的利用率降低，需脂肪酸氧化供能时，该酶活性增高，脂肪酸氧化供能增加。

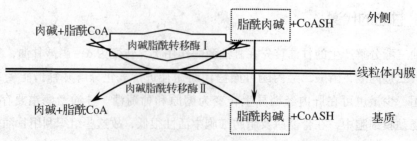

图 6-3 脂酰 CoA 转入线粒体基质示意

(三) β-氧化

脂酰 CoA 进入线粒体基质后, 脂酰基经过脱氢、加水、再脱氢和硫解四步连续的酶促反应, 氧化裂解产生 1 分子乙酰 CoA 和 1 分子比原来少两个碳原子的脂酰 CoA。因脱氢氧化反应都发生在脂酰基的 β-碳原子上, 故称为 β-氧化。

1. 脱氢 在脂酰 CoA 脱氢酶催化下, 脂酰基的 α 和 β-碳原子上各脱去 1 个氢原子, 生成 α, β-烯脂酰 CoA, 脱下的 2H 由辅酶 FAD 接受生成 $FADH_2$。$FADH_2$ 上的两个氢进入 $FADH_2$ 氧化呼吸链氧化, 并生成 2 分子 ATP。

2. 加水 α, β-烯脂酰 CoA 在烯脂酰 CoA 水化酶催化下加水, 生成 L-β-羟脂酰 CoA。

3. 再脱氢 L-β-羟脂酰 CoA 在 β-羟脂酰 CoA 脱氢酶催化下, β 位上脱去两个氢原子, 生成 β-酮脂酰 CoA。脱下的 2H 由该酶的辅酶 NAD^+ 接受, 生成 NADH + H^+。NADH + H^+ 通过 NADH 氧化呼吸链氧化并生成 3 分子 ATP。

4. 硫解 β-酮脂酰 CoA 在 β-酮脂酰 CoA 硫解酶作用下, 加 1 分子辅酶 A 使 α 与 β 位之间碳链断裂, 生成 1 分子乙酰 CoA 和比原来少两个碳原子的脂酰 CoA。

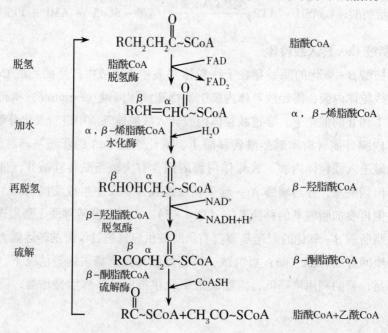

脂酰 CoA 经 β - 氧化的连续四步反应后，生成比原来少两个碳原子的脂酰 CoA，再重复进行 β - 氧化，长链偶数（2n）个碳原子的脂肪酸经 $n-1$ 次 β - 氧化，可生成 n 个乙酰 CoA，同时产生 $n-1$ 个 $FADH_2$ 和 $n-1$ 个 $NADH + H^+$。乙酰 CoA 可进入三羧酸循环彻底氧化成 CO_2 和 H_2O，每次获得 12 分子 ATP（图 6-4）。脂肪酸氧化分解释放的能量除一部分以热能形式散发外，其余均用于合成 ATP。以 16 碳的饱和脂肪酸（软脂酸）为例，它生成脂酰 CoA 后，经 7 次 β - 氧化生成 8 分子乙酰 CoA，7 分子 $FADH_2$ 和 7 分子 $NADH + H^+$。因此，1 分子软脂酸氧化分解可产生 131 分子 ATP $[(8 \times 12) + (7 \times 2) + (7 \times 3)]$，减去活化时消耗的两个高能磷酸键相当于 2 分子 ATP，净生成 129 分子 ATP。

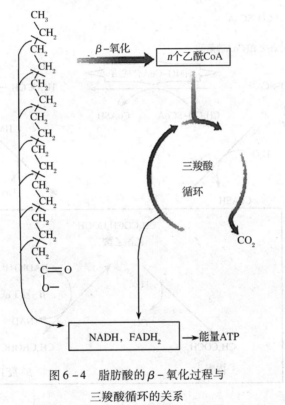

图 6-4　脂肪酸的 β - 氧化过程与
三羧酸循环的关系

四、酮体的生成和利用

在肝外组织，脂肪酸经 β - 氧化生成的乙酰 CoA 主要经三羧酸循环彻底氧化成 CO_2 和 H_2O，同时释放能量。肝脏内脂肪酸经 β - 氧化生成的乙酰 CoA 大部分转变为乙酰乙酸、β - 羟丁酸和丙酮，三者统称为酮体。β - 羟丁酸最多，约占酮体总量的 70%，乙酰乙酸约占 30%，丙酮的量极微。肝脏存在活性较强的合成酮体的酶，因此酮体是肝脏中脂肪酸分解代谢特有的中间代谢物。

（一）酮体的生成

1. **合成部位**　肝细胞线粒体内。

2. **合成原料**　乙酰 CoA 是合成酮体的原料。

3. 反应过程及限速酶 2分子乙酰CoA缩合成1分子乙酰乙酰CoA，释放出1分子辅酶A。乙酰乙酰CoA再与1分子乙酰CoA缩合成β–羟–β–甲基戊二酸单酰CoA（HMG–CoA），催化此反应的酶为HMG–CoA合成酶，它是酮体生成过程中的限速酶。HMG–CoA裂解成乙酰CoA和乙酰乙酸，后者加氢还原生成β–羟丁酸，NADH为该反应的供氢体。少量的乙酰乙酸可自发脱羧生成丙酮，也可经酶催化脱羧生成丙酮（图6–5）。丙酮是一种挥发性物质，可由肺挥发排出。正常状态下，机体产生丙酮的量甚微，但在病理状态下，患者血液中可含有大量丙酮，这时患者呼出的气体中带有烂苹果气味。

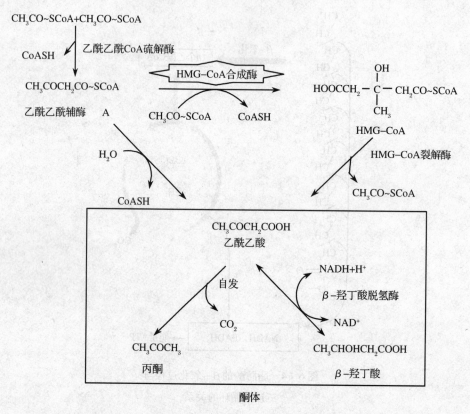

图6–5 酮体的生成过程

（二）酮体的氧化利用

肝外许多组织，特别是心肌、骨骼肌、脑和肾，具有活性很强的氧化利用酮体的酶，如乙酰乙酸硫激酶或琥珀酰CoA转硫酶。酮体经血液运送至上述组织后，可被肝外组织中的乙酰乙酸硫激酶或琥珀酰CoA转硫酶催化，使乙酰乙酸转变成乙酰乙酰CoA，进而分解成2分子乙酰CoA，后者进入三羧酸循环氧化供能（图6–6）。肝细胞缺乏这两种分解利用酮体的酶，故肝脏不能利用酮体。肝脏产生的酮体只能透过细胞膜进入血液循环，运输到肝外组织氧化利用。肝内生成酮体、肝外利用酮体是酮体代谢的特点。

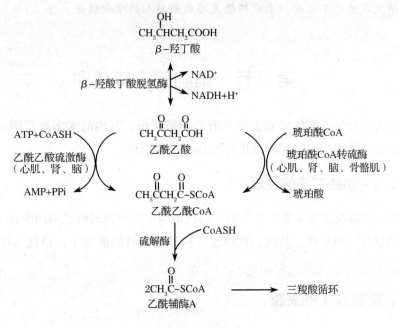

图 6 - 6 酮体的氧化利用

（三）酮体生成的生理意义及酮症

1. **酮体生成的生理意义** 酮体是脂肪酸在肝内正常代谢的中间产物，也是肝脏向肝外组织输出的一种脂类能源物质。在生理情况下，脑组织主要依靠血糖供能，它不能直接摄取脂肪酸，但可以利用酮体。在糖供应不足或糖利用障碍时，酮体可以代替葡萄糖成为脑组织和肌肉组织的重要能源。

2. **酮症** 正常情况下，血中仅含极少量的酮体。在饥饿、高脂低糖膳食及糖尿病时，胰岛素分泌减少或作用低下，而胰高血糖素、肾上腺素等分泌增多，导致脂肪动员增加，脂肪酸在肝内分解使肝中酮体生成过多，引起血中酮体异常升高，这称为酮血症。当酮体水平高过肾脏重吸收能力时，尿中就会出现酮体，称为酮尿症。由于酮体中占极大部分的乙酰乙酸和 β - 羟丁酸都是有机酸，堆积会导致酸中毒，因此称为酮症酸中毒。临床上将酮血症、酮尿症及酮症酸中毒合称为酮症。

·知识链接·

糖尿病酮症酸中毒

糖尿病酮症酸中毒是一种比较常见的急性并发症，最常见于Ⅰ型糖尿病患者，但部分Ⅱ型糖尿病患者在各种应急情况下也可出现。其表现为血糖异常升高，尿中出现酮体，口渴、多饮、多尿及消瘦等症状，并出现全身倦怠、无力，甚至昏迷。动脉血气检查显示代谢性酸中毒的特征。在胰岛素发现以前，Ⅰ型糖尿病患者常早早地因为酮症酸中毒而去世，胰岛素问世之后，Ⅰ型糖尿病的死亡率已大大下降，但如遇有严重应急情况或治疗不当时，本症仍能直接威胁病人的生命健康。

第三节　脂肪的合成代谢

体内合成甘油三酯的器官主要是肝和脂肪组织，其他的大多数组织也可合成。甘油三酯的合成需要 α–磷酸甘油和脂酰 CoA 作为原料。

一、α–磷酸甘油的生成

体内 α–磷酸甘油主要来自于糖分解代谢的中间产物磷酸二羟丙酮经 α–磷酸甘油脱氢酶的催化还原生成。其次，甘油也可在甘油激酶的催化下，消耗 ATP 生成 α–磷酸甘油。

二、脂酰 CoA 的来源

脂酰 CoA 由脂肪酸的活化产生，以下主要介绍脂肪酸的合成。

（一）脂肪酸的合成部位

脂肪酸可在肝、肾、脑、乳腺及脂肪等组织的细胞液中合成，肝是人体合成脂肪酸的主要场所。

（二）合成原料

脂肪酸合成的主要原料是乙酰 CoA，此外，还需要 $NADPH + H^+$ 提供氢，ATP 提供能量。乙酰 CoA 主要来自葡萄糖的有氧氧化，$NADPH + H^+$ 主要来自糖代谢的磷酸戊糖途径。细胞内的乙酰 CoA 在线粒体中产生，合成脂肪酸的酶系却存在于胞液中，线粒体中的乙酰 CoA 自身不易透过线粒体内膜，它必需通过柠檬酸–丙酮酸循环途径转出线粒体后才能用于合成脂肪酸。

在柠檬酸–丙酮酸循环中，乙酰 CoA 首先在线粒体内与草酰乙酸缩合生成柠檬酸，柠檬酸通过线粒体内膜上的载体转运进入胞液，经柠檬酸裂解酶催化裂解为乙酰 CoA 和草酰乙酸。乙酰 CoA 用于合成脂肪酸，草酰乙酸可还原成苹果酸，或经转氨基作用生成天冬氨酸，苹果酸和天冬氨酸二者都可经载体转运入线粒体内。苹果酸也可在苹果酸酶作用下脱氢生成丙酮酸再经载体转运入线粒体，并转化成草酰乙酸，再次参与乙酰 CoA 的转运。

（三）合成过程

以乙酰 CoA 为原料合成脂肪酸的过程不是 β–氧化的逆过程，而是以丙二酸单酰 CoA 为基础的一个连续反应。

1. **丙二酸单酰 CoA 的生成**　除 1 分子乙酰 CoA 直接参与脂肪酸合成外，其余的乙酰 CoA 均先羧化生成丙二酸单酰 CoA 后，方能进入脂肪酸合成途径。催化这一反应的酶为乙酰 CoA 羧化酶，它是脂肪酸合成的限速酶。羧化反应由碳酸氢盐提供 CO_2，ATP

供能。

$$CH_3CO\sim SCoA+HCO_3^-+H^+ \xrightarrow[\text{生物素，}Mn^{2+}, Mg^{2+}]{\text{乙酰CoA羧化酶}} HOOC-CH_2-CO\sim SCoA+ADP+Pi$$

2. 软脂酸的合成　16 碳的饱和脂肪酸称软脂酸，软脂酸是由 1 分子乙酰 CoA 和 7 分子丙二酸单酰 CoA，在脂肪酸合成酶系的催化下，由 NADPH + H⁺ 提供氢合成。大肠埃希菌的脂肪酸合成酶系是由七种酶和酰基载体蛋白（acyl carrier protein，ACP）；X∗ 2 聚合构成的一个多酶复合体。在脂肪酸合成酶系催化下，依次通过缩合、加氢、脱水和再加氢四个反应步骤使脂肪酸碳链延长。这四个步骤反复进行，每重复一次使碳链延长两个碳原子，直到延长到 16 碳时，才受到硫酯酶催化使软脂酰基从酶复合体上脱落下来而生成软脂酸。

软脂酸的合成总反应式：

$$\text{乙酰 CoA} +7 \text{ 丙二酸单酰 CoA} +14NADPH +14H^+ \xrightarrow{\text{脂肪酸合成酶系}}$$
$$\text{软脂酸} +8CoASH +14NADP^+ +7CO_2 +6H_2O$$

（四）脂肪酸碳链的延长和缩短

胞液中脂肪酸合成酶系只能催化合成软脂酸，体内碳链长短不一的脂肪酸是以软脂酸作为前体，在线粒体或内质网中，由特殊酶系催化进一步缩短或延长产生。碳链的缩短在线粒体内通过 β – 氧化进行。碳链的延长有两种方式，在线粒体内，通过软脂酰 CoA 与乙酰 CoA 缩合，将乙酰基掺入，碳链每次延长两个碳原子，延长过程基本是脂肪酸 β – 氧化的逆行过程。在内质网中，丙二酸单酰 CoA 作为二碳单位的供体，使软脂酰 CoA 的碳链延长，其过程与软脂酸合成酶系催化的过程相似。

三、脂肪的合成

甘油三酯以 α – 磷酸甘油和脂酰 CoA 为原料，主要在肝和脂肪细胞的内质网合成。在 α – 磷酸甘油脂酰转移酶催化下，1 分子 α – 磷酸甘油与 2 分子脂酰 CoA 合成磷脂酸，磷脂酸在磷酸酶作用下，转变成为甘油二酯，甘油二酯再与 1 分子脂酰 CoA 作用生成甘油三酯。α – 磷酸甘油脂酰转移酶是甘油三酯合成的限速酶。甘油三酯所含脂肪酸可以相同也可不同，可以是饱和脂肪酸也可是不饱和脂肪酸，其中 C_2 位的多为不饱和脂酰基。

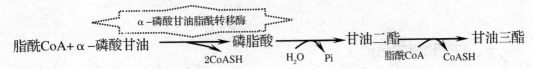

第四节 磷脂的代谢

磷脂是含有磷酸的脂类。磷脂兼有疏水及亲水基团，可同时与极性和非极性物质结合，在水和非极性溶剂中都有很大的溶解度，所以它们最适于作为水溶性蛋白质和非极性脂类之间的结构桥梁，参与生物膜及血浆脂蛋白的构成。体内磷脂有两类，由甘油构成的磷脂称为甘油磷脂（图6－7），甘油磷脂是机体含量最多的磷脂；由鞘氨醇构成的磷脂称为鞘磷脂，神经鞘磷脂是体内最多的鞘磷脂，它是神经髓鞘的主要成分，也是构成生物膜的重要磷脂。本节介绍甘油磷脂的代谢。

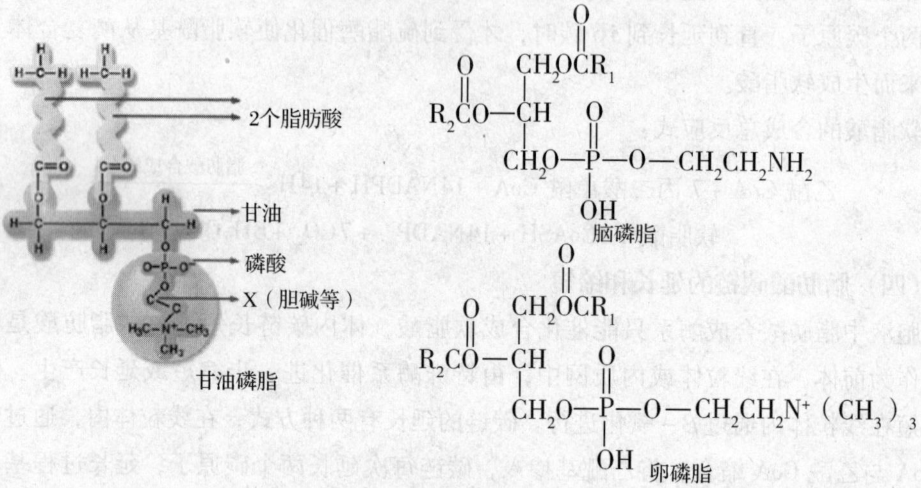

图6－7 甘油磷脂的结构

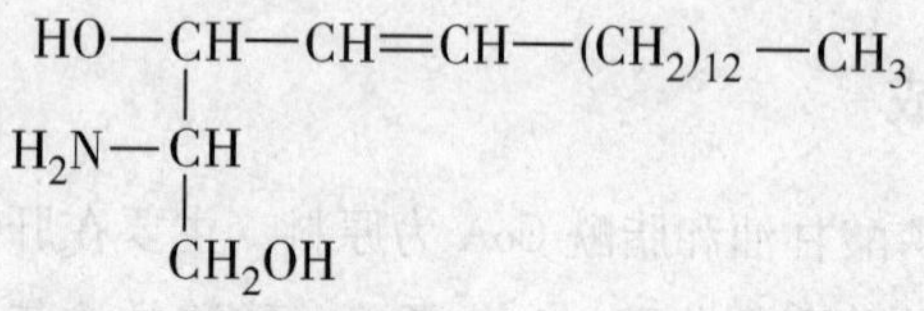

鞘氨醇

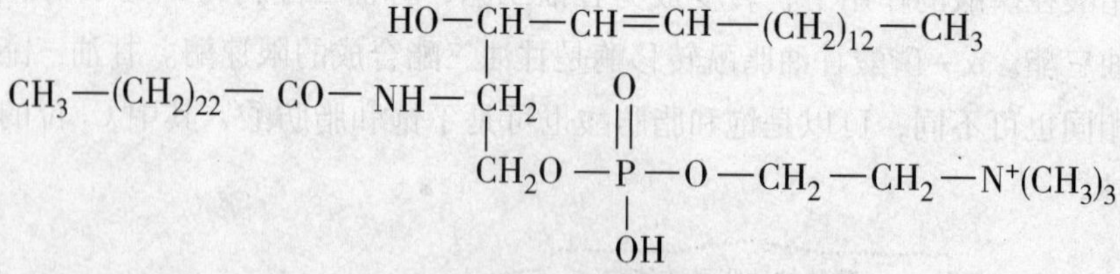

神经鞘磷酯

一、甘油磷脂的合成

（一）甘油磷脂的组成及分类

甘油磷脂由磷酸甘油、脂肪酸和羟基化合物等组成。不同组织或不同细胞器中的甘油磷脂种类和数量不同，通常甘油的1位碳原子上连接有一个16碳或18碳的饱和脂肪酸，而在 2 位碳原子上连接有一个 18 碳或 20 碳的不饱和脂肪酸，通常为花生四烯酸，3 位磷酸上连接不同的取代基，以 X 表示。按取代基 X 的不同，甘油磷脂种类也不同，其中有磷脂酸（X＝H）、磷脂酰胆碱即卵磷脂（X＝胆碱）、磷脂酰乙醇胺即脑磷脂（X＝乙醇胺）、磷脂酰丝氨酸（X＝丝氨酸）、磷脂酰肌醇（X＝肌醇）和二磷脂酰甘油即心磷脂（X＝磷脂酰甘油）等。

（二）甘油磷脂的合成部位及原料

全身各组织细胞内的内质网均有合成甘油磷脂的酶系，但以肝、肾及肠等组织最活跃。合成甘油磷脂需甘油二酯、乙醇胺、胆碱、肌醇、丝氨酸等原料。甘油二酯的合成同脂肪合成过程中甘油二酯的生成相同，但所需的一部分必需脂肪酸需靠食物供给。乙醇胺可从食物中摄取，也可由乙醇胺接受 S-腺苷甲硫氨酸（SAM）提供的甲基转变生成。肌醇、丝氨酸主要来自食物。合成甘油磷脂的能量来源于 ATP，此外，还需要 CTP 参加。

（三）甘油磷脂的合成过程

1. 卵磷脂和脑磷脂的合成 乙醇胺和胆碱在相应激酶的作用下，由 ATP 提供磷酸基团分别生成磷酸乙醇胺和磷酸胆碱，在磷酸乙醇胺转移酶和磷酸胆碱转移酶的作用下，磷酸乙醇胺和磷酸胆碱与 CTP 作用，活化成 CDP-乙醇胺和 CDP-胆碱，后两者再与甘油二酯反应，生成磷脂酰乙醇胺和磷脂酰胆碱（图 6-8）。

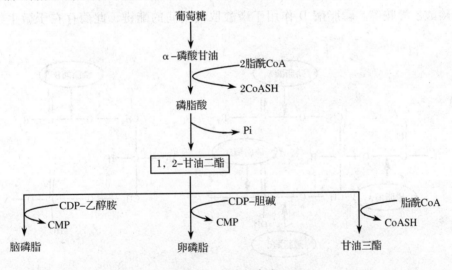

图 6-8 磷脂的合成

2. 磷脂酰肌醇和心磷脂的合成 在心肌、骨骼肌组织中，磷脂酸可转化为 CDP-甘油二酯，然后与肌醇结合生成磷脂酰肌醇。2 分子 CDP-甘油二酯与 1 分子 α-磷酸甘油结合可生成心磷脂，心磷脂为心肌线粒体内膜的主要磷脂。

不同组织有不同的磷脂合成体系。脑组织含丰富的磷酸乙醇胺转移酶，可合成较多的磷脂酰乙醇胺，但不能将其磷脂酰乙醇胺转化为磷脂酰胆碱。肝脏可使磷脂酰乙醇胺经甲基转移酶作用，由 SAM 提供甲基，转变为磷脂酰胆碱。

（四）脂肪肝

甘油磷脂的合成对肝脏中脂肪的转运有重要影响。正常人肝中脂类含量约占肝重的5%，脂肪约占2%。如果肝中甘油三酯堆积，脂类含量超过10%，则肝实质细胞脂肪化而引起脂肪肝。脂肪肝常见的原因是肝脏功能降低、胆碱或乙醇胺供给或合成不足。如胆碱或乙醇胺不足引起磷脂合成下降，则影响极低密度脂蛋白（VLDL）生成，从而导致肝内脂肪运出障碍，使脂肪在肝脏中堆积而形成脂肪肝。另外，高脂、高糖、高热量饮食使脂肪合成增多也可引起脂肪肝。

二、甘油磷脂的分解

甘油磷脂的分解代谢主要由体内存在的各种磷脂酶催化完成。不同的磷脂酶催化甘油磷脂中不同的酯键水解，水解后的最终产物是甘油、脂肪酸、磷酸和含氮化合物如胆碱、乙醇胺和丝氨酸等。根据磷脂酶作用的特异性不同，磷脂酶可分为磷脂酶 A_1 和磷脂酶 A_2、磷脂酶 B、磷脂酶 C 和磷脂酶 D 五种（图6-9）。

磷脂酶 A_1 催化甘油磷脂水解去除第1位碳原子上的脂肪酸，磷脂酶 A_2 催化去除第2位碳原子上的脂肪酸，两者催化的产物均为溶血磷脂。磷脂酶 B 即溶血磷脂酶，可催化溶血磷脂的第1或2位酯键水解去除另一分子脂肪酸，产生甘油磷酸胆碱或甘油磷酸乙醇胺等。磷脂酶 C 作用于甘油磷脂第3位的磷酸酯键，产物是甘油二酯和磷酸胆碱或磷酸乙醇胺等。磷脂酶 D 作用于磷酸取代基间的酯键，此酶存在于微生物和植物中。

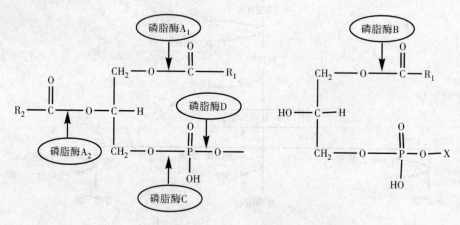

图6-9　磷脂酶 A_1、A_2、C、D、B 的作用部位

磷脂酶 A_1 在自然界广泛分布，主要存在于细胞的溶酶体中，毒蛇唾液中亦含有它。磷脂酶 A_2 存在于动物各组织细胞膜及线粒体膜上，Ca^{2+} 为该酶的激活剂，其产物是溶血磷脂1，即2位脱去脂酰基的磷脂。溶血磷脂1具有较强的表面活性，能使红细胞及其他细胞膜破裂，引起溶血或细胞坏死。胰腺可分泌大量磷脂酶 A_2 酶原，后者进入肠道后，在胆汁酸盐、胰蛋白酶及 Ca^{2+} 作用下被激活，然后消化磷脂，产生溶血磷脂1。急性胰腺炎时，大量磷脂酶 A_2 酶原在胰腺内被激活，致使胰腺细胞坏死，这是发生急

性胰腺炎的生化机制之一。

•知识链接•

眼镜蛇的毒性

眼镜蛇是剧毒蛇，当它被激怒时，会将身体前段竖起，颈部两侧膨胀，背部眼镜状的美丽黑白斑花纹愈加明显，同时发出"呼呼"声，以恐吓敌人。被眼镜蛇咬伤后，蛇毒中的毒蛋白可使人运动神经支配的呼吸肌痉挛麻痹，导致呼吸困难；蛇毒中的心脏毒素为细胞毒性，可以使人平滑肌及心肌停止收缩，使血压下降；蛇毒中的另一种物质磷脂酶A，可分解磷脂产生溶血磷脂，溶血磷脂能使红细胞膜溶解，使红细胞破坏引起溶血。抗蛇毒血清能有效地解除蛇毒对人体的毒害作用，但必须在被咬伤后尽快注射，否则，患者会很快死亡。

第五节　胆固醇的代谢

胆固醇是人体重要的脂类物质之一，因最初是从动物胆石中分离出来，且属于固体醇类化合物，故称为胆固醇。胆固醇分子含有27个碳原子，第3位碳上有一个羟基，是一种环戊烷多氢菲衍生物。体内胆固醇以游离胆固醇和胆固醇酯的形式存在，广泛分布于全身各组织中，约1/4分布于脑及神经组织。肝、肾、肠等内脏及皮肤、脂肪组织亦含较多的胆固醇，其中以肝脏居多。肾上腺、卵巢等合成类固醇激素的内分泌腺中胆固醇含量密集。

胆固醇　　　　　　　　　　　　　　胆固醇酯

胆固醇在体内具有重要的生理功用，它是细胞膜的重要组分，也是合成类固醇激素、胆汁酸盐及维生素 D_3 的前体物质。体内的胆固醇依靠体内合成及从食物中摄取，膳食中胆固醇主要来自动物内脏、蛋黄、奶油及肉类。植物性食物中不含胆固醇但含植物固醇，植物固醇不易被吸收，但可阻遏胆固醇的吸收。纤维素、果胶可与胆汁酸盐结合，有利于食物中胆固醇的排出，从而减少其吸收。

一、胆固醇的合成

（一）胆固醇合成的部位和原料

除脑组织及成熟红细胞外，几乎全身各组织均可合成胆固醇。肝是合成胆固醇的主要场所，其次是小肠。细胞质和光面内质网是胆固醇合成的具体部位。

合成胆固醇的基本原料是乙酰 CoA，此外还需要 ATP 提供能量，NADPH + H⁺ 提供氢。合成 1 分子胆固醇需 18 分子乙酰 CoA，16 分子 NADPH + H⁺ 及 36 分子 ATP。临床使用的降血脂药物如乙酸衍生物非诺贝特、苄氯贝特等可抑制胆固醇合成，从而起到降低血浆胆固醇含量的作用。

（二）胆固醇合成的基本过程

胆固醇合成过程较复杂，有近 30 步酶促反应，合成过程大致可分为以下三个阶段。

1. **甲羟戊酸的生成** 2 分子乙酰 CoA 先缩合成 1 分子乙酰乙酰 CoA，后者再与 1 分子乙酰 CoA 缩合生成 HMG – CoA，此过程与生成酮体的前几步骤相同。HMG – CoA 经 HMG – CoA 还原酶催化生成甲羟戊酸（MVA），该酶是胆固醇合成途径的限速酶，其活性受胆固醇的反馈抑制和多种因素调节。临床上使用的降血脂药物中的洛伐他汀、辛伐他汀等即是通过抑制 HMG – CoA 还原酶而减少胆固醇的合成。

2. **鲨烯的生成** 甲羟戊酸经磷酸化、脱羧、脱羟基等反应生成活性很强的 5 碳焦磷酸化合物。这些 5 碳化合物经多次缩合最后生成 30 碳多烯烃化合物即鲨烯。

3. **胆固醇的合成** 鲨烯经环化、氧化、脱羧及还原等步骤，脱去 3 分子 CO_2，形成胆固醇。

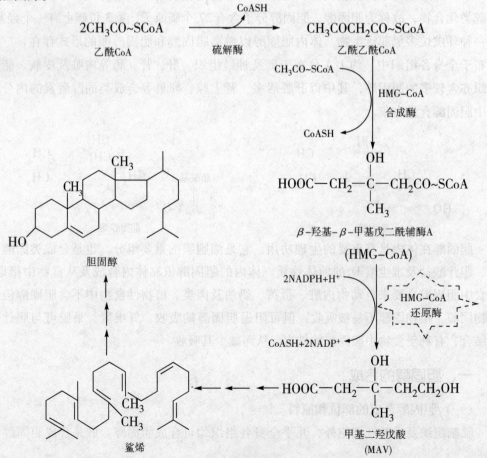

$2CH_3CO\sim SCoA$ 乙酰CoA $\xrightarrow[\text{硫解酶}]{CoASH}$ $CH_3COCH_2CO\sim SCoA$ 乙酰乙酰CoA

β-羟基-β-甲基戊二酰辅酶A
(HMG–CoA)

$$HOOC-CH_2-\underset{\underset{CH_3}{|}}{\overset{\overset{OH}{|}}{C}}-CH_2CO\sim SCoA$$

甲基二羟戊酸
(MAV)

$$HOOC-CH_2-\underset{\underset{CH_3}{|}}{\overset{\overset{OH}{|}}{C}}-CH_2CH_2OH$$

鲨烯

胆固醇

（三）胆固醇合成的调节

各种因素对胆固醇合成的调节，主要是通过影响胆固醇合成的限速酶 HMG - CoA 还原酶的活性和合成量来实现。

1. 饥饿与饱食 饥饿与禁食可抑制肝合成胆固醇。高糖、高饱和脂肪膳食时，胆固醇的合成增加，这是因为饱和脂肪酸能诱导肝 HMG - CoA 还原酶的合成。无脂肪膳食时，肝中胆固醇的合成和 HMG - CoA 还原酶的合成均下降。

2. 激素的调节 胰岛素能诱导肝 HMG - CoA 还原酶的合成和增强该酶活性，从而能促进胆固醇的合成，使血浆胆固醇升高。胰高血糖素及糖皮质激素则能抑制 HMG - CoA 还原酶的活性，减少胆固醇的合成。甲状腺素虽能促进 HMG - CoA 还原酶的合成，但同时又能更强地促进胆固醇在肝中转变成胆汁酸和促进胆固醇的排出，因而甲状腺功能亢进时，患者血清胆固醇含量会下降。

3. 胆固醇浓度的调节 体内胆固醇浓度升高可反馈抑制肝 HMG - CoA 还原酶的活性，并抑制该酶在肝脏的合成，导致胆固醇合成减少，但不抑制肠黏膜细胞内的 HMG - CoA 还原酶活性及合成。因此大量进食胆固醇仅抑制肝的胆固醇合成，而不能抑制肠道胆固醇合成，结果仍可使血浆胆固醇浓度升高，长期限制膳食胆固醇，也仅能使血浆胆固醇下降 10% ～20% 。

二、胆固醇的酯化

细胞内及血浆的游离胆固醇均可被酯化成胆固醇酯，胆固醇酯是胆固醇转运的主要形式。

（一）细胞内胆固醇的酯化

细胞内游离胆固醇在脂酰辅酶 A 胆固醇脂酰基转移酶催化下接受脂酰 CoA 的脂酰基生成胆固醇酯。

$$脂酰 CoA + 胆固醇 \xrightarrow{\text{脂酰辅酶 A 胆固醇脂酰基转移酶}} 胆固醇酯 + CoASH$$

（二）血浆中胆固醇的酯化

血浆中游离胆固醇在卵磷脂胆固醇脂酰基转移酶（lecithin cholesterol acyl transferase，LCAT）的催化下，将卵磷脂中第 2 位的脂酰基（大多为不饱和脂酰基）转移到胆固醇的 3 位羟基上，生成胆固醇酯和溶血卵磷脂。

$$卵磷脂 + 胆固醇 \xrightarrow{\text{卵磷脂胆固醇脂酰基转移酶}} 胆固醇酯 + 溶血卵磷脂$$

LCAT 由肝细胞合成并分泌入血，它在维持血浆中胆固醇与胆固醇酯的比例中起重要作用，肝功能受损可使 LCAT 合成量减少，导致血浆胆固醇酯含量下降。

三、胆固醇的转化与排泄

胆固醇的母核环戊烷多氢菲在体内不能被降解，故胆固醇在体内不能被彻底氧化分解为 CO_2 和 H_2O，它只能转变为其他的类固醇化合物，这些化合物有的参与代谢调节，有的被排出体外。

（一）转化为胆汁酸

胆固醇在肝脏转化为胆汁酸是胆固醇在体内代谢的主要去路。正常人每天约合成1～15g 胆固醇，其中 40% 在肝转变为胆汁酸，后者随胆汁排入肠道，发挥参与脂类的消化吸收作用（见第十三章肝脏生物化学）。

（二）转化为类固醇激素

在性腺和肾上腺皮质，胆固醇能转化为类固醇激素。如胆固醇在睾丸可转化为睾丸酮，在卵巢的卵泡内膜细胞及黄体可转化成雌二醇及孕酮，在肾上腺皮质球状带、束状带及网状带细胞内可分别转化成醛固酮、皮质醇及雄激素，这些激素在代谢调节中发挥重要的生理作用。

（三）转化为 7 - 脱氢胆固醇

在皮下组织胆固醇可氧化为 7 - 脱氢胆固醇，7 - 脱氢胆固醇经紫外线照射后转变为维生素 D_3，后者对钙、磷代谢具有重要的调节作用。

（四）直接排泄

部分胆固醇可直接以原型随胆汁排入肠道，一部分被小肠黏膜重吸收，另一部分在肠道细菌作用下被还原成粪固醇而排出体外。

第六节　血浆脂蛋白

一、血脂

血脂是血浆中所含脂类物质的统称，包括甘油三酯（TG）、磷脂（PL）、胆固醇（Ch）、胆固醇酯（CE）及游离脂肪酸（free fatty axid，FFA）等。根据血脂的来源可分为外源性及内源性血脂，外源性血脂是指从食物中摄取后消化吸收入血的脂类；内源性血脂是指由肝、脂肪组织等合成释放入血的脂类。血脂仅占全身总脂的极少部分，其含量变动范围较大，并受膳食、年龄、职业以及代谢状况的影响。空腹时血脂含量相对恒定，因而临床上常测定空腹血脂以了解机体内脂类代谢的情况及帮助疾病的诊断。正常人空腹 12h 以上时血脂的平均含量及范围见表 6 - 1。

表 6 - 1　正常成人空腹时血脂的主要组成和含量

脂类物质	血浆含量（mmol/L）
甘油三酯（TG）	0.1～1.7
总胆固醇（TC）	2.8～5.2
游离胆固醇（Ch）	1.0～1.8
胆固醇酯（CE）	1.4～3.0
磷脂（PL）	1.9～3.2
游离脂肪酸（FFA）	0.2～0.8
脂类总量	6.7～12.2

二、血浆脂蛋白

脂类难溶于水，不能在血浆中游离存在，脂类进入血液后只有与蛋白质结合成脂蛋白后才能在存在于血液中，因此，血浆脂蛋白（lipoprotein，LP）是脂类在血液中的存在与运输形式。

血浆脂蛋白中的蛋白质部分，称为载脂蛋白（apoprotein，Apo），脂类部分有甘油三酯、磷脂、胆固醇和胆固醇酯。血浆脂蛋白的结构呈球状，其表面覆盖着载脂蛋白、磷脂和游离胆固醇等亲水极性基团和极性分子，脂蛋白内核部分由疏水基团和疏水分子胆固醇酯和甘油三酯构成（图6-10）。

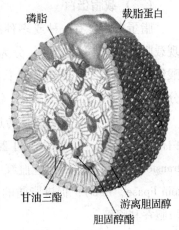

图6-10 脂蛋白结构示意

（一）血浆脂蛋白的分类

不同的血浆脂蛋白所含的脂类及载脂蛋白的种类、比例和含量不同，理化性质也不同。一般用超速离心法和电泳法可将它们分为四类。

1. 超速离心法（密度分类法） 将血浆放在一定相对密度的盐溶液中进行超速离心，由于脂蛋白中脂类含量不同其相对密度也不同，因而各种脂蛋白表现出不同的沉降情况。按相对密度从低到高可把血浆脂蛋白分为乳糜微粒（chylomicron，CM）、极低密度脂蛋白（very low density lipoprotein，VLDL）、低密度脂蛋白（low density lipoprotein，LDL）、高密度脂蛋白（high density lipoprotein，HDL）。

2. 电泳法 各种脂蛋白中蛋白质的含量和种类不同，所带电荷也不同，将它们放在电场中后泳动的速度也不同。通过电泳可将脂蛋白分为四种，自正极到负极依次为 α - 脂蛋白（α - lipoprotein，α - LP）、前 β - 脂蛋白（pre β - lipoprotein，preβ - LP）、β - 脂蛋白（β - lipoprotein，β - LP）和乳糜微粒（CM）。α - 脂蛋白泳动速度最快，乳糜微粒停留在原点（图6-11）。

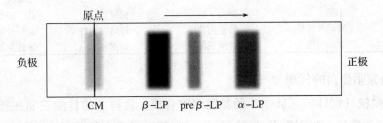

图6-11 脂蛋白电泳示意

两种方法分离脂蛋白的对应关系如下：

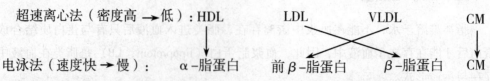

（二）载脂蛋白

脂蛋白都含有一种或多种载脂蛋白。载脂蛋白在肝及小肠黏膜细胞合成，现已发现载脂蛋白有18种之多，分为A、B、C、D、E等五类，其中某些载脂蛋白由于氨基酸组成的差异，又可分为若干亚类。如ApoA分为ApoAⅠ、ApoAⅡ和ApoAⅢ；ApoB分为$ApoB_{48}$和$ApoB_{100}$；ApoC分为ApoCⅠ、ApoCⅡ和ApoCⅢ。

载脂蛋白的主要功能是转运脂类和稳定脂蛋白结构，某些载脂蛋白还可调节脂蛋白代谢酶活性，如ApoAⅠ可激活卵磷脂胆固醇脂酰基转移酶（lecithin cholesterol acyl transferase，LCAT），促进血浆中胆固醇的酯化；ApoCⅡ可激活脂蛋白脂肪酶（lipoprotein lipase，LPL），促进脂肪的利用；$ApoB_{100}$及ApoE参与LDL受体的识别，促进LDL被胞吞和降解。

（三）血浆脂蛋白的组成

各类脂蛋白虽都含载脂蛋白、甘油三酯、磷脂、胆固醇及胆固醇酯，但不同的脂蛋白其组成比例差异很大。CM含甘油三酯最多，含蛋白质最少，其密度最小，颗粒最大。VLDL也以甘油三酯为主要成分，但磷脂、胆固醇及蛋白质含量均比CM多。LDL含胆固醇最多。HDL含蛋白质最多，甘油三酯含量最少，密度最大，颗粒最小（表6-2）。

表6-2　血浆脂蛋白组成、来源及功能

分类	CM	VLDL	LDL	HDL
组成（%）				
甘油三酯	80~95	50~70	10	5
总胆固醇	4~5	15~19	48~50	20~23
磷脂	5~7	15	20	25
蛋白质	0.5~2	5~10	20~25	50
主要载脂蛋白	ApoCⅡ、$ApoB_{48}$	ApoCⅡ、$ApoB_{100}$	$ApoB_{100}$	ApoAⅠ ApoAⅡ
合成部位	小肠	肝	血浆	肝、小肠
功能	转运外源性 甘油三酯	转运内源性 甘油三酯	转运内源性 胆固醇	自肝外向肝内 转运胆固醇

（四）血浆脂蛋白的代谢

1. 乳糜微粒（CM）　CM由小肠黏膜细胞合成。食物中的甘油三酯在肠黏膜细胞消化吸收后，与磷脂、胆固醇及ApoA和$ApoB_{48}$等形成含大量甘油三酯的CM。CM经淋巴管进入血液，接受HDL转移来的ApoC和ApoE，同时将其所含的ApoAⅠ、ApoAⅡ转给HDL，形成成熟的CM。成熟的CM含有ApoCⅡ，能激活存在于肌肉和脂肪组织毛细血管内皮细胞表面的脂蛋白脂肪酶，脂蛋白脂肪酶可催化水解甘油三酯。CM中的甘油三酯被水解成脂肪酸和甘油，释出的脂肪酸和甘油被组织摄取利用。CM

颗粒逐步变小，表面所剩的磷脂、胆固醇及 ApoA、ApoC 转移至 HDL 上，最后转变为富含胆固醇酯及部分甘油三酯的 CM 残余颗粒，这些残余颗粒被肝细胞 ApoE 受体识别，经胞吞作用进入肝细胞降解。CM 的生理作用是运送外源性甘油三酯。正常人空腹时血浆中不含 CM 颗粒，当摄入大量脂肪后，CM 大量增加使血浆暂时变得混浊，但数小时后澄清，此现象称为脂肪的廓清作用。

2. 极低密度脂蛋白（VLDL）　VLDL 主要由肝脏合成。内源性甘油三酯、磷脂、胆固醇和 $ApoB_{100}$、ApoC、ApoE 等在肝细胞内合成 VLDL。与 CM 一样，VLDL 中的甘油三酯经脂蛋白脂肪酶作用被水解利用，颗粒逐渐变小，组成也相应发生改变，形成中间密度脂蛋白（IDL），IDL 再转变为富含胆固醇和 $ApoB_{100}$ 的 LDL。VLDL 的生理作用是把内源性甘油三酯转运到肝外组织。

3. 低密度脂蛋白（LDL）　LDL 由 VLDL 在血浆中转变而来，它是惟一仅含 $ApoB_{100}$ 的脂蛋白。正常人空腹时血浆中的胆固醇主要存在于 LDL 中，其中⅔以胆固醇酯的形式存在。肝外组织细胞表面有 LDL 受体，它能特异识别 LDL，通过胞吞作用将 LDL 摄入细胞，LDL 在溶酶体内分解为游离胆固醇被细胞利用。LDL 的主要功能是将肝细胞合成的胆固醇转运到肝外组织。

4. 高密度脂蛋白（HDL）　HDL 主要由肝脏合成，其次为小肠黏膜细胞。肝脏合成的 HDL 含 ApoC、ApoE，小肠黏膜细胞合成的只含有 ApoA，它们分泌入血后接受来自其他脂蛋白转移来的载脂蛋白，形成含磷脂、游离胆固醇和 ApoA、ApoC、ApoE 的盘状结构的新生 HDL（图6-12）。HDL 表面的 ApoA I 可激活卵磷脂胆固醇脂

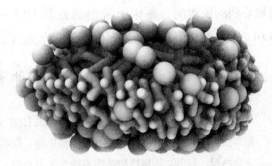

图6-12　新生的 HDL 示意

酰基转移酶（LCAT），从而促进胆固醇转化为胆固醇酯，后者再进入 HDL 的内核。新生 HDL 在 LCAT 反复作用下，胆固醇酯逐步增加，形成成熟的 HDL。肝细胞表面存在 HDL 受体，成熟的 HDL 被受体特异识别摄入肝细胞，其中胆固醇酯分解为脂肪酸和胆固醇，胆固醇可转变为胆汁酸或直接排出体外。HDL 的主要作用是将肝外的胆固醇转运至肝脏，称为胆固醇的逆向转运。

三、高脂蛋白血症

血浆中的脂类有一类或几类浓度高于正常上限称为高脂血症，由于血脂是以脂蛋白形式存在，所以高脂血症也可以认为是高脂蛋白血症。一般以成人空腹12~24h 时，血浆中甘油三酯超过 1.8mmol/L、胆固醇超过 6.7mmol/L 时为高脂血症。高脂血症是一类常见的脂代谢紊乱性疾病，它可以是遗传性的，也可以由其他后天原因引起。遗传性高脂血症主要是由于载脂蛋白、脂蛋白受体或脂蛋白代谢缺陷所致。1970 年世界

卫生组织（WHO）建议，将高脂血症分为六型（表6-3）。临床常见有高甘油三酯血症（如Ⅳ型高脂血症）和高胆固醇血症（如Ⅱ型高脂血症）。

表6-3　高脂血症的类型

分型	血浆脂蛋白变化	血脂变化	
		甘油三酯	胆固醇
Ⅰ	乳糜微粒增高	↑↑↑	↑
Ⅱa（常见）	低密度脂蛋白增加	—	↑↑
Ⅱb（常见）	低密度及极低密度脂蛋白同时增加	↑↑	↑↑
Ⅲ	中间密度脂蛋白增加（电泳出现宽β带）	↑↑	↑↑
Ⅳ（常见）	极低密度脂蛋白增加	↑↑↑	—
Ⅴ	极低密度脂蛋白及乳糜微粒同时增加	↑↑↑↑	↑

如果血脂含量过高，尤其是胆固醇含量过高，血脂就会沉积在动脉内膜下，导致动脉粥样硬化。动脉粥样硬化时，患者血管通道变窄、弹性减小，最后出现血管堵塞。正常空腹时血浆中的胆固醇主要存在于 LDL 中，由于 LDL 的功能是将肝细胞合成的胆固醇转运到肝外组织，而 HDL 的功能是将肝外的胆固醇转运到肝脏代谢清除，因此血浆中 LDL 增多可导致动脉粥样硬化，而 HDL 增多则可减轻动脉粥样硬化。在临床上，LDL 被称为致动脉粥样硬化脂蛋白，而 HDL 则被称为抗动脉粥样硬化脂蛋白。在判断患冠心病的风险时，临床上常检测血浆 HDL - 胆固醇（HDL - C）与 LDL - 胆固醇（LDL - C）的比值，若二者比值下降提示患冠心病的危险性较高。

本章小结

　　脂类是脂肪和类脂的总称。脂肪即三酰甘油（甘油三酯），类脂包括磷脂、糖脂、胆固醇及胆固醇酯等。脂肪主要有储能和供能、保温和保护功能，类脂的生理作用主要是构成生物膜。营养必需脂肪酸是指不能在体内合成、必须从食物中摄取的不饱和脂肪酸，包括花生四烯酸、亚油酸和亚麻酸，另外二十碳五烯酸（EPA）和二十二碳六烯酸（DHA）也是重要的不饱和脂肪酸。

　　脂肪细胞中的甘油三酯在脂肪酶的催化下，水解释放出甘油和脂肪酸的称为脂肪的动员。甘油三酯脂肪酶为脂肪动员的限速酶，胰岛素抑制其活性，称抗脂解激素，胰高血糖素、肾上腺素、去甲肾上腺素、促肾上腺皮质激素等促进其活性，称为脂解激素。脂肪酸 β - 氧化过程包括脂肪酸的活化、转运、β - 氧化（脱氢、加水、再脱氢和硫解）以及乙酰 CoA 的彻底氧化。肉碱脂酰转移酶Ⅰ是限速酶。β - 氧化生成的乙酰 CoA 在肝外组织主要经三羧酸循环彻底氧化，而在肝内则大部分转变为酮体（乙酰乙酸、β - 羟丁酸和丙酮）。肝外组织，特别是心肌、骨骼肌、脑和肾可氧化利用酮体，而肝脏因缺乏利用酮体的酶而不能利用酮体。肝内生成而肝外利用是酮体代谢的特点。酮体是肝脏向肝外组织输出的一种脂类能源物质，在糖供应不足或利用出现障碍时，酮体可以代替葡萄糖成为脑组织和肌肉组织的主要能源。

α-磷酸甘油和脂酰 CoA 是甘油三酯合成的原料,脂肪酸在胞液中合成,主要原料是乙酰 CoA,还需要 NADPH+H⁺ 提供氢,ATP 供能。甘油三酯合成过程中限速酶是 α-磷酸甘油脂酰转移酶。胆固醇以游离胆固醇和胆固醇酯的形式存在,是细胞膜的重要组分,也是合成类固醇激素、胆汁酸盐及维生素 D₃ 的前体物质。合成胆固醇的主要场所是肝和小肠,基本原料是乙酰 CoA,并需 ATP 供能,NADPH+H⁺ 供氢。HMG-CoA 还原酶是胆固醇合成的限速酶。胆固醇的主要去路是在肝脏转化为胆汁酸,也可转化为类固醇激素、7-脱氢胆固醇或直接经胆汁排泄。

血脂是血浆中所含脂类物质的统称,包括甘油三酯、磷脂、胆固醇、胆固醇酯及游离脂肪酸等。血浆脂蛋白由脂类和载脂蛋白组成。按密度从低到高可把血浆脂蛋白分为乳糜微粒、极低密度脂蛋白、低密度脂蛋白、高密度脂蛋白。脂蛋白电泳后自正极到负极依次为 α-脂蛋白、前 β-脂蛋白、β-脂蛋白和乳糜微粒。CM 由小肠黏膜细胞合成,生理作用是运送外源甘油三酯。VLDL 主要由肝脏合成,生理作用是把内源性甘油三酯转运到肝外组织。LDL 由 VLDL 在血浆中转变而来,主要功能是将肝细胞合成的胆固醇转运到肝外组织。HDL 主要由肝脏合成,其次为小肠黏膜细胞,主要作用是将肝外的胆固醇转运至肝脏。

本章主要考点

1. 必需脂肪酸、脂肪的动员、酮体、血脂、血浆脂蛋白、载脂蛋白的概念。脂肪和类脂的生理作用。

2. 激素对脂肪动员的影响。脂肪酸的 β-氧化过程和产生能量的计算。酮体合成的原料,代谢特点和生理意义,酮症酸中毒的原因。脂肪合成的原料及部位。

3. 磷脂的种类,磷脂合成与脂肪肝的关系。胆固醇的生理作用、合成原料、转化与排泄。脂肪的动员、脂肪酸的 β-氧化、脂肪的合成、胆固醇的合成各过程的限速酶。

4. 血浆脂蛋白的分类及各类的生理作用。

(韩 霞)

第七章

生 物 氧 化

生命活动所需能量来自于糖、脂肪、蛋白质等营养物质在体内的氧化分解。这些营养物质在体内氧化分解，最终产生 CO_2 和 H_2O，并释放能量。所释放的能量一部分以化学能的形式贮存在高能化合物中（主要是 ATP），成为机体可利用的能量形式；另一部分则以热能的形式散发，以维持体温。本章主要叙述营养物质氧化过程中 CO_2、H_2O 及能量 ATP 的产生，机体对能量的转化、储存和利用。

第一节 概 述

糖、脂肪、蛋白质等营养物质在体内彻底氧化生成 CO_2 和 H_2O 并释放能量的过程称为生物氧化（biological oxidation）。由于生物氧化过程中伴有氧的利用和 H_2O 的产生，因此又称为组织呼吸或细胞呼吸。

一、生物氧化的特点

糖、脂肪、蛋白质在体内氧化与在体外燃烧的最终产物都是 CO_2 和 H_2O，并释放出能量，但生物氧化与体外燃烧过程有显著的不同：①反应条件不同。生物氧化是在 pH 近中性、约37℃和含水的温和环境下进行的酶促反应。②氧化方式不同。体内物质氧化主要是以脱氢、脱电子的方式进行，而不是直接被 O_2 所氧化。③CO_2 产生的方式不同。生物氧化中产生的 CO_2 来自于有机酸的脱羧反应，而不是 C 与 O_2 的直接化合。④能量的释放方式不同。生物氧化中产生的能量是分步释放而不是一次性释放。所释放的能量一部分以高能化合物方式储存，供机体各种生理活动利用；另一部分则以热能形式散发，维持体温。

二、生物氧化的类型

生物氧化的类型有脱氢、失电子及加氧反应，其中，主要的是脱氢反应。生物氧化遵循氧化还原反应的一般规律，即氧化反应与还原反应相伴而行，脱氢、失电子或加氧的物质被氧化，加氢、得电子或脱氧的物质被还原。

三、生物氧化中 CO_2 的生成

生物氧化中产生的 CO_2 不是有机物中所含的碳原子与氧直接化合的结果，而是来自有机酸的脱羧反应。根据被脱去 CO_2 的羧基在有机酸分子中的位置及脱羧的同时是否伴有脱氢，可将脱羧反应分为 α – 单纯脱羧、α – 氧化脱羧、β – 单纯脱羧，β – 氧化脱羧。

1. α – 单纯脱羧 脱去 CO_2 的羧基位于有机酸的 α – 碳原子上，不伴有脱氢。

$$\underset{\underset{COOH}{|}}{R-CH-NH_2} \xrightarrow[\text{磷酸吡哆醛}]{\text{氨基酸脱羧酶}} R-CH_2-NH_2 + CO_2$$

2. α – 氧化脱羧 脱去 CO_2 的羧基位于有机酸的 α – 碳原子上，伴有脱氢。

$$CH_3COCOOH + CoASH \xrightarrow[\underset{NAD^+ \quad NADH+H^+}{}]{\text{丙酮酸脱氢酶系}} CH_3CO\sim SCoA + CO_2$$

丙酮酸 　　　　　　　　　　　　　　　　　　　　乙酰辅酶A

3. β – 单纯脱羧 脱去 CO_2 的羧基位于有机酸的 β – 碳原子上，不伴有脱氢。

$$\underset{\alpha CH_2-COOH}{\overset{\beta CH_2-COOH}{|}} \xrightarrow{\text{草酰乙酸脱羧酶}} CH_3COCOOH + CO_2$$

草酰乙酸 　　　　　　　　　　　　　　　丙酮酸

4. β – 氧化脱羧 脱去 CO_2 的羧基位于有机酸的 β – 碳原子上，伴有脱氢。

$$\underset{CH(OH)COOH}{\overset{CH_2-COOH}{|}} \xrightarrow[\underset{NAD^+ \quad NADH+H^+}{}]{\text{苹果酸酶}} \underset{COCOOH}{\overset{CH_3}{|}} + CO_2$$

苹果酸 　　　　　　　　　　　　　　　　　丙酮酸

第二节 生物氧化中 ATP 的生成

一、ATP 的生成方式

营养物质在体内氧化释放的能量以高能化合物的方式存在于体内，其中 ATP 是主要的高能化合物，体内生成 ATP 的方式有氧化磷酸化和底物水平磷酸化两种。

（一）氧化磷酸化

氧化磷酸化是 ATP 的主要生成方式，其过程依赖于线粒体内的呼吸链（respiratory chain）而进行。呼吸链是指一系列递氢体和递电子体按一定顺序排列在线粒体内膜上，构成与细胞利用氧密切相关的链式反应体系，又称电子传递链（electron transport chain）。而氧化磷酸化则是指代谢物脱下的氢通过呼吸链中的递氢体和电子传递体的传递，最终与氧化合产生水，同时释放的能量使 ADP 磷酸化生成 ATP 的过程。

1. 呼吸链的组成

（1）尼克酰胺核苷酸　尼克酰胺腺嘌呤二核苷酸（NAD$^+$）和尼克酰胺腺嘌呤二核苷酸磷酸（NADP$^+$）是体内多种不需氧脱氢酶的辅酶。两者分子中的尼克酰胺部分（维生素 PP）能可逆地加氢和脱氢而发挥递氢体的作用。NAD$^+$、NADP$^+$ 的组成及递氢机制见图 7-1 及图 7-2。

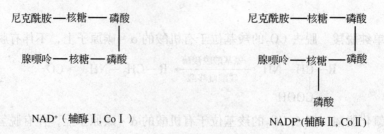

$$\text{尼克酰胺—核糖—磷酸}$$
$$\text{腺嘌呤—核糖—磷酸}$$
NAD$^+$（辅酶Ⅰ，CoⅠ）

$$\text{尼克酰胺—核糖—磷酸}$$
$$\text{腺嘌呤—核糖—磷酸}$$
$$\text{磷酸}$$
NADP$^+$（辅酶Ⅱ，CoⅡ）

图 7-1　NAD$^+$ 及 NADP$^+$ 的组成

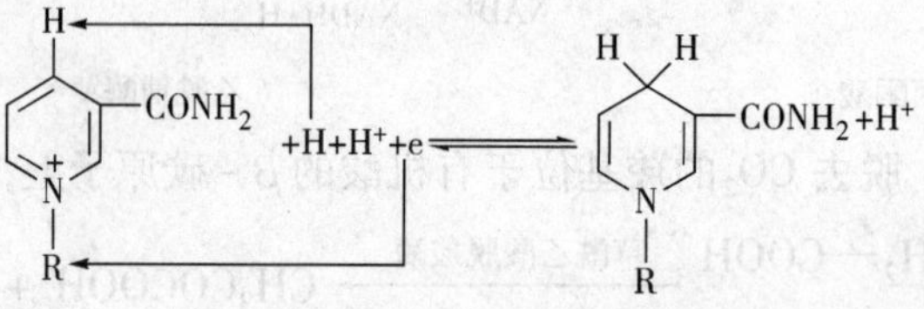

图 7-2　NAD$^+$ 及 NADP$^+$ 的递氢机制

当这两种辅酶为氧化型时，尼克酰胺中吡啶环上的氮呈五价，带正电荷，可接受代谢物脱下的一对氢（2H$^+$ 和 2e），其中一个 e 中和了吡啶环上氮的正电荷，氮由五价变成三价，另一个氢原子加到吡啶环氮对侧的碳原子上。因此，尼克酰胺只接受了一个氢原子和一个电子，另一个质子（H$^+$）则留在介质中。

（2）黄素酶　黄素酶是一类以黄素单核苷酸（FMN）和黄素腺嘌呤二核苷酸（FAD）为辅基的脱氢酶，又称黄素蛋白。如 FMN 是 NADH 脱氢酶的辅基，FAD 是琥珀酸脱氢酶、脂肪酰 CoA 脱氢酶以及（线粒体内的）α-磷酸甘油脱氢酶的辅基。这两种辅基中都含有核黄素（维生素 B$_2$），其异咯嗪部分具有可逆地加 2H 和脱掉 2H 的特点。FMN、FAD 的组成及递氢机制见图 7-3 及图 7-4。

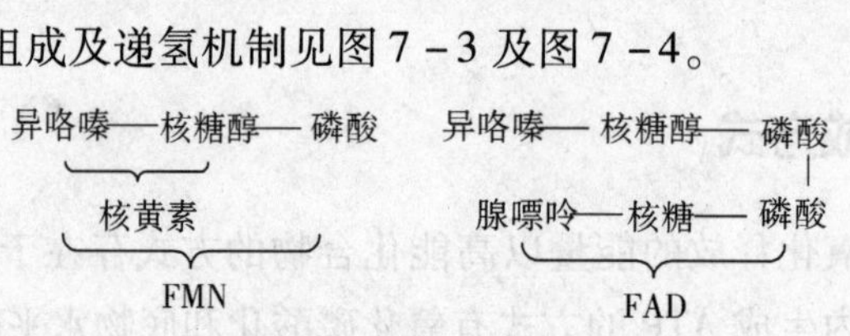

$$\text{异咯嗪—核糖醇—磷酸}$$
$$\text{核黄素}$$
FMN

$$\text{异咯嗪—核糖醇—磷酸}$$
$$\text{腺嘌呤—核糖—磷酸}$$
FAD

图 7-3　FMN 及 FAD 的组成

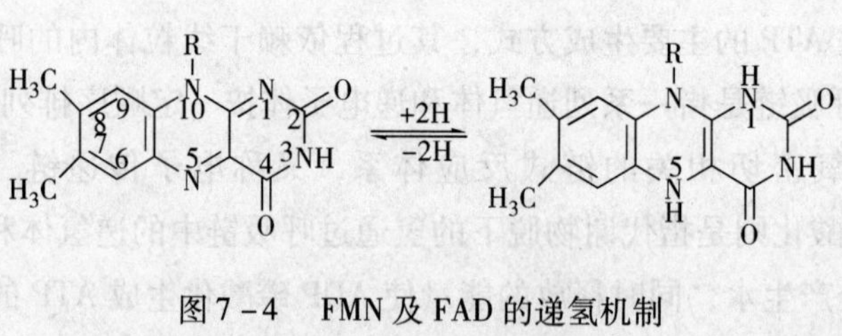

图 7-4　FMN 及 FAD 的递氢机制

（3）泛醌　又称辅酶Q（coenzyme Q，CoQ），是脂溶性醌类化合物，广泛存在于生物界。CoQ是一种递氢体，它能可逆地加2H和脱掉2H（图7-5）。

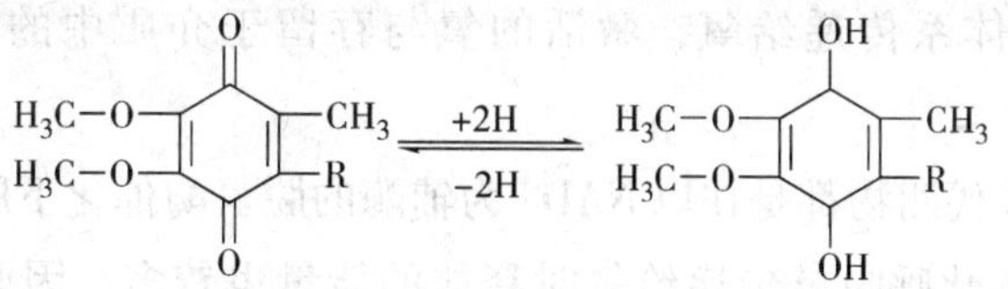

$$\underset{\underset{\text{O}}{\text{H}_3\text{C}-\text{O}}}{\overset{\overset{\text{O}}{\text{H}_3\text{C}-\text{O}}}{\bigcirc}} \quad \overset{\text{CH}_3}{\underset{\text{R}}{}} \quad \underset{-2\text{H}}{\overset{+2\text{H}}{\rightleftharpoons}} \quad \underset{\underset{\text{OH}}{\text{H}_3\text{C}-\text{O}}}{\overset{\overset{\text{OH}}{\text{H}_3\text{C}-\text{O}}}{\bigcirc}} \quad \overset{\text{CH}_3}{\underset{\text{R}}{}}$$

图7-5　CoQ的递氢机制

（4）铁硫蛋白　铁硫蛋白（Fe-S）是一类分子中含有等量铁和硫的蛋白质，在线粒体内膜上，常与黄素酶和细胞色素等递氢体或递电子体构成复合物，复合物中的铁硫蛋白是传递电子的反应中心，亦称铁硫中心，其中铁离子可以通过二价和三价的相互转变来传递电子。

（5）细胞色素　细胞色素（cytochrome，Cyt）是一类以铁卟啉为辅基的结合蛋白，存在于生物细胞内，因有颜色而得名。已发现的有30多种，按吸收光谱分a、b、c三类，每一类又分出一些亚类。呼吸链内主要含有$Cytb$、$Cytc_1$、$Cytc$、$Cyta$和$Cyta_3$。由于$Cyta$和$Cyta_3$不易分开，常统称为$Cytaa_3$。细胞色素为单电子传递体，是由辅基铁卟啉中的铁离子可逆地接受和释放电子来发挥其电子传递作用。

$$Cyt-Fe^{2+} \underset{-e}{\overset{+e}{\longrightarrow}} Cyt-Fe^{3+}$$

细胞色素在呼吸链中的排列顺序是$Cytb \rightarrow Cytc_1 \rightarrow Cytc \rightarrow Cytaa_3$，最后由$Cytaa_3$将电子传递给氧，使氧激活成氧离子（$O^{2-}$），故将$Cytaa_3$称为细胞色素氧化酶。$Cyta_3$中的铁原子可以与氰化物离子（$CN^-$）、CO等结合，这种结合一旦发生，$Cyta_3$便失去使氧还原的能力，电子传递中止，呼吸链阻断，导致机体不能利用氧而窒息死亡。

2. 氧化磷酸化过程　氧化磷酸化过程主要依靠线粒体内的两条重要呼吸链完成，即NADH氧化呼吸链和$FADH_2$氧化呼吸链。如果代谢物是由以NAD^+为辅酶的脱氢酶催化，该代谢物脱下的氢由NAD^+接受，进入NADH氧化呼吸链被氧化。如果代谢物是由FAD为辅基的脱氢酶所催化，该代谢物脱下的氢由FAD接受，进入$FADH_2$氧化呼吸链（又称琥珀酸氧化呼吸链）被氧化。

（1）NADH氧化呼吸链　由NAD^+、FMN、CoQ、细胞色素体系组成。当代谢物（AH_2）受到以NAD^+为辅酶的脱氢酶（如苹果酸脱氢酶、异柠檬酸脱氢酶）催化时，其分子中的2个氢原子被酶激活脱下，由NAD^+接受生成$NADH+H^+$。接着在以FMN为辅基的NADH脱氢酶催化下，将NADH中的1个氢原子、1个电子和存留于介质中的H^+传递给FMN生成$FMNH_2$。$FMNH_2$再将2H传递给CoQ生成$CoQH_2$。$CoQH_2$把2H中含有的2e往下传递给细胞色素体系，而$2H^+$则留在介质中。2e由$Cytb$接受，然后按$Cytb \rightarrow Cytc_1 \rightarrow Cytc \rightarrow Cytaa_3 \rightarrow 1/2O_2$的顺序传递给氧，使氧激活成$O^{2-}$，再与介质中的$2H^+$结合成水（图7-6）。

（2）$FADH_2$氧化呼吸链　由FAD、CoQ、细胞色素体系组成。当代谢物受到以

FAD 为辅基的脱氢酶（如琥珀酸脱氢酶、α-磷酸甘油脱氢酶、脂肪酰 CoA 脱氢酶）催化时，其分子中脱下的 2H 被 FAD 接受生成 $FADH_2$。接着 $FADH_2$ 将 2H 传递给 CoQ，2e 再通过细胞色素体系传递给氧，激活的氧与存留于介质中的 $2H^+$ 结合成水（图 7-6）。

由于体内大多数代谢物都是在以 NAD^+ 为辅酶的脱氢酶催化下脱氢氧化，并且脱下的氢在通过 NADH 氧化呼吸链传递给氧时释放的能量也较多，因此，NADH 氧化呼吸链是线粒体中的主要呼吸链。

代谢物脱下的氢经线粒体呼吸链传递给氧生成水的过程中伴有能量的释放，其中 60% 的能量以热能形式散发，以维持体温，40% 的能量使 ADP 磷酸化生成 ATP 供机体利用。实验表明，在呼吸链中氧化磷酸化的偶联部位（ATP 生成的部位）有三个：即从 NADH 到 CoQ，从 Cytb 到 Cytc，从 Cytaa₃ 到 O_2 之间。因此，每 2H 经 NADH 氧化呼吸链而氧化生成水时，以氧化磷酸化的方式生成 3 分子 ATP；而 2H 经 $FADH_2$ 氧化呼吸链氧化时，则只能生成 2 分子 ATP（图 7-6）。

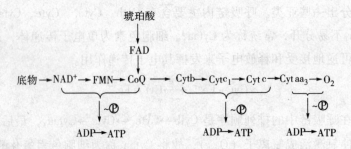

图 7-6　NADH 及 $FADH_2$ 氧化呼吸链和氧化磷酸化偶联部位

3. 影响氧化磷酸化的因素

（1）ADP、ATP 的调节作用　氧化磷酸化的速度主要受 ADP 的调节。当机体消耗较多 ATP 时，ADP 浓度升高，ATP 浓度降低，使氧化磷酸化速度加快，以补充 ATP。同时，NADH 减少，NAD^+ 升高，也促进三羧酸循环等氧化过程的进行，以提供更多的 NADH。反之，当机体耗能减少时，ADP 浓度降低，ATP 升高，则氧化磷酸化速度减慢，造成 NADH 堆积，使三羧酸循环速度减慢。这种调节有利于机体合理地利用体内能源物质，避免浪费。

（2）氧化磷酸化的抑制剂　氧化磷酸化的抑制剂分为两类。

抑制氢或电子传递的物质：如阿米妥、鱼藤酮、抗霉素、氰化物（CN^-）、一氧化碳和叠氮化物（N_3^-）等。这类物质作用于呼吸链的某一环节，阻断呼吸链氢和电子的传递，从而抑制氧化磷酸化作用。其抑制环节如图 7-7 所示。

图 7-7　氧化磷酸化抑制剂对呼吸链的阻断作用

解偶联剂：这类物质不阻断呼吸链中氢和电子的传递，而是抑制 ADP 磷酸化生成 ATP 的过程，即解除物质的氧化与 ADP 磷酸化之间的偶联作用。如 2,4 - 二硝基苯酚就是最早发现的解偶联剂。在解偶联剂的作用下，物质的氧化照样进行，但所释放的能量不能储存到 ATP 分子中，只能以热能的形式散发，机体得不到可利用的能量。

（3）甲状腺激素的影响 甲状腺激素能诱导细胞膜上 Na^+，K^+ - ATP 酶的生成，使 ATP 分解加快，ADP 增多，从而促进氧化磷酸化过程。甲状腺功能亢进的患者，其体内甲状腺激素水平升高，ATP 的生成与分解都增强，导致机体耗氧量和产热量增加。因此，患者基础代谢率升高，并出现食欲亢进、心动过速、消瘦、怕热、多汗等症状。

（二）底物水平磷酸化

在物质分解代谢时，有些底物分子中的内部能量重新分布产生高能键，底物将此高能键直接转移给 ADP（或 GDP）生成 ATP，这种 ATP 的生成方式称为底物水平磷酸化。一次底物水平磷酸化只能生成 1 分子 ATP，所以底物水平磷酸化是体内 ATP 生成的次要方式。

$$1,3 - 二磷酸甘油酸 + ADP \xrightarrow{\text{磷酸甘油酸激酶}} 3 - 磷酸甘油酸 + ATP$$

$$磷酸烯醇式丙酮酸 + ADP \xrightarrow{\text{丙酮酸激酶}} 烯醇式丙酮酸 + ATP$$

$$琥珀酰 CoA + H_3PO_4 + GDP \xrightarrow{\text{琥珀酸硫激酶}} 琥珀酸 + CoASH + GTP$$

$$GTP + ADP \longrightarrow GDP + ATP$$

二、线粒体外 NADH 的氧化

呼吸链存在于线粒体内膜上，线粒体内产生的 NADH 可直接进入呼吸链被氧化，而线粒体外产生的 NADH 则需要通过线粒体内膜进入线粒体后才能被氧化，通过线粒体内膜的方式主要有 α - 磷酸甘油穿梭作用和苹果酸 - 天冬氨酸穿梭作用。

1. α - 磷酸甘油穿梭作用 α - 磷酸甘油穿梭作用是指通过 α - 磷酸甘油将胞浆中 NADH 上的 H 带入线粒体的过程。这种穿梭作用主要存在于神经和肌组织中。

如图 7 - 8 所示，在胞浆中 α - 磷酸甘油脱氢酶（辅酶为 NAD^+）的催化下，由 $NADH + H^+$ 供氢，使磷酸二羟丙酮还原生成 α - 磷酸甘油。α - 磷酸甘油通过线粒体外膜，再由位于线粒体内膜胞液侧的 α - 磷酸甘油脱氢酶（辅基为 FAD）催化，脱氢氧化生成磷酸二羟丙酮，脱下的氢由 FAD 接受生成 $FADH_2$。磷酸二羟丙酮可进入胞浆继续利用。$FADH_2$ 则进入 $FADH_2$ 氧化呼吸链，2H 氧化生成水的过程中可产生 2 分子 ATP。

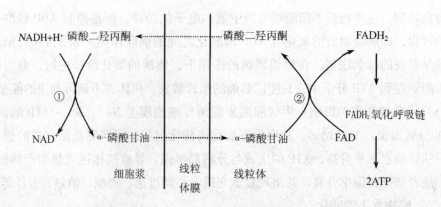

①胞液中的α-磷酸甘油脱氢酶　②线粒体中的α-磷酸甘油脱氢酶

图7-8　α-磷酸甘油穿梭作用

2. 苹果酸-天冬氨酸穿梭作用　苹果酸-天冬氨酸穿梭作用是指通过苹果酸和天冬氨酸进出线粒体，将胞浆中NADH上的H带入线粒体内的过程。这种穿梭作用主要存在于肝和心肌中。

如图7-9所示，在胞浆中苹果酸脱氢酶的催化下，由 NADH + H$^+$ 供氢，使草酰乙酸还原生成苹果酸。苹果酸经线粒体内膜上的载体转运进入线粒体，又由线粒体内的苹果酸脱氢酶催化脱氢生成草酰乙酸，脱下的氢由 NAD$^+$ 接受生成 NADH + H$^+$，后者进入 NADH 氧化呼吸链，2H 氧化生成水过程中可产生 3 分子 ATP。所生成的草酰乙酸不能透过线粒体内膜返回胞浆，但可在谷草转氨酶的催化下生成天冬氨酸，后者由线粒体内膜上的载体转运出线粒体再转变成草酰乙酸，继续参与穿梭过程。

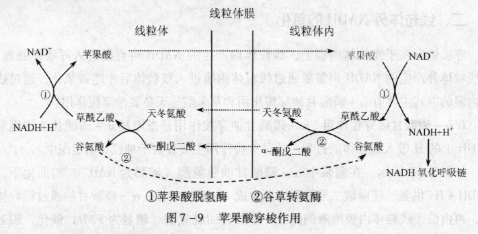

①苹果酸脱氢酶　②谷草转氨酶

图7-9　苹果酸穿梭作用

三、ATP 的生理作用及转化

（一）ATP 的生理作用

1. ATP 提供机体所需的能量　我们将水解时释放能量大于 20kJ/mol 的化学键称为高能键，用 ~ 表示。含有高能键的化合物称为高能化合物。体内的高能键主要是高能磷酸键，用 ~Ⓟ 表示。含有 ~Ⓟ 的化合物称为高能磷酸化合物，包括各种三磷酸核苷

（如 ATP、GTP、CTP、UTP、dATP、dGTP、dCTP、dTTP 等）和各种二磷酸核苷（如 ADP、GDP、CDP、UDP、dADP、dGDP、dCDP、dTDP 等）以及 1,3 – 二磷酸甘油酸、磷酸烯醇式丙酮酸等中间代谢产物都属于高能磷酸化合物。此外，体内还有含高能硫酯键的高能化合物，如乙酰 CoA、琥珀酰 CoA 和脂肪酰 CoA 等。

ATP 分子中含有两个高能键，每个高能键断裂均可释放 30.5kJ/mol 能量，机体各种生理活动所需能量主要来自于 ATP，如肌肉收缩所需的机械能、细胞分泌与转运活动所需的渗透能、细胞合成代谢所需的化学能、维持体温所需的的热能、细胞生物电活动所需的电能等均可由 ATP 提供。

2. 合成核酸的原料　ATP 或脱氧的 ATP 是 RNA 或 DNA 合成的原料。

3. 其他作用　ATP 还可参与 S – 腺苷甲硫氨酸的合成，与甲基的转化有关；参与 3 – 磷酸腺苷 – 5 – 磷酰硫酸的生成，与体内硫酸软骨素及硫酸胶质素的合成有关。

（二）ATP 的转化

1. 转化成其他高能化合物　尽管 ATP 是体内最重要的高能化合物，它可满足生物体各种生命活动所需的能量，但有些代谢过程却还需要其他形式的三磷酸核苷提供能量。如糖原合成需要 UTP 供能；磷脂合成需要 CTP 供能；蛋白质合成需要 GTP 供能。这些高能化合物中的高能磷酸键均可由 ATP 转化提供。

$$
\begin{array}{lcr}
\text{UDP} & \text{ATP} \quad\quad \text{ADP} & \text{UTP} \\
\text{CDP} & \xrightarrow{\text{核苷二磷酸激酶}} & \text{CTP} \\
\text{GDP} & & \text{GTP}
\end{array}
$$

2. 转化成磷酸肌酸　当机体处于安静状态下、能量供过于求时，ATP 分子中的高能磷酸键可在肌酸磷酸激酶（CK）的催化下转移给肌酸（C）生成磷酸肌酸（C～Ⓟ）而储存。

$$\text{ATP} + \text{C} \longrightarrow \text{C} \sim \text{Ⓟ} + \text{ADP}$$

磷酸肌酸在肌肉和脑组织中含量较多，是这些组织储能的一种形式。磷酸肌酸所含的高能键不能直接被机体利用，当肌肉或脑组织耗能增加、ATP 减少、ADP 增多时，磷酸肌酸又在 CK 的催化下将高能磷酸键转移给 ADP 生成 ATP，后者再被组织利用，所以 ATP 是能量的主要直接利用形式，而磷酸肌酸则是能量的一种贮存形式。

由此可见，体内能量的释放、储存、转移和利用都是以 ATP 为中心，通过 ATP 与 ADP 的相互转变来完成的。

第三节　其他生物氧化体系

一、氧化酶与需氧脱氢酶

生物氧化过程中大多数代谢物质在不需氧脱氢酶的催化下，代谢物脱下的氢通过呼吸链传递与氧结合生成水并释放能量。但也有部分代谢物在氧化酶（oxidase）和需氧脱氢酶（aerobic dehydrogenase）的催化下，脱下的氢直接以氧为受氢体，生成 H_2O 或 H_2O_2。

（一）氧化酶

抗坏血酸氧化酶和细胞色素 C 氧化酶都属于氧化酶类。这类酶的辅基中含有铜离子，催化代谢物脱下的氢与氧结合形成的产物是 H_2O（图 7 – 10）。

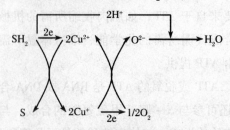

图 7 – 10　氧化酶类催化的反应

（二）需氧脱氢酶

需氧脱氢酶是一类以 FAD 或 FMN 为辅基的黄素酶，如黄嘌呤氧化酶、胺氧化酶等。这类酶催化代谢物脱下的氢也直接以氧为受氢体，但产物不是水而是 H_2O_2（图 7 – 11）。

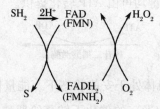

图 7 – 11　需氧脱氢酶类催化的反应

二、过氧化物酶体氧化体系

过氧化氢是一种强氧化剂，它可氧化不饱和脂肪酸，使细胞膜的结构和功能受损；还可氧化巯基，使含巯基的蛋白质或酶丧失活性。机体内也存在有清除过氧化氢的相应机制，在过氧化物酶体中就含有可清除过氧化氢的过氧化氢酶（catalase）和过氧化物酶（peroxidase）。

H_2O_2 在过氧化氢酶的作用下还原成水：

$$2H_2O_2 \xrightarrow{\text{过氧化氢酶}} 2H_2O + O_2$$

过氧化物酶可催化 H_2O_2 直接氧化酚类及胺类化合物。这样，既利用了 H_2O_2，还消除了酚类及胺类对机体的危害。

$$R + H_2O_2 \xrightarrow{\text{过氧化氢酶}} RO + H_2O$$

$$RH_2 + H_2O_2 \xrightarrow{\text{过氧化氢酶}} R + 2H_2O$$

虽然过氧化氢对机体有一定的危害，但也可被机体利用。在甲状腺激素的合成中，

H_2O_2可使$2I^-$氧化成I_2，以促使酪氨酸碘化而生成甲状腺素；在粒细胞、吞噬细胞中产生的H_2O_2可氧化杀灭被吞噬的细菌。

三、自由基与超氧化物歧化酶

自由基是指带有不成对电子的分子、原子或离子。自由基的化学性质很活泼，对机体的正常组织细胞结构具有一定的攻击性。但机体也能利用一定数量的自由基，如利用自由基合成前列腺素、凝血酶原及胶原蛋白，吞噬细胞利用自由基杀灭细菌等。

机体对超氧阴离子自由基（O_2^-）的清除主要靠超氧化物歧化酶（superoxide dismutase，SOD）。在 SOD 的作用下可使 1 分子 O_2^- 氧化成 O_2，另一分子 O_2^- 还原成H_2O_2。

$$2 O_2^- + 2H \xrightarrow{\text{SOD}} H_2O_2 + O_2$$

体内自由基的产生和清除处于动态平衡之中，当某种原因使自由基产生过多或机体清除自由基的能力减弱时，过多的自由基将作用于体内的蛋白质、核酸、脂类等生物分子，造成细胞结构和功能的破坏，引起组织细胞的病变。

·知识链接·

无形的长寿杀手——氧自由基

研究表明，人之所以会老化、体力衰退、皮肤失去光泽及弹性，除了年龄是无法抗拒的因素外，主要原因是体内自由基过多。而氧自由基是体内最常见的自由基，它可损伤人体的生物膜系统干扰氧化磷酸化的进行，是人体疾病、衰老和死亡的直接参与者和制造者，对人体健康危害极大。越来越多的证据显示，体内自由基含量越高，寿命越短。因氧自由基看不到、摸不着，所以被人们称之为无形的"长寿杀手"。

四、加单氧酶系

在肝及肾上腺的微粒体中含有一种特殊的氧化酶，称为加单氧酶。该酶可催化氧分子中的一个氧原子加在底物分子上，另一个氧原子被 NADPH 还原成水，故称为加单氧酶（monooxygenase），又称混合功能氧化酶（mixed – function oxidase）。由于底物分子中加了一个氧原子形成羟基，所以也称为羟化酶（hydroxylase）。

$$RH + NADPH + H^+ + O_2 \longrightarrow ROH + NADP^+ + H_2O$$

加单氧酶催化的反应在体内有重要的生理意义：如药物、毒物在肝脏的生物转化，维生素 D_3 的活化，类固醇激素的合成，胆汁酸的合成等，都需要加单氧酶的参与。

本章小结

糖、脂肪、蛋白质等营养物质在体内彻底氧化生成二氧化碳和水并释放能量的过程称为生物氧化，又称为组织呼吸或细胞呼吸。

体内最重要的高能化合物是 ATP。体内生成 ATP 的方式有两种，即氧化磷酸化和底物水平磷酸化。氧化磷酸化是指代谢物脱下的氢经线粒体呼吸链传递给氧，生成水伴有能量释放的过程，所释放的能量可使 ADP 磷酸化生成 ATP。呼吸链是指一系列递氢体和递电子体按一定顺序排列在线粒体内膜上、构成的与细胞利用氧密切相关的链式反应体系，又称电子传递链。

线粒体内重要的呼吸链有两条，即 NADH 氧化呼吸链和 $FADH_2$ 氧化呼吸链。代谢物生成的 2H 经 NADH 氧化呼吸链氧化可生成 3 分子 ATP，而经 $FADH_2$ 氧化呼吸链氧化，则只能生成 2 分子 ATP。影响氧化磷酸化速度的主要因素是 ADP 或 ATP，此外还受某些抑制剂的抑制作用以及甲状腺激素的调控。

底物水平磷酸化是指将底物分子中的高能键直接转移给 ADP 生成 ATP 的过程。

线粒体内产生的 NADH 可直接进入呼吸链被氧化，而胞浆中产生的 NADH 则需要通过 α-磷酸甘油穿梭作用及苹果酸-天冬氨酸穿梭作用才能进入线粒体。通过这两种穿梭，每 2H 进入线粒体后可分别生成 2 个或 3 个 ATP。

ATP 可将其高能键转移给 UDP、CDP 及 GDP，生成 UTP、CTP 和 GTP，也可将其高能键转移给肌酸生成磷酸肌酸而储存。

除线粒体外，过氧化物酶体和微粒体也存在有特殊的氧化体系，但氧化过程中不伴有 ATP 的生成，它们主要参与体内代谢物、药物和毒物的生物转化过程。

本章主要考点

1. 生物氧化的概念，呼吸链的概念、组成及其种类，氧化磷酸化与底物磷酸化概念，氧化磷酸化的影响因素及其影响机制，能量的利用与贮存形式，ATP 的生理作用。

2. 氧化磷酸化的偶联部位，生物氧化中 CO_2 的生产方式，细胞色素氧化酶。

（陈明雄）

第八章

氨基酸代谢

蛋白质的基本结构单位是氨基酸。体内蛋白质合成、分解和转变成其他物质都是以氨基酸为中心来进行，所以氨基酸代谢是蛋白质分解代谢的主要内容。氨基酸代谢包括氨基酸的合成代谢与分解代谢，本章重点介绍氨基酸分解代谢。体内氨基酸来源于蛋白质分解，特别是食物蛋白质的分解，故首先叙述蛋白质对机体的营养作用。

第一节 蛋白质的营养作用

一、蛋白质的生理功能

蛋白质是人体的重要组成成分，具有多种生理功能，如促进组织细胞的生长、更新和修复，作为酶、激素、神经递质参与多种物质代谢及其调节，作为抗体、载体、凝血因子参与机体的免疫、化学成分的运输及血液凝固过程，作为能量物质参与能量代谢等（详见第一章蛋白质化学）。

二、蛋白质的需要量

由于食物蛋白质与人体蛋白质存在组成上的差异，因此，食物蛋白质不可能全部被机体利用。为了维持体内蛋白质代谢的平衡，成人每日蛋白质最低生理需要量为30~50g，我国营养学会推荐每日成人的正常生理需要量为80g。儿童、孕妇、乳母、重体力劳动者、恢复期病人需适当增加。婴幼儿按体重计算，应比成人高三倍。

由于蛋白质分子中氮原子含量较固定，为16%，所以常通过测定氮在体内的平衡情况来了解体内蛋白质代谢的情况。

氮平衡（nitrogen balance）是机体每天摄入氮和排泄氮之间的平衡关系，它反映机体蛋白质代谢的状况。机体每天摄入的含氮物主要来自食物蛋白质，而排泄的氮也主要来自蛋白质的分解。因些，通过测定每日食物中的摄入氮量和排泄物中的排出氮量，可间接了解体内蛋白质合成与分解代谢的状况。根据摄入氮与排泄氮之间的关系，可将氮平衡分为三种，即氮总平衡、氮正平衡、氮负平衡。

1. 氮总平衡 即摄入氮 = 排出氮，说明体内蛋白质的合成与分解处于动态平衡。

常见于正常成年人。

2. 氮正平衡 即摄入氮＞排出氮，说明体内蛋白质的合成大于分解。常见于孕妇、刚出生的婴幼儿、生长发育期的儿童和恢复期患者。

3. 氮负平衡 即摄入氮＜排出氮，说明体内蛋白质的合成小于分解。常见于饥饿、严重烧伤、慢性消耗性疾病患者。

三、蛋白质的营养价值

在构成人体蛋白质的 20 种氨基酸中，有 8 种氨基酸人体内不能合成，即缬氨酸、赖氨酸、亮氨酸、异亮氨酸、苯丙氨酸、色氨酸、苏氨酸、甲硫氨酸，营养学上把这些体内不能合成，只能通过食物提供的氨基酸称为营养必需氨基酸（nutritionally essential amino acid）。其余 12 种氨基酸机体能自身合成，不一定由食物供应机体也可获得，称为营养非必需氨基酸（non - essential amino acid）。婴幼儿体内的组氨酸合成很少，故也只能依靠食物供应，因此，婴幼儿体内的营养必需氨基酸有 9 种。

食物蛋白质营养价值的大小与蛋白质在体内的利用率高低有关，食物蛋白质在体内的利用率越高，蛋白质的营养价值越大，否则越小。而蛋白质在体内的利用率又与蛋白质分子中所含必需氨基酸的种类、数量和比例有关。如食物蛋白质分子中所含必需氨基酸的种类、数量和比例与人体蛋白质中必需氨基酸的种类、数量和比例越接近则营养价值越高。一般来说，动物蛋白质中所含必需氨基酸的种类和比例与人体蛋白质的较接近，故营养价值高，而植物蛋白质则相反。将几种营养价值较低的蛋白质混合食用，可使彼此间的必需氨基酸相互补充，提高蛋白质的营养价值，这称为蛋白质的互补作用（complementary action）。例如谷类蛋白质含赖氨酸少而色氨酸多，豆类蛋白质含色氨酸少而赖氨酸多，两者混合食用即可提高蛋白质的营养价值，起到 1 + 1 大于 2 的作用。

第二节 蛋白质的消化与吸收

人体不能将食物中的蛋白质直接转化成人体组织蛋白，食物蛋白质必须先经过消化过程，使大分子蛋白质转变成小分子的肽类和氨基酸后，才能被机体吸收，进而合成机体特有的蛋白质。

一、蛋白质的消化

食物蛋白质进入人体后，必须经消化成氨基酸才能被吸收和利用，蛋白质的消化过程主要在肠道中进行，胃中消化的量较少。

1. 胃中的消化 胃中含有胃蛋白酶（pepsin），它是由胃蛋白酶原（pepsinogen）在胃酸或胃蛋白酶本身的激活作用下生成。胃酸一方面为胃蛋白酶提供了最适宜的

pH1.5~2.5 环境，激活胃蛋白酶；另一方面可促使食物蛋白质变性，加速蛋白质水解成氨基酸。因食物在胃停留的时间不长，所以只有部分蛋白质被水解成多肽和少量氨基酸。

2. 肠道的消化 小肠是蛋白质消化的主要部位。蛋白质在胃中的消化是不完全的，胃中不完全消化的产物进入十二指肠，在胰酶等蛋白酶的共同作用下完成消化过程。

胰液中的蛋白酶可分为两类，即内肽酶（endopeptidase）和外肽酶（exopeptidase）。前者包括胰蛋白酶（trypsin）、糜蛋白酶（chymotrypsin）、弹性蛋白酶（elastase）等，它们可以水解蛋白质肽链内部的肽键；后者包括氨基肽酶（aminopeptidase）和羧基肽酶（carboxypeptidase），它们可分别从肽链的两个末端逐个水解释放出氨基酸。经上述酶的共同作用，在胃中未被消化的蛋白质及消化不完全的蛋白质产物，进一步水解成氨基酸或寡肽（主要为二肽、三肽）。寡肽在二肽酶的作用下最终水解成氨基酸。

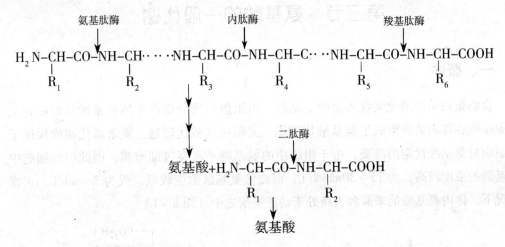

二、氨基酸的吸收

蛋白质分解成氨基酸后被吸收。氨基酸的吸收主要在小肠中进行，这是一个耗能的主动吸收过程，其吸收机制尚未完全阐明。有证据表明，在肠黏膜上存在着与氨基酸吸收相关的载体蛋白，载体蛋白先与氨基酸、Na^+ 结合，把后两者转运入黏膜细胞内，然后把 Na^+ 泵出细胞外，此过程需要消耗能量。寡肽也能通过耗能的转运体系，吸收入肠黏膜细胞，在细胞中的氨基肽酶和二肽酶作用下，寡肽全部生成氨基酸，后者穿过内皮细胞基膜或侧膜，转运入门静脉血液中。

三、蛋白质的腐败作用

食物蛋白质 95% 以上在胃、小肠被消化吸收。未被消化的蛋白质及未被吸收的氨基酸在肠道细菌的作用下被分解，这个过程称为蛋白质的腐败作用（protein putrefaction）。通过蛋白质腐败作用生成的产物，大多数对人体有害，但也产生少量脂肪酸及维生素（如维生素 K、维生素 B_{12}、维生素 B_6、叶酸、生物素）等营养物质而被机体利用。

对人体有害的腐败产物主要有胺类物质、氨、少量的酚、吲哚、硫化氢及甲烷等。胺类物质有组氨酸、赖氨酸、色氨酸、酪氨酸、苯丙氨酸等氨基酸脱羧生成的组胺，尸胺，腐胺，色胺，酪胺，苯乙胺等。肠道中的氨有两个来源：未被吸收的氨基酸在肠道经腐败作用生成，这是一条主要来源；另外，血中尿素渗入肠道，在肠道细菌尿素酶作用下水解生成。两个来源产生的氨都可被吸收入血后在肝内合成尿素。

在生理情况下，上述有害物质大部分随粪便排出，只有少量被吸收。被吸收的有害物质在肝的生物转化作用下解除毒性，故不会发生中毒现象。肠梗阻时，由于患者肠道不通畅，肠内容物在肠腔内停留时间过长，可产生过多的腐败产物。过量的腐败产物被肠道吸收，肝解毒不完全，引起机体中毒。中毒后，患者会出现头痛、头晕甚至血压升高或降低等全身中毒症状。

第三节 氨基酸的一般代谢

一、概述

食物蛋白质经消化吸收入血的氨基酸、组织蛋白质分解产生的氨基酸及组织合成的氨基酸在体内共同形成了氨基酸代谢库，又称氨基酸代谢池。氨基酸代谢库保证了各组织对氨基酸代谢的需要，由于组织中的氨基酸不易穿过细胞膜，因此组织细胞中氨基酸的浓度较高，为 $15 \sim 30 mmol/L$，而血液氨基酸浓度较低，仅为 $3 mmol/L$。正常情况下，体内氨基酸的来源和去路处于动态平衡之中（图 8 - 1）。

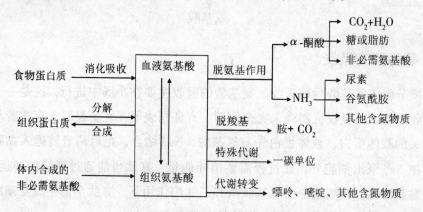

图 8 - 1 氨基酸代谢概况

（一）氨基酸的来源

体内氨基酸的来源有三条。

1. 食物蛋白质经消化、吸收入血的氨基酸 这是氨基酸的外源性来源，占体内代谢总量的⅓。

2. 体内组织蛋白质分解产生的氨基酸 这是氨基酸的主要内源性来源，约占体内代谢总量的 2/3。

3. 体内组织细胞合成的氨基酸　这也是氨基酸的内源性来源之一，只是数量相对较少。

（二）氨基酸的去路

氨基酸在体内的代谢去路也有三条。

1. 合成组织蛋白质　这是代谢的主要去路，正常成人体内⅔的氨基酸用于合成机体新陈代谢所需的组织蛋白质。

2. 转变成具有生理活性的含氮化合物　如嘌呤、嘧啶、肾上腺素、甲状腺素等肽类激素和其他蛋白质。

3. 进行分解代谢　产生能量和转化为其他物质。氨基酸的分解代谢是蛋白质代谢的核心。由于各种氨基酸具有共同的结构特点，故有着共同的代谢途径。氨基酸分解代谢的主要途径是脱氨基后产生 α - 酮酸和氨，有些氨基酸也可经脱羧基作用产生胺类物质和 CO_2，个别氨基酸还可产生一碳单位等。

二、氨基酸的脱氨基作用

氨基酸分解代谢的最主要途径是经脱氨基作用，产生氨和 α - 酮酸，此反应在大多数组织中都可进行。氨基酸脱氨基的形式有氧化脱氨基作用、转氨基作用、联合脱氨基作用和嘌呤核苷酸循环四种方式，其中以联合脱氨基最重要。

（一）氧化脱氨基作用

1. 氧化脱氨基作用的定义　氧化脱氨基作用是指氨基酸在氨基酸氧化酶或谷氨酸脱氢酶的作用下脱掉氨基的过程。反应过程分两步，第一步是脱氢氧化反应，第二步是水解脱氨基反应。

2. 氧化脱氨基作用的酶　人体组织中催化此反应的酶有两类：一类是氨基酸氧化酶；另一类是 L - 谷氨酸脱氢酶。氨基酸氧化酶是需氧脱氢酶，属黄素酶类，辅酶为 FAD 或 FMN。由于氨基酸氧化酶在体内的活性较低，分布不广，故对氨基酸脱氨基作用意义不大。而 L - 谷氨酸脱氢酶属不需氧脱氢酶，辅酶是 NAD^+（或 $NADP^+$），它具有分布广，特异性高，在肝、肾、脑组织中活性强，因此在正常情况下谷氨酸脱氢酶是氧化脱氨基的主要酶。两类酶催化的反应过程如下：

上述反应过程均是可逆的，其逆过程称为还原氨基化作用，是体内合成非必需氨基酸的途径之一。由于 L - 谷氨酸脱氢酶只能催化谷氨酸脱氨基，其他氨基酸不能通过 L - 谷氨酸脱氢酶的直接催化作用脱掉氨基，且该酶在骨骼肌和心肌中的活性较低，因此氧化脱氨基作用较局限，体内还存在其他的脱氨基方式。

（二）转氨基作用

1. 转氨基作用的定义 转氨基作用是指在转氨酶的作用下，将某一氨基酸上的 α - 氨基转移到 α - 酮酸的分子中，生成相应的氨基酸，同时原来的氨基酸转变成相应的 α - 酮酸的过程，又称为氨基移换作用。反应过程如下：

$$
\underset{\text{COOH}}{\overset{R_1}{H-C-NH_2}} + \underset{\text{COOH}}{\overset{R_2}{C=O}} \underset{\text{转氨酶}}{\rightleftharpoons} \underset{\text{COOH}}{\overset{R_1}{C=O}} + \underset{\text{COOH}}{\overset{R_2}{H-C-NH_2}}
$$

2. 转氨酶及其临床意义 转氨酶又称氨基转移酶，在体内各组织中分布较广，种类较多，其中以谷氨酸丙酮酸转氨酶（简称谷丙转氨酶，GPT）和谷氨酸草酰乙酸转氨酶（简称谷草转氨酶，GOT）最重要。在临床生化中，谷丙转氨酶和谷草转氨酶分别称为丙氨酸氨基转移酶（ALT）和天冬氨酸氨基转移酶（AST）。两种转氨酶在人体不同组织中的活性不同（表 8 - 1）。

表 8 - 1　正常成人各组织中 GPT 和 GOT 活性（单位/克湿组织）

组织名称	GPT（ALT）	GOT（AST）
心脏	156 000	7 100
肝	142 000	44 000
骨骼肌	99 000	4 800
肾	91 000	19 000
胰腺	28 000	2 000
脾	14 000	1 200
肺	10 000	700
血清	20	16

GOT 催化的反应如下：

$$
\underset{\text{丙氨酸}}{\underset{\text{COOH}}{\overset{CH_3}{H-C-NH_2}}} + \underset{\alpha\text{-酮二酸}}{\underset{\text{COOH}}{\overset{\text{COOH}}{\underset{\text{C=O}}{(CH_2)_2}}}} \xrightarrow{\text{GPT}} \underset{\text{丙酮酸}}{\underset{\text{COOH}}{\overset{CH_3}{C=O}}} + \underset{\text{谷氨酸}}{\underset{\text{COOH}}{\overset{\text{COOH}}{\underset{HC-NH_2}{(CH_2)_2}}}}
$$

$$
\underset{\text{天冬氨酸}}{\underset{\text{COOH}}{\overset{\text{COOH}}{\underset{H-C-NH_2}{CH_2}}}} + \underset{\alpha\text{-酮戊二酸}}{\underset{\text{COOH}}{\overset{\text{COOH}}{\underset{\text{C=O}}{(CH_2)_2}}}} \xrightarrow{\text{GOT}} \underset{\text{草酰乙酸}}{\underset{\text{COOH}}{\overset{\text{COOH}}{\underset{C=O}{CH_2}}}} + \underset{\text{谷氨酸}}{\underset{\text{COOH}}{\overset{\text{COOH}}{\underset{HC-NH_2}{(CH_2)_2}}}}
$$

由表8-1可见，正常时转氨酶主要存在于细胞内，在血清中的活性很低，以肝细胞和心肌细胞的活性为最高。当某种原因使细胞膜通透性增高或细胞破坏时，转氨酶大量释放入血，致血清中转氨酶活性增高。如心肌梗死患者血清中GOT明显升高，而急性肝炎患者血清中GPT明显升高，故GPT和GOT可作为临床疾病诊断和观察疗效的指标之一。

3. 转氨酶的作用机制 各种转氨酶均是结合酶，其辅酶是含有维生素B_6的磷酸酯，包括磷酸吡哆醛或磷酸吡哆胺。在转氨基过程中，通过辅酶的相互转变来完成氨基的传递。其反应机制如图8-2。

转氨基作用既是氨基酸的分解反应，也是体内合成非必需氨基酸的重要途径。在转氨基作用过程中，氨基仅仅是发生了位置的转移而已，所以单纯的转氨基作用并没真正把氨基脱下来。

（三）联合脱氨基作用

联合脱氨基作用是指在转氨酶和谷氨酸脱氢酶的作用下，将转氨基作用与谷氨酸氧化脱氨基作用联合进行，使氨基酸上的氨基真正脱下并产生游离氨的过程。在此反应过程中，先通过转氨基作用生成谷氨酸，再利用谷氨酸脱氢酶氧化脱氨基作用产生游离氨。由于催化此过程的酶在体内大多数组织特别是肝、肾组织中的含量较多，且在体内活性高，因此联合脱氨基作用是体内氨基酸脱氨基的主要方式，也是合成非必需氨基酸的主要途径。联合脱氨基作用的反应过程如图8-3。

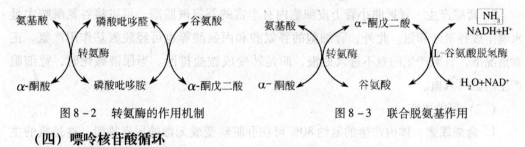

图8-2 转氨酶的作用机制　　　　图8-3 联合脱氨基作用

（四）嘌呤核苷酸循环

由于谷氨酸脱氢酶在骨骼肌和心肌中的活性很低，因此在骨骼肌和心肌组织中上述联合脱氨基作用难以进行，这些组织只能以嘌呤核苷酸循环的方式脱掉氨基。严格地讲，嘌呤核苷酸循环也是另一种形式的联合脱氨基作用。

在嘌呤核苷酸循环中，首先通过两次转氨基作用，生成天冬氨酸，天冬氨酸再与次黄嘌呤核苷酸（IMP）生成腺苷酸代琥珀酸，后者裂解成延胡索酸和腺嘌呤核苷酸，腺嘌呤核苷酸在腺苷酸脱氨酶的作用下水解释放出游离氨和次黄嘌呤

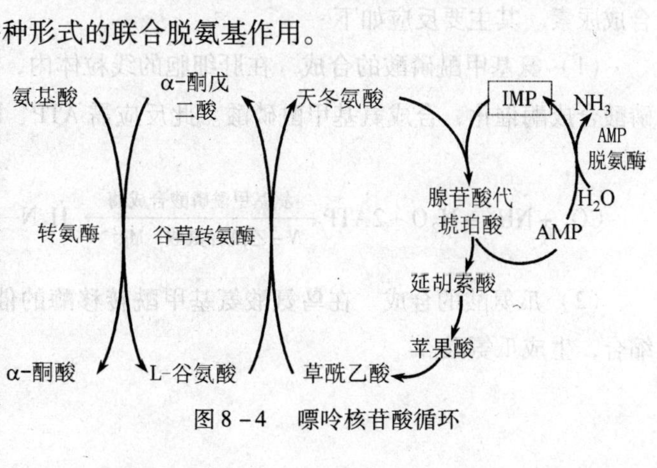

图8-4 嘌呤核苷酸循环

核苷酸；延胡索酸加水生成苹果酸后再脱氢转变成草酰乙酸。草酰乙酸和次黄嘌呤核苷酸可重复利用。反应过程如图 8 - 4。

三、氨的代谢

氨是氨基酸脱氨基作用的中间产物，氨也是强烈的神经毒性物质，当血氨浓度升高时，可对中枢神经系统产生毒害作用。当氨产生后，氨可在相应的组织被代谢转化掉，所以在正常情况下，氨的来源和去路保持动态平衡，血液中氨的浓度较低，不会超过 $60\mu mol/L$（1mg/L）的正常水平。但如果氨产生过多或相应组织有病变，不能及时处理氨，则可致血氨增加，出现氨中毒。

（一）氨的来源

1. 氨基酸脱氨基作用产生　这是体内氨的主要来源。此外，胺类氧化、嘌呤或嘧啶碱基的分解、酰胺类化合物的水解也可产氨，这些氨称为内源性氨。

2. 肠道吸收　肠道吸收的氨有两条来源：一条是食物蛋白质经蛋白质腐败作用产生；另一条是尿素在肠道中受细菌尿素酶的作用分解产生。肠道吸收的氨是外源性氨。

氨的吸收与肠道 pH 有关。pH 升高，则有利氨的吸收；pH 降低，在酸性环境下，氨（NH_3）接受 H^+ 形成铵根离子（NH_4^+）而从肠道排泄。因此，临床上对于高血氨患者进行灌肠治疗时，采用弱酸性液体而禁用碱性液体如肥皂水灌肠，就是为了减少氨的吸收，促进氨的排泄。

3. 肾脏产生　肾远曲小管上皮细胞内有丰富的谷氨酰胺酶，可以将谷氨酰胺大量水解生成谷氨酸和氨。此外，肾细胞的谷氨酸和丙氨酸等也可经脱氨基作用产氨。正常情况下，肾脏产生的氨不进入血液，而是转变成铵盐排泄。当尿液碱化时，肾细胞产生的氨可入血。

（二）氨的去路

1. 合成尿素　体内产生的氨约80%可在肝脏转变成无毒的尿素排泄，这是氨的主要代谢去路。尿素是蛋白质在体内代谢的终产物，也是血液中非蛋白氮的主要来源。

动物实验证明，体内合成尿素的主要器官是肝，在肝组织中，氨通过鸟氨酸循环合成尿素。其主要反应如下。

（1）氨基甲酰磷酸的合成　在肝细胞的线粒体内，1 分子游离氨与 CO_2 由氨基甲酰磷酸合成酶催化，合成氨基甲酰磷酸。此反应需 ATP、Mg^{2+}。

$$CO_2 + NH_3 + H_2O + 2ATP \xrightarrow[N-乙酰谷氨酸,\ Mg^{2+}]{氨基甲酰磷酸合成酶} H_2N\overset{\overset{O}{\|}}{-}C-O \sim PO_3^{2-} + 2ADP + Pi$$

（2）瓜氨酸的合成　在鸟氨酸氨基甲酰转移酶的催化下，氨基甲酰磷酸与鸟氨酸缩合，生成瓜氨酸。

鸟氨酸 + 氨基甲酰磷酸 —鸟氨酸氨基甲酰转移酶→ 瓜氨酸（+ Pi）

此反应不可逆。线粒体内生成的瓜氨酸经膜载体运至细胞液。

（3）精氨酸的合成　进入胞液的瓜氨酸与天冬氨酸由 ATP 供能，在精氨酸代琥珀酸合成酶（ASS）的催化下缩合成精氨酸代琥珀酸，后者在裂解酶催化下，裂解成精氨酸和延胡索酸。

瓜氨酸 + 天冬氨酸 —精氨酸代琥珀酸合成酶（ATP, H₂O, AMP+PPi）→ 精氨酸代琥珀酸

精氨酸代琥珀酸 —精氨酸代琥珀酸裂解酶→ 精氨酸 + 延胡索酸

此反应中产生的延胡索酸又可经加水及脱氢反应生成苹果酸及草酰乙酸，草酰乙酸经转氨基作用生成天冬氨酸，天冬氨酸可重复利用。上述反应中的氨基来自于天冬氨酸而非游离氨。

（4）尿素的生成　在胞液中精氨酸酶作用下，精氨酸裂解成 1 分子尿素和 1 分子鸟氨酸。鸟氨酸能通过线粒体内膜上载体的转运进入线粒体，重复参与尿素的合成。

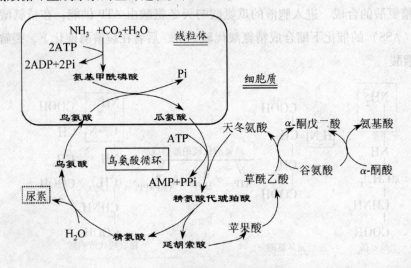

精氨酸　　　　　　　　　　　　　　　尿素　　鸟氨酸

鸟氨酸循环生成尿素的全部过程如图8-5。

图 8-5　鸟氨酸循环的反应过程

从上述反应可见，尿素合成中所需的氨1分子来自于游离氨，另一分子来自于天冬氨酸。而天冬氨酸可通过转氨基作用生成，因此多种氨基酸可通过此途径参与尿素的合成。尿素的生成是一个耗能的过程，合成1分子的尿素需消耗4分子的ATP。其中，精氨酸代琥珀酸合成酶是鸟氨酸循环过程中的限速酶。

2. 合成谷氨酰胺　在心、脑、肌肉等肝外组织中有活性较高的谷氨酰胺合成酶，在这些组织，氨与谷氨酸合成为无毒的谷氨酰胺，后者经血液运送到肝和肾脏。在肝组织中，在谷氨酰胺酶的水解下生成谷氨酸和氨，氨再合成尿素。在肾小管上皮细胞内，经谷氨酰胺酶水解产生的游离氨与原尿中的 H^+ 结合后形成铵盐，随尿排出。所以，合成谷氨酰胺既是体内解除氨毒的一种形式，也是氨在体内的一种运输和贮存形式。

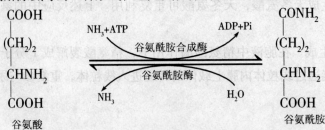

谷氨酸　　　　　　　　　　　　　　　　　　　谷氨酰胺

3. 合成非必需氨基酸　通过还原氨基化作用，氨可和 α - 酮酸结合生成相应的非必需氨基酸。如丙酮酸氨基化后生成丙氨酸，草酰乙酸氨基化生成天冬氨酸，α - 酮戊二酸氨基化生成谷氨酸等。

四、α - 酮酸的代谢

（一）氧化供能

α - 酮酸可通过三羧酸循环彻底氧化分解生成 CO_2 和 H_2O，并释放出能量。这是 α - 酮酸在体内代谢的主要代谢去路。

（二）转变产物

1. 转变成糖或脂肪　大多数氨基酸分解后产生的 α - 酮酸可经糖异生途径转变成糖，这些氨基酸称为生糖氨基酸；有的氨基酸可转变成乙酰 CoA 或乙酰乙酸，再进一步转变成脂肪或酮体，这些氨基酸称为生酮氨基酸；还有的氨基酸既可转变成糖，又可转变成酮体和脂肪，这些氨基酸称为生糖兼生酮氨基酸（表 8 - 2）。

表 8 - 2　氨基酸生酮及生糖性质的分类

类别	氨基酸
生糖氨基酸	甘、丝、缬、精、半胱、脯、羟脯、丙、组、谷、谷氨酰胺、天冬、天冬酰胺、甲硫
生酮氨基酸	赖、亮
生糖兼生酮氨基酸	苯丙、色、酪、异亮、苏

2. 转变成非必需氨基酸　α - 酮酸可与氨反应，经还原氨基化作用合成非必需氨基酸。

第四节　氨基酸的脱羧基作用

氨基酸除了通过脱氨基作用进行分解代谢外，部分氨基酸还可通过脱羧基作用产生胺类物质和 CO_2。催化氨基酸脱羧基的酶是氨基酸脱羧酶，辅酶是含维生素 B_6 的磷酸吡哆醛。氨基酸脱羧基作用产生的胺大多是一些生理活性物质，它们在体内发挥重要的调节作用，也有一些是有害的代谢废物，需要从体内排出。

$$\begin{array}{c} R \\ | \\ H-C-NH_2 \\ | \\ COOH \end{array} \xrightarrow[\text{磷酸吡哆醛}]{\text{氨基酸脱羧酶}} RCH_2NH_2 + CO_2$$

氨基酸　　　　　　　　　　　　　胺类

一、γ - 氨基丁酸

在谷氨酸脱羧酶的催化下，谷氨酸脱羧生成 γ - 氨基丁酸（γ - aminobutyric acid，GABA），这一反应需要维生素 B_6 参与。γ - 氨基丁酸在脑中含量甚高，是一种强烈的抑制性神经递质，对中枢神经有高度的抑制作用，故临床上常用大剂量的维生素 B_6 治

疗妊娠呕吐和小儿惊厥抽搐。

$$\underset{\text{L-谷氨酸}}{\begin{array}{c} COOH \\ | \\ (CH_2)_2 \\ | \\ CH-NH_2 \\ | \\ COOH \end{array}} \quad\xrightarrow[\quad CO_2\quad]{\text{L-谷氨酸脱羧酶}}\quad \underset{\gamma\text{-氨基丁酸}}{\begin{array}{c} COOH \\ | \\ (CH_2)_2 \\ | \\ CH_2NH_2 \end{array}}$$

二、组胺

在组氨酸脱羧酶的作用下，组氨酸脱羧转变成组胺，又名组织胺。组胺在体内分布广泛，尤以乳腺、肺、肝、肌肉及胃黏膜中含量较高。组胺也是一种较强的血管扩张剂，可致血压下降；组胺还具有较强的促进胃蛋白酶和胃酸分泌的作用，研究表明，慢性胃炎及胃溃疡的发生与组胺过多有关。在变态反应、创伤性休克等情况下，病变组织可释放出组胺，引起血管扩张，严重时可导致休克。

$$\underset{}{\begin{array}{c} HC=C-CH_2CHCOOH \\ |\quad\ \ \ |\qquad\quad | \\ HN\quad N\qquad\ NH_2 \\ \diagdown\ \diagup \\ C \end{array}} \quad\xrightarrow[\quad CO_2\quad]{\text{组氨酸脱羧酶}}\quad \begin{array}{c} HC=C-CH_2CH_2NH_2 \\ |\quad\ \ \ | \\ HN\quad N \\ \diagdown\ \diagup \\ C \end{array}$$

三、5-羟色胺

色氨酸在色氨酸羟化酶作用下，转变成 5-羟色氨酸 (5-hydroxytryptamine, 5-HT)，后者再脱羧生成 5-羟色胺。5-羟色胺也是一种抑制性神经递质，在中枢神经组织中含量较高。它对外周组织的血管有收缩作用，但对骨骼肌组织的血管呈现扩张作用。它也与睡眠、镇痛、神经传导、调节体温等有关。

$$\underset{\text{色氨酸}}{\text{吲哚环}-CH_2CHNH_2COOH} \quad\xrightarrow{\text{色氨酸羟化酶}}\quad \underset{\text{5-羟色氨酸}}{\text{HO-吲哚环}-CH_2CHNH_2COOH}$$

$$\xrightarrow[\quad CO_2\quad]{\text{5-羟色氨酸脱羧酶}}\quad \underset{\text{5-羟色胺}}{\text{HO-吲哚环}-CH_2CH_2NH_2}$$

·知识链接·

神奇的5-羟色胺

5-羟色胺最早从血清中发现，故又称血清素，主要分布于松果体和下丘脑。在松果体中，它可进一步转变成褪黑素，该激素进入血液后可被其他组织吸收。近年来的研究表明，褪黑素具有增强机体免疫功能，促进睡眠的作用。因此，5-羟色胺分泌不足时可影响睡眠，但过多时可升高体温。

研究还发现，5-羟色胺水平较低的人群更容易发生抑郁、冲动、酗酒、自杀及攻击行为。另外，5-羟色胺还具有增强记忆力、保护脑神经元免受神经毒素损害的作用。

四、牛磺酸

牛磺酸是由半胱氨酸氧化产生磺酸丙氨酸，再脱羧生成。牛磺酸是结合型胆汁酸的成分。现发现牛磺酸在脑组织中含量较多，尤以婴幼儿脑中含量为最，它可能具有促进婴幼儿脑组织细胞的发育、提高神经传导和视觉功能等作用。

$$CH_2SH \atop CH-NH_2 \atop COOH \quad \xrightarrow{3[O]} \quad CH_2SO_3H \atop CH-NH_2 \atop COOH \quad \xrightarrow[CO_2]{磺酸丙氨酸脱羧酶} \quad CH_2SO_3H \atop CH_2NH_2$$

L-半胱氨酸　磺酸丙氨酸　　　　　　　　　　牛磺酸

五、多胺

鸟氨酸和精氨酸脱羧基后可产生多胺类物质，它包括多胺、精脒和精胺。其中，精脒和精胺是调节细胞生长的重要物质，凡生长旺盛的组织，如再生肝、胚胎、肿瘤等组织多胺含量均较高。目前临床上通过测定肿瘤患者血、尿中多胺含量来作为肿瘤的辅助诊断和判断肿瘤预后的指标。

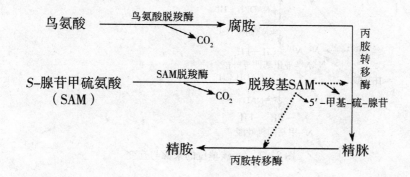

第五节 个别氨基酸的代谢

一、一碳单位代谢

(一) 一碳单位的概念

一碳单位是指某些氨基酸在代谢过程中，分解产生的含有一个碳原子的有机基团，又名一碳基团。常见的一碳单位有甲基（—CH$_3$）、亚甲基（—CH$_2$—）、次甲基（ =CH —）、甲酰基（—CHO）、亚氨甲基（ —CH=NH ）等。CO$_2$ 和 HCO$_3$ ⁻ 不属于一碳单位。一碳单位在体内的生成、转运过程统称为一碳单位代谢。

一碳单位不能游离存在，必须由载体携带。四氢叶酸（FH$_4$）是其主要载体，它由叶酸还原而来。FH$_4$ 还是一碳单位代谢的辅酶，其 N^5 和 N^{10} 是一碳单位的结合位点（图 8 - 6）。

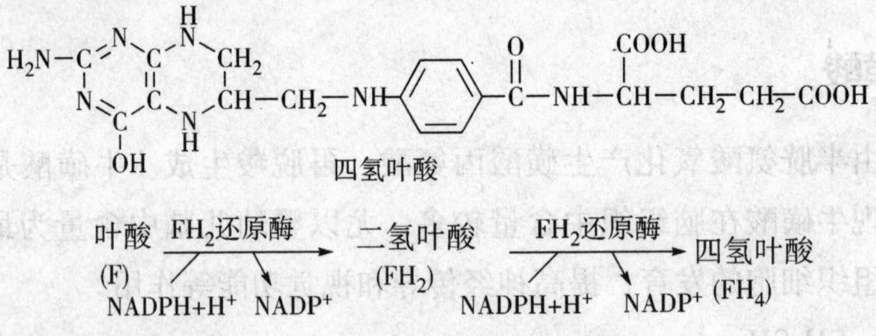

$$H_2N-C \quad \quad CH_2$$

四氢叶酸

叶酸 (F) $\xrightarrow[\text{NADPH+H}^+ \quad \text{NADP}^+]{\text{FH}_2\text{还原酶}}$ 二氢叶酸 (FH$_2$) $\xrightarrow[\text{NADPH+H}^+ \quad \text{NADP}^+]{\text{FH}_2\text{还原酶}}$ 四氢叶酸 (FH$_4$)

图 8 - 6　四氢叶酸的结构及生成

除此之外，S - 腺苷甲硫氨酸也可充当一碳单位的载体，其运输过程通过甲硫氨酸循环进行。

(二) 一碳单位的来源与互变

一碳单位主要来源于甘氨酸、色氨酸、丝氨酸、组氨酸、甲硫氨酸。这些氨基酸在代谢过程中，可产生不同的一碳单位，它们的来源与互变关系见图 8 - 7。

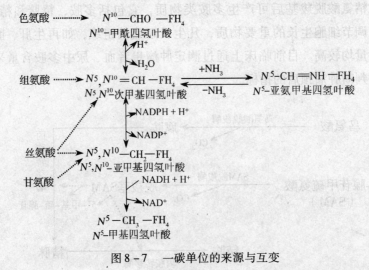

图 8 - 7　一碳单位的来源与互变

（三）一碳单位的生理功能

一碳单位是氨基酸分解代谢的产物，它主要参与体内嘌呤核苷酸和嘧啶核苷酸的合成，从而参与体内核酸的合成，所以一碳单位代谢与细胞的增殖、发育和遗传密切相关。另外，一碳单位还参与体内的甲基化反应，是甲基的间接提供者，如卵磷脂的合成。

由此可见，一碳单位是氨基酸代谢与核酸代谢的联系枢纽。任何原因引起一碳单位的代谢障碍均可影响机体的正常活动，而导致疾病，如巨幼红细胞性贫血。

二、含硫氨基酸代谢

体内的含硫氨基酸包括甲硫氨酸、半胱氨酸和胱氨酸。它们在代谢上相互联系，并能互变。

$$
\begin{array}{cccc}
\text{CH}_2\text{SH} & \text{CH}_2\text{-S-S-CH}_2 & & \text{S-CH}_3 \\
| & | \quad\quad | & & (\text{CH}_2)_2 \\
\text{CHNH}_2 & \text{CHNH}_2 \quad \text{CHNH}_2 & & \text{CHNH}_2 \\
| & | \quad\quad | & & | \\
\text{COOH} & \text{COOH} \quad \text{COOH} & & \text{COOH}
\end{array}
$$

半胱氨酸　　　　　胱氨酸　　　　　　　甲硫氨酸

（一）甲硫氨酸代谢

甲硫氨酸含 S - 甲基。在有 ATP 存在的情况下，甲硫氨酸可与之反应获得腺苷，产生 S - 腺苷甲硫氨酸（SAM）。

甲硫氨酸　　　　　ATP　　　　　　　　　　S-腺苷甲硫氨酸

SAM 是体内一个很活泼的甲基供体，可为肾上腺素、肌酸、核苷酸、胆碱等物质的合成提供甲基。此转甲基过程通过甲硫氨酸循环来进行。SAM 在转甲基酶的催化下，将甲基转移给某些需甲基化合物（RH），产生甲基化产物（R—CH$_3$）和 S - 腺苷同型半胱氨酸，后者水解释放出腺苷后转变成同型半胱氨酸。同型半胱氨酸在体内不能合成，只能以此方式

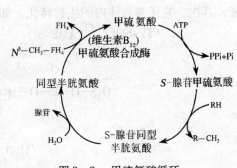

图 8 - 8　甲硫氨酸循环

产生。随后在甲硫氨酸合成酶（即 N^5—CH_3—转甲基酶）的作用下，由 N^5 - 甲基四氢叶酸提供甲基合成甲硫氨酸，甲硫氨酸可再度利用转变成 SAM。这一过程称为甲硫氨酸循环（图 8 - 8）。

体内约有 50 多种物质通过此途径从 SAM 获得甲基（表 8 - 3）。甲硫氨酸合成酶是此循环的限速酶，维生素 B_{12} 是其辅酶。当体内维生素 B_{12} 缺乏时，可致 N^5 - 甲基四氢叶酸不能将甲基交给同型半胱氨酸，使 FH₄ 的利用率下降，一碳单位代谢障碍，引起巨幼红细胞贫血。因此，甲硫氨酸循环的生理意义除了转甲基作用外，还有促进 FH₄ 再利用的作用。

表 8 - 3　SAM 参与合成的某些重要甲基化产物

甲基接受体	甲基化产物
去甲肾上腺素	肾上腺素
胍乙酸	肌酸
乙醇胺	胆碱
γ - 氨基丁酸	肉毒碱
RNA	甲基化 RNA
DNA	甲基化 DNA
蛋白质	甲基化蛋白质

（二）半胱氨酸和胱氨酸代谢

半胱氨酸含有巯基（—SH），胱氨酸含二硫键（—S—S—），两者易互变。

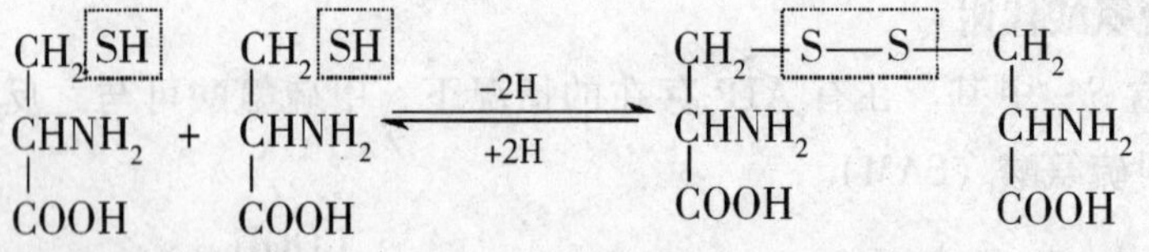

两个半胱氨酸之间形成的二硫键对维持蛋白质的空间结构具有重要作用。巯基是含巯基酶类的功能基团，当巯基氧化成二硫键或被其他毒物结合时，酶活性丧失。还原型谷胱甘肽（GSH）对巯基酶分子上的巯基具有保护作用。

含硫氨基酸均可氧化分解产生硫酸。硫酸一部分以硫酸盐的形式随尿液排出，一部分可与 ATP 反应生成"活性硫酸"，即 3′ - 磷酸腺苷 - 5′ - 磷酰硫酸（PAPS）。PAPS 性质活泼，可为某些硫酸酯的合成提供硫酸根，如硫酸角质素和硫酸软骨素的合成；其次，它还参与体内的生物转化，如类固醇激素的灭活等。

$$ATP+SO_4^{2-} \xrightarrow{-PPi} AMP\text{-}SO_3^- \xrightarrow{+ATP} 3'\text{-}PO_3H_2\text{-}AMP\text{-}SO_3^- + ADP$$

腺苷-5′-磷酸硫酸　　　　　　PAPS

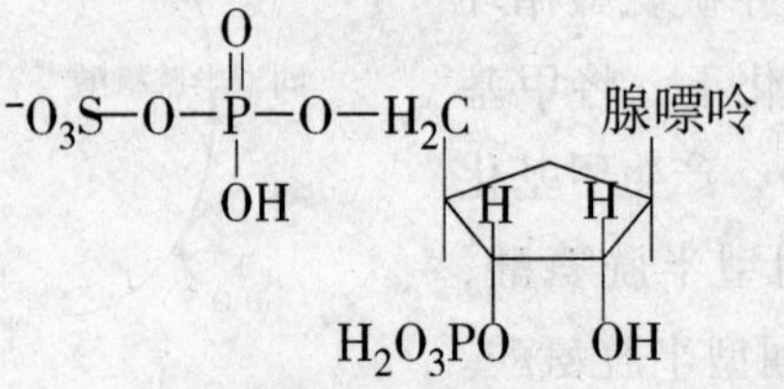

3′-磷酸腺苷-5′-磷酰硫酸(PAPS)

三、苯丙氨酸与酪氨酸代谢

从结构上看，苯丙氨酸和酪氨酸均含苯环，属芳香族氨基酸。从代谢产物上看，两者都可产生乙酰乙酸和延胡索酸，故属生酮兼生糖氨基酸。

（一）苯丙氨酸代谢

苯丙氨酸在体内的主要代谢途径是在苯丙氨酸羟化酶的作用下，转变成酪氨酸。苯丙氨酸羟化酶是限速酶，当该酶缺乏时，可使苯丙氨酸在体内堆积并通过转氨基作用生成大量苯丙酮酸、苯乙酸等，苯丙酮酸从尿中排泄，引起苯丙酮酸尿症（phenyl ketonuria，PKU）。苯丙酮酸尿症是一种先天性氨基酸代谢障碍疾病，以儿童多见，主要引起中枢神经系统的损伤，导致智力发育障碍。对此患儿宜尽早治疗，严格控制膳食中苯丙氨酸的摄入。

（二）酪氨酸代谢

苯丙氨酸的羟化是体内酪氨酸的主要来源。故酪氨酸被称为半必需氨基酸。在酪氨酸羟化酶的作用下，酪氨酸可转变成多巴，后者脱羧产生多巴胺，继续羟化后转变成去甲肾上腺素，SAM 提供甲基可产生肾上腺素。多巴胺、去甲肾上腺素、肾上腺素统称为儿茶酚胺。多巴还可在酪氨酸酶的催化下生成黑色素。因此，体内先天性酪氨酸酶缺乏的患者，可导致黑色素合成障碍，引起白化病。

酪氨酸也可在酪氨酸转氨酶的催化下，生成对羟基苯丙酮酸，进一步氧化成尿黑酸，尿黑酸在尿黑酸氧化酶作用下分解成乙酰乙酸和延胡索酸，后两者可参与糖、脂肪代谢。若体内先天性尿黑酸氧化酶缺乏，尿黑酸不能氧化而从尿中排出，将尿液静置一定时间，尿黑酸被空气中的氧氧化而呈黑色（图 8-9）。

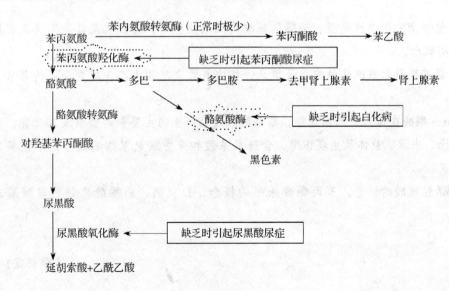

图 8-9　苯丙氨酸和酪氨酸代谢

本章小结

氨基酸是蛋白质的基本结构单位，氨基酸代谢是蛋白质分解代谢的中心内容。食物中的蛋白质不能直接被机体吸收，必须先在小肠消化成氨基酸后，才能吸收入血。未消化的蛋白质和未吸收入血的氨基酸，在肠道细菌作用下分解的过程，称为蛋白质的腐败作用。

分布在血液和组织中的氨基酸称为氨基酸代谢池，氨基酸的来源和去路保持动态平衡。体内氨基酸主要以脱氨基的形式进行分解。氨基酸脱氨基的方式有氧化脱氨基、转氨基、联合脱氨基和嘌呤核苷酸循环，其中联合脱氨基是主要的脱氨方式。氨是神经毒物，体内产生的氨主要在肝合成尿素，也可通过合成谷氨酰胺、非必需氨基酸来消除毒性。α–酮酸在体内的代谢途径包括彻底氧化供能、转变成糖或脂肪及合成非必需氨基酸。

某些氨基酸可进行脱羧基作用，生成对人体有生理活性的胺类物质，如 γ–氨基丁酸、牛磺酸、组胺、5–羟色胺和多胺。少数氨基酸在体内分解时，可产生含有一个碳原子的有机基团，称为一碳单位，包括甲基、甲烯基、甲炔基、亚氨甲基等。一碳单位通过四氢叶酸携带和运输，一碳单位的主要功能是参与体内核苷酸的合成。甲硫氨酸通过甲硫氨酸循环，可生成 S–腺苷甲硫氨酸，后者可参与体内许多物质的甲基化反应。半胱氨酸和胱氨酸可互变，代谢中可产生 PAPS，为其他物质代谢提供硫酸基团。苯丙氨酸经羟化可转变成酪氨酸，后者是儿茶酚胺类物质、甲状腺素和黑色素的原料。氨基酸代谢过程中关键酶的缺乏可导致疾病，如白化病、苯丙酮酸尿症、尿黑酸症等。

本章主要考点

1. 氮平衡的概念及类型、必需氨基酸的概念及种类、蛋白质互补作用及蛋白质的腐败作用概念。

2. 氨基酸脱氨基的几种方式及概念，体内氨的来源和去路，尿素合成的器官、合成途径。

3. α–酮酸在体内的代谢途径，氨基酸脱羧基产生的主要胺类物质及其功能，一碳单位概念、来源、载体及生理作用，含硫氨基酸和芳香族氨基酸的成分，甲硫氨酸循环的意义。

4. 活性硫酸的概念，苯丙酮酸尿症的概念，白化病、尿黑酸症分别与酶缺乏的关系。

（郭劲霞）

第九章

核苷酸代谢

核苷酸在人体内广泛分布，具有多种生物学功能：①核苷酸是构成核酸的基本单位，这是其最主要功能；②核苷酸是体内能量的直接利用形式，如 ATP、GTP 等；③参与代谢和生理调节，许多代谢过程受到体内 ATP、ADP 或 AMP 水平的调节，cAMP（或 cGMP）是多种细胞膜激素受体调节作用的第二信使；④是多重活性中间代谢物的载体，如 UDPG、CDP - 胆碱；⑤组成辅酶，如腺苷酸可作为 NAD^+、$NADP^+$、FMN、FAD 及 CoA 等的组成成分。

第一节　核苷酸的合成代谢

几乎所有细胞均可通过从头合成及补救合成两种途径合成核苷酸。体内核苷酸的合成有两条途径：①利用磷酸核糖、氨基酸、一碳单位及 CO_2 等简单物质为原料合成核苷酸的过程，称为从头合成途径，是体内的主要合成途径。②利用体内游离碱基或核苷，经简单反应过程生成核苷酸的过程，称补救合成途径，在部分组织如脑、骨髓中只能通过此途径合成核苷酸。

一、嘌呤核苷酸的合成

（一）嘌呤核苷酸的从头合成

1. 合成原料　5 - 磷酸核糖、甘氨酸、天冬氨酸、谷氨酰胺、CO_2 和一碳单位（N^{10} - 甲酰 - FH_4，N^5、N^{10} - 甲炔 - FH_4）。嘌呤环各元素来源见图 9 - 1。

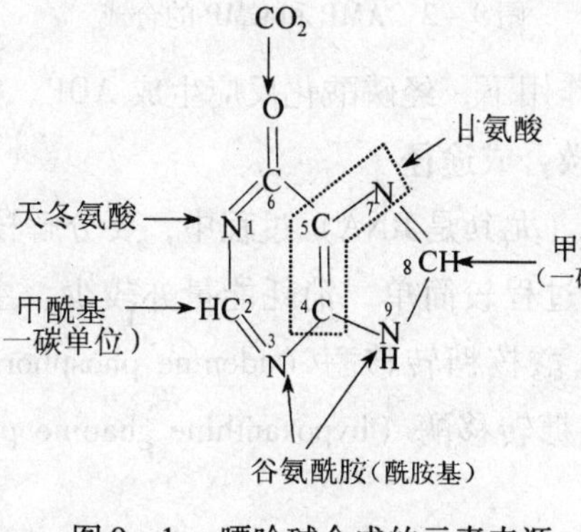

图 9 - 1　嘌呤碱合成的元素来源

随后，由 Buchanan 和 Greenberg 等进一步阐明了嘌呤核苷酸的合成过程。出人意料的是，体内嘌呤核苷酸的合成并非先合成嘌呤碱基，然后再与核糖及磷酸结合，而是在磷酸核糖的基础上逐步合成嘌呤核苷酸。下面分步介绍嘌呤核苷酸的合成过程。

2. **合成过程** 嘌呤核苷酸的从头合成主要在胞液中进行，可分为两个阶段：首先合成次黄嘌呤核苷酸（inosine monophosphate，IMP）；然后通过不同途径分别生成 AMP 和 GMP。

（1）IMP 的合成 IMP 的合成包括 11 步反应，首先 5 - 磷酸核糖受磷酸戊糖焦磷酸激酶催化生成 5 - 磷酸核糖 - 1 - 焦磷酸（5 - phosphoribosyl - 1 - pyrophosphate，PRPP），然后在 PRPP 的基础上经过多步酶促反应生成 IMP，磷酸戊糖焦磷酸激酶是多种生物合成过程的重要酶，此酶为一变构酶，受多种代谢产物的变构调节。如 PPi 和 2，3 - DPG 为其变构激活剂，ADP 和 GDP 为变构抑制剂。

（2）AMP 和 GMP 的合成 IMP 是嘌呤核苷酸合成的中间产物，它是 AMP 和 GMP 的前体。在腺苷酸代琥珀酸合成酶的催化下，IMP 与天冬氨酸合成腺苷酸代琥珀酸，然后再生成 AMP。IMP 还可受脱氢酶催化，生成黄嘌呤核苷酸（XMP），然后再生成 GMP。（图 9 - 2）。

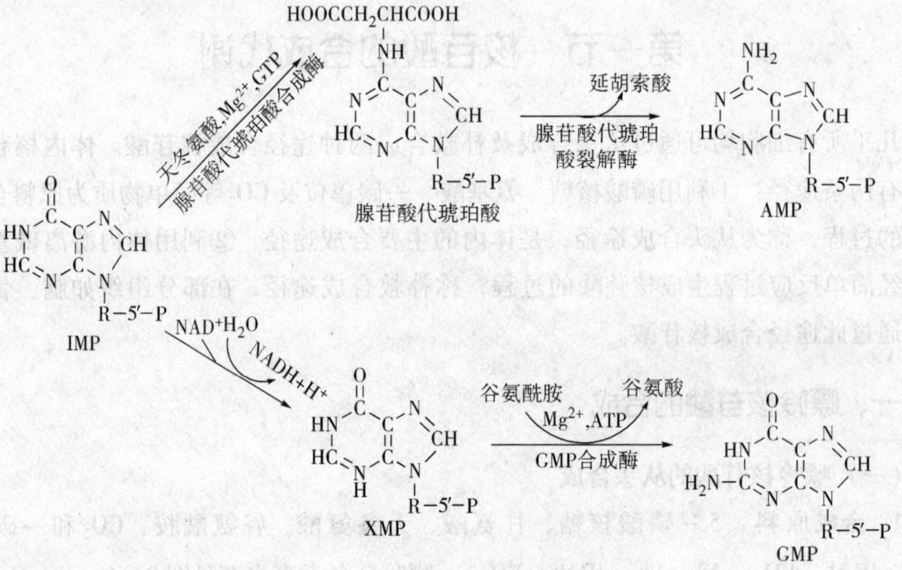

图 9 - 2　AMP 和 GMP 的合成

AMP 和 GMP 在激酶的作用下，经磷酸化反应生成 ADP、GDP、ATP、GTP。

（二）嘌呤核苷酸的补救合成途径

大多数细胞更新其核酸（尤其是 RNA）过程中，要分解核酸产生核苷和游离碱基。与从头合成不同，补救合成过程较简单，消耗能量亦较少。主要由两种酶参与嘌呤核苷酸的补救合成：腺嘌呤磷酸核糖转移酶（adenine phosphoribosyl transterase，APRT）和次黄嘌呤 - 鸟嘌呤磷酸核糖转移酶（hypoxanthine guanine phosphoribosyl transferase.，HGPRT）。其反应式如下：

$$\text{腺嘌呤} + \text{PRPP} \xrightarrow{\text{APRT}} \text{AMP} + \text{PPi}$$

$$\text{次黄嘌呤} + \text{PRPP} \xrightarrow{\text{APRT}} \text{IMP} + \text{PPi}$$

$$\text{鸟嘌呤} + \text{PRPP} \xrightarrow{\text{HGPRT}} \text{GMP} + \text{PPi}$$

人体由嘌呤核苷的补救合成只能通过腺苷激酶催化，使腺嘌呤核苷生成腺嘌呤核苷酸。

$$\text{腺苷} + \text{ATP} \xrightarrow{\text{腺苷激酶}} \text{AMP} + \text{ADP}$$

嘌呤核苷酸补救合成是一种次要途径，其生理意义一方面在于可以节省能量及减少氨基酸的消耗；另一方面对某些缺乏主要合成途径的组织，如人的白细胞和血小板、脑、骨髓、脾等，具有重要的生理意义。例如 Nyhan 综合征是由于 HGPRT 的严重遗传缺陷所致。此种疾病是一种性连锁遗传缺陷，见于男性。患者表现为尿酸增高及神经异常，如脑发育不全，智力低下，攻击和破坏性行为，常咬伤自己的嘴唇、手和足趾，故亦称自毁容貌症。其尿酸增高较易解释，由于 HGPRT 缺乏，使得分解产生的 PRPP 不能被利用而堆积，PRPP 促进嘌呤的从头合成，从而使嘌呤分解产物尿酸增高，而神经系统症状的机制尚不清楚。

二、嘧啶核苷酸的合成

（一）嘧啶核苷酸的从头合成

1. 合成原料 5－磷酸核糖、天冬氨酸、谷氨酰胺、CO_2，胸腺嘧啶核苷酸在合成时需要一碳单位（N^5，N^{10}—CH_2—FH_4）参与（图 9－3）。

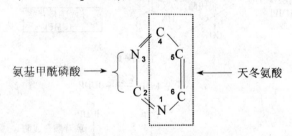

图 9－3 嘧啶碱合成的元素来源

2. 合成过程 嘧啶核苷酸的合成首先合成了 UMP，然后再由 UMP 转化为其他嘧啶核苷酸。在合成 UMP 时先合成嘧啶环，然后再与接受 PRPP 提供的 5－磷酸核糖而生成的。

（1）UMP 的合成 由六步反应完成（图 9－4），其中第一步合成的氨基甲酰磷酸由氨基甲酰磷酸合成酶Ⅱ（carbamoyl phosphate synthetase Ⅱ，CPS－Ⅱ）催化 CO_2 与谷氨酰胺的缩合生成，谷氨酰胺提供氮源。在氨基酸代谢中，氨基甲酰磷酸也是尿素合成的起始原料。但尿素合成中所需氨基甲酰磷酸是在肝线粒体中由 CPS－Ⅰ 催化合成，以 NH_3 为氮源。

（2）UTP 和 CTP 的合成　UTP 的合成与三磷酸嘌呤核苷的合成相似。CTP 由 CTP 合成酶催化 UTP 加氨生成。动物体内，氨基由谷氨酰胺提供，对细菌则直接由 NH_3 提供。此反应消耗 1 分子 ATP。

3. 乳清酸尿症　乳清酸尿症（orotic aciduria）是一种遗传性疾病，主要表现为尿中排出大量乳清酸、生长迟缓和重度贫血。它是由于催化嘧啶核苷酸从头合成反应中的双功能酶的缺陷所致。临床用尿嘧啶或胞嘧啶治疗。尿嘧啶经磷酸化可生成 UMP，抑制 CPS－Ⅱ活性，从而抑制嘧啶核苷酸的从头合成（图 9–4）。

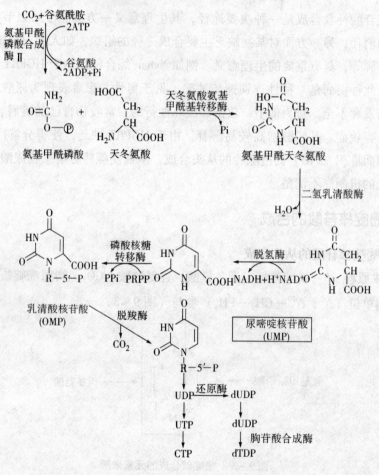

图 9–4　嘧啶核苷酸的合成代谢

（二）嘧啶核苷酸的补救合成途径

嘧啶核苷酸补救合成途径起主要作用的酶是嘧啶磷酸核糖转移酶，该酶可催化尿嘧啶、胸腺嘧啶和乳清酸与 PRPP 反应生成相应的嘧啶核苷酸，但此酶对胞嘧啶不起催化作用。此外还有尿苷激酶和胸苷激酶等，它们催化的反应如下。

$$嘧啶 + PRPP \xrightarrow{\text{嘧啶磷酸核糖转移酶}} 嘧啶核苷酸 + PPi$$

$$腺苷 + ATP \xrightarrow{\text{尿苷激酶}} AMP + ADP$$

$$脱氧胸苷 + ATP \xrightarrow{\text{胸苷激酶}} AMP + ADP$$

三、脱氧核苷酸的合成

脱氧（核糖）核苷酸，包括嘌呤脱氧核苷酸、嘧啶脱氧核苷酸，其所含的脱氧核糖并非先形成后再结合到脱氧核苷酸分子上，而是通过相应的核糖核苷酸的直接还原作用，以氢取代其核糖分子中 C_2 上的羟基而生成。这种还原作用是在二磷酸核苷（NDP）水平上进行的，由核糖核苷酸还原酶催化。

$$\text{NDP} \xrightarrow[\text{核糖核苷酸还原酶}]{\text{NADPH+H}^+ \qquad \text{NADP}^+ + \text{H}_2\text{O}} \text{dNDP}$$

与嘌呤脱氧核苷酸的生成一样，嘧啶脱氧核苷酸（dUDP、dCDP）也是通过相应的二磷酸嘧啶核苷的直接还原而生成。

经过激酶的作用，上述的 NDP 再磷酸化生成三磷酸脱氧核苷。

$$\text{dNDP} + \text{ATP} \xrightarrow{\text{激酶}} \text{dNTP} + \text{ADP}$$

细胞的脱氧核苷酸的浓度可以通过控制还原酶的活性调节，还可以通过各种三磷酸核苷对还原酶的别构作用来调节不同脱氧核苷酸的生成，使合成 DNA 的四种脱氧核苷酸得到适当的比例。

第二节 核苷酸的分解代谢

食物中的核酸多与蛋白质结合为核蛋白，在胃中受胃酸的作用，或在小肠中受蛋白酶作用，分解为核酸和蛋白质。核酸主要在十二指肠降解为单核苷酸，单核苷酸再水解为核苷和磷酸。核苷可直接被小肠黏膜吸收，或水解为碱基、戊糖或 1 - 磷酸戊糖。

体内核苷酸的分解代谢与食物中核苷酸的消化过程类似，可降解生成相应的碱基、戊糖或 1 - 磷酸核糖。1 - 磷酸核糖在磷酸核糖变位酶催化下转变为 5 - 磷酸核糖，成为合成 PRPP 的原料。碱基可参加补救合成途径，亦可进一步分解。

一、嘌呤核苷酸的分解

嘌呤核苷酸可以在核苷酸酶的催化下，脱去磷酸成为嘌呤核苷，嘌呤核苷在嘌呤核苷磷酸化酶的催化下转变为嘌呤。嘌呤核苷及嘌呤又可经水解、脱氨及氧化作用生成尿酸。

哺乳动物中，腺苷和脱氧腺苷不能由 PNP 分解，而是在核苷和核苷酸水平上分别由腺苷脱氨酶（adenosine deaminase，ADA）和腺苷酸脱氨酶催化脱氨生成次黄嘌呤核苷或次黄嘌呤核苷酸。它们再水解成次黄嘌呤，并在黄嘌呤氧化酶的催化下逐步氧化为黄嘌呤和尿酸。ADA 的遗传性缺乏，可选择性清除淋巴细胞，导致严重联合免疫缺陷病。

体内嘌呤核苷酸的分解代谢主要在肝脏、小肠及肾脏中进行。正常生理情况下，嘌呤合成与分解处于相对平衡状态，所以尿酸的生成与排泄也较恒定。正常人血浆中尿酸含量为 0.12～0.36mmol/L（2～6mg/dl）。男性平均为 0.27mmol/L（4.5mg/dl），女性平均为 0.21mmol/L（3.5mg/dl）左右。当体内核酸大量分解（白血病、恶性肿瘤等）或食入高嘌呤食物时，血中尿酸水平升高，当超过 0.48mmol/L（8mg/dl）时，尿酸盐将过饱和而形成结晶，沉积于关节、软组织、软骨及肾等处，而导致关节炎、尿路结石及肾疾患，称为痛风症。痛风症多见于成年男性，其发病机制尚未阐明。

临床上常用别嘌呤醇治疗痛风症。别嘌呤醇与次黄嘌呤结构类似，可抑制黄嘌呤氧化酶，从而抑制尿酸的生成。

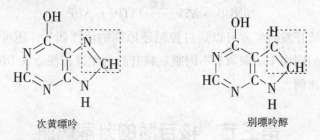

次黄嘌呤　　　　　　　　　　　　　别嘌呤醇

二、嘧啶核苷酸的分解

嘧啶核苷酸的分解代谢途径与嘌呤核苷酸相似。首先通过核苷酸酶及核苷磷酸化酶的作用，分别除去磷酸和核糖，产生的嘧啶碱再进一步分解。嘧啶的分解代谢主要在肝脏中进行，分解代谢过程中有脱氨基、氧化、还原及脱羧基等反应。胞嘧啶脱氨基转变为尿嘧啶。尿嘧啶和胸腺嘧啶先在二氢嘧啶脱氢酶的催化下，由 NADPH + H$^+$ 供氢，分别还原为二氢尿嘧啶和二氢胸腺嘧啶。二氢嘧啶酶催化嘧啶环水解，分别生成 β-丙氨酸和 β-氨基异丁酸。β-丙氨酸和 β-氨基异丁酸可继续分解代谢。β-氨基异丁酸亦可随尿排出体外。食入含 DNA 丰富的食物、经放射线治疗或化学治疗的患者以及白血病患者，尿中 β-氨基异丁酸排出量增多。

第三节　抗代谢物及临床应用

一、嘌呤核苷酸的抗代谢物

嘌呤核苷酸的抗代谢物是一些嘌呤、氨基酸或叶酸等的类似物。它们主要以竞争性抑制或"以假乱真"等方式干扰或阻断嘌呤核苷酸的合成代谢，从而进一步阻止核酸和蛋白质的生物合成。肿瘤细胞的核酸和蛋白质合成十分旺盛，因此，这些抗代谢物具有抗肿瘤作用。

临床上常用的嘌呤核苷酸的抗代谢物有以下几种。

1. 嘌呤类似物 6-巯基嘌呤（6-MP）结构与次黄嘌呤相似，惟一不同的是分子中 C_6 上的羟基被巯基所取代。6-MP 在体内可转变为 6-MP 核苷酸，后者可抑制 IMP 转变为 AMP 和 GMP；6-MP 能直接通过竞争性抑制影响次黄嘌呤-鸟嘌呤磷酸核糖转移酶，阻止补救合成途径；6-MP 核苷酸还可反馈抑制 PRPP 酰胺转移酶，从而阻断嘌呤核苷酸的从头合成。

2. 氨基酸类似物 氮杂丝氨酸、6-重氮氧正亮氨酸的化学结构与谷氨酰胺相似，可干扰谷氨酰胺在嘌呤核苷酸的合成中的作用，从而抑制嘌呤核苷酸的合成。

3. 叶酸类似物 氨蝶呤及甲氨蝶呤，能竞争性抑制二氢叶酸还原酶，使叶酸不能还原成二氢叶酸及四氢叶酸，进而使嘌呤分子中来自一碳单位的 C_8 及 C_2 均得不到供应，从而抑制了嘌呤核苷酸的合成。

二、嘧啶核苷酸的抗代谢物

与嘌呤核苷酸一样，嘧啶核苷酸的抗代谢物也是一些嘧啶、氨基酸和叶酸类似物。它们对代谢的影响及抗肿瘤作用与嘌呤核苷酸的抗代谢物相似。

1. 嘧啶类似物 5-氟尿嘧啶（5-Fu），它的结构与胸腺嘧啶相似。5-Fu 本身并无生物学活性，必须在体内转变成 FdUMP（一磷酸脱氧核糖氟尿嘧啶核苷）及 FUTP（三磷酸氟尿嘧啶核苷）后，才能发挥作用。FdUMP 与 dUMP 的结构相似，FUTP 是胸苷合成酶的抑制剂，使 TMP 合成受到阻断。FUTP 可以 FUMP 的形式掺入 RNA 分子，异常核苷酸的掺入破坏了 RNA 的结构与功能。

2. 氨基酸类似物 氮杂丝氨酸类似谷氨酰胺，可以抑制 CTP 的生成。

3. 叶酸类似物 甲氨蝶呤干扰叶酸代谢，使 dUMP 不能利用一碳单位甲基化而生成 TMP，进而影响 DNA 合成。

4. 核苷类似物 阿糖胞苷和环胞苷也是重要的抗癌药物。阿糖胞苷能抑制 CDP 还原成 dCDP，影响 DNA 的合成，是临床重要的抗癌药，主要用于治疗急性白血病。

本章小结

核苷酸具有多种重要的功能，其中最主要的是为核酸的合成提供原料。此外，还参与能量代谢和代谢调节等过程。

体内嘌呤核苷酸的合成有两条途径：从头合成和补救合成。从头合成的原料是 5-磷酸核糖、甘氨酸、天冬氨酸、谷氨酰胺、CO_2 和一碳单位，在 PRPP 的基础上经过一系列的酶促反应，逐步形成嘌呤环。首先生成 IMP，然后在分别转变成 AMP 和 GMP。补救合成以现成的碱基和核苷为原料，虽然合成含量极少，但有重要的生理意义。

嘧啶核苷酸的从头合成和补救合成途径与嘌呤核苷酸的从头合成和补救合成有很多相似之处，但不同的是从头合成时先合成嘧啶环，再磷酸核糖化而合成核苷酸。

体内的脱氧核糖核苷酸是由各自相应的核糖核苷酸在二磷酸水平上还原而成的。核糖核苷酸还原酶催化此反应。在合成胸腺嘧啶核苷酸时需要一碳单位（N^5，N^{10}—CH_2—FH_4）参与。

嘌呤核苷酸分解代谢的终产物是尿酸，黄嘌呤氧化酶是这个代谢过程的重要酶。痛风症主要是由于嘌呤代谢异常，尿酸生成过多而引起的。嘧啶核苷酸分解代谢的终产物都易溶于水，可随尿排出。

根据嘌呤和嘧啶核苷酸的合成过程，可以设计多种抗代谢物，包括嘌呤、嘧啶类似物，叶酸类似物，氨基酸类似物等。这些抗代谢物在抗肿瘤治疗中有重要作用。

本章主要考点

1. 核苷酸的生理功能，嘌呤与嘧啶核苷酸从头合成的原料、基本途径。

2. 脱氧核苷酸的合成方式、嘌呤与嘧啶核苷酸分解代谢的产物、高尿酸血症、几种主要抗代谢物的作用机制。

（陈 莉）

第十章

核酸的生物合成

　　DNA 是生物遗传的物质基础，基因是 DNA 分子中具有生物学功能的片段。不同基因有不同的碱基（或核苷酸）序列，携带着不同的遗传信息。在细胞有丝分裂之前，细胞中的 DNA 进行复制（DNA replication）。DNA 复制是以亲代 DNA 为模板合成子代 DNA，同时将遗传信息从亲代 DNA 传递给子代 DNA 的过程。同时，DNA 是遗传信息分子，分子中的遗传信息通过指导蛋白质合成体现出来，但 DNA 本身并不直接指导蛋白质的合成，而是通过转录合成 RNA 来实现。转录（transcription）是指以 DNA 分子的单链为模板，合成与其互补的 RNA 分子，同时将 DNA 的遗传信息传递给 RNA 的过程。转录合成的 mRNA 可以作为模板合成蛋白质，这一过程称为翻译（translation）。复制使基因的遗传信息从亲代 DNA 传给子代 DNA；转录和翻译使基因的遗传信息整合到了各种有功能的蛋白质分子中。遗传信息从 DNA 到 DNA，再到蛋白质的这种传递规律称为遗传信息传递的中心法则（图 10 - 1）。

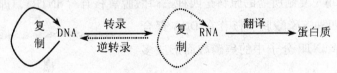

图 10 - 1　遗传信息传递的中心法则

　　遗传信息通过复制、转录、翻译而整合到蛋白质分子中，此信息的传递规律为中心法则的经典内容。此外，某些病毒的 RNA 也可作为模板，指导 DNA 的合成，这种信息传递方向与转录过程相反，称为逆转录（reverse transcription），或称反转录。有些病毒中的 RNA 还可作为模板复制产生 RNA，这称为 RNA 的自身复制。反转录和 RNA 的自身复制是中心法则的完善和补充。

第一节　DNA 的生物合成

　　DNA 生物合成的方式主要包括 DNA 复制和逆转录，DNA 复制是体内合成 DNA 的主要方式。此外，在 DNA 分子损伤后，体内可通过特殊的修复机制对 DNA 进行修补合成，以保持 DNA 的稳定。

一、DNA 的复制

（一）DNA 复制的方式

DNA 复制的方式为半保留复制（semi – conservative replication）。在半保留复制中，首先 DNA 双链间的氢键断裂，解开成两条单链。然后，每条单链 DNA 各自作为模板，以三磷酸脱氧核糖核苷（dNTP）为原料，按照 A 与 T、G 与 C 的碱基配对规律，合成新的互补链，形成两个与亲代 DNA 分子的核苷酸顺序完全相同的子代 DNA 分子。在合成的每个子代 DNA 分子的双链中，一条链来自亲代

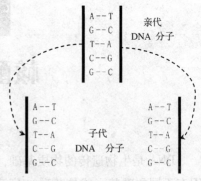

图 10 - 2　DNA 的半保留复制

DNA，而另一条链则是新合成的，这种复制方式称为半保留复制（图 10 - 2）。DNA 碱基配对规律决定了合成的子代 DNA 与亲代 DNA 完全相同，故 DNA 半保留复制能充分保证 DNA 代谢稳定性与复制忠实性。

（二）DNA 复制的参与物质

DNA 复制是复杂的脱氧核糖核苷酸聚合的酶促反应过程，在这一过程中，需要模板、原料、酶和蛋白质因子、RNA 引物等多种物质，并由 ATP、GTP 提供能量。

1. 复制的模板　DNA 复制的模板是亲代 DNA 分子，亲代 DNA 的两条链均可作为模板指导 DNA 的合成。

2. 原料　DNA 复制所需的原料是四种三磷酸脱氧核苷（dNTP），即 dATP、dGTP、dCTP、dTTP。四种三磷酸脱氧核苷在 DNA 聚合酶的作用下脱掉 dNTP 分子中的焦磷酸而形成多聚核苷酸。

3. 酶和蛋白质因子

（1）DNA 解旋酶　DNA 解旋酶（helicase）的作用是利用 ATP 能量先将一小段 DNA 双链间的氢键打开，形成单链 DNA，再沿着模板移动，继续解开 DNA 双链。

（2）拓扑异构酶　拓扑异构酶（topoisomerase，Topo）具有松解 DNA 超螺旋结构的作用。在松解超螺旋时，拓扑异构酶可将超螺旋部位的链切开，松解后再将链连接上。拓扑异构酶分为Ⅰ型（Topo Ⅰ）和Ⅱ型（Topo Ⅱ）。Topo Ⅰ能切割 DNA 单链，且不需要 ATP；Topo Ⅱ能切割 DNA 双链，但需要 ATP 提供能量（图 10 - 3、图 10 - 4）。

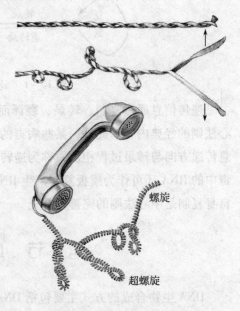

螺旋

超螺旋

图 10 - 3　拓扑结构示意

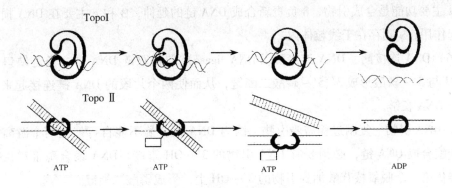

图 10 - 4　拓扑异构酶作用示意

（3）单链 DNA 结合蛋白　DNA 双链解开之后，DNA 结合蛋白（single strand DNA binding protein，SSB）结合在解开的单链 DNA 链上，维持模板链于单链状态，同时保护单股 DNA 链不被核酸酶水解。

（4）引物酶　DNA 复制不是自行从头以两个游离的单脱氧核苷酸为起点聚合合成 DNA 的，而是首先合成一小段 RNA 链作为引物（primer），催化 RNA 引物合成的酶称为引物酶（primase）。引物酶是一种特殊的 RNA 聚合酶，它以四种 NTP 为原料，以解开的 DNA 链为模板，按 5′──→3′ 方向合成短片段的 RNA 作为引物。

（5）DNA 聚合酶　DNA 聚合酶是复制中的最重要酶，又称为 DNA 依赖的 DNA 聚合酶（DNA dependent DNA polymerase，DDDP），它能催化四种 dNTP 通过与模板链的碱基互补配对，聚合成新的 DNA 互补链（图 10 - 5）。

DNA 聚合酶的特点：①必须以单链 DNA 为模板；②不能自行从头合成 DNA 链，只能在引物 3′—OH 端上催化 dNTP 聚合成 DNA 链；③只能催化 5′末端──→3′末端反应，不能催化 3′末端──→5′末端反应，因而 DNA 链的合成方向性是 5′末端──→3′末端。

原核生物如大肠埃希菌（ E.coli ）至少有三种 DNA 聚合酶，即 DNA 聚合酶Ⅰ（DNA pol Ⅰ）、DNA 聚合酶Ⅱ（DNA polⅡ）和 DNA 聚合酶Ⅲ（DNA polⅢ）。

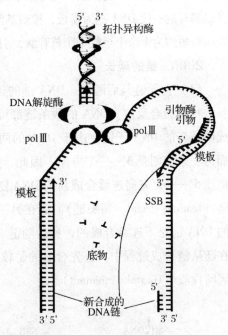

图 10 - 5　DNA 互补链的形成

DNA 聚合酶Ⅰ主要参与 DNA 修复。DNA 聚合酶Ⅱ可能与 DNA 损伤、修复有关。DNA 聚合酶Ⅲ则是大肠埃希菌 DNA 复制中最主要的酶。它是一种多功能亚基组成的复合体，具有 5′──→3′聚合酶活性及 3′──→5′外切酶活性，因此在复制的同时能切除错配的核苷酸，起到校读和保真作用。

真核细胞至少有五种 DNA 聚合酶，即 DNA 聚合酶 α、β、γ、δ 和 ε。其中 DNA 聚

合酶 α 主要功能是合成引物，δ 负责新合成 DNA 链的延伸，β 和 ε 主要在 DNA 损伤修复中起作用，γ 则存在于线粒体内。

（6）DNA 连接酶　DNA 连接酶（DNA ligase）催化双链 DNA 中一条链缺口上的 3′—OH 与 5′-磷酸形成 3′,5′-磷酸二酯键，从而使两个片段的 DNA 链连接起来，形成一条 DNA 长链。

4. RNA 引物　复制过程需要引物，因为 DNA 聚合酶不能自行催化两个游离的脱氧核苷酸合成 DNA 链，必须要有 RNA 引物的 3′—OH 末端。DNA 聚合酶Ⅲ辨认引物后，催化第一个脱氧核苷酸加到引物的 3′—OH 上，形成磷酸二酯键。

（三）DNA 复制的过程

DNA 复制的过程十分复杂，以原核生物为例，复制的过程可大体分为起始、延长和终止三个阶段。

1. DNA 复制的起始

（1）起始复合物的形成　DNA 拓扑异构酶和 DNA 解旋酶在 DNA 复制起始部位解开 DNA 超螺旋结构，使 DNA 双链形成局部的 DNA 单链，然后 SSB 附着在复制起动位点，起到保护和稳定 DNA 单链的作用，这一起动位点形状像一个叉，故称为复制叉。

（2）引物 RNA 的合成　当两条单链暴露出足够数量碱基对时，引物酶识别起始部位，并以解开的一段 DNA 链为模板，按碱基配对规律，从 5′──→3′方向合成引物 RNA 片段。引物的长短约为十余个至数十个核苷酸，引物的合成为 DNA 的复制提供了 3′—OH 端。

2. DNA 链的延长

（1）前导链与后随链　DNA 链的延长是在 DNA 聚合酶催化下，以四种 dNTP 为原料进行的聚合反应。DNA 的两条链都可以作为模板，在 DNA 聚合酶Ⅲ催化下，分别合成两条新的 DNA 子链。由于 DNA 的两条链是反向平行的，即一条链是 5′──→3′方向，而另一条链则是 3′──→5′方向，因此，解开双链以后，在 3′──→5′方向模板上可以顺利地按 5′──→3′方向连续合成新的 DNA 链，这一条新的 DNA 链是连续合成的，称为前导链（leading strand，领头链）。而在另一条 5′──→3′方向模板上合成新的 DNA 链时，新的 DNA 链是不连续合成的，称后随链（lagging strand，滞后链，随从链）（图 10-6）。在随从链合成过程中，首先合成的是较短的 DNA 片段，这一片段由冈崎发现，故称为冈崎片段（Okazaki fragment）。

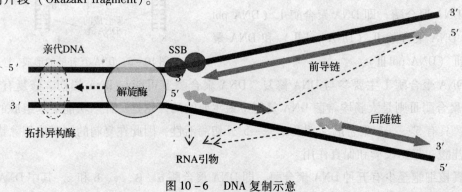

图 10-6　DNA 复制示意

（2）RNA引物的水解 冈崎片段合成后，DNA聚合酶Ⅰ立即发挥5′——→3′外切酶活性，切掉RNA引物，并继续延长DNA链，填满空隙（图10-7）。

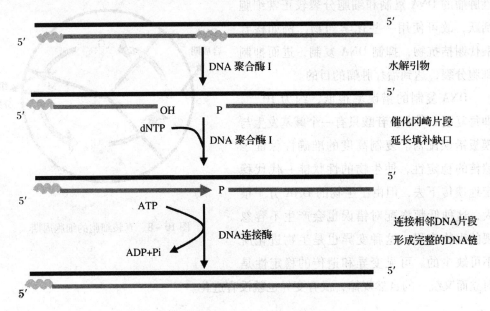

图10-7 后随链上不连续性片段的连接

（3）DNA片段的连接 在DNA连接酶作用下，冈崎片段彼此通过3′，5′-磷酸二酯键连接起来，形成完整的DNA链。

3. DNA复制的终止 复制终止的方式与DNA分子的形状有关。对线性DNA而言，当复制叉到达分子末端时，复制即终止。对于环状DNA而言，其复制形式为双向复制，当两个复制叉向反方向各行进180°后，都到达了一个特定部位，这一部位称终止区，特异性的蛋白质因子能识别和结合此序列，阻止解旋作用，抑制复制叉的前进，复制即告停止。

DNA复制过程非常复杂，有多种酶和蛋白质参与，现将参与DNA复制过程中的酶和蛋白质及其作用归纳如表10-1。

表10-1 DNA复制相关的主要酶和蛋白质

名称	功能
DNA解旋酶	解开DNA双链
拓扑异构酶	松解DNA超螺旋
SSB	稳定DNA单链
引物酶	合成引物
DNA pol Ⅲ	合成DNA
DNA pol Ⅰ	切除引物、填补空隙
DNA链接酶	连接DNA片段

真核细胞DNA复制与原核生物DNA复制相似，但过程更为复杂。真核细胞DNA复制与细胞周期密切相关（图10-8）。在真核细胞核内，合成DNA仅在合成期（S期）中完成，且一次周期仅此一次。新的DNA复制必须待细胞分裂结束后才重新

开始。

抑制 DNA 复制则可抑制细胞分裂。恶性肿瘤的 DNA 复制和细胞分裂较正常细胞活跃，故可使用一些化学药物，例如核苷酸代谢拮抗物，抑制 DNA 复制，进而抑制细胞分裂，达到治疗肿瘤的目的。

DNA 复制的错误率很低，约为 10^{-10}，即每复制 10^{10} 个核苷酸只有一个碱基发生与模板错误配对。复制高度的准确性保证了遗传的稳定性，使生物的性状能一代代稳定地遗传下去，但由于生物的 DNA 分子很大，这种低频率配对错误也会产生不容忽视的生物变异，这种变异也是生物进化所不可缺少的。可见变异和遗传的稳定性是对立而又统一的自然规律，没有变异也就没有进化。

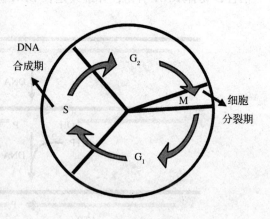

图 10-8　真核细胞的细胞周期

二、DNA 的损伤与修复

（一）DNA 损伤

DNA 作为遗传物质保持其完整性极其重要。自然界的许多因素能引起 DNA 分子的改变，称为 DNA 损伤（DNA damage）又称突变（mutation）。引起 DNA 损伤的因素有电离辐射、紫外线、化学诱变剂及致癌病毒等。DNA 的损伤导致基因的突变，根据 DNA 分子的变化，突变常可分为以下类型：①点突变，DNA 分子中某一个碱基发生变化；②缺失，某一个碱基或一段核苷酸链从 DNA 大分子中丢失；③插入，一个原来不存在的碱基或一段原来不存在的核苷酸链插入到 DNA 分子中；④DNA 多核苷酸链的断裂或两条链之间形成交联。基因突变导致生物体的变异，其结局可以是生物进化，也可能导致衰老和疾病的发生，甚至死亡。

（二）DNA 损伤的修复

生物体在长期进化过程中可获得一种保护基因稳定性的作用，即针对已发生了的 DNA 缺陷进行修复，这称为 DNA 修复（DNA repairing）。DNA 修复既是一种体内 DNA 的生物合成方式，又是维护 DNA 遗传信息稳定性的手段。DNA 修复方式有光修复、切除修复、重组修复和 SOS 修复等多种。

1. 光修复　波长 260nm 紫外线可以引起 DNA 链上相邻的两个嘧啶通过共价连接生成嘧啶二聚体，从而影响 DNA 的复制。光修复可修复此种损伤，它通过生物体内的光复活酶（photolyase）使嘧啶二聚体分开，恢复原来的两个核苷酸（图 10-9）。

图 10-9 嘧啶二聚体的形成与修复

2. 切除修复 切除修复（excision repairing）是人体细胞修复 DNA 损伤的主要方式，其机制是通过特殊的酶识别切除损伤部分，以另一条完整的 DNA 链为模板，由 DNA 聚合酶 I 催化填补切除部分的空隙，再由 DNA 连接酶封口。切除修复包括碱基切除修复与核苷酸切除修复（图 10-10）。碱基切除修复可修复单个碱基的损伤，核苷酸切除修复可以修复几乎所有类型的 DNA 损伤。

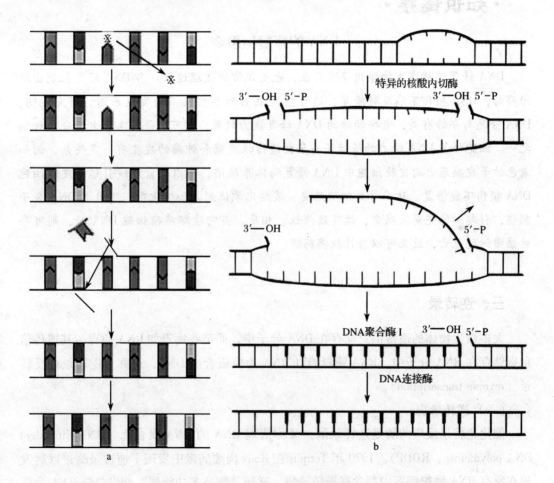

图 10-10 DNA 损伤的切除修复

a. 碱基切除修复　　　　　　　　b. 核苷酸切除修复

3. 重组修复 当 DNA 分子的损伤面积较大，还来不及修复就进行复制时，损伤部

147

位因没有模板指引，复制出来的子链就会出现缺口，此时可利用重组过程进行修复，称重组修复（recombination repairing）。其机制是 RecA 蛋白结合在子链的空缺处，引发对侧正常模板链与子链重组，将子链修复成完整的子链，对侧正常模板链上留下的空缺由 DNA 聚合酶 I 合成 DNA 片段填补，最后由连接酶连接，使模板链重新成为一条完整的 DNA 链。

4. SOS 修复　SOS 修复也称紧急呼救修复，它是在 DNA 分子受到严重损伤，细胞处于危险状态，正常修复机制均已被抑制时进行的急救措施。其机制是：当 DNA 受到严重损伤时，特异性蛋白质活化表现出蛋白酶的活性，这种酶水解一种抑制性蛋白质，解除对 SOS 修复有关的基因抑制，使修复酶大量表达并催化损伤处的 DNA 合成。SOS 修复只能维持 DNA 完整性，以使细胞得以生存，但突变率很高。

•知识链接•

DNA 的修复与衰老

　　DNA 修复过程在生物体内普遍存在，也是正常的生理过程。当 DNA 修复机制出现障碍时，DNA 损伤不能及时修复，这可能是衰老和某些疾病的发生原因。研究表明，DNA 修复与年龄有关，老年动物的 DNA 修复能力较差，这可能是发生衰老的分子机制之一。细胞修复 DNA 能力的降低还与某些遗传性疾病和肿瘤的发生有一定关系。例如着色性干皮病患者的皮肤细胞中 DNA 修复酶体系缺陷，所以对紫外线引起的皮肤细胞 DNA 损伤不能修复，从而导致细胞癌变。某些化学试剂，如烷化剂，可造成 DNA 分子损伤，引起细胞突变及癌变，故有致癌性。相反，当它破坏癌瘤细胞 DNA 时，则可导致癌瘤细胞死亡，故又可以当作抗癌药物。

三、逆转录

　　大多数生物体的遗传信息储存在 DNA 分子中，而某些病毒如 RNA 病毒，其遗传信息则储存在 RNA 分子中，RNA 病毒能以 RNA 为模板合成 DNA，这称为逆转录或反转录（reverse transcription）。

（一）逆转录酶

　　催化逆转录反应的酶是逆转录酶，又称依赖 RNA 的 DNA 聚合酶（RNA dipendent DNA polymerase，RDDP）。1970 年 Termin 在 Rous 肉瘤病毒中发现了逆转录酶，以后发现在所有 RNA 肿瘤病毒中都含有逆转录酶。逆转录酶是多功能酶，能以单链 RNA 为模板合成与之互补的 DNA 链，也能特异性水解 RNA－DNA 杂交分子上的 RNA，还能以逆转录合成的单链 DNA 为模板合成互补 DNA 分子（complementary DNA，cDNA）。因逆转录酶缺乏校对功能，故合成的错误率相对较高，这可能是此类病毒较易变异的一个原因。

（二）逆转录过程

在逆转录酶作用下，以逆转录病毒 RNA 为模板，利用宿主细胞中四种 dNTP 为原料，以病毒本身携带的 tRNA 为引物，在引物的 3′—OH 端以 5′——→3′ 方向合成与 RNA 互补的一条单核苷酸链（cDNA），形成 RNA – DNA 杂交分子，逆转录酶随后水解杂交分子中 RNA 部分，然后以此 cDNA 单链为模板合成与之互补的另一条 DNA 链，形成双链 DNA 分子（图 10 – 11）。

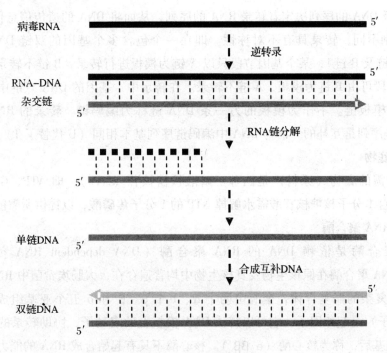

图 10 – 11　逆转录过程

（三）逆转录的生物学意义

逆转录的发现使科学家认识到 RNA 也兼有遗传信息的传代功能。另外，逆转录病毒 RNA 信息中有时含有病毒癌基因，这些病毒癌基因可使宿主细胞发生癌变。艾滋病毒（HIV）也是一种逆转录病毒，它感染人的 T 淋巴细胞，导致人体免疫缺陷，患者因丧失免疫力而死于广泛性感染。

第二节　RNA 的生物合成

RNA 的生物合成包括 RNA 转录与 RNA 复制。除少数 RNA 病毒，以 RNA 复制的方式传递遗传信息外，大部分生物的遗传信息都是从 DNA 分子中以转录方式合成 RNA 而输出的，即以 DNA 为模板，以四种核糖核苷酸为原料，在 RNA 聚合酶催化下合成 RNA。转录是基因表达的第一步，是遗传信息传递的重要环节。

一、转录体系

参与 RNA 合成的成分有多种，包括 DNA 模板、四种三磷酸核糖核苷（NTP）、RNA 聚合酶、某些蛋白质因子及必要的无机离子等，这些总称为转录体系。

（一）DNA 模板

转录以 DNA 为模板，根据碱基配对规律，按照 DNA 模板中核苷酸的排列顺序合成互补的 RNA 分子。DNA 分子中的 A、G、C、T 分别对应于合成 RNA 分子中的 U、C、G、A。模板 DNA 的序列决定着转录 RNA 的序列，从而将 DNA 的遗传信息传给 RNA。与 DNA 复制不同，转录具有不对称性。即在一个包含多个基因的双链 DNA 分子中（如称为 A 链及 B 链），某个基因节段只以 A 链为模板进行转录，B 链不转录，而在另一个基因节段可由 B 链为模板，A 链不转录。在转录中，基因的 DNA 双链中可以作模板的链称为模板链。不作为模板的另一条 DNA 链称为编码链。转录的 RNA 序列与 DNA 模板链序列是互补的，而与 DNA 中编码链序列基本相同（U 代替了 T）。

（二）底物

转录所需的底物（原料）是四种三磷酸核糖核苷（NTP），即 ATP、GTP、CTP、UTP。每聚合 1 分子核糖核苷酸需水解掉 NTP 的 1 分子焦磷酸，以提供所需能量。

（三）RNA 聚合酶

RNA 聚合酶是依赖 DNA 的 RNA 聚合酶（DNA dependent RNA polymerase，DDRP）。RNA 聚合酶在原核生物及真核生物中均普遍存在，大肠埃希菌中 RNA 聚合酶是一个结构复杂的酶复合体，全酶由两个 α、1 个 β、β' 和 σ 五个亚基组成。σ 亚基（也称 σ 因子）是起始因子，它可以辨认 DNA 模板上的启动子，协助转录的起始。全酶去除 σ 亚基后，称为核心酶（$\alpha_2\beta\beta'$）。核心酶不具有起始合成 RNA 的能力，而只能使已经开始合成的 RNA 链延长。

真核细胞中已发现三种 RNA 聚合酶，分别称为 RNA 聚合酶 Ⅰ、Ⅱ、Ⅲ。RNA 聚合酶 Ⅱ 分布于核基质中，催化 mRNA 的前体——hnRNA 的合成，是真核生物中最重要的 RNA 聚合酶。

二、转录过程

RNA 的转录过程可分为起始、RNA 链的延长及终止三个阶段。现以原核生物细菌的转录为例进行简介（图 10 – 12）。

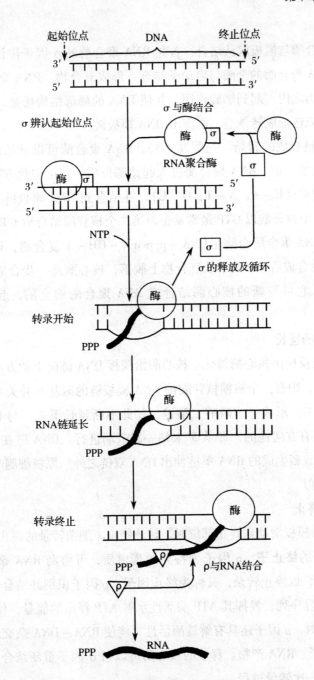

图 10 – 12　RNA 的转录过程

（一）转录的起始

1. 启动子　转录是在 DNA 模板上特殊部位开始的。转录起始点是 DNA 模板链分子上开始进行转录作用的位点。在 DNA 模板链上，从起始点开始顺转录方向的区域称为下游，从起始点逆转录方向的区域称为上游。转录起始点上游有 RNA 聚合酶结合并启动转录的特异 DNA 序列，称为启动子（promoter），又称启动基因。所有基因在转录时均需有启动子，它们在转录的调控中起着重要作用。

2. 起始过程

（1）RNA 聚合酶与模板辨认结合　首先 RNA 聚合酶的 σ 因子辨认 DNA 的启动子部位，并带动 RNA 聚合酶的全酶与启动子结合，形成复合物。RNA 聚合酶可以"挤"入 DNA 双螺旋结构之内，起到解旋作用，并使 DNA 的局部结构松弛，解开约 10 余个碱基对长的 DNA 双链形成转录泡，暴露出 DNA 模板链。

（2）新 RNA 链合成的起始　与复制不同，RNA 聚合酶可以开始新 RNA 链合成，因此转录起始不需要引物。RNA 聚合酶进入起始部位后，直接催化 NTP，使其与模板链上相应的碱基配对（U－A，A－T，G－C），并结合到 DNA 模板链上，形成第一个磷酸二酯键。第一个核苷酸以 GTP 最常见，与第二个核苷酸结合后 GTP 仍保留 5′－端三个磷酸，形成 RNA 聚合酶全酶－DNA－pppGpN－OH－3′复合物，称为转录起始复合物。RNA 链开始合成后，σ 因子从复合物上脱落，核心酶进一步合成 RNA 链。σ 因子可以反复使用，它可与新的核心酶结合成 RNA 聚合酶的全酶，起始另一次转录过程。

（二）RNA 链的延长

RNA 链的延长反应由核心酶催化。核心酶沿模板 DNA 链向下游方向滑动，每滑动一个核苷酸的距离，则有一个核糖核苷酸按 DNA 模板链的碱基互补关系进入模板，即 U－A、A－T、C－G，形成一个磷酸二酯键，如此不断延长下去。与 DNA 复制一样，RNA 链的合成也是有方向性的，即从 5′末端→3′末端进行。DNA 链在核心酶经过后，即恢复双螺旋结构，新生成的 RNA 单链伸出 DNA 双链之外。原核细胞与真核细胞的转录延长过程基本相似。

（三）转录的终止

核心酶沿 DNA 模板滑动到终止部位时，转录停止。细菌转录的终止有两种类型。

1. 依赖 ρ 因子的终止子　ρ 因子为特异的蛋白质，可协助 RNA 聚合酶识别新生 RNA 上的终止信号，以停止转录，又称为终止因子。ρ 因子识别并结合 RNA 产物 3′末端上游富含 C 的特异序列，发挥其 ATP 酶活性水解 ATP 释出的能量，使核心酶构象改变，停止转录。同时，ρ 因子还具有解旋酶活性，能使 RNA－DNA 杂交双链螺旋解开，释放核心酶、ρ 因子、RNA 产物。释放的核心酶可以与 σ 因子重新结合，形成 RNA 聚合酶全酶，参与另一次转录过程。

2. 不依赖 ρ 因子的终止　在 DNA 模板上靠近终止处有些特殊的碱基序列，即较密集的 A－T 配对区或 G－C 配对区的回文序列，其转录产物 3′末端终止区能形成发夹结构，转录终点有 4~6 个寡聚 U。这种发夹样二级结构使 RNA 聚合酶不再向下游移动，自动脱离模板，转录终止。

转录过程是基因表达的中心环节，转录起始与终止的控制在基因表达的调控中起着重要作用，某些抗生素，如利福霉素能抑制细菌 RNA 聚合酶活性，因而抑制细菌 RNA 的合成。这正是此类抗生素抑菌作用的机制。

三、转录后的加工与修饰

转录生成的 RNA 初级产物是 RNA 的前体，它们没有生物学活性。通常还需要经过一系列加工修饰过程，才能最终成为具有功能的成熟 RNA 分子。细菌中 RNA 转录后加工相对较为简单，由于不存在核膜，通常 RNA 转录尚未结束翻译即已开始。真核细胞中几乎所有转录的前体都要经过一系列酶的作用，进行加工修饰，才能成为具有生物功能的 RNA。

（一）mRNA 的加工

mRNA 通过转录作用获得 DNA 分子中储存的遗传信息，可以再通过翻译作用将其信息传到蛋白质分子中，它是遗传信息传递的中介物，具有重要的生物学意义。真核细胞的 mRNA 前体是核内分子量较大而不均一的 hnRNA，mRNA 由 hnRNA 加工而成。加工过程包括 5′末端和 3′末端的首尾修饰及剪接。

1. 5′末端加帽 （mRNA 的 5′末端帽子结构是在 hnRNA 转录后加工过程中形成的。转录产物第一个核苷酸通常是 5′-三磷酸鸟苷（5′-pppG），在细胞核内的磷酸酶作用下水解释放出无机焦磷酸，然后，5′末端与另一 GTP 反应生成三磷酸双鸟苷，在甲基化酶作用下，第一或第二个鸟嘌呤碱基发生甲基化反应，形成帽子结构（5'-m^7GpppGp,）或 5′-Gppp^{m}G）。

2. 3′末端加多聚腺苷酸尾 mRNA 分子的 3′末端的多聚腺苷酸尾（poly A tail）也是在加工过程中加进的。在细胞核内，首先由特异核酸外切酶切去 3′末端多余的核苷酸，再由多聚腺苷酸聚合酶催化，以 ATP 为底物，进行聚合反应形成多聚腺苷酸尾。poly A 长度为 20~200 个核苷酸，其长短与 mRNA 的寿命有关，随寿命延长而缩短。poly A 尾与维持 mRNA 稳定性、保持翻译模板活性有关。

3. 剪接 hnRNA 在加工成为成熟 mRNA 的过程中，约有 50%~70% 的核苷酸片段被剪切。真核细胞的基因通常是一种断裂基因，即由几个编码区被非编码区序列相间隔并连续镶嵌组成。在结构基因中，具有表达活性的编码序列称为外显子（exon）；无表达活性、不能编码相应氨基酸的序列称为内含子（intron）。在转录过程中，外显子和内含子均被转录到 hnRNA 中。在细胞核中，hnRNA 进行剪接，即切掉内含子部分，然后将各个外显子部分再拼接起来（图 10-13）。

（二）tRNA 的加工

1. 剪切 在真核细胞中，tRNA 前体分子的 5′末端、3′末端及反密码环的部位由核糖核酸酶切去部分核苷酸链而形成 tRNA。有些前体分子中还包含几个成熟的 tRNA 分子，在加工过程中，通过核酸水解酶的作用而将它们分开。

2. 加 CCA—OH 的 3′末端 tRNA 分子在转录后由核苷转移酶催化，以 CTP 和 ATP 为供体，氨基酸臂上的 3′末端添加—CCA—OH 结构，从而具有携带氨基酸的功能。

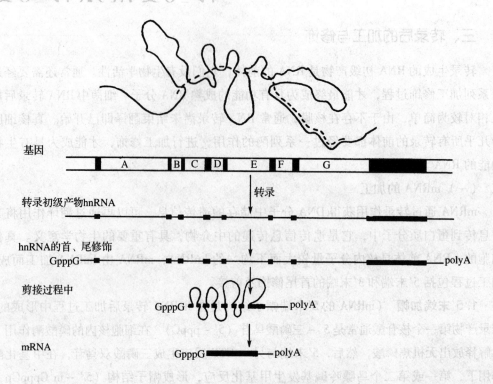

基因   A   B C D   E   F   G

转录

转录初级产物hnRNA

hnRNA的首、尾修饰
GpppG   polyA

剪接过程中
GpppG   polyA

mRNA
GpppG   polyA

图 10-13   mRNA 前体的剪接

3. 碱基修饰   在 tRNA 的加工过程中，由修饰酶实现碱基的修饰。例如碱基的甲基化反应产生甲基鸟嘌呤（^{m}G）、甲基腺嘌呤（^{m}A），还原反应使尿嘧啶转变成二氢尿嘧啶（DHU），脱氨基反应使腺嘌呤转变为次黄嘌呤（I），碱基转位反应产生假尿苷（Ψ）等，故成熟的 tRNA 分子中拥有多种稀有碱基。

（三）rRNA 的加工

rRNA 的转录和加工与核糖体的形成同时进行。真核细胞在转录过程中首先生成的是 45S 大分子 rRNA 前体，然后通过核酸酶作用，断裂成 28S、5.8S 及 18S 等不同 rRNA。这些 rRNA 与多种蛋白质结合形成核糖体。rRNA 成熟过程中也包括碱基的修饰，碱基的修饰以甲基化为主。

三类 RNA 通过链的剪切、拼接、末端添加核苷酸、碱基修饰等加工过程转变为成熟的 RNA，后者再参与蛋白质的生物合成等功能。

本章小结

　　DNA 复制是指以亲代 DNA 为模板合成子代 DNA 将遗传信息准确地从亲代 DNA 传递给子代 DNA 的过程。基因通过转录和翻译，合成了各种功能性蛋白质，合成过程即基因表达的过程。复制→转录→翻译，为中心法则的经典内容。DNA 复制的方式为半保留复制，复制体系包括模板、底物、酶和蛋白质因子、RNA 引物等多种物质。酶和蛋白质因子包括解旋酶、拓扑异构酶、单链 DNA 结合蛋白、引物酶、DNA 聚合酶和 DNA 连接酶。DNA 聚合酶Ⅲ是大肠埃希菌 DNA 复制最主要的酶。复制的过程可大体分为起始、延长和终止三个阶段。针对已发生了的 DNA 缺陷进行修复称为 DNA 修复，修复方式有光修复、切除修复、重组修复和 SOS 修复等多种。切除修复是人体细胞修复 DNA 损伤的主要方式。某些病毒遗传信息储存在 RNA 分子中，能以 RNA 为模板合成 DNA，称为逆转录。

　　转录是指以某段 DNA 分子的单链为模板，合成与其互补的 RNA 分子，将 DNA 的遗传信息传递给 RNA 的过程。参与 RNA 合成的成分有多种，包括 DNA 模板、四种三磷酸核糖核苷（NTP）原料、RNA 聚合酶、某些蛋白质因子、无机离子等。大肠埃希菌 RNA 聚合酶由 σ 因子与核心酶构成。σ 因子辨认 DNA 模板上的启动子，协助转录的起始；核心酶使已经开始合成的 RNA 链延长。真核细胞 RNA 聚合酶Ⅱ催化 mRNA 的前体——hnRNA 的合成，是真核生物中最重要的 RNA 聚合酶。

本章主要考点

　　1. 复制、转录、翻译、逆转录、基因表达、半保留复制的概念及遗传信息传递的中心法则内容。

　　2. 复制与转录的体系与特点、参与复制的酶和蛋白质因子的作用、DNA 修复的方式。

　　3. RNA 聚合酶的特点、mRNA 的加工过程。

（韩　霞）

第十一章

蛋白质的生物合成

蛋白质是生命的物质基础，有着高度的种属特异性，不同种属的蛋白质不同，所以不可相互替代。生物体内蛋白质的合成过程又称翻译（translation），翻译过程就是将核酸中由四种核苷酸序列编码的遗传信息破译为蛋白质一级结构中 20 种氨基酸的排列顺序，简而言之就是生物体以 mRNA 为直接模板合成蛋白质的过程，它是基因表达的重要步骤之一。

第一节 核酸在蛋白质生物合成中的作用

一、DNA 的作用

在 1953 年 James Watson 和 Francis Crick 阐明了 DNA 双螺旋结构后，人们更加清楚地认识到 DNA 就是遗传信息的载体，DNA 分子中某一片段就是基因。基因所包含的遗传信息经过复制、转录和翻译可遗传给子代个体，蛋白质合成就是遗传信息传递的最后表达形式。DNA 在蛋白质合成中的作用就是作为生物遗传信息的原始模板指导蛋白质的生物合成，DNA 的碱基序列决定了蛋白质的氨基酸序列。

二、mRNA 的作用

mRNA 是蛋白质合成的直接模板，它携带有 DNA 的遗传信息。mRNA 的核苷酸（碱基）顺序最终决定了蛋白质氨基酸的顺序。

mRNA 分子中，每三个相邻的核苷酸为一组，称为密码子（codon）或遗传密码，它们代表着某一种氨基酸的信息，或是代表起始、终止信号。mRNA 中含有 A、G、C、U 四种核苷酸，每三个核苷酸为一组，即可排列组合为 64 种（4^3）不同的密码子。其中 AUG 代表甲硫氨酸，也是蛋白质合成的起始密码，UAA、UGA、UAG 不代表任何氨基酸，而代表蛋白质合成的终止密码，其余的密码子均代表不同的氨基酸（表11-1）。

表 11 - 1 遗传密码表

第一核苷酸 (5′)	第二核苷酸				第三核苷酸 (3′)
	U	C	A	G	
U	苯丙氨酸 UUU	丝氨酸 UCU	酪氨酸 UAU	半胱氨酸 UGU	U
	苯丙氨酸 UUC	丝氨酸 UCC	酪氨酸 UAC	半胱氨酸 UGC	C
	亮氨酸 UUA	丝氨酸 UCA	终止密码 UAA	终止密码 UGA	A
	亮氨酸 UUG	丝氨酸 UCG	终止密码 UAG	色氨酸 UGG	G
C	亮氨酸 CUU	脯氨酸 CCU	组氨酸 CAU	精氨酸 CGU	U
	亮氨酸 CUC	脯氨酸 CCC	组氨酸 CAC	精氨酸 CGC	C
	亮氨酸 CUA	脯氨酸 CCA	谷氨酰胺 CAA	精氨酸 CGA	A
	亮氨酸 CUG	脯氨酸 CCG	谷氨酰胺 CAG	精氨酸 CGG	G
A	异亮氨酸 AUU	苏氨酸 ACU	天冬酰胺 AAU	丝氨酸 AGU	U
	异亮氨酸 AUC	苏氨酸 ACC	天冬酰胺 AAC	丝氨酸 AGC	C
	异亮氨酸 AUA	苏氨酸 ACA	赖氨酸 AAA	精氨酸 AGA	A
	甲硫氨酸 AUG	苏氨酸 ACG	赖氨酸 AAG	精氨酸 AGG	G
G	缬氨酸 GUU	丙氨酸 GCU	天冬氨酸 GAU	甘氨酸 GGU	U
	缬氨酸 GUC	丙氨酸 GCC	天冬氨酸 GAC	甘氨酸 GGC	C
	缬氨酸 GUA	丙氨酸 GCA	谷氨酸 GAA	甘氨酸 GGA	A
	缬氨酸 GUG	丙氨酸 GCG	谷氨酸 GAG	甘氨酸 GGG	G

密码子具有以下重要特点。

（一）方向性

mRNA 分子中密码子的排列具有方向性，即从 5′末端起至 3′末端止，所以翻译过程的方向也是从 mRNA 的 5′末端走向 3′末端。

（二）简并性

密码子中除甲硫氨酸和色氨酸有一个密码子外，其余氨基酸均有 2 ~ 6 个密码子，这就是密码子的简并性。密码子的特异性往往由第 1 位和第 2 位碱基决定，它们的变化对生物物种的稳定性具有重要影响，但密码子的第 3 位碱基突变，对编码的氨基酸影响不大。

（三）连续性

翻译时，从 mRNA 的起始密码到终止密码，每相邻三个核苷酸为一组，中间无停顿、无间隔、无重叠，这称为密码子的连续性。如果在 mRNA 的密码中插入或缺失的核苷酸不是 3 的整数倍，则会导致肽链中氨基酸序列完全改变，称为框移突变。

（四）摆动性

mRNA 的密码子与 tRNA 的反密码子配对，有时并非严格按照碱基配对规律，密码子的第 3 位，反密码子的第 1 位上往往不能严格互补，但也能相互辨认结合，称为密码子的摆动性。

常见摆动性如 mRNA 中 A、C、U 可与 tRNA 中 I 互补；mRNA 中 C、G、U 可与 tRNA 中 C 互补；mRNA 中 A、G 可与 tRNA 中 U 互补；mRNA 中 A、U 可与 tRNA 中 G

互补。

（五）通用性

在蛋白质生物合成中，最简单的生物和人类都使用同一套密码，称为密码子的通用性。但近年研究发现，某些生物中密码子和"通用密码子"也有相当大的差别。

三、tRNA 的作用

在蛋白质合成中，tRNA 是搬运氨基酸的工具。tRNA 的 CCA—OH3′末端具有氨基酸的结合位点，氨基酸与 tRNA 的 CCA—OH3′末端结合后被转运到核糖体上，参与蛋白质的合成。

四、rRNA 的作用

rRNA 与蛋白质结合形成核糖体，是蛋白质合成的场所。核糖体由大小亚基构成，原核生物的核糖体由 30S 小亚基与 50S 大亚基组成，真核生物的核糖体由 40S 小亚基和 60S 大亚基组成，在蛋白质合成时，大小亚基聚合形成 70S 或 80S 核糖体，再参与蛋白质的合成。

第二节 蛋白质的生物合成过程

蛋白质合成需要 20 种氨基酸作为基本原料，还需要酶、蛋白质因子、RNA 及能量等物质，其合成过程极为复杂，以原核生物蛋白质合成为例，蛋白质生物合成过程大体可分为四个阶段，即氨基酸的活化和转运、肽链合成的起始、肽链合成的延伸和肽链合成的终止。

一、氨基酸的活化和转运

氨基酸的化学性质较为稳定，必须活化后才能用于蛋白质的合成。氨基酸与特异 tRNA 反应生成氨酰 tRNA 的过程称为氨基酸的活化。该反应由氨酰 tRNA 合成酶催化，在该酶的作用下，氨基酸的羧基与 tRNA 的 CCA—OH3′末端通过酯键连接形成氨基酰tRNA，同时耗掉 ATP 的两个高能键。

$$氨基酸 + ATP + tRNA \xrightarrow{\text{氨基酰 tRNA 合成酶}} 氨基酰 tRNA + AMP + PPi$$

二、肽链合成的起始

在核糖体上，核糖体的大亚基、小亚基、模板 mRNA、甲硫氨酰 tRNA 等在 Mg^{2+} 的存在下，由 GTP、ATP 提供能量，形成起始复合物，这一过程还需要起始因子 IF_1、IF_2、IF_3 的参与，简要过程如下。

（1）核糖体大小亚基解离 在 IF_1、IF_3 作用下，核糖体大小亚基分离。

（2）mRNA 与 30S 小亚基结合，30S 小亚基定位于 mRNA 的起始密码子 AUG 的部位。

（3）在 IF$_2$、GTP、Mg^{2+} 作用下，甲硫氨基酰 tRNA 上的反密码子识别 mRNA 上的密码 AUG，并与之结合。

（4）50S 大亚基、30S 小亚基、mRNA、甲硫氨基酰 tRNA 结合形成起始复合物（图11－1）。

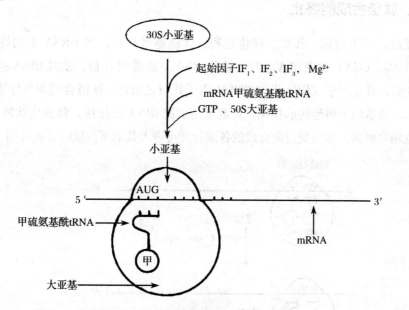

图 11－1　原核生物翻译的起始阶段

三、肽链合成的延伸

起始复合物形成后，蛋白质合成进入延伸阶段。肽链的延伸经过进位、转肽、移位三个步骤反复循环，每循环一次，肽链就延长一个氨基酸，直到肽链合成终止（图11－2）。

（一）进位

进位又称注册，核糖体上有两个结合 tRNA 的位点，分别为"给位"（P 位）和"受位"（A 位），在真核生物中甲硫氨基酰 tRNA（在原核生物为甲酰甲硫氨基酰 tR-NA）占据在 P 位上，新的氨基酰 tRNA 进入 A 位。

（二）转肽

在核糖体大小亚基间存在转肽酶，在转肽酶的作用下，P 位的甲硫氨基酰 tRNA 与 A 位的氨基酰 tRNA 上的 α 氨基结合生成第一个肽键，使得 A 位上的氨基酰 tRNA 变成二肽酰 tRNA，此时，P 位上的 tRNA，便从核糖体上脱落，这一过程需要 Mg^{2+} 、K$^+$ 及 GTP 参与。

（三）移位

移位又称转位，在延长因子（EF）、转位酶、Mg^{2+} 参与下，由 GTP 提供能量，整个核糖体沿 mRNA 的 5′末端向 3′末端移动一个密码子的距离，使得原来在 A 位上的二肽酰 tRNA 移动到了 P 位，第三个密码子移动到了 A 位，而新的携有氨基酸的 tRNA 又再进入到 A 位，二肽酰 tRNA 又在转肽酶作用下，使二肽酰基又与 A 位上第三个特定 tRNA 的 α－氨基结合生成三肽酰 tRNA，失去二肽酰的 tRNA 又从核糖体上脱落，如此重复，使肽链逐步延长。

四、肽链合成的终止

重复进行以上进位、转肽、移位过程，肽链越来越长，当 mRNA 上的终止密码子（UAA，UAG，UGA）出现在 A 位时，氨酰 tRNA 不能进到 A 位，肽酰 tRNA 也不能向前移动，此时，终止因子（RF）识别终止密码子并与之结合，肽链合成即告终止。肽链合成终止后，转肽酶不再起转肽作用，而起水解肽酰 tRNA 的作用，释放出肽链，同时大、小亚基也随之解离，参与蛋白质合成的各成分又可进入其他蛋白质的合成（图 11 - 2）。

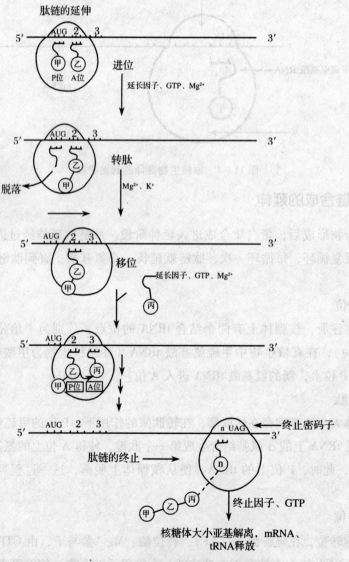

图 11 - 2　蛋白质合成的延伸、终止阶段

在核糖体上，通过起始、延伸、终止合成蛋白质的过程称为核糖体循环。以上所述是单个核糖体循环，实际上细胞内通常有数十个核糖体附着于同一 mRNA 上进行多个蛋白质合成，此称为多核糖体，多核糖体的存在大大增加了蛋白质合成的效率。

五、肽链合成后的加工

从核糖体上释放出来的多肽链，需要经过加工，形成具备一定空间结构的蛋白质才具有生物活性，肽链合成后的加工方式常常有以下几种。

（一）N 端甲硫氨酸的切除

合成肽链的第一个氨基酸残基是甲硫氨酸，但绝大多数天然蛋白质的 N 端第一位并非甲硫氨酸，这说明在肽链合成后，N 端的甲硫氨酸被特异的酶切除掉了。

（二）氨基酸侧链的修饰

蛋白质的肽链合成后，有些氨基酸残基需要进行化学修饰加工。氨基酸残基的修饰方式有乙酰化、糖基化、酰胺化、羟基化、可逆磷酸化、甲基化、二硫键形成等。

（三）多余肽段的切除

多肽链有些部分并非是蛋白质发挥作用所必需的，这些多余的部分需要在肽链的修饰加工中切除。如胰蛋白酶、胰岛素在合成后均需切除一段肽后才能在体内发挥生理活性。

（四）结合辅基

有些结合蛋白质的肽链合成后，需要进一步与某些辅基结合才能发挥作用。如糖蛋白、血红蛋白、脂蛋白的肽链合成后需要分别与糖链、血红素、脂类结合成完整的结合蛋白质后才能在体内发挥相应作用。

（五）亚基的聚合

具有两个或两个以上亚基的蛋白质，在各个肽链合成后，需要通过非共价键彼此结合形成聚合体后才具有生物活性，如血红蛋白就是四个亚基聚合形成的。

第三节　蛋白质生物合成与医学的关系

蛋白质是遗传基因的表达产物，而生物体的许多功能都是通过蛋白质的作用而体现出来，因此，蛋白质生物合成与生物遗传、物质代谢、机体免疫、疾病发生与治疗等有着密切关系。

一、分子病

分子病（molecular diseases）是由于 DNA 分子中遗传基因缺陷，使 RNA 和蛋白质合成异常，引起组织细胞结构和功能障碍所造成的疾病。最典型而常见的分子病是镰状细胞贫血，这种疾病是因为患者编码血红蛋白的 DNA 上的核苷酸，由正常的 CTT 变异成了 CAT，结果在转录和翻译的过程中，使患者血红蛋白 β 链第 6 位氨基酸由正常的谷氨酸转变成了缬氨酸，这一微小的改变，造成了血红蛋白运氧障碍，患者血中氧分压降低，红细胞呈镰刀状的改变并易破裂，出现溶血性贫血。此外，某些癌症、放射线照射引起的疾病也与 DNA 异常有关，也属于分子病。

二、抗生素对蛋白质合成的影响

抗生素是某些真菌的代谢产物，有些抗生素能通过抑制细菌蛋白质生物合成的各个环节而发挥药物作用。例如利福霉素能抑制细菌 RNA 聚合酶，通过对转录过程的影响来抑制蛋白质的合成；四环素类抗生素能与细菌核糖体小亚基结合，使之变构，从而抑制氨酰 tRNA 的进位；卡那霉素、新霉素、链霉素能抑制细菌蛋白质合成起始阶段而干扰蛋白质合成；氯霉素、林可霉素能与细菌核糖体大亚基结合，抑制转肽酶活性，阻断肽链延长等。各种抗生素影响细菌蛋白质合成的机制见图 11 - 3。

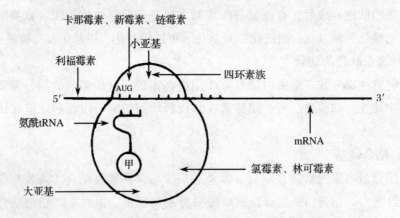

图 11 - 3　各种抗生素对翻译过程的作用点

本章小结

蛋白质是生命的物质基础，以 mRNA 为模板合成蛋白质的过程称为翻译。DNA 是蛋白质合成的间接模板，mRNA 是蛋白质合成的直接模板。mRNA 核苷酸的排列顺序决定了蛋白质氨基酸的排列顺序，,mRNA 分子中有 64 种密码子，其中起始密码子是 AUG，终止密码子是 UAA、UAG、UGA。密码子具有方向性、简并性、连续性、摆动性和通用性。tRNA 在蛋白质合成中具有运输氨基酸的作用。rRNA 与蛋白质构成的核糖体是蛋白质合成的具体场所。

蛋白质生物合成包含氨基酸的活化及转运、肽链合成的起始、肽链合成的延伸和肽链合成的终止四个阶段。蛋白质合成的方向是沿 mRNA 模板的 5′→3′方向进行，而肽链延伸的方向是 N 端→C 端。

肽链合成后需经过加工修饰才具有生物活性，加工修饰的方式有 N 端甲硫氨酸的切除、氨基酸侧链的修饰、多余肽段的切除、结合辅基及亚基的聚合等。

分子病是由于 DNA 分子中遗传基因缺陷，使 RNA 和蛋白质合成异常，引起组织细胞结构和功能障碍所造成的疾病。抗生素能通过抑制细菌蛋白质生物合成的各个环节而发挥抑制细菌的作用。

本章主要考点

1. 翻译的概念，蛋白质合成的原料、模板、模板方向、肽链合成的方向。
2. 遗传密码的概念、特点。
3. 三种 RNA 在蛋白质生物合成中的作用。
4. 分子病的概念。

（胡玉萍）

第十二章

基 因 工 程

1953 年 Watson 和 Crick 提出了 DNA 双螺旋结构模型，从此开创了生命科学的新纪元。此后，一系列基因技术的建立，如基因工程技术、聚合酶链反应技术、转基因技术与克隆技术等，使分子生物学研究不断深入，从而加速了人类对生命本质的认识及对疾病诊断与治疗的探索，也给医药工业带来了新的革命。

第一节 基因工程技术

基因工程技术又称为 DNA 克隆、分子克隆、基因克隆、DNA 重组技术（recombinant DNA technology），是 20 世纪 70 年代，人们在认识基因结构与功能的基础上建立起来的。它是用酶学的方法，在体外将外源基因按照一定目的和方案对 DNA 进行剪切，并与基因载体重组后导入宿主细胞，从而大量扩增外源基因的方法。人们运用基因工程技术，通过分析基因表达产物、DNA 序列可对基因结构和功能进行研究，亦可通过基因工程技术的方法对临床疾病进行基因诊断和基因治疗。

一、基因工程的基本原理

（一）重组 DNA 的原理
将目的基因在体外与基因载体相结合，形成重组体 DNA，通过转化或转染等方法，将重组体 DNA 导入宿主细胞。宿主细胞在繁殖过程中，重组 DNA 不断复制，从而使目的基因得以大量扩增，结果得到大量的来自同一祖先 DNA 的相同拷贝。这些拷贝都具有与目的基因相同的遗传信息，它们在蛋白质合成系统中表达，最终产生大量的目的蛋白质产物。

（二）工具酶
基因工程中常需要一些酶的参与，重要的工具酶有限制性核酸内切酶、DNA 连接酶及 DNA 聚合酶等。

1. 限制性核酸内切酶 限制性核酸内切酶（restriction endonuclease）简称为核酸内切酶或限制性内切酶。限制性核酸内切酶是基因工程必须的工具酶，主要从细菌中提取获得。它可以识别双链 DNA 的特异序列，并在识别位点或其周围切割 DNA，是基因工程的"手术刀"。

经限制性内切酶切割后的 DNA，其切口往往是错开的，错开的两端称为黏性末端（sticky end）。同一种限制性内切酶催化产生的黏性末端相同，相同的黏性末端的碱基具有互补性，可在连接酶的作用下相互连接。少数限制性内切酶切割 DNA 产生双链平齐的断端，称为钝端或平端。

目前已知的限制性内切酶种类较多，但根据其识别和切割序列的特性、催化条件及修饰活性，可将限制性内切酶分为 Ⅰ、Ⅱ、Ⅲ 型。其中 Ⅱ 型酶是最重要的工具酶，该酶能在 DNA 分子内部的特异位点识别和切割双链 DNA，其切割位点的序列可知、固定，通常所说的核酸内切酶就是指 Ⅱ 型酶。

2. DNA 聚合酶　此类酶发挥作用需要 DNA 模板及引物。它能以 DNA 为模板，以 dNTP 为原料，在引物 $3'-OH$ 端沿 $5' \rightarrow 3'$ 端方向合成 DNA。该酶常有 $3' \rightarrow 5'$ 及 $5' \rightarrow 3'$ 外切酶的活性。$5' \rightarrow 3'$ 外切酶的活性能保证 DNA 复制的准确性，把 DNA 合成过程中错误的碱基配对切除，再把正确的碱基接上。

重要的 DNA 聚合酶有大肠埃希菌 DNA 聚合酶 Ⅰ 及耐热 DNA 聚合酶，后者在聚合酶链反应中发挥主要作用。

3. DNA 连接酶　DNA 连接酶有两种：一种是从噬菌体 T_4 感染的大肠埃希菌中分离的 T_4 DNA 连接酶，另一种是从大肠埃希菌中分离的大肠埃希菌 DNA 连接酶。它们都可催化一个 DNA 链的 $5'-$ 磷酸与另一个 DNA 链的 $3'-$ 羟基末端通过磷酸二酯键相连。DNA 连接酶催化黏性末端连接的效率远远高于平端末端连接的效率。

4. 其他工具酶　在基因工程中还需要反转录酶、碱性磷酸酶、末端转移酶及 RNA 聚合酶等，它们在基因工程中分别具有不同的作用。

（三）基因载体

基因载体又称克隆载体，外源 DNA 一般没有明显的遗传标志，如果将其直接导入宿主细胞，无法将已导入和未导入 DNA 的细胞区分开来。外源 DNA 没有自主复制能力，不能在细胞内进行有效扩增。为使导入的外源 DNA 在细胞内扩增和表达，就需要一个能在宿主细胞内进行自主复制和表达的载体来携带。这种具有自主复制能力并携带外源性 DNA 进入宿主细胞的工具称为载体（vector）。

良好的载体应具备下列条件：可在宿主细胞内独立复制；有供筛选的遗传标记；存在限制性内切酶的切割点；自身体积小。常用的载体有质粒、噬菌体及病毒，其中应用最广的是质粒。

1. 质粒　质粒（plasmid）是存在于细菌染色体外的环状小分子双链 DNA。一般质粒载体有 2~3 个抗药基因，其抗药性在含重组 DNA 细菌的筛选中具有重要的作用。质粒还具有复制起始点，此复制起始点能利用细菌染色体 DNA 复制和转录的同一套酶系统，在细菌体内独立地进行自我复制及转录。

目前，已有一系列人工质粒作为商品供应，如长度为 4.3kb 具有抗氨苄西林基因和四环素抗性基因的 pBR322；长度为 2.6kb 含氨苄西林抗性基因的 pUC18/19 质粒等。

2. **噬菌体 DNA**　常用于克隆载体的噬菌体 DNA 有 λ 噬菌体和 M13 噬菌体，它们都易感染大肠埃希菌，用得较多的是 λ 噬菌体。λ 噬菌体 DNA 全长 48.5kb，为双链线性 DNA 分子，其基因组序列分为三个区，与噬菌体成熟有关的左侧区、与重组有关的中间区及具有调控功能的右侧区。λ 噬菌体 DNA 只有包装上蛋白质外壳后才能感染大肠埃希菌。

3. **病毒 DNA**　病毒基因组结构简单，易于改造和操作，且转染率较高，是高等生物基因表达较理想的载体。目前，较为常用的病毒载体有反转录病毒、腺病毒和 EB 病毒等。

这些载体在限制性核酸内切酶作用下形成切口，使目的基因片断插入载体 DNA 分子中，形成重组体，然后导入宿主细胞进行表达。

二、基因工程的基本过程

（一）分离目的基因

基因工程首先需有目的基因，目的基因可采用人工合成、从基因组 DNA 分离、从 cDNA 文库中筛选、聚合酶链反应（PCR）扩增等方法获取。

（二）切割基因与载体

目的基因分离出来后，采用合适的限制性核酸内切酶切割目的基因和载体 DNA，产生具有相同黏性末端的目的基因和载体 DNA。

（三）连接目的基因与载体

在一定条件下，将已切割好的目的基因与载体 DNA 用 DNA 连接酶连接起来，构成重组体 DNA。

（四）重组 DNA 转入宿主细胞

将重组 DNA 导入宿主细胞，并改变宿主细胞形状的过程成为转化。常用的宿主细胞是大肠埃希菌，为增加宿主细胞膜通透性，促进重组 DNA 进入宿主细胞，可使用氯化钙处理大肠埃希菌。大肠埃希菌经氯化钙处理后，菌细胞膜通透性增加，从而具有摄取重组 DNA 的能力，这种细胞称之为感受态细胞。

此外，亦可采用电穿孔、显微注射、基因枪、超声波及受体介导等方法将重组 DNA 导入宿主细胞。在宿主细胞内，转化的 DNA 可独立地复制，随着大肠埃希菌的不断繁殖，重组 DNA 在细胞内得以大量扩增。

（五）筛选宿主细胞

筛：即筛选和鉴定。通过转化，外源基因进入宿主细胞内，但并非每一个细胞都含有外源基因，必须通过筛选和鉴定以剔除未转化的宿主细胞，才能使已转化的宿主细胞不断生长繁殖，充分扩增。含重组 DNA 菌株的筛选和鉴定的方法目前有以下几种。

1. **根据重组体的表型筛选**　由于某些质粒具有耐受抗生素的基因，因而含重组体的细胞能耐受抗生素而存活。如质粒 pBR322 具有氨苄西林和四环素抗性，将此质粒导入细菌后，则细菌具有抗氨苄西林和四环素的特性。在培养基中加入氨苄西林和四环素后，未转化的细菌被杀死，已转化的细菌不受影响，长成菌落，由此筛选出含重组 DNA 的菌落。

2. 酶切鉴定 将 DNA 重组体阳性菌落培养扩增，抽提出质粒 DNA，用构成重组体 DNA 时所用的限制性内切酶消化质粒 DNA，然后通过琼脂糖凝胶电泳，在紫外灯下观察电泳结果，根据电泳带上 DNA 片段大小就可判断是否有目的基因存在。

3. 核酸杂交 通过核酸杂交方法也可判断菌落中是否有目的基因。将 DNA 重组体阳性菌落转移到硝酸纤维膜上，用放射性核素标记的目的基因作探针，与硝酸纤维膜上的菌落杂交，如菌落中含有目的基因，则能与探针杂交，从而可鉴定出含目的基因的阳性菌落。

（六）表达目的基因

随着宿主细胞的不断繁殖，含目的基因的重组 DNA 得以大量复制，并通过转录和翻译，最终表达出我们所需要的、具有特殊意义的目的蛋白质。

综上所述，基因工程过程可简要归纳为："分"，即分离目的基因；"切"，用限制性内切酶切割目的基因与载体；"接"，拼接重组体；"转"，即转入受体菌；"筛"，筛选重组体；"表达"，目的基因表达。基因工程的主要步骤见图 12-1。

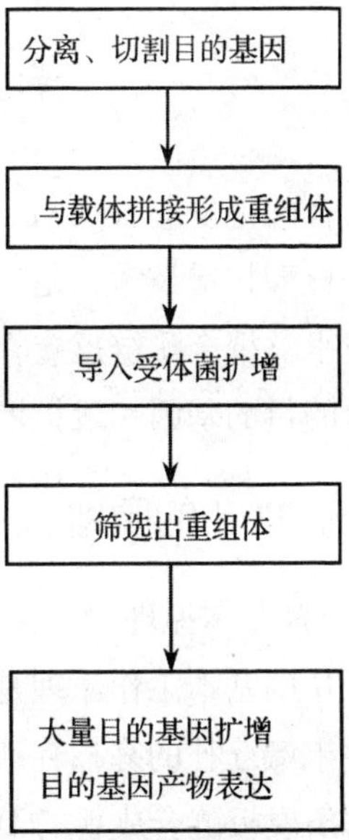

图 12-1 基因工程的主要步骤

三、基因工程技术在医药领域中的应用

（一）在医学上的应用

1. 基因诊断和基因治疗 目前，人们已利用基因工程的方法开展对疾病的基因诊断和基因治疗（详见本章第三节）。

2. 遗传疾病的预防 通过对胎儿组织及羊水细胞的基因检验，可进行产前诊断，从而早期发现和根治遗传病，对患者的婚姻和生育作出科学的指导。

（二）在药学上的应用

1. 基因工程药物 从 1982 年第一个基因工程产品重组人胰岛素投入市场以来，在 20 多年的时间内先后已开发出数千个品种的药用基因工程产品。其中近百个已经商品化，用于疾病的预防、诊断和治疗，产生了巨大的社会效益和经济效益。目前，已经使用或正投入市场的主要基因工程药物有干扰素、生长激素、促红细胞生长素、胰岛素、乙肝疫苗、超氧化物歧化酶、组织胞浆素原激活剂、凝血因子Ⅷ、生长因子、白细胞介素及粒细胞-巨噬细胞集落刺激因子等。

当今人们已开始将具有治疗意义的基因重组后转移至人体细胞，使其表达出具有治疗作用的多肽和蛋白质，这些多肽和蛋白质在组织局部或远端发挥作用，从而实现预防和治疗疾病的目的。

2. 基因工程疫苗　基因工程疫苗是指应用基因工程技术克隆并表达保护性抗原基因，然后利用这种基因的表达产物或重组体本身制成的疫苗。基因工程疫苗主要有基因工程亚单位疫苗、载体疫苗、DNA 疫苗、蛋白质工程疫苗等。

第二节　聚合酶链反应技术

聚合酶链反应（polymerase chain reaction，PCR）是 20 世纪 80 年代发展起来的一种体外核酸扩增技术，是近些年来分子生物学领域中迅速发展和广泛应用的一种常用基因技术。聚合酶链反应在体外条件下，利用 DNA 聚合酶的作用，能特异地、快速地将微量的目的基因片段扩增 100 万倍左右。

一、PCR 的原理

（一）基本原理

PCR 的基本工作原理是以待扩增的目的 DNA 片段为模板，以一对分别与模板 5′末端和 3′末端互补的寡核苷酸为引物，在 DNA 聚合酶作用下，按照半保留复制的机制，沿着两条模板链合成新的 DNA，这一过程经多次重复，即可使目的 DNA 片段成几何级数的扩增，最终可得到与目的 DNA 片段序列相同的大量 DNA 产物。

（二）PCR 反应体系

PCR 反应体系有耐热 DNA 聚合酶（TaqDNA 聚合酶）、模板 DNA、两种特异引物、dNTP、含有 Mg^{2+} 的缓冲液。

1. 耐热 DNA 聚合酶　TaqDNA 聚合酶是应用最广泛的耐热 DNA 聚合酶。它来自嗜热菌，对高温具有良好的耐受力，在 95℃ 高温中仍具有活性，其最适温度为 70～80℃。TaqDNA 聚合酶具有下列特性：有 5′→3′方向的聚合活性、5′→3′方向的外切活性、反转录酶活性，但无 3′→ 5′方向的外切活性。

2. 模板 DNA　是待扩增的微量 DNA。它可从细菌中提取，也可从组织细胞中分离，还可人工合成。通过 PCR 扩增，模板 DNA 量可成百万倍增加。

3. 引物　是能与模板的 5′末端或 3′末端互补并结合的一对短片段已知核苷酸序列。引物要根据实验要求预先设计，引物设计一般长度为 15～30 碱基，G—C 含量 45%～55% 之间，其 T_m 值一般为 55～60℃。目前已有专门的引物设计软件，只要将引物设计的具体参数输入电脑，数秒钟后，电脑即可给出所需的引物序列。

4. dNTP　包括 dATP、dGTP、dCTP、dTTP，是四种脱氧三磷酸核苷。这四种脱氧核苷酸作为 TaqDNA 聚合酶的底物，在进行 PCR 操作时，四种 dNTP 必须以等摩尔浓度配制，以降低出错率和提高使用效率。

5. **Mg²⁺的缓冲液** Mg²⁺的含量可显著影响PCR的产量和质量。Mg²⁺过高可出现非特异性扩增，过低则酶活性显著下降。PCR反应中的模板DNA、引物及dNTP均可与Mg²⁺结合，因此，在不同溶液中Mg²⁺浓度应不同，一般用量为1.5~2.0mmol/L。

二、PCR的基本步骤

（一）变性

将反应体系加热至94℃，持续20~30s，使模板DNA变性成为单链，并消除引物自身和引物之间存在的局部双链，以便单链DNA引物结合，为下一轮反应做准备。

（二）退火

退火又称复性。将温度降至约50~55℃，持续20~40s，使引物与模板DNA单链互补序列配对结合。

（三）延伸

将温度升至72℃，DNA模板与引物在TaqDNA聚合酶的作用下，从引物的3′末端开始，以dNTP为底物，根据碱基互补配对原则及半保留复制的原理，复制一条新的与模板链互补的DNA链，延伸时间约为20~60s。

上述三步骤为一循环，新合成的DNA分子又可作为下一轮合成的模板，经25~30次循环后，DNA片段的拷贝数大量增加（图12-2）。

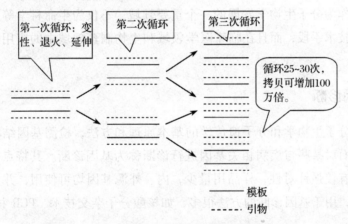

图12-2 PCR基本原理示意

PCR整个过程均可在PCR扩增仪中进行。在操作之前，首先要对PCR反应条件进行优化，如引物的设计、循环次数及各步骤反应时间的确定等。按照优化条件，再对PCR扩增仪进行程序设定，程序设计好后，即可将样品放入PCR扩增仪中进行扩增。

三、PCR的应用

用PCR技术扩增DNA具有敏感性高、特异性强、产量高及简单快速等优点，因而PCR技术在分子生物学研究中得以广泛应用。

（一）目的基因克隆

PCR技术可用于快速、方便地克隆目的基因。包括利用特异性引物以cDNA或基因组DNA为模板，获得已知的目的基因；利用引物从cDNA文库或基因组文库中，获取具有一定同源性的基因片段或随机克隆基因。

（二）基因的体外突变

利用PCR技术可以设计含突变序列的引物，在体外进行基因的嵌合、缺失、点突变等改造，再研究突变基因的表达及其功能。

（三）DNA的微量分析

PCR技术能快速地、敏感地扩增被测量目的基因。在实际工作中只需一滴血液或精斑、一根毛发、一个细胞即可进行PCR扩增。因此，PCR技术广泛应用于各种病原微生物感染的基因检验、基因突变的筛选、法医学鉴定及DNA序列分析等。

随着PCR技术的发展，PCR技术与其他分子生物学技术相结合产生的反转录PCR（RT－PCR）、原位PCR（ISP）、实时PCR及不对称PCR等技术使PCR在科研及临床上的应用更为广泛。

第三节　基因诊断与基因治疗

基因工程作为分子生物学发展的一个重要领域，不仅为生命科学等基础理论研究提供了崭新的技术手段，而且在临床医学领域和生物制药领域中的应用也取得了巨大成果。

一、基因诊断

利用现代分子生物学和分子遗传学的基本原理和方法，检测基因结构及表达水平是否正常，从而对某些与疾病相关基因进行诊断称为基因诊断。其特点是：针对病因检测，因此，有较强针对性，样品用量少，内、外源基因均可使用，并且能早期、快速诊断。目前，用于基因诊断的方法很多，如核酸分子杂交技术、PCR技术和DNA序列分析等。

（一）遗传病的基因诊断

遗传病是最早实施基因诊断的疾病，如镰状细胞贫血、地中海贫血、强直性肌营养不良、苯丙酮酸尿症、血友病等遗传病均能用基因诊断的方法作出准确的诊断。因此，利用基因诊断技术开展疾病基因携带者检查和早期产前诊断，有利于这些遗传病的防治以及优生、优育。

（二）肿瘤的基因诊断

恶性肿瘤的发生、发展是一个多因素、多步骤的过程，属于多基因异常的疾病，肿瘤相关基因结构和表达异常是导致肿瘤的主要因素之一。基因诊断技术除用于细胞癌变机制研究外，还用于肿瘤的易感性预测、病因检测、早期诊断、分类及预后判断等。

（三）病毒性疾病的基因诊断

用基因诊断的方法诊断病毒性疾病解决了一些原来细胞学、免疫学技术无法解决的难题，常用基因诊断方法检测的病毒有艾滋病病毒、肝炎病毒、柯萨奇病毒、埃可病毒、脊髓灰质炎病毒、腺病毒、EB病毒、疱疹病毒、巨细胞病毒、乳头瘤状病毒、轮状病毒、肠病毒、水痘病毒等。

（四）病原菌和支原体的基因诊断

用基因诊断的方法也可对一些病原菌和支原体引起的疾病进行诊断，这种方法较原来的病原抗酸培养方法简便、快速、特异、敏感和准确。

（五）其他

还可用基因诊断技术检测人类白细胞抗原（HLA）复合体的多态性来判断个体对某些疾病的易感性，也可用此方法分析患者基因型来指导器官组织配型，使器官移植的成功率大大提高。

二、基因治疗

基因治疗是将某种遗传基因转移到患者细胞内，使其在患者体内发挥作用，以达到治疗疾病的方法。基因治疗的主要方式有基因矫正、置换、增补、失活等。基因治疗在遗传性疾病、心血管疾病、肿瘤、感染性疾病等多种疾病的治疗中取得了突破性的进展。

·知识链接·

聪明未必绝顶

基因疗法不仅可以用于治疗癌症、肿瘤等疾病，并且还可能改变人类生活的方方面面。有资料报道，研究人员在实验室内用病毒为载体，把一种外号为"桑尼克刺猬"的基因注入毛发生长处于停顿状态的实验鼠内，结果发现，几天后，实验鼠背部长出一束束新的毛发，这表明毛发生长处于停顿状态的毛囊又回到了活跃的生长阶段，这一成果预示人类将有可能改变遗传性秃顶，今后聪明者也许不必再"绝顶"。

基因治疗已经不仅仅用于单基因遗传病的治疗，目前，人们已对肿瘤、感染性疾病、心血管疾病和神经系统疾病等一些发病机制较为复杂的多基因遗传病采用基因治疗。如给患者输入细胞因子基因以增强机体对肿瘤细胞的免疫能力，输入"自杀"基因直接杀肿瘤细胞等。但是，基因治疗的各个环节还存在许多理论和技术性的问题，甚至还有社会伦理学的问题，这些均有待进一步地研究解决。

本章小结

　　基因工程技术是用酶学的方法，在体外将外源基因按照一定目的和方案对 DNA 进行剪切，并与基因载体重组后导入宿主细胞，从而大量扩增外源基因的方法。基因工程技术需要限制性核酸内切酶和基因载体的作用，限制性核酸内切酶主要从细菌中提取获得，它是基因工程的"手术刀"。基因工程的基本过程包括"分"，即分离目的基因；"切"，用限制性核酸内切酶切割目的基因与载体，"接"，拼接重组体；"转"，即转入受体菌；"筛"，筛选重组体和克隆基因的表达。

　　聚合酶链反应，是在体外条件下，利用 DNA 聚合酶的作用，经变性、退火、延伸反复循环，特异地、快速地将微量的目的基因大量扩增的方法。在实际工作中只需一滴血液或精斑、一根毛发、一个细胞即可进行 PCR 扩增。因此，PCR 技术广泛应用于各种病原微生物感染的基因检验、基因突变的筛选、法医学鉴定及 DNA 序列分析等。

　　基因诊断是利用现代分子生物学和分子遗传学的基本原理和方法，检测基因结构及表达水平是否正常，从而对某些与疾病相关基因进行诊断的方法。目前通过基因诊断可对临床上多种疾病进行诊断。基因治疗是将某种遗传基因转移到患者细胞内，使其在患者体内发挥作用，以达到治疗疾病的方法。其主要方式有：基因矫正、置换、增补、失活等。基因治疗在遗传性疾病、心血管疾病、肿瘤、感染性疾病等多种疾病治疗中已取得了突破性的进展。

本章主要考点

基因工程、基因诊断、基因治疗、PCR 的概念及应用。

（胡玉萍）

第十三章

肝脏生物化学

　　肝是人体最大的实质性器官和消化腺体，成人肝重约 1500g，占体重的 2.5%。肝在体内参与糖类、脂类、蛋白质、维生素、激素、药物等的代谢，而且兼具分泌、排泄、贮存等功能。肝的解剖结构和组织学特点决定了它在体内具有重要的作用。

　　在解剖结构上，肝具有两套管道系统：一套是门静脉和肝动脉两条血液输入管道，通过这两条血液输入系统，肝可获得从消化道吸收来的营养物质和充足的氧；另一套是肝静脉和胆道两条输出管道，通过这两条输出系统，肝可将代谢物运出肝外。，

　　在组织结构上，肝细胞有丰富的毛细血管窦，其间血流缓慢，停留时间长，有利于肝细胞与血液进行物质交换。此外，肝细胞具有丰富的细胞器，如线粒体、微粒体、内质网、溶酶体、高尔基体、过氧化物酶体等，肝细胞丰富的细胞器保证了肝脏能参与多种物质代谢。

　　在化学组成上，肝细胞有数百种酶系统，而且有些酶是其他组织中没有或含量很少的，故发生在肝内的代谢反应有数百种之多，故肝被誉为人体的"物质代谢中枢"和"加工厂"。因此，各种原因导致的肝结构破坏和功能障碍，必将引起整个机体的代谢紊乱。

第一节　肝脏在物质代谢中的作用

一、肝脏在糖代谢中的作用

　　肝通过糖原的合成与分解及糖异生作用来维持血糖浓度的恒定，以满足机体对心、脑等重要器官的血糖供应。

　　进食后，血糖浓度升高，肝细胞将过多的葡萄糖合成肝糖原而储存。肝脏合成的肝糖原总量可达 100g，占肝重的 5%～6%。在饥饿早期，肝主要通过糖原的分解来补充血糖。肝细胞内有葡萄糖-6-磷酸酶，可分解肝糖原，生成游离的葡萄糖进入血液循环，满足机体空腹下约 8～12h 的能量需要，维持血糖浓度的相对恒定。

　　在空腹和饥饿状态下，肝也可通过糖异生作用维持血糖浓度的恒定。肝细胞内糖异生酶活性很高，在空腹 24～48h 内肝糖异生可达最大速度。糖异生作用不仅补充血

糖，也是肝补充糖原的重要途径。任何原因引起的肝功能损害，使肝糖原的合成与分解、糖异生作用降低，均可导致血糖含量的异常，出现肝源性低血糖或肝源性高血糖。

二、肝脏在脂类代谢中的作用

肝在体内对脂类的消化吸收、合成与分解以及运输方面都起着重要的作用。

（一）促进脂类的消化和吸收

肝脏合成和分泌的胆汁酸盐是表面活性剂，属强乳化剂，它可将食物中的脂类乳化成细小的微团，有利于肠道酶对脂类的消化。由于胆汁酸盐促进脂类和脂溶性维生素在肠黏膜细胞的吸收，因此，肝胆疾患时，胆汁酸盐减少，脂类消化吸收障碍，可出现脂肪泻和脂溶性维生素缺乏症。

（二）肝脏是合成胆固醇和胆汁酸盐的重要器官

大部分胆固醇在肝内合成，然后由脂蛋白运出肝脏，也可以原型排至胆道系统，再经肠道排泄。肝脏还能分泌胆汁，胆汁的主要固体成分是胆汁酸，而胆汁酸是以胆固醇为原料合成的，合成胆汁酸是胆固醇在肝细胞内的重要代谢去路。

（三）肝脏是甘油三酯和脂肪酸代谢的主要场所

进食后，过多的血糖除了在肝脏内合成糖原储存外，其代谢中间产物还可用来合成甘油和脂肪酸，进一步合成甘油三酯，并以极低密度脂蛋白的形式运出肝外。

在空腹和饥饿状态下，脂肪动员加强，释放出甘油和脂肪酸，甘油和脂肪酸能被肝细胞摄取与利用。甘油可转变成磷酸二羟丙酮进入糖代谢途径，也可经糖异生转变成糖原在肝内储备。肝细胞内有丰富的氧化脂肪酸的酶系，可使进入肝细胞线粒体内的脂酰 CoA 经氧化生成乙酰 CoA，后者一方面经三羧酸循环氧化供能，补充能量；另一方面合成酮体，为大脑、心肌等重要组织提供能量。合成酮体的酶系几乎是肝特有的，因此认为，肝脏是合成酮体的惟一器官。

（四）肝脏与脂蛋白代谢关系密切

脂类物质在血浆中的运输形式是脂蛋白，其成分中的载脂蛋白、磷脂、胆固醇主要在肝内合成，并且极低密度脂蛋白和高密度脂蛋白合成部位就在肝脏，故肝是合成血浆脂蛋白的重要场所。此外，肝细胞能合成卵磷脂胆固醇酯酰转移酶，后者在血浆中将胆固醇酯化成胆固醇酯，再由高密度脂蛋白运输至肝内代谢。

肝细胞可以合成甘油三酯，但不能储存甘油三酯。当肝功能受损或其他原因导致蛋白质合成、磷脂合成障碍时，脂蛋白合成减少，致使肝内的甘油三酯输出障碍，堆积在肝脏而形成脂肪肝。

三、肝脏在蛋白质代谢中的作用

蛋白质在肝内代谢极为活跃。肝不仅合成自身所需的各种蛋白质，还能合成 100 多种血浆蛋白质，如清蛋白、纤维蛋白原、凝血因子、载脂蛋白、转铁蛋白、铜蓝蛋白等，其中以清蛋白合成量最多。清蛋白是维持血浆胶体渗透压的主要因素，也是运输胆红素、游离脂肪酸和钙的主要载体。当肝细胞受损时，蛋白质特别是清蛋白合成及凝血因子合成减少，机体可出现水肿及出血现象。

肝细胞有丰富的参与氨基酸分解代谢的酶，如转氨酶、转甲基酶、脱羧基酶等。氨基酸脱氨基作用生成的氨是神经毒物，它主要在肝细胞内合成无毒的尿素，后者再由血液运输至肾脏排泄。肝功能严重损伤时，尿素合成障碍，血氨浓度升高，可形成高氨血症，严重时可引起肝性脑病（肝昏迷）。肝功能不全时，芳香族氨基酸脱羧产生的胺类物质不能在肝中进行生物转化，这些物质经血液进入脑组织后可转变成苯乙醇胺和羟酪胺等假性神经递质，后者结构与儿茶酚胺结构相似，可取代儿茶酚胺，从而使神经冲动传递受影响，且可能与肝昏迷的发生有关。

四、肝脏在维生素代谢中的作用

肝在维生素的吸收、储存以及转化等方面具有重要作用。一方面，在肝内合成和分泌的胆汁酸能协助肠道脂溶性维生素的吸收；另一方面，肝也是维生素 A、维生素 E、维生素 K、维生素 PP、维生素 B_2、维生素 B_6、维生素 B_{12} 在体内的主要储存部位，特别是维生素 A，体内95%的维生素 A 贮存于肝脏，可以说肝脏是贮存维生素 A 的仓库；第三，肝是维生素代谢转化的主要器官。维生素 D 在肝细胞微粒体25－羟化酶系的作用下转变为25－羟基维生素 D_3，胡萝卜素在肝转变为维生素 A，维生素 B_1 转化成 TPP，维生素 B_2 转化成 FAD，维生素 B_6 转化成磷酸吡哆醛，泛酸转化成辅酶 A，维生素 PP 转化成 NAD^+（或 $NADP^+$）及氧化型维生素 C 转化成还原型维生素 C 等，它们均是在肝内进行的。

五、肝脏在激素代谢中的作用

肝脏是激素代谢的重要场所。体内许多激素在发挥作用后主要在肝进行转化、降解或失去活性，这一过程称做激素的灭活。肝对激素的灭活作用有助于调控激素在体内的作用时间及强度，维护人体的正常功能，如胰岛素、肾上腺素、甲状腺素、雌激素、醛固酮等均在肝内灭活。当肝发生病变时，可引起激素灭活功能下降，导致激素浓度增加。如肝病变时，雌激素增加可致男性乳房发育、肝掌、蜘蛛痣等病变，抗利尿素和醛固酮水平升高可致水钠潴留而出现水肿现象。

第二节　生物转化作用

一、生物转化的概念

机体内存在的一些既不是组织细胞的结构成分，又不能氧化供能的物质，我们称它为非营养性物质。这些非营养性物质大多数是脂溶性有机物，它们有的对机体有一定的毒性，必须在肝内进行生物转化后才能排出体外。

（一）生物转化的定义

非营养性物质在体内的代谢转变过程称为生物转化（biotransformation）。通过生物转化，使非营养性物质的极性增大，水溶性增加，从而易于从胆道或肾脏排泄。

（二）生物转化的部位

肝、肺、肾、胃肠道、皮肤、胎盘等部位都有进行生物转化的酶系，但因肝内细胞器种类多，酶系丰富，故机体的生物转化主要在肝进行。

（三）非营养性物质的来源

进入体内的非营养性物质有内源性和外源性两大来源。内源性非营养性物质有体内产生的激素、神经递质、胺类等生物活性物质以及机体代谢产生的有毒物质，如胆红素、氨等；还有的是从肠道吸收的腐败产物，如腐胺、苯乙胺、酪胺、酚、硫化氢、吲哚等。外源性非营养物质包括被人体摄入的食品添加剂、色素、药物、毒物、环境污染物等。

·知识链接·

食品添加剂

根据《中华人民共和国食品卫生法》规定，食品添加剂是指"为改善食品品质和色、香、味以及为防腐和加工工艺的需要而加入食品中的化学合成或者天然物质"。正因为食品添加剂的出现，世界上才会有这么多种类繁多、琳琅满目的食品；没有食品添加剂，就没有食物的丰富多彩，食物也就不能被妥善的制作和保存。

中国和大多数国家一样，对食品添加剂都实行着严格的审批制度。目前，中国已批准使用的食品添加剂有1700多种，美国有2500余种。安全性有问题的添加剂往往是一些非法添加物，这些添加物严重威胁着人们的身体健康和生命，如曾经发生过的"苏丹红一号事件"、"吊白块事件"、"孔雀石绿事件"、"瘦肉精事件"与"三聚氰胺事件"等，都给人们的身体健康造成了重要影响，有的人甚至因食用有害添加物而死亡。

二、生物转化的反应类型

肝的生物转化反应有氧化反应、还原反应、水解反应、结合反应四种。其中，氧化、还原、水解反应属第一相反应；结合反应属第二相反应。

（一）第一相反应

1. 氧化反应 氧化反应是生物转化中最重要的反应，由肝细胞内的各种氧化酶系催化完成，主要有加单氧酶、单胺氧化酶（monoamine oxydase，MAO）和脱氢酶（dehydrogenase）。

（1）加单氧酶系 又称羟化酶，它存在于肝细胞微粒体中，其主要成分是细胞色素 P450，辅酶是 NADPH。该酶的专一性很低，它可参与药物、毒物、食品添加剂、维生素 D、类固醇激素、胆汁酸盐等的代谢。此酶催化的反应需 O_2 参与，在反应中，由于 O_2 中的一个氧原子加到底物分子上使之羟化，另一个氧原子将 NADPH 氧化产生水，一个氧分子发挥了两种功能，故称这种酶为混合功能氧化酶。其反应通式如下：

$$NADPH + H^+ + O_2 + RH \longrightarrow ROH + NADP^+ + H_2O$$

式中 RH 代表底物。如苯胺在单胺氧化酶系催化下氧化成对氨基苯酚。

苯胺   对氨基苯酚

（2）单胺氧化酶系 是存在于肝细胞线粒体中的一类黄素酶，它以 FAD 为辅基，可催化各种胺类物质氧化脱氨成醛类，其反应通式如下：

$$\underset{\text{胺}}{RCH_2NH_2} + O_2 + H_2O \longrightarrow \underset{\text{醛}}{RCHO} + NH_3 + H_2O_2$$

$$\underset{\text{醛}}{RCHO} + H_2O + NAD^+ \longrightarrow \underset{\text{酸}}{RCOOH} + NADH + H^+$$

体内的生理活性物质如 5 - 羟色胺、儿茶酚胺类物质、组胺以及肠道中蛋白质腐败产物如腐胺、酪胺、色胺等在此酶作用下氧化脱氨为醛类，后者由醛脱氢酶催化生成相应的羧酸，然后进入三羧酸循环产生能量、H_2O 和 CO_2。

（3）脱氢酶系 存在于肝细胞微粒体或胞液中，以 NAD^+ 为辅酶，主要有醇脱氢酶及醛脱氢酶。该酶系的作用是催化醇或醛类脱氢，氧化产生相应的醛和羧酸。醇类氧化反应通式如下：

$$RCH_2OH + NAD^+ \xrightarrow{\text{醇脱氢酶}} RCHO + NADH + H^+$$

$$RCHO + H_2O + NAD^+ \xrightarrow{\text{醛脱氢酶}} RCOOH + NADH + H^+$$

乙醇是人们在生活中接触较多的饮料和调味剂，它进入机体后，除少量不经转化直接从肺呼出或随尿液排出外，大部分需在肝脏进行生物转化后排出。有肝病的患者因醇和醛脱氢酶的活性下降，故不宜过多饮酒。值得注意的是：慢性酒精中毒或正常人长期饮酒可致肝微粒体的乙醇 - P450 单加氧酶活性增高，增加对氧和 NADPH 的消耗，使肝细胞膜脂质过度氧化而诱发肝损伤。

2. 还原反应 肝微粒体内有两类还原酶，即硝基还原酶和偶氮还原酶，它们分别催化硝基化合物和偶氮化合物转变为相应的胺，反应由 NADPH 供氢。氯霉素的还原反应如下：

氯霉素   氯霉素还原产物

3. 水解反应 肝细胞的微粒体和胞液中含有多种水解酶类，如酯酶、酰胺酶、糖苷酶等。它们可将脂类、酰胺类、糖苷类水解，其水解产物往往还需要经第二相反应才能排出，如乙酰水杨酸、乙酰苯胺、普鲁卡因、利多卡因、洋地黄类的水解。

乙酰水杨酸   水杨酸   羟基水杨酸

（二）第二相反应

第二相反应是结合反应。催化其反应的酶主要分布在肝细胞微粒体和胞液中。常见的结合物是一些极性较强的基团，如葡萄糖醛酸基、乙酰基、硫酸根等。其反应的供体有尿苷二磷酸葡萄糖醛酸（UDPGA）、PAPS、乙酰 CoA、谷胱甘肽、甘氨酸、SAM 等，其中最主要的供体是尿苷二磷酸葡萄糖醛酸。经过第一相反应生成的产物，可经过第二相反应继续与结合基团的供体发生结合反应，结合后的产物极性进一步增大，水溶性更强，更有利于非营养性物质的排出。也有的非营养物质不需第一相反应，直接进行第二相反应进行转化。通过第二相反应，常常使被转化物质的活性和毒性降低，因此，一般认为第二相反应是体内的解毒过程，但也有少数非营养性物质经生物转化后毒性增强。

1. 葡萄糖醛酸结合反应 在肝细胞微粒体的尿苷二磷酸葡萄糖醛酸转移酶催化下，葡萄糖醛酸转移到含有羟基、巯基、氨基、羧基的化合物上，生成相应的葡萄糖醛酸苷。苯酚和苯甲酸的葡萄糖醛酸结合反应如下。

苯酚   苯-β-葡萄糖醛酸苷

2. 硫酸结合反应 由 3′-磷酸腺苷-5′-磷酰硫酸（PAPS）提供活性硫酸根，在肝细胞硫酸转移酶催化下可将醇、酚、芳香族胺类、内源性类固醇类转化为硫酸酯，如雌酮的硫酸结合反应。

雌酮　　　　　雌酮硫酸酯

硫酸转移酶

PAPS　　　　　　　PAP

3. 乙酰基结合反应　肝细胞胞液中乙酰 CoA 在乙酰基转移酶的作用下可提供乙酰基，使各种芳香胺（苯胺、磺胺、异烟肼）、氨基酸、胺转化为乙酰化合物，如异烟肼与乙酰基的结合。

异烟肼　　　　乙酰辅酶A　　　乙酰异烟肼　辅酶A

4. 其他结合反应　非营养物质除与上述物质发生结合反应外，还可与甲基、谷胱甘肽、甘氨酸等发生结合反应。甲基结合反应是在肝细胞胞液和微粒体内多种甲基转移酶的催化下，含有巯基、氨基、羟基的化合物与 SAM 反应，生成相应的甲基化衍生物。GSH 可与有毒的环氧化物、烷烃、芳香烃、有机含氮酯、过氧化物等结合。

三、生物转化的反应特点

1. 生物转化的连续性　一种非营养物质在体内需经连续的几种生物转化反应来完成，称生物转化的连续性。如乙酰水杨酸经水解生成水杨酸后，排出量较少，还需在肝内进行结合反应才能排出体外。

2. 生物转化的多样性　即同一种非营养物质在体内有多条生物转化途径，产生不同产物。如非那西丁的主要代谢途径是先氧化成对乙酰氨基酚（扑热息痛），再经过与尿苷二磷酸葡萄糖醛酸等结合生成相应的结合产物排出；也可经羟化等反应生成与肝蛋白质共价结合的产物；还可先水解生成对氨苯乙醚，再经羟化反应生成可诱发高铁血红蛋白血症的代谢产物。

3. 解毒和致毒的双重性　生物转化并不等于解毒。大多数非营养物质经生物转化后毒性降低，但少数非营养物质经生物转化后毒性反而加强。如香烟中 3，4 - 苯并芘本身对机体并无毒性，但在体内经生物转化生成 7，8 - 二羟 - 9，10 - 环氧 - 7，8，9，10 - 四氢苯并芘后对机体产生毒性，后者可诱发 DNA 突变而致癌。

四、影响生物转化的因素

影响生物转化的因素有年龄、性别、疾病、诱导物等。新生儿肝脏蛋白质合成功能不够完善，微粒体酶系活性较成人低，对非营养物质代谢的能力较差，因此易发生药物中毒、高胆红素血症及核黄疸。老年人肝的生物转化能力下降，对药物的代谢速度减慢，因此药效对老年人较持久，故老年人用药需慎重。女性的生物转化能力强于男性。肝脏疾病时，也使得生物转化能力降低，因此肝病患者也应谨慎用药。有些药物可诱导肝内相关酶的合成而导致耐药性的产生，如长期服用苯巴比妥和甲苯磺丁脲的患者，肝脏代谢此酶的合成量增多，生物转化能力增强，进而产生耐药性。

第三节　胆汁酸的代谢

一、胆汁酸的生理作用

（一）促进脂类的消化吸收

胆汁酸通常以胆汁酸盐的形式存在，其分子结构中既有亲水性基团羟基和羧基，又有疏水性基团甲基和烃核，立体结构呈现疏水和亲水两个侧面，有较强的界面活性，能降低水油界面的表面张力，因而是较强的表面活性剂，能促进脂类的乳化。

胆汁酸盐在肠道内与食物中的脂类混合，使脂类被乳化成直径约 $0.3 \sim 10\mu m$ 的细小微团，大大增加了其表面积，既有利于各种消化酶对脂类的消化，又有利于脂类的吸收。

（二）抑制胆固醇结石的形成

胆汁酸有促进胆汁中胆固醇的溶解，防止胆石形成的作用。少数肝内胆固醇可经毛细胆管、小叶间胆管、肝管、总肝管运出肝，输送至胆囊，再经肠道排出体外。由于胆固醇难溶于水，在胆囊中一般与胆汁酸盐和卵磷脂形成可溶性微团的形式存在。正常情况下，胆囊中的胆汁酸盐、卵磷脂与胆固醇结合的比例为 $10:1$，如该比例降低，胆固醇可因过饱和而析出，从而形成胆石。

二、胆汁酸的代谢过程

（一）胆汁酸的分类

胆汁酸根据来源可分两类：一类是初级胆汁酸（primary bile acid），另一类是次级胆汁酸。根据其结构，每类又有游离型与结合型之分。

在肝细胞以胆固醇为原料合成的胆汁酸，称初级游离胆汁酸，包括胆酸（3α，7α，12α－三羟胆固烷酸）和鹅脱氧胆酸（3α，7α－二羟胆固烷酸）。初级游离胆汁酸侧链的羧基可与甘氨酸或牛磺酸结合，形成四种初级结合型胆汁酸：甘氨胆酸（glycocholic acid）、牛磺胆酸（taurocholic acid）、甘氨鹅脱氧胆酸（glycoche-

甘氨胆酸的立体构型

nodeoxycholic acid）和牛磺鹅脱氧胆酸（taurochenodeoxycholic acid）。

胆酸

鹅脱氧胆酸

甘氨胆酸

牛磺胆酸

初级胆汁酸进入肠道后在细菌作用下，鹅脱氧胆酸转变为石胆酸，胆酸转变为脱氧胆酸。石胆酸和脱氧胆酸称为次级游离型胆汁酸，次级游离型胆汁酸与甘氨酸和牛磺酸结合形成次级结合型胆汁酸。

人胆汁中的胆汁酸以结合型为主。其中甘氨胆汁酸的量多于牛磺胆汁酸的量，正常成人胆汁中甘氨胆汁酸与牛磺胆汁酸的比例为 $3:1$。胆汁中的初级胆汁酸与次级胆汁酸均以钠盐或钾盐的形式存在，即胆汁酸盐，简称胆盐（bilesalts）。

（二）胆汁酸的代谢

1. 初级胆汁酸的形成 胆固醇合成胆汁酸是体内胆固醇的主要代谢途径。胆汁酸的合成过程在微粒体和胞液内进行，反应步骤较复杂。胆固醇首先在胆固醇 7α – 羟化酶的催化下，生成 7α – 羟胆固醇，7α – 羟胆固醇经还原、羟化、侧链断裂、加成等一系列的酶促反应向胆汁酸转化，最后生成具有 24 碳的游离型初级胆汁酸，后者再与甘氨酸和牛磺酸结合形成结合型初级胆汁酸。7α – 羟化酶是胆汁酸合成的限速酶，它受多种因素的调节。胆汁酸可反馈抑制该酶的活性，高胆固醇饮食、糖皮质激素、生长激素可提高此酶的活性。甲状腺素可使 7α – 羟化酶的 mRNA 合成迅速增加而促进胆汁酸的合成，这是甲状腺素降低血浆胆固醇的重要原因。正常人每日约合成 1 ~ 1.5g 胆固醇，其中约 0.4 ~ 0.6g 在肝内转化为胆汁酸。

2. 次级胆汁酸的生成 排入肠道的初级胆汁酸协助脂类物质的消化吸收同时，在回肠和结肠上段细菌的作用下，结合胆汁酸水解释放出游离胆汁酸，胆酸和鹅脱氧胆酸在肠道细菌作用下分别转变成脱氧胆酸和石胆酸。

3. 胆汁酸的肠肝循环 进入肠道的胆汁酸（包括初级、次级、结合型与游离型）约95%以上又被肠黏膜重新吸收，其中以回肠部对结合型胆汁酸的主动重吸收为主，其余在肠道各部被动重吸收。重吸收的胆汁酸经门静脉入肝，在肝细胞内，游离胆汁酸被重新合成为结合胆汁酸，并随肝细胞新合成的结合胆汁酸一起再排入小肠，形成胆汁酸的"肠肝循环"（enterohepatic circulation，图13-1）。由于肝每天合成胆汁酸的量仅0.4~0.6g，而肝胆的胆汁酸池共约3~5g，因而肝脏合成的胆汁酸难以满足进食后脂类消化吸收的需要。机体通过肠肝循环得以补充胆汁酸合成的不足和满足人体对胆汁酸的生理需要。研究证明，人体每天可进行6~12次肠肝循环，因而从肠道吸收的胆汁酸总量可达12~32g，足以满足人体的生理需要。未被肠道吸收的小部分胆汁酸在肠道细菌的作用下，生成多种胆烷酸的衍生物并由粪便排出，每日的排出量与肝合成的胆汁酸量相当。

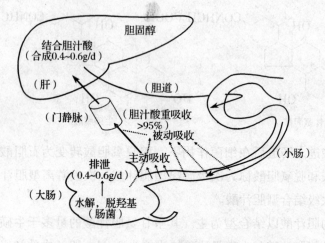

图13-1　胆汁酸的肠肝循环

第四节　胆色素的代谢

胆色素（bile pigment）是体内铁卟啉化合物的主要分解代谢产物，包括胆红素（bilirubin）、胆绿素（biliverdin）、胆素原（bilinogen）和胆素（bilin）等。体内的铁卟啉化合物有血红蛋白、肌红蛋白、细胞色素、过氧化物酶和过氧化氢酶等。胆红素是人胆汁的主要色素，呈橙黄色，过量的胆红素可进入脑组织对脑组织产生毒害作用。肝是胆红素代谢的主要器官，胆色素主要随胆汁排出体外。

一、胆红素的生成

（一）胆红素的来源

正常人每天产生约250~350mg胆红素，其中70%~80%来源于衰老红细胞中的血红蛋白。正常红细胞的寿命为120d，衰老的红细胞在肝、脾、骨髓的单核-巨噬细胞系统内分解释放出血红蛋白，血红蛋白随后分解为珠蛋白和血红素。珠蛋白可降解为氨基酸重新利用，血红素在单核-巨噬细胞内分解为胆色素，其中以胆红素为主。除衰老的红细胞外，骨髓中破坏的幼稚红细胞、肌红蛋白、过氧化物酶、细胞色素等的降解也可产生少量胆红素。

（二）胆红素的生成

单核 – 巨噬细胞系统中，在微粒体血红素加氧酶（heme oxygenase）的作用下，在氧分子和 NADPH 的存在下，将血红素铁卟啉环上的［次甲基（ —CH= ）］氧化断裂，释放出 CO、铁离子，并将两端的吡咯环羟化，形成胆绿素。胆绿素在胞液胆绿素还原酶（biliverdin reductase）的催化下，从 NADPH 获得 2 个氢原子，生成胆红素（图 13 – 2）。正常人每天从单核 – 巨噬细胞系统产生的胆红素约 200 ~ 300mg。胆红素由 3 个次甲基桥连接的 4 个吡咯环组成，分子量为 585，胆红素分子中含有 2 个羟基或酮基、4 个亚氨基和 2 个丙酸基，这些亲水基团在分子内部形成 6 个氢键，使其极性基团隐藏于分子内部，形成一种脊瓦状结构，因而成为难溶于水的脂溶性物质（图 13 – 3）。

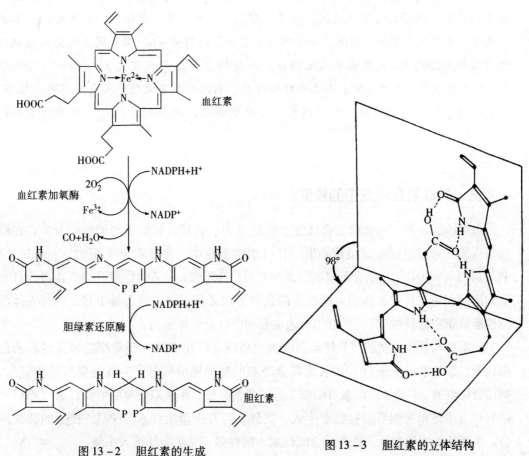

图 13 – 2　胆红素的生成

图 13 – 3　胆红素的立体结构

二、胆红素在血液中的运输

胆红素难溶于水，但可与血浆清蛋白结合，形成胆红素 – 清蛋白复合体，这种复合体称为未结合胆红素，未结合胆红素也是胆红素在血液中的运输形式。与清蛋白的结合不仅增加了胆红素的水溶性，有利于运输，而且还避免胆红素进入组织细胞后对组织细胞产生毒害作用。肝脏疾病时，肝脏合成的清蛋白减少，使胆红素与清蛋白的结合下降，导致胆红素从血浆向组织转移而将组织染成黄色，形成黄疸。某些药物如磺胺类药物、镇痛药、抗炎药、某些利尿剂和部分食品添加剂可通过竞争胆红素的结合部位或改变清蛋白的构象，干扰胆红素与清蛋白的结合，所以对黄疸患者和新生儿应慎用上述药物，特别是新生儿，如用药不慎可引起胆红素脑病，俗称核黄疸。

·知识链接·

核 黄 疸

胆红素脑病是由于血中胆红素主要是未结合胆红素增高，过高的胆红素进入中枢神经系统，对大脑基底节、视丘下核、苍白球等部位造成病变所致。该病的主要表现为重度黄疸、肌张力过低或过高、嗜睡、拒奶、强直、角弓反张、惊厥等症状，本病多由于新生儿发生溶血而引起，如母婴血型不合，葡萄糖-6-磷酸脱氢酶先天性缺陷均可致新生儿溶血，出现新生儿溶血后，血清胆红素达到或超过 $342\mu mol/L$（20mg/dl）就有发生核黄疸的危险。如已出现核黄疸，则治疗效果欠佳，容易遗留智力低下、听觉障碍、抽搐等后遗症。发现新生儿出现黄疸后，及早到医院诊治可预防本病的发生。

三、胆红素在肝脏中的转变

血中的胆红素-清蛋白复合体随血液运送到肝脏后，胆红素与清蛋白分离，在肝血窦内胆红素可迅速被肝细胞摄取。在肝细胞胞浆中，胆红素与Y蛋白（protein Y）和Z蛋白（protein Z）结合形成胆红素-Y蛋白和胆红素-Z蛋白复合物，再进入肝细胞内质网代谢。其中Y蛋白对胆红素的亲和力比Z蛋白强，且含量丰富，约占人体肝细胞胞液蛋白总量的2%，是肝细胞内主要的胆红素载体蛋白。

Y蛋白和Z蛋白把胆红素转运到滑面内质网后，在UDP-葡萄糖醛酸基转移酶的催化下，胆红素接受来自UDP-葡萄糖醛酸的葡萄糖醛酸基，生成葡糖醛酸胆红素，即结合胆红素。1分子胆红素可结合2分子葡糖醛酸，生成双葡糖醛酸胆红素（图13-4），仅有少量单葡糖醛酸胆红素生成。此外，尚有少量胆红素与PAPS提供的硫酸结合，生成胆红素硫酸酯。这些结合胆红素水溶性强，易随胆汁排入小肠。

由此可以看出，肝细胞对胆红素具有摄取、结合、转化与排泄的作用，从而不断地将血浆中胆红素予以清除。苯巴比妥可诱导新生儿合成UDP-葡萄糖醛酸基转移酶，加速胆红素的转运，因此，临床上可应用苯巴比妥消除新生儿生理性黄疸。一些有机阴离子如固醇类物质、四溴酚酞磺酸钠（BSP）、某些染料等，可竞争性与Y蛋白结合，抑制Y蛋白与胆红素的结合，影响胆红素的转运。

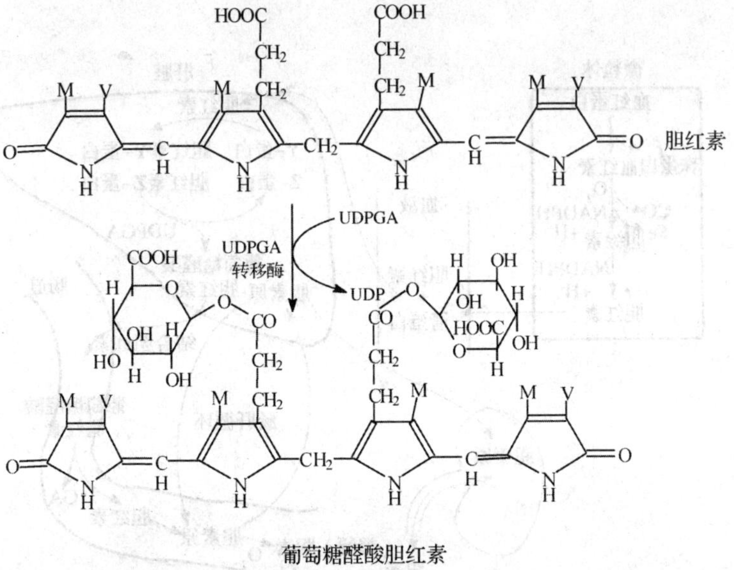

图 13-4　葡萄糖醛酸胆红素的生成及结构

M：—CH₃，V：—CH＝CH₂

四、胆红素在肠道中的转变与胆素原的肠肝循环

经肝细胞转化生成的结合胆红素随胆汁进入肠道，在肠道细菌的作用下，大部分脱去葡萄糖醛酸基，并被逐步还原生成胆素原。在肠道下段，胆素原接触空气被氧化为黄褐色的胆素，后者是粪便产生颜色的原因。胆道完全梗阻时，因胆红素不能进入肠道形成胆素原和胆素，所以粪便呈现灰白色。肠道中约 10% ～ 20% 的胆素原可被肠黏膜细胞重吸收，经门静脉入肝。其中大部分再随胆汁排入肠道，形成胆素原的肠肝循环（bilinogen enterohepatic circulation）。只有少量经血液循环入肾并随尿排出，正常人每日随尿排出的胆素原约 0.5 ～ 4mg，尿中的胆素原接触空气后被氧化成尿胆素，后者是尿产生黄色的原因。胆色素代谢概况见图 13-5。

正常人体中胆红素有两种存在方式：一种是在血浆中与清蛋白结合形成的未结合胆红素，又称游离胆红素；另一种是在肝内与葡萄糖醛酸结合的葡萄糖醛酸胆红素（少量为胆红素硫酸酯），即结合胆红素。这两种胆红素与重氮试剂反应的结果不同，未结合胆红素与重氮试剂反应缓慢，必须在加入乙醇后才表现出明显的紫红色；而结合胆红素与重氮试剂作用迅速产生颜色反应。因此，前者又称为间接胆红素或血胆红素，后者称为直接胆红素或肝胆红素。正常血浆中胆红素含量甚微，其中 4/5 是与清蛋白结合的未结合胆红素，其余是结合胆红素。未结合的胆红素为脂溶性，可穿透细胞膜造成组织细胞黄染及毒性作用，尤其是对富含脂类的神经细胞毒性较大。而结合胆红素因在肝内经过生物转化后极性增加，水溶性增强，而易于经肾排出，毒性下降。因此，肝功能的正常对胆红素的代谢至关重要。两类胆红素的比较见表 13-1。

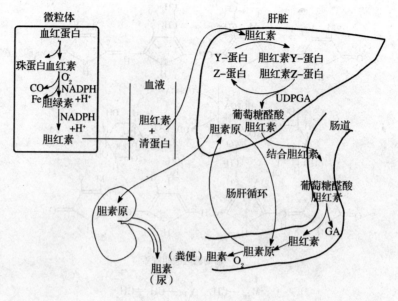

图 13 – 5　胆红素的代谢

·知识链接·

胆红素的抗氧化作用与提取

研究表明，胆红素有抗氧化作用，并且它的抗氧化活性比维生素 C 更强。1994 年，Schwertner 首先报道了低血清胆红素是冠心病的独立危险因素，随后越来越多的研究发现，胆红素是生物体内的一种天然的内源性抗氧化剂，血清胆红素每下降 50%，冠心病的发病率就增加 47%。国内有关研究也显示：血清胆红素浓度与冠心病的发生呈负相关，与 LDL 呈正相关，并有报道指出：吸烟导致的冠心病也与血清胆红素水平显著降低有关。

胆红素也是配制人工牛黄的重要原料，它的钙盐能镇静、镇痛、解热、降压、有促进红细胞新生的作用，对乙型脑炎、病毒和癌细胞有特殊的抑制作用，药用价值很高。现人工不能合成胆红素，只能从猪、牛、羊等动物胆汁中提取。

表 13 –1　结合胆红素与未结合胆红素的比较

比较项目	结合胆红素	未结合胆红素
别名	直接胆红素、肝胆红素	间接胆红素、血胆红素
溶解性	水溶性	脂溶性
与葡萄糖醛酸结合	结合	未结合
与重氮试剂反应	迅速、直接反应	慢、间接反应
透过细胞膜的能力	小	大
对脑细胞的毒性	无	有
能否透过肾小球随尿排出	能	不能

第五节 黄 疸

一、黄疸的概念

正常情况下，血清总胆红素浓度约 3.4～17.1mol/L（0.2～1mg/dl），其中 80% 是未结合胆红素，其余为结合胆红素。肝清除胆红素的能力约每小时 l00mg，远远大于机体产生胆红素的能力，因此血浆中存在的胆红素甚微。如果体内胆红素生成过多，或肝摄取、转化、排泄过程发生障碍均可引起血清胆红素浓度升高，将皮肤、黏膜组织染黄，这称为黄疸。当血清胆红素含量超过 2mg/dl 时，大量的胆红素扩散入组织，可造成肉眼可见的组织黄染，这一现象称为显性黄疸（jaundice）。当血清胆红素高于正常，但不超过 2mg/dl 时，肉眼看不到组织黄染现象，临床上称之为隐性黄疸（jaundice occult）。

•知识链接•

新生儿黄疸

新生儿黄疸是一种婴儿出生后常见的临床表现，分生理性黄疸和病理性黄疸两种。生理性黄疸一般在出生后 2～3d 出现，4～5d 达到高峰，足月儿 7～14d 恢复正常，早产儿 2～3 周消退。生理性黄疸除个别新生儿吃奶稍差外不伴有其他症状。病理性黄疸在婴儿出生后随时可见，出现后表现为食欲差，尖叫甚至抽搐，患儿病情重，持续时间长，严重时可因胆红素脑病而死亡。

二、黄疸的类型

根据病因，可将黄疸分为三类。

（一）溶血性黄疸

溶血性黄疸（hemolytic jaundice）又称肝前性黄疸，是由于红细胞在单核-巨噬细胞系统内破坏过多，超过肝摄取、转化、排泄能力，导致黄疸。输血不当、药物、过敏性疾病、恶性疟疾等均可引起溶血性黄疸。

溶血性黄疸的特点是血清总胆红素升高，以未结合胆红素增高为主，因后者不能从肾小球滤过，故尿胆红素阴性，尿液和粪便中的胆素原也增多。

（二）肝细胞性黄疸

肝细胞性黄疸（hepatocellular jaundice）又称肝源性黄疸，是由于肝细胞受到破坏，导致其摄取、转化和排泄胆红素的能力降低所致。常见于各种类型的肝炎、肝肿瘤等。

其特点主要是血液中两种胆红素均增加，总胆红素升高。肝细胞性黄疸时，一方面肝细胞功能下降，大量未结合胆红素不能即时被肝细胞处理，导致血液未结合胆红素增加；另一方面肝脏处理的结合胆红素可经肝细胞的病变区逆流入血，导致血液结合胆红素升高，而排入肠道的胆红素减少。因结合胆红素可随肾排出，故尿胆红素为阳性。由于肝细胞受损程度不一，故尿中胆素原含量变化不定。若肠道吸收的胆素原排泄受阻，则尿中胆素原增加；若肝有实质性损害，结合胆红素生成减少，可致尿中胆素原生成减少。

（三）阻塞性黄疸

阻塞性黄疸（obstructive jaundice）又称肝后性黄疸，各种原因引起的胆管阻塞、胆汁排泄受阻、胆小管或毛细胆管破裂导致胆红素逆流入血，均可引起阻塞性黄疸。它常见于胆管炎症、肿瘤、结石或先天性胆管闭锁等疾病。

其特点是血清总胆红素升高，以结合胆红素浓度升高为主，未结合胆红素无明显改变，尿胆红素呈阳性。由于排入肠道的结合胆红素减少，故生成的胆素原减少，粪胆素减少使粪便颜色变浅，完全阻塞时粪便呈灰白色或陶土色。因从肠道吸收的胆素原减少，故尿胆素原也减少，甚至消失。

三种类型黄疸血、尿、粪的改变见表 13 - 2。

表 13 - 2 三种类型黄疸的比较

	比较项目	正常	溶血性黄疸	肝细胞性黄疸	阻塞性黄疸
血	结合胆红素	$0 \sim 0.8 \text{mg/dl}$	不变或微增	增加	增加
清	未结合胆红素	$<1 \text{mg/dl}$	增高	增加	不变或微增
	胆红素	无	无	有	有
尿	胆素原	少量	增加	不定	减少或无
液	胆素	少量	增加	不定	减少或无
	粪便颜色	正常	深	变浅或正常	变浅或陶土色

本章小结

肝是人体物质代谢的"加工厂"。肝通过糖原生成与分解、糖的异生作用维持血糖浓度稳定。肝在脂类的消化、吸收、运输、分解与合成中均起重要作用。肝是人体内合成酮体的惟一器官。肝不仅合成自身所需的各种蛋白质，也合成几乎所有血浆蛋白质。肝也是处理血浆蛋白质（除清蛋白）和氨基酸分解代谢产物的重要器官，肝是尿素合成的主要场所。肝还参与维生素的吸收、代谢转化和贮存。某些激素的灭活也在肝中进行。

人体内经常产生或从外界摄入某些非营养物质，机体在排出这些物质以前常将其进行各种代谢转变，这一过程称为生物转化。肝是机体生物转化的主要器官。生物转化作用受年龄、性别、疾病和酶活性的影响。生物转化的生理意义在于通过对非营养物质的转化，使其水溶性增加，生物学活性降低或消除，或使有毒物质的毒性减低或消除，以利于排出体外。但有些物质经肝的生物转化后，其毒性反而增加或溶解性反而降低，不易排出体外。生物转化过程包括两类：第一相反应有氧化、还原、水解反应；第二相反应称结合反应，主要结合物有葡萄糖醛酸、硫酸等。

胆汁分肝胆汁和胆囊胆汁。肝胆汁进入胆囊后被浓缩并排入肠道，其中固体成分主要是胆汁酸，有促进脂类消化吸收的作用。胆汁酸的合成和代谢是肝清除体内胆固醇的主要形式。胆固醇7α-羟化酶是胆汁酸生成的限速酶。肝细胞合成的胆汁酸称为初级胆汁酸，包括胆酸与鹅脱氧胆酸。胆酸与鹅脱氧胆酸分别与甘氨酸或牛磺酸结合，生成四种结合型初级胆汁酸。脱氧胆酸与石胆酸是初级胆汁酸在肠道中受细菌作用生成的次级胆汁酸。大部分初级胆汁酸与次级胆汁酸经肠肝循环而再被利用，以补充体内合成的不足，满足对脂类消化吸收的生理需要。

胆色素包括胆红素、胆绿素、胆素原和胆素。胆红素主要来自红细胞破坏释放的血红蛋白，在血液中与清蛋白结合（未结合胆红素）而运输。肝细胞有摄取、运输、转化和排泄胆红素的作用。在肝细胞滑面内质网上，未结合胆红素转化成葡萄糖醛酸胆红素（结合胆红素）。在肠道中，胆红素在肠菌的作用下被还原成胆素原。部分胆素原被肠黏膜重吸收入肝，其中大部分又被排入肠道，形成胆素原的肠肝循环。小部分胆素原经肾排出。肠道中的胆素原在肠道下段接触空气被氧化为黄褐色的粪胆素。尿道口的胆素原接触空气被氧化成淡黄色的尿胆素。胆素是人体排泄物中的色素成分。凡能使血清胆红素浓度升高的因素均可引起黄疸。临床上常见有溶血性黄疸、肝细胞性黄疸和阻塞性黄疸，各种黄疸均有其生化特点。

本章主要考点

1. 肝在物质代谢中的作用。
2. 生物转化的概念、生物转化的部位、生物转化的类型。
3. 胆汁酸的种类、胆汁酸的生理作用。
4. 胆色素的概念、胆色素的类型、胆色素在体内的代谢。
5. 黄疸的概念、类型及各类型的生化特点。

（郭劲霞）

血液生物化学

血液是体液的重要组成部分，充满于心血管系统中，在心脏的推动下不断循环流动，维持器官组织之间的相互联系，同时通过呼吸、消化、皮肤、泌尿等系统或组织与外界环境联系。如果组织器官内的血流量不足，均可造成该组织器官的功能障碍而导致疾病。正常成年人的血液总量约占体重的 7% ~ 8%，或相当于每千克体重 70 ~ 80ml，其中血浆占每千克体重的 40 ~ 50ml。

第一节　血液的化学成分

血液由血浆和红细胞、白细胞及血小板组成。血浆约占全血容积的 55% ~ 60%。血液凝固后析出的淡黄色透明液体为血清。凝血过程中，血浆中的纤维蛋白原转变成纤维蛋白析出，故血清中无纤维蛋白原。血液除了血细胞成分外，还有下列化学成分。

一、水和无机盐

血液中的主要成分是水，正常人血液含水 81% ~ 86%。无机盐以离子状态存在于血液中，其中，阳离子主要有 Na^+、K^+、Ca^{2+}、Mg^{2+} 等离子，阴离子主要有 Cl^-、HCO_3^-、HPO_4^{2-} 等离子。

二、血浆蛋白质

血浆中的蛋白质主要为清蛋白、球蛋白和纤维蛋白原，此外尚有一些功能酶及消化腺或细胞分泌、释放的酶。

三、非蛋白质含氮物质

包括尿素、尿酸、肌酸、肌酐、氨基酸、肽、氨和胆红素等。这些物质所含的氮总称为非蛋白氮（non - protein nitrogen，NPN），它们主要是蛋白质和核酸分解代谢的产物。正常人血中 NPN 含量为 14.28 ~ 24.99mmol/L，其中血尿素氮（blood urea nitrogen，BUN）占 NPN 的 1/2。

四、不含氮的有机化合物

如葡萄糖、甘油三酯、胆固醇、磷脂、丙酮酸、酮体及乳酸等。

五、气体

血液中溶解着少量的气体，如 O_2、CO_2 等。

第二节　血浆蛋白质

一、血浆蛋白质的组成

血浆蛋白质是血浆中含量最多的固体成分，是多种蛋白质的总称，正常含量为 60 ~80g/L。血浆蛋白质种类很多，目前已知的有 200 多种，其含量各不相同。用不同的方法可将血浆蛋白质分离成不同的组分，常见的方法有电泳法和盐析法。

（一）电泳法

电泳法是最常用的分离蛋白质的方法。主要根据血浆蛋白质分子量大小、表面电荷性质和多少以及在电场中泳动速度不同而加以分离。电泳时所用的支持物不同，分离程度差别很大。以醋酸纤维素膜为支持物，可将血浆蛋白质分为清蛋白、α_1－球蛋白、α_2－球蛋白、β－球蛋白、γ－球蛋白（图 14－1）。如用聚丙烯酰胺凝胶电泳等分离的成分更多，可将血清蛋白质分成数十条区带。

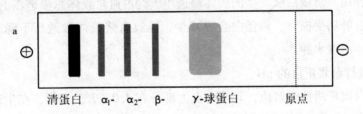

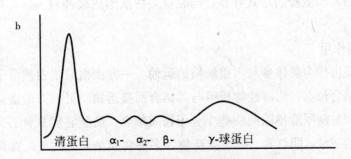

图 14－1　血清蛋白醋酸纤维素薄膜电泳图谱

a. 染色后显示的蛋白质区带　b. 光密度扫描定量分析

（二）盐析法

根据各种血浆蛋白质在不同浓度的无机盐溶液中的溶解度不同，采用盐析法可将血浆蛋白质分为清蛋白、球蛋白及纤维蛋白原几部分。其中清蛋白含量为 $35 \sim 55g/L$，球蛋白为 $20 \sim 30g/L$，清蛋白/球蛋白（A/G）为（$1.5 \sim 2.5$）：1。常用的无机盐有硫酸铵、硫酸钠和氯化钠。

按血浆蛋白质的生理功能可将血浆蛋白质分类如表 14 – 1。

表 14 – 1　　人类血浆蛋白质的分类

种 类	血 浆 蛋 白 质
结合蛋白和载体	清蛋白、载脂蛋白、运铁蛋白、铜蓝蛋白
参与免疫防御系统蛋白	IgG、IgM、IgA、IgD、IgE 和补体 $C_1 \sim C_9$ 等
参与凝血和溶血的蛋白	凝血因子Ⅶ、Ⅷ、凝血酶原、纤溶酶原等
作为催化剂的蛋白酶	卵磷脂、胆固醇酰基转移酶等
蛋白酶抑制剂	α_1 抗胰蛋白酶、α_2 巨球蛋白等
参与调节作用的激素	促红细胞生成素、胰岛素等
参与炎症应答反应的蛋白	C – 反应蛋白、α_2 酸性糖蛋白

二、血浆蛋白质的功能

血浆蛋白质种类繁多，虽然其中不少蛋白质的功能尚未完全阐明，但对血浆蛋白质的一些重要功能有较深入的了解，现概述如下。

（一）维持血浆胶体渗透压

血浆胶体渗透压对水在血管内外的分布起决定性的作用。正常人血浆胶体渗透压的大小，取决于血浆蛋白质分子数的多少。血浆蛋白质中，清蛋白含量最高，约占血浆蛋白总量的 60%，而且分子量小（69000），分子数目多，故在维持血浆胶体渗透压方面起重要作用。清蛋白所产生的胶体渗透压大约占血浆胶体总渗透压的 75% ~ 80%。当营养不良，肝功受损时，清蛋白合成减少，导致血浆胶体渗透压下降，使水分在组织间隙潴留，出现水肿。

（二）维持血浆正常的 pH

血浆蛋白质是两性电解质，其等电点大部分在 $4.0 \sim 7.3$ 之间，在生理条件下，血浆蛋白质以弱酸和弱酸盐的形式存在，与相应蛋白质形成缓冲对，参与维持血浆正常的 pH。

（三）运输作用

血浆蛋白质可作为载体参与多重物质的运输。一方面血浆蛋白质分子的表面上有众多的亲脂性结合位点，脂溶性物质可与其结合而被运输。另一方面血浆蛋白还能与易被细胞摄取和易随尿液排除的一些小分子物质结合，防止它们从肾丢失。如血浆中的清蛋白能与脂肪酸、胆红素、磺胺类药物等多种物质结合。此外，血浆中还有皮质激素传递蛋白、运铁蛋白、铜蓝蛋白等。这些载体蛋白除结合运输血浆中某种物质外，还具有调节被运输物质代谢的作用。

（四）免疫作用

血浆中有免疫作用的蛋白质是免疫球蛋白和补体系统。在体液免疫中起至关重要的作用。当抗原性异物侵入机体后，刺激机体产生抗体，抗体能识别抗原并与之结合形成复合物，消除抗原的危害。此外，形成的抗原抗体复合物能激活补体系统，产生溶菌和溶细胞现象。

（五）催化作用

血浆中有多种酶，根据来源和功能可分为以下三类。

1. 血浆功能酶　这类酶主要在血浆发挥催化功能。如凝血及纤溶系统的多种蛋白水解酶，在一定条件下被激活后发挥作用。此外，还有假胆碱酯酶、卵磷脂胆固醇酰基转移酶、脂蛋白脂肪酶和肾素等。

2. 外分泌酶　这类酶主要来源于外分泌腺，包括胃蛋白酶、胰蛋白酶、胰淀粉酶、胰脂肪酶和唾液淀粉酶等。在生理条件下这些酶少量逸入血浆，但在血浆中不发挥催化作用。当外分泌腺受损时，逸入血浆的酶量增加，血浆内相关酶的活性增高，测定这些酶活性，可协助对疾病的诊断。如急性胰腺炎时，血浆淀粉酶的活性明显升高。

3. 细胞酶　为存在于细胞和组织内参与物质代谢的酶。随着细胞的不断更新，这些酶可释放至血。正常时它们在血浆中含量甚微。当特定的器官有病变时，血浆内相应的酶活性增高，测定这些酶的活性可用于临床疾病的诊断。

（六）营养作用

每个成人 3L 左右的血浆中约有 200g 蛋白质。体内的某些细胞，如单核吞噬细胞系统，吞饮血浆蛋白质，然后由细胞内的酶类将吞入细胞的蛋白质分解为氨基酸，参与氨基酸池，用于组织蛋白质的合成，或转变成其他含氮化合物。

（七）凝血、抗凝血和纤溶作用

血浆中存在众多的凝血、溶血及纤溶物质，它们在血液中相互作用、相互制约，保持循环血流通畅。但当血管损伤、血液流出血管时，即发生血液凝固，以防止血液的大量流失。

第三节　红细胞的代谢

红细胞是血液中最主要的细胞，它是在骨髓中由造血干细胞定向分化而成的。红系细胞发育过程经历了原始红细胞、早幼红细胞、中幼红细胞、晚幼红细胞、网状红细胞等阶段，最后才成为成熟红细胞。在成熟过程中，红细胞发生一系列形态和代谢的改变。

一、成熟红细胞的代谢特点

成熟红细胞不仅无细胞核，而且也无线粒体、核糖体等细胞器，它不能进行核酸和蛋白质的生物合成，也不能进行有氧氧化，不能利用脂肪酸，血糖是其惟一的能源。

（一）糖酵解

循环血液中的红细胞每天消耗约 30g 葡萄糖，其中 90% ~95% 经糖酵解被利用。

一分子葡萄糖经酵解可产生 2 分子 ATP。红细胞中生成的 ATP 主要用于维持红细胞膜上的离子泵（钠泵、钙泵），以保持红细胞的离子平衡；维持细胞膜可塑性；谷胱甘肽合成及核苷酸的补救合成等。缺乏 ATP 则红细胞膜内外离子平衡失调，红细胞内 Na^+ 进入多于 K^+ 排出、Ca^{2+} 进入增多，红细胞因吸入过多水分而膨大成球状甚至破裂。同时由于 ATP 缺乏，可使红细胞膜可塑性下降，硬度增高，易被脾脏破坏，造成溶血。

红细胞无氧酵解中生成的 $NADH + H^+$ 是高铁血红蛋白还原酶的辅助因子，此酶催化高铁血红蛋白还原为有载氧功能的血红蛋白。

（二）2，3 - 二磷酸甘油酸（2，3 - BPG）支路

1. 2，3 - BPG 的生成 在糖无氧酵解通路中，1，3 - 二磷酸甘油酸（1，3 - BPG）有 15% ~ 50% 在二磷酸甘油酸变位酶催化下生成 2，3 - BPG，后者再经 2，3 - BPG 磷酸酶催化生成 3 - 磷酸甘油酸。经此 2，3 - BPG 的侧支循环称 2，3 - BPG 支路（图 14 - 2）。

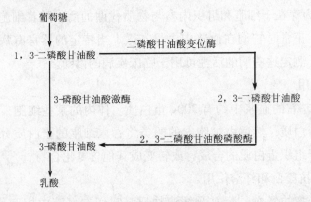

图 14 - 2　2，3 - BPG 旁路

红细胞中 2，3 - BPG 磷酸酶活性远低于 BPG 变位酶，使 2，3 - BPG 的生成大于分解，因而红细胞中 2，3 - BPG 的浓度处于有机磷酸酯的巅峰，较糖酵解其他中间产物的有机磷酸酯高出数十甚至数百倍（表 14 - 2）。

表 14 - 2　红细胞中各种糖酵解中间产物的浓度（mmol/升红细胞）

糖酵解中间产物	动脉血	静脉血	糖酵解中间产物	动脉血	静脉血
6 - 磷酸葡萄糖	30.0	24.8	2 - 磷酸甘油酸	5.0	1.9
6 - 磷酸果糖	9.3	3.3	磷酸烯醇式丙酮酸	10.8	6.6
1，6 二磷酸果糖	0.8	1.3	丙酮酸	87.5	143.2
磷酸丙糖	4.5	5.0			
3 - 磷酸甘油酸	19.2	16.5			

2. 2，3 - BPG 的生理功能 2，3 - BPG 的电负性很强，其带负电的基团可以与血红蛋白两个 β 亚基的带正电氨基酸残基以盐键及氢键结合，使两个 β 亚基保持分开的状态，即促使血红蛋白由紧密态向松弛态转换，从而减低血红蛋白对氧的亲和力。所以当红细胞内 2，3 - BPG 浓度升高时有利于 HbO_2 放氧，而 2，3 - BPG 浓度下降则有利于 Hb 与氧结合。BPG 变位酶及 2，3 - BPG 磷酸酶受 pH 调节。在肺泡毛细血管血液

pH 高，BPG 变位酶受抑制而 2，3 - BPG 磷酸酶活性增强，使红细胞内 2，3 - BPG 的浓度降低，有利于 Hb 与 O_2 结合。

反之，在外周组织毛细血管中，血液 pH 下降，2，3 - BPG 的浓度升高，则利于 HbO_2 放氧，借此调节氧的运输和利用。但 2，3 - BPG 的生成是以减少一个 ATP 的生成为代价的。

（三）磷酸戊糖通路

磷酸戊糖通路可以为红细胞提供 NADPH，它能够维持还原型谷胱甘肽（GSH）的含量，同时还可促进高铁血红蛋白的还原。

1. 谷胱甘肽的代谢　红细胞内谷胱甘肽含量很高，而且几乎全是还原型（GSH）。GSH 的主要生理功能是对抗氧化剂对巯基的氧化。而 GSH 在谷胱甘肽过氧化酶作用下将 H_2O_2 还原为 H_2O，GSH 自身被氧化为氧化型谷胱甘肽（GSSG）。后者在谷胱甘肽还原酶催化下，由 NADPH 供氢重新还原为 GSH。

催化 NADPH 生成的关键酶为葡萄糖 - 6 - 磷酸脱氢酶。此酶缺陷的患者一般情况下无症状，但有外界因素（如进食某种蚕豆）影响，即引起溶血。因吃蚕豆可诱导发病，故这种病又称蚕豆病。

2. 高铁血红蛋白（methemoglobin，MHb）的还原　由于各种氧化作用，红细胞内经常有少量 MHb 产生，由于红细胞内有一系列酶促及非酶促的 MHb 还原系统，故正常红细胞中 MHb 只占 1% ~2%。

催化 MHb 还原的酶主要是 NADH 脱氢酶，辅酶为 NADH。NADPH 脱氢酶（以 NADPH 为辅酶）也参与 MHb 还原，但作用较小。除此之外，抗坏血酸和 GSH 可直接还原 MHb，而氧化型抗坏血酸和 GSSG 的还原作用最终需 NADPH 供氢。

二、血红素的生物合成

成熟红细胞中，血红蛋白由四个亚基组成，每一亚基由 1 分子珠蛋白与 1 分子血红素缔合而成。由于珠蛋白的生物合成与一般蛋白质相同，因此本节重点介绍血红素的生物合成。

血红素也是其他一些蛋白质，如肌红蛋白、过氧化氢酶、过氧化物酶等的辅基。一般细胞均可合成血红素，且合成通路相同。在人红细胞中，血红素的合成从早幼红细胞开始，直到网织红细胞阶段仍可合成。而成熟红细胞不再有血红素的合成。

（一）血红素合成的部位和原料

血红素合成的起始和终末过程均在线粒体进行，而中间阶段在胞液中进行。合成的原料是甘氨酸、琥珀酰 CoA 及 Fe^{2+}。

（二）血红素的合成过程

合成过程分为如下四个步骤。

1. δ - 氨基 - γ - 酮戊酸（δ - aminoplevulinic acid，ALA）的生成　在线粒体中，首先由甘氨酸和琥珀酰辅酶 A 在 ALA 合成酶的催化下生成 ALA（图 14 - 3）。ALA 合

成酶由两个亚基组成，其辅酶为磷酸吡哆醛。此酶为血红素合成的限速酶，受血红素的反馈抑制。

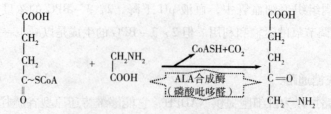

图 14-3　δ-氨基-γ-酮戊酸的合成

2. 胆色素原的生成　线粒体生成的 ALA 进入胞液中，在 ALA 脱水酶的催化下，2 分子 ALA 脱水缩合成 1 分子胆色素原（prophobilinogen，PBG）。

3. 尿卟啉原和粪卟啉原的生成　在胞液中，4 分子 PBG 脱氨缩合生成 1 分子尿卟啉原Ⅲ。此反应过程需尿卟啉原合成酶和尿卟啉原Ⅲ同合成酶参与。首先，PBG 在尿卟啉原合成酶作用下，脱氨缩合生成线状四吡咯。再由尿卟啉原Ⅲ同合成酶催化，环化生成尿卟啉原Ⅲ。无尿卟啉原Ⅲ同合成酶时，线状四吡咯可自然环化成尿卟啉原Ⅰ。尿卟啉原Ⅲ进一步可生成粪卟啉原Ⅲ。

4. 血红素的生成　胞液中生成的粪卟啉原Ⅲ再进入线粒体中，在粪卟啉原氧化脱羧酶作用下生成原卟啉原Ⅸ。再经原卟啉原Ⅸ氧化酶催化脱氢，使连接 4 个吡咯环的甲烯基氧化成甲炔基，生成原卟啉Ⅸ。最后在亚铁螯合酶催化下和 Fe^{2+} 结合生成血红素。

血红素生成后从线粒体转入胞液，与珠蛋白结合而成为血红蛋白。

（二）血红素合成的调节

血红素的合成受多种因素的调节，其中主要是调节 ALA 的生成。

1. ALA 合成酶　血红素合成酶系中，ALA 合成酶是限速酶，此酶受血红素的反馈抑制。目前认为，血红素在体内可与阻遏蛋白结合，形成有活性的阻遏蛋白，从而抑制 ALA 合成酶的合成。此外，血红素还可负反馈调节 ALA 合成酶活性。正常情况下血红素生成后很快与珠蛋白结合，但当血红素合成过多时，则过多的血红素被氧化为高铁血红素，后者是 ALA 合成酶的强烈抑制剂，而且还能阻遏 ALA 合成酶的合成（图 14-4）。

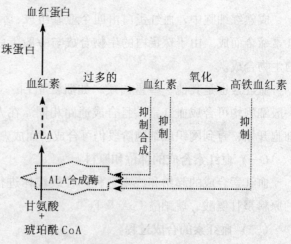

图 14-4　血红素对 ALA 合成酶的抑制作用

雄性激素——睾丸酮在体内生成的 $5-\beta-$ 氢睾丸酮，可诱导 ALA 合成酶的产生，从而促进血红素的生成。某些化合物也可诱导 ALA 合成酶，如巴比妥、灰黄霉素等药物，能诱导 ALA 合成酶的合成。

2. ALA 脱水酶与亚铁螯合酶　ALA 脱水酶和亚铁螯合酶对重金属敏感，如铅中毒可抑制这些酶而使血红素合成减少。

3. 促红细胞生成素（erythropoietin，EPO）　EPO 为造血生长因子，在红细胞生长、分化中发挥关键作用。EPO 为一种糖蛋白，由多肽和糖基两部分组成，总分子量为 34000。糖基在 EPO 合成后的分泌及生物活性方面均有重要作用。成人血清 EPO 主要由肾脏合成，胎儿和新生儿主要由肝脏合成。当循环血液中红细胞容积减低或机体缺氧时，肾分泌 EPO 增加。EPO 可促进原始红细胞的增殖和分化、加速有核红细胞的成熟，并促进 ALA 合成酶生成，从而促进血红素的生成。

此外，铁对血红素的合成有促进作用，而血红素又对珠蛋白的合成有促进作用。

血红素合成代谢异常而引起卟啉化合物或其前身的堆积，称为卟啉症。先天性红细胞生成性卟啉症是由于先天性缺乏尿卟啉原Ⅲ同合成酶，而使线状四吡咯向尿卟啉原Ⅲ的转变受阻，致使尿卟啉原Ⅰ生成增多。患者尿中有大量尿卟啉Ⅰ和粪卟啉Ⅰ出现。

本章小结

　　血液由有形的红细胞、白细胞和血小板以及无形的血浆组成。血浆的主要成分是水和无机盐、血浆蛋白质、非蛋白质含氮物质、不含氮的有机化合物、气体等。

　　血浆中的蛋白质浓度为 $60\sim80g/L$，多在肝合成。用不同的方法可将血浆蛋白质分离成不同的组分，常见的方法有电泳法和盐析法。血浆蛋白质中含量最多的是清蛋白，其浓度为 $35\sim45g/L$，它能结合并转运许多物质，在血浆胶体渗透压形成中起重要作用。血浆中的蛋白质具多种重要的生理功能。

　　成熟红细胞代谢的特点是丧失合成核酸和蛋白质的能力，并不能进行有氧氧化。红细胞所需能量主要依赖糖的无氧酵解。未成熟红细胞能利用琥珀酰 CoA、甘氨酸和铁离子合成血红素。血红素生物合成的关键酶是 ALA 合成酶，并且合成受一些因素的调节。

本章主要考点

1. 血浆中的化学成分、非蛋白氮的概念及正常值。血浆中蛋白质的组成、含量及功能。

2. 成熟红细胞的特点，2，3 - BPG 的产生及作用，血红素生物合成的原料、关键酶及调节。

（陈　莉）

第十五章

水与无机盐代谢及酸碱平衡

　　水和无机盐是人体的重要组成成分，也是机体不可缺少的营养素。水与溶解于水中的无机盐、小分子有机物和蛋白质等构成的水溶液称为体液。体液中的无机盐及部分有机物常以离子状态存在，故称为电解质。水与无机盐代谢也叫水与电解质平衡。

　　人体新陈代谢的各种化学反应都是在体液中完成，并且需要适宜的 pH。正常人血浆 pH 为 7.35 ~ 7.45，机体维持体液 pH 在恒定范围内的过程称为酸碱平衡。正常情况下，体液的容量、组成成分、分布、pH 和渗透压都保持相对平衡，这种平衡是维持细胞正常代谢、器官生理功能和人体生命活动的必要条件。但许多疾病，如胃肠道疾病、感染、创伤以及外环境变化等因素，都可能引起水、电解质代谢紊乱和酸碱失衡，严重时可危及生命。因此，学习和掌握水、无机盐代谢和酸碱平衡的基本理论，对制定正确的治疗方案和护理措施有重要指导意义。

第一节 体　液

一、体液的含量与分布

　　体液广泛分布于全身各处，以细胞膜为界，体液分为两大部分：存在于细胞内的为细胞内液和存在细胞膜外的细胞外液，其中细胞外液又以血管壁为界分为血浆和组织间液（又叫细胞间液，包括脑脊液、淋巴液、关节液、肠液、胸腹腔液等）。

　　成年人体液约占体重的 60%，其分布如下。

$$
\text{体液 60\%}
\begin{cases}
\text{细胞内液 40\%} \\
\text{细胞外液 20\%}
\begin{cases}
\text{血浆 5\%} \\
\text{组织间液 15\%}
\end{cases}
\end{cases}
$$

　　各部分体液有其自身的生理功用，细胞内液提供大部分生化反应场所；血浆沟通了各组织、器官之间的联系，是体内、外物质交换的媒介，有效循环血容量对体内物质运输与交换，特别是对维持大脑和心功能非常重要。组织间液（细胞间液）构成细胞生存内环境，是细胞摄取营养物质和排出代谢产物的渠道，在血浆与细胞内液间物质交换起桥梁作用。胃肠消化液、尿液、淋巴液等是细胞外液的特殊部分，如果这些特殊体液大量丢失将会影响体液平衡和酸碱失衡，若得不到及时纠正会危及生命。

体液含量并非固定不变，受年龄、体内脂肪含量等因素影响。随年龄增长体液含量逐渐减少，如新生儿体液量可多至占体重的80%。由于脂肪是疏水性物质，体内脂肪组织含水量仅为15%～30%，而肌肉组织含水量可达75%～80%，因此，体液总量随体内脂肪增加而减少。又因胖人脂肪比瘦人多，女性脂肪含量比男人多，所以女性和胖人体液总量比体重相同的男性和瘦人少。

二、体液的电解质组成和分布特点

体液中电解质是以离子形式存在，主要有 Na^+、K^+、Ca^{2+}、Mg^{2+}、Cl^-、HCO_3^-、和蛋白质阴离子等。体液中电解质的分布、含量与酸碱平衡、渗透压平衡以及物质的转运、交换均有密切关系。细胞内、外液中电解质的分布与含量有较大差别，其特点如下。

1. **体液呈电中性**　体液中电解质以 mmol/L（摩尔电荷浓度）表示时，各种体液中阴阳离子总量相等，故体液呈电中性；血浆、细胞间液和细胞内液阴离子、阳离子的摩尔电荷浓度分别是156mmol/L、148mmol/L、205mmol/L。

2. **细胞内、外液电解质分布的差异**　细胞内液的阳离子主要是 K^+、Mg^{2+}，阴离子以蛋白质阴离子（Pr^-）、磷酸氢根离子（HPO_4^{2-}）为主；而细胞外液的主要阳离子是 Na^+，阴离子主要是 HCO_3^-、Cl^-。

3. **细胞内液与细胞外液的渗透压**　细胞内液与细胞外液的渗透压物质在溶液中的渗透压用毫渗摩尔（mOsm/L）表示。渗透压的大小取决于物质在溶液中的颗粒数，而与其分子量及电荷量无关。因此，虽然细胞内液电解质总量大于细胞外液，但由于细胞内液含蛋白质阴离子和二价离子较多，而这些电解质产生的渗透压较小，故细胞内、外液的渗透压基本相等。正常人体液渗透压为280～310 mOsm/L。细胞外液所含阳离子 Na^+ 是决定血浆渗透压的主要因素。临床工作中常根据血浆 Na^+ 计算血浆的渗透压。

$$血浆渗透压（mOsm/L）＝［血浆 Na^+（mmol/L）＋10］×2$$

式中，10 表示 K^+、Ca^{2+}、Mg^{2+} 等 Na^+ 以外阳离子的含量；乘以2，是因为阴阳离子数相等，并产生相同的渗透压。

临床上用于治疗的5%葡萄糖液和0.9% NaCl 溶液的渗透压与体液一致，称为等渗液。其渗透压分别是：278 mOsm/L、308 mOsm/L。

4. **血浆蛋白质含量**　血浆与细胞间液之间电解质分布及含量除蛋白质以外非常接近，血浆蛋白质明显高于细胞间液。血浆蛋白质含量为60～70g/L，而细胞间液蛋白质含量仅为0.5～3.5g。这种差别对于维持血容量以及血浆与组织间液之间水的交换具有重要意义。

第二节　水的代谢

一、水的生理功能

水是人体含量最多的物质，水约占人的体重的⅔，而蛋白质、脂肪、糖类、矿物质加起来总和才占30%。水在生命活动中发挥着重要的作用，其生理功能体现在以下方面。

（一）调节体温

水的比热大，能吸收较多的热量而水本身温度升高不多。1g水从15℃升高到16℃时需要4.2J（1cal）热量，即使体内产热较多，也因热能被水吸收而使体温不会大幅度上升。水的蒸发热大，蒸发少量汗液就能散发大量的热。当外界环境温度升高或高热患者体温升高时，通过皮肤显性和非显性出汗可以带走体内过多的热量，使体温降低。水的流动性大，通过血液循环和体液交换，使体内代谢产生的热量迅速运输到体表散发到环境中去。临床上，大面积烧伤患者因皮肤瘢痕使皮肤汗腺减少以及先天性"无汗症"的患者，由于不能及时有效散发体内代谢产生的多余热量而易导致死亡。

（二）运输功能

水的流动性好，能将各种营养物质和代谢产物经血液或淋巴液输送至不同组织细胞进行代谢或排出体外，如氧气、脂类、蛋白质、糖类、无机离子等物质在体内的运输都离不开水。

（三）参与物质代谢

水是良好的溶剂，体内许多化合物都能溶解或分散于水中，体内的一切生化反应都是在液体中进行的，没有足够量的水，代谢将发生紊乱或停止。水还直接参与体内的水解、水化和加水脱氢等生化反应。

（四）润滑作用

水是良好的润滑剂，具有润滑、减少摩擦的作用，如泪液可防止眼球干涩，使眼球转动自如，唾液可使咽部湿润利于吞咽，关节腔的液体有利于关节的灵活运动，减少骨与骨之间发生摩擦。

（五）维持组织的形态和功能

体内的水有自由水和结合水两种形式。结合水是水与蛋白质、糖类结合而成的固态、不流动的水。结合水在维持组织器官的形态、硬度和弹性方面起着重要的作用，如心肌中的结合水使其具有一定的形态，富有弹性，能强有力的舒缩，推动血液循环。血液中存在的是液态自由水，使血液以流体形式在全身循环流动。

二、水的来源和去路

（一）水的来源

正常成年人一般每天摄取水的总量约2500ml，其来源有三个方面。

1. 饮水 成人每天饮水量约1200ml，包括茶、汤、饮料及其他流质等。个体饮水量与气温、劳动强度和生活习惯不同，有较大差别。

2. 食物水 各种食物含水量不同，成人每天从食物摄取水约1000ml。

3. 代谢水 代谢水又叫内生水，是指糖类、脂肪、蛋白质等营养物质在体内氧化分解过程中产生的水。正常成人每天体内生成的代谢水约300ml。每100g糖、脂肪和蛋白质氧化后分别生成水为55ml、107ml、41ml。

（二）水的去路

生理情况下，成年人每天排出水的总量是2500ml，机体排出水的途径有消化道、呼吸道、皮肤和肾排出四条。

1. 肾排出 肾排尿是水的主要去路，对水平衡起重要调节作用。人体每天经肾排出的尿量受饮水量、气候及活动情况等多种因素影响，正常成人每天排出尿量约1500ml。尿液中除水分外，体内代谢过程产生的一些代谢废物如尿素、尿酸和肌酐等也随尿液排出。人体每天代谢产生的固体废物约30~40g，这些代谢废物只有溶解在尿中才能排出，而每克代谢废物至少需15ml尿液才能使之溶解，因此排泄这些代谢废物至少需500ml尿量，否则会导致代谢废物在体内堆积而引起中毒。临床上将每日尿量少于500ml称为少尿，少于100ml称为无尿。

2. 经消化道排出 正常成人每日随粪便排出的水约150ml。每天经各消化腺分泌进入胃肠道的消化液（包括唾液、胃肠液、胆汁、胰液等）约有8000ml，正常情况下，这些消化液98%被重吸收，但在病理状态下，如呕吐、腹泻等丢失大量的消化液，可造成体内水、电解质平衡紊乱。

3. 经皮肤排出 皮肤排水有两种方式：显性出汗和非显性出汗。显性出汗是肉眼看得见的皮肤出汗，它与环境的温度、湿度及劳动强度有关。显性汗液是一种低渗溶液，在排出水分的同时也排出了无机盐，因此大量出汗时既要补水又要补盐。非显性出汗就是肉眼看不见的皮肤水分的蒸发，成人每天约500ml。

4. 经肺排出 成人每天由呼吸蒸发排出的水大约为350ml。

总之，正常成人每天水的出入量相等，分别约为2500ml，见表15-1。

表15-1 正常成人每日水出入量

水的摄入途径	摄入量（ml）	水的排出途径	排出量（ml）
饮水	1200	肾排出（尿液）	1500
食物水	1000	皮肤蒸发	500
代谢水	300	肺排出（呼吸蒸发）	350
		肠道排出（粪便）	150
合计总量	2500	合计总量	2500

正常人体每天水的进入量与排出量基本相等，维持着动态平衡，称为水平衡。当人体完全不能进水时，每天仍会排出水分约1500ml（尿液500 ml、皮肤蒸发500 ml、呼吸蒸发350ml、粪便150 ml），这是人体每天必然丢失的水量。因此，临床上对昏迷或不能进食、饮水的病人，每天至少要补充水分1500ml，称为最低需水量。病人如有剧烈呕吐、严重腹泻或大量出汗等额外的水分丢失，补水量还应增加。

第三节　钠、钾的代谢

钠和钾是体内两种重要的无机离子，它们在维持体液的渗透压、酸碱平衡、神经肌肉的应激性、酶的活性等方面具有重要作用。

一、钠的代谢

正常成人体内含钠约60g，有50%分布于细胞外液，40%分布于骨，其余分布于细胞内液。正常人血浆钠水平为135～148mmol/L。

人体每天摄入的钠主要来自于食盐，正常人体每日钠需要量仅为4.5～9g，通常每天的摄入量在6～15g之间。钠主要由肾排出，少量由汗及粪便排出。肾对钠的排泄调节能力很强，其特点是：多吃多排，少吃少排，不吃不排。若是长期给予无盐饮食，尿中的钠可降至1g以下，甚至仅几十毫克。

二、钾的代谢

正常成人体内钾含量为2g/kg（45～50mmol/kg），98%的钾分布在细胞内液，2%存在于细胞外液。红细胞内钾浓度远远高于血浆中钾的浓度，因此，测定血浆钾时要防止溶血。

人体每天需要的钾来自蔬菜、水果、谷类、肉类等食物，日常膳食就能满足需要。大部分钾在消化道被吸收。钾可以经肾、皮肤和肠道排泄。肾对钾排泄的控制能力不是很严格，其特点是：多吃多排，少吃少排，不吃也排。所以对长期不能进食的患者，要适当补钾。

三、钠、钾代谢的调节

调节钠、钾代谢的激素是醛固酮。醛固酮是肾上腺皮质球状带分泌的一种类固醇激素。其主要作用是促进肾远曲小管和集合管分泌 H^+ 和 K^+，重吸收 Na^+，伴随 Na^+ 的重吸收 Cl^- 和 H_2O 的重吸收也增加。所以，醛固酮分泌过多，可引起水肿、高血钠、低血钾和碱中毒。当肾上腺皮质功能低下时，醛固酮分泌不足，引起低血钠、高血钾和酸中毒。

心房肽可减少醛固酮的分泌，有强大的利尿和利钠效应。

第四节 钙、磷的代谢

钙和磷是人体含量最丰富的无机元素，它们主要以羟磷灰石的形式存在于骨和牙齿当中，少量以溶解状态存在于体液和软组织中。

钙和磷的代谢在许多方面是相互联系的，机体每日摄取和排泄的钙、磷大致相等，处于动态平衡之中。

一、钙、磷的生理功能

（一）钙的生理功能

1. **成骨作用** 这是钙的主要功能。钙以骨盐形式组成人体骨骼，骨盐主要由磷酸氢钙（$CaHPO_4$）及羟磷灰石〔$Ca_{10}(PO_4)_6(OH)_2$〕两者组成。成骨作用与骨的钙化相关，而溶骨作用伴有脱钙化过程。

2. **作为第二信使参与细胞间信号转导** Ca^{2+} 是第二信使物质，它在细胞间传递信息，对肌肉收缩、内分泌、糖原合成与分解、电介质转运以及细胞生长等发挥重要的生理调节作用。

3. **降低神经肌肉的应急性，促进心肌收缩** Ca^{2+} 参与肌肉收缩，降低神经肌肉兴奋性，当血浆 Ca^{2+} 浓度低于 $1.5 \sim 1.75mmol/L$ 时，可引起神经肌肉兴奋性增高，甚至引起肌肉自发性收缩（搐搦），若不及时处理，可造成患者的呼吸困难，严重时可因呼吸衰竭或心脏衰竭死亡。同时，Ca^{2+} 还有利于心肌的收缩，并与促进心肌舒张的 K^+ 相拮抗，这对维持心肌正常功能非常重要。

4. **降低毛细血管和细胞膜通透性** Ca^{2+} 还能降低毛细血管和细胞膜通透性，临床上常用钙制剂治疗荨麻疹等过敏性疾病，以减轻组织的渗出性病变。

5. **参与凝血** 血浆中的 Ca^{2+} 是凝血因子之一，是凝血过程必不可少的成分。

6. **参与许多代谢过程** Ca^{2+} 作为酶的辅助因子，在物质代谢中发挥重要作用，并且还是多种酶的激活剂和抑制剂。

（二）磷的生理功能

1. 磷与钙形成的羟磷灰石是骨、牙齿的重要组成成分。

2. 维持体液的酸碱平衡 磷以磷酸盐的形式组成缓冲体系 $Na_2HPO_4 - NaH_2PO_4$、$K_2HPO_4 - KH_2PO_4$，它们参与体内酸碱平衡的调节。

3. 组成含磷的有机化合物，发挥广泛的生理作用 磷构成磷脂、磷蛋白、单核苷酸、辅酶、核酸等，在体内发挥广泛的生理作用。

二、钙、磷的吸收与排泄

（一）钙、磷的吸收

体内钙和磷均由食物供给。正常成人每日摄取钙约 1g、磷约 0.8g。儿童及妊娠、哺乳期妇女需要量相应增加。

食物中的钙必须转变为游离 Ca^{2+}，才能被肠道吸收，溶解状态的钙容易吸收，钙的吸收部位在小肠上段。影响钙吸收的因素有：①1，25－二羟维生素 D_3，它是促进肠道对钙吸收的主要因素，同时它也能促进对磷的吸收。②肠道的 pH，能影响钙、磷的吸收，钙在酸性条件下易溶解，所以凡是能降低肠道 pH 的食物都能促进钙的吸收。处于生长发育期的儿童要多喝酸奶，既能调节肠道菌群，又能促进钙的吸收。食物中若含有过多的碱性磷酸盐、草酸盐及植酸，可与钙结合生成不溶性化合物而影响钙的吸收。钙的吸收和年龄成反比，婴儿期食物中的钙吸收率在 50% 以上，儿童约为 40%，成人仅为 20%，40 岁以上年龄每增长 10 岁，钙吸收率减少 5% ~ 10%。

食物中的磷主要以无机磷酸盐和有机磷酸酯两种形式存在，肠道主要吸收无机磷。有机含磷物先经水解释放出无机磷而被吸收。磷的吸收较容易，吸收率可达 70%。其吸收部位遍及小肠，以空肠吸收率最高。影响钙吸收的因素也会影响磷的吸收。

（二）钙和磷的排泄

人体排出钙主要有两条途径：约 20% 经肾排出，80% 随粪便排出。磷亦通过肠道和肾脏排泄，以肾脏排泄为主。

三、血钙和血磷

（一）血钙

血液中的钙几乎都存在于血浆中。血钙指血浆或血清中的钙，平均为 9 ~ 11mg/dl。血钙可分为结合钙、络合钙和离子钙三种。结合钙是指与血浆蛋白（主要为清蛋白）结合的钙，不能通过毛细血管膜扩散，也称为非扩散钙，约占血钙总量的 45%。络合钙是指与柠檬酸和其他小分子物质结合的钙，约占血钙总量的 5%。离子钙约占血钙总量的 50%。络合钙和离子钙能透过毛细血管膜，二者统称为可扩散钙。

$$血钙\begin{cases}可扩散钙\begin{cases}离子钙（占50\%）\\络合钙（占5\%）\end{cases}\\非扩散钙——结合钙（占45\%）\end{cases}$$

血浆中直接发挥生理作用的主要为离子钙，结合钙虽不能直接发挥生理作用，但能与离子钙相互转变，并受血浆 pH 影响。血液偏酸时，游离 Ca^{2+} 浓度升高；相反，血液偏碱时，蛋白结合钙增多，游离 Ca^{2+} 浓度下降。因此，临床上碱中毒时常伴有抽搐现象，与低血钙有关。

（二）血磷

血磷指血浆中的无机磷。正常人血浆中无机磷的浓度为 3.4mg/dl、儿童稍高为 4.5 ~ 6.5mg/dl。血浆中磷 80% ~ 85% 以 HPO_4^{2-} 形式存在。15% ~ 20% 以 $H_2PO_4^-$ 形式存在，而 PO_4^{3-} 的含量甚微。

血浆中钙、磷浓度关系密切，临床常以二者的乘积作为观察骨代谢的指标。在以 mg/dl 表示时，$[Ca] \times [P]$ 正常为 30 ~ 40。当 $[Ca] \times [P] > 40$，则钙和磷以骨盐形式沉积于骨组织；若［Ca］×［P］<35 则妨碍骨的钙化，甚至可使骨盐溶解，影响成骨作用。

四、钙、磷代谢的调节

血钙和血磷含量的相对稳定依赖于钙、磷的吸收与排泄，钙化及脱钙间的相对平衡，而这些平衡又主要受维生素 D_3、甲状旁腺素和降钙素等激素的调节。体内调节钙、磷代谢的主要因素有三种，即甲状旁腺素、1，25－二羟维生素 D_3 和降钙素（表15－2）。

表15－2　三种调节因素对钙、磷代谢的影响

调节因素	成骨	溶骨	肠钙吸收	血钙	血磷	肾排钙	肾排磷
PTH	↓	↑↑	↑	↑	↓	↓	↑
1，25－二羟维生素 D_3	↑	↑↑	↑↑	↑	↑	↓	↓
CT	↑	↓	↓（生理计量）	↓	↓	↑	↑

（一）甲状旁腺素

甲状旁腺素（parathormone，PTH）是由甲状旁腺主细胞合成和分泌的一种单链多肽激素。血钙是调节 PTH 水平的主要因素，血钙增高，抑制 PTH 分泌，血钙降低，则促进 PTH 分泌；此外，1，25－二羟维生素 D_3 与 PTH 分泌也有关系，当血中 1，25－二羟维生素 D_3 增多时，PTH 的分泌减少，降钙素则可促进 PTH 分泌。PTH 的主要生理作用如下。

1. 对骨的作用　PTH 具有促进成骨和溶骨的双重作用。实验研究表明，小剂量 PTH 可促进成骨作用，而大剂量则可促进溶骨作用。

2. 对肾脏的作用　PTH 对肾脏作用出现最早，主要是增加肾近曲小管对 Ca^{2+} 的重吸收，抑制肾小管对磷的重吸收。

3. 对小肠的作用　PTH 能促进小肠对钙、磷吸收。一般认为，PTH 对小肠的钙、磷吸收的影响，主要是通过激活肾脏 α－羟化酶，促进 1，25－二羟维生素 D_3 的合成而间接发挥作用的，因此，PTH 对小肠的钙、磷吸收的影响出现得较为缓慢。

总之，PTH 调节的总结果是升高血钙，降低血磷，促进溶骨和钙化。

（二）1，25－二羟维生素 D_3

1，25－二羟维生素 D_3 是一种激素，由维生素 D_3 在体内代谢生成，是维生素 D_3 在体内的生理活性形式。维生素 D_3 主要在肝和肾进行活化，其主要生理作用如下。

1. 对小肠的作用　1，25－二羟维生素 D_3 能促进小肠对钙、磷的吸收，这是其最主要的生理作用。1，25－二羟维生素 D_3 可与小肠黏膜细胞内的特异胞浆受体结合，促进 DNA 转录生成 mRNA，从而使钙结合蛋白合成增高。同时 1，25－二羟维生素 D_3 可影响小肠黏膜细胞膜磷脂的合成，利于肠腔内 Ca^{2+} 的吸收。1，25－二羟维生素 D_3 还可直接促进磷的吸收。

2. 对骨的作用　1，25－二羟维生素 D_3 对骨有溶骨和成骨的双重作用。一方面，

1，25－二羟维生素 D_3 增加小肠对钙、磷的吸收，提高血钙、血磷的浓度，促进成骨作用。另一方面，1，25－二羟维生素 D_3 能刺激破骨细胞活性和加速破骨细胞的生成，并与 PTH 协同作用，促进破骨细胞增生，增强其破骨作用。在钙、磷供应充足时，1，25－二羟维生素 D_3 主要促进成骨作用。当血钙降低、肠道钙吸收不足时，1，25－二羟维生素 D_3 主要促进溶骨作用，使血钙升高。

3. 对肾的作用　1，25－二羟维生素 D_3 可促进肾小管对钙、磷的重吸收。

总之，1，25－二羟维生素 D_3 综合作用是使血钙、血磷增高。

（三）降钙素

降钙素（calcitonin，CT）是由甲状腺滤泡旁细胞（又称 C 细胞）所分泌的一种单链多肽类激素，由 32 个氨基酸组成，分子量为 3500。血钙是影响 CT 分泌的主要因素。血钙升高可刺激 CT 的分泌。血钙降低则抑制 CT 的分泌。CT 的生理功能如下。

1. CT 对骨的作用　CT 直接抑制破骨细胞的生成，又可加速破骨细胞转化为成骨细胞，因而增强成骨作用，抑制骨盐溶解、降低血钙、血磷浓度。

2. CT 对肾的作用　CT 直接抑制肾小管对钙、磷离子的重吸收，从而使尿磷、尿钙排出增多，同时还可通过抑制肾 1α－羟化酶而减少 1，25－二羟维生素 D_3 的生成而间接抑制肠道对钙、磷的吸收，结果使血浆钙、磷水平下降。

CT 对钙磷代谢总的影响是降低血钙和血磷。

综上可见，PTH，1，25－二羟维生素 D_3 及 CT 均可调节钙、磷代谢，三者相互协调，相互制约，以维持血中钙、磷的动态平衡。

第五节　酸碱平衡

一、体内酸碱性物质的来源

（一）酸性物质的来源

体内的酸性物质大多由糖类、脂类及蛋白质代谢产生，少量来自于食物和饮料等。酸性物质可分为两类：一类以 CO_2 的形式从肺呼出，称为挥发酸，主要是 H_2CO_3。另一类酸性物质不能经肺呼出，称为固定酸，这类酸主要来自糖类、脂类、蛋白质和核酸的分解代谢，如糖分解产生的丙酮酸、乳酸；脂肪酸分解产生的乙酰乙酸；含硫氨基酸分解产生的硫酸等。固定酸主要经肾随尿排出。

（二）碱性物质的来源

进入体内的碱性物质较少，主要来自于蔬菜、水果，除此之外还有些碱性药物，如小苏打（$NaHCO_3$）等。

一般情况下酸性物质来源大于碱性物质的来源，故酸碱平衡的调节以对酸的调节为主。

二、机体酸碱平衡的调节

体内酸碱平衡的调节主要通过三个方面实现，即血液的缓冲作用、肺的调节作用以及肾的调节作用。

（一）血液的缓冲作用

1. 血液的缓冲体系

（1）碳酸氢盐缓冲系统　在细胞外液由 $NaHCO_3 - H_2CO_3$ 构成，在细胞内液由 $KHCO_3 - H_2CO_3$ 构成，它们是决定血液 pH 的主要缓冲对。其作用特点是：只缓冲碱和固定酸，不能缓冲挥发酸。

血浆 pH 主要与血浆 HCO_3^- 与 H_2CO_3 的浓度比有关，它们的关系可用 Henderson - Hasselbalch 方程表示：

$$pH = pK_a + lg\ [NaHCO_3]\ /\ [H_2CO_3]$$

式中，pK_a 为 H_2CO_3 电离常数的负对数值，37℃时为 6.1。正常血浆 $NaHCO_3$ 浓度为 24mmol/L，血浆 H_2CO_3 浓度为 1.2mmol/L，则 pH = 6.1 + lg24/1.2 = 6.1 + lg20/1 = 6.1 + 1.3 = 7.4，从公式中可知，即使 HCO_3^- 与 H_2CO_3 的绝对浓度已经发生变化，只要浓度比维持在 20/1，血浆 pH 就不会发生变动。

（2）非碳酸氢盐缓冲系统　指碳酸氢盐缓冲对以外的各缓冲对，包括磷酸盐缓冲体系、血浆蛋白质缓冲体系、血红蛋白和氧合血红蛋白缓冲体系。

2. 缓冲系统的作用
现以碳酸氢盐缓冲系统为例，说明缓冲系统在酸碱平衡调节中的作用。

$$HCl + NaHCO_3 \rightarrow NaCl + H_2CO_3$$

HCl 是一种强酸，当其进入血液后首先与缓冲系统中的碱发生反应，生成 NaCl 和 H_2CO_3，从而将强酸转变成弱酸，进而通过肺将 H_2CO_3 排出，血液 pH 不会发生明显变化。

$$NaOH + H_2CO_3 \rightarrow H_2O + NaHCO_3$$

NaOH 是一种强碱，当其入血与缓冲系统中的弱酸发生反应，生成 H_2O 和 $NaHCO_3$，从而将强碱转化成弱碱，再经肾排出。

当血液的缓冲体系对酸、碱物质进行缓冲时，会导致 $[NaHCO_3]\ /\ [H_2CO_3]$ 的比值发生改变，但在正常情况下，这种变化很小，因为机体还可以通过肺和肾的调节来维持酸碱平衡。

（二）肺的调节作用

肺通过呼出 CO_2 调节血中 H_2CO_3 浓度，以维持血液 pH 相对恒定。这种调节受延髓呼吸中枢的控制，呼吸中枢通过控制呼吸运动的频率和深浅来调节血中 H_2CO_3 浓度，以维持 $[NaHCO_3]\ /\ [H_2CO_3]$ 的比值。

主动脉体和颈动脉体的外周化学感受器对动脉血氧分压（PaO_2）、血 pH 和 $PaCO_2$ 的刺激敏感。延髓呼吸中枢化学感受器对动脉血 $PaCO_2$ 和 pH 的刺激敏感。当血浆

$PaCO_2$ 升高或 pH 降低时，刺激上述化学感受器，使呼吸中枢兴奋，呼吸加深加快，加速 CO_2 排出量，使血中 H_2CO_3 浓度下降。当血浆 $PaCO_2$ 降低或 pH 升高时，呼吸中枢受抑制，呼吸变浅变慢，CO_2 排出量减少，使血中 H_2CO_3 浓度升高。正常情况下，肺可以迅速灵敏地调节血中 H_2CO_3，$NaHCO_3$ 的浓度则依赖肾的调节。

（三）肾的调节作用

肾通过排泄固定酸和维持血浆 $NaHCO_3$ 的浓度对酸碱平衡进行调节。当血浆 $NaHCO_3$ 的浓度降低时，肾加强排出酸性物质和重吸收 $NaHCO_3$，使 pH 不至于降低，防止发生酸中毒；当血浆 $NaHCO_3$ 的浓度过高时，肾加强排出碱性物质和减少对 $NaHCO_3$ 的重吸收，使 pH 不至于升高，防止发生碱中毒。其主要的作用机制如下。

1. 分泌 H^+，重吸收 $NaHCO_3$ 肾小管对 $NaHCO_3$ 有重吸收的能力。近曲肾小管和远曲肾小管上皮细胞内有碳酸酐酶，催化 CO_2 和 H_2O 生成 H_2CO_3，H_2CO_3 部分解离成 H^+ 和 HCO_3^-。H^+ 和 Na^+ 可进行交换，进入肾小管的 Na^+ 与 HCO_3^- 生成 $NaHCO_3$ 被运进血液。

2. 磷酸盐的酸化 正常人血浆中 Na_2HPO_4/NaH_2PO_4 的浓度比为 4 : 1，近曲小管滤液中磷酸盐比例与血浆相同，主要为碱性磷酸盐。当原尿流经远曲小管和集合管时，由于上皮细胞不断向管腔内泌 H^+，尿液 pH 降低。H^+ 与滤液中的 Na^+ 交换，将碱性 Na_2HPO_4 转变成酸性 NaH_2PO_4，并随尿液排出体外。回吸收的 Na^+ 与远曲小管上皮细胞内的 $HCO3^-$ 生成新的 $NaHCO_3$ 回流入血。

3. 分泌 NH_3，重吸收 $NaHCO_3$ 在肾小管上皮细胞内氨基酸分解，特别是谷氨酰胺在谷氨酰胺酶催化下产生 NH_3，NH_3 为脂溶性，生成后弥散入肾小管腔，与肾小管上皮细胞分泌的 H^+ 结合成 NH_4^+，NH_4^+ 为水溶性，不易通过细胞膜而返回细胞内，以 NH_4Cl 形式随尿液排出体外。而上皮细胞内生成新的 $NaHCO_3$ 回流入血。

肾小管上皮细胞在不断分泌 H^+ 的同时，将肾小球滤过的 $NaHCO_3$ 重吸收入血，防止细胞外液 $NaHCO_3$ 的丢失。如仍不足以维持细胞外液 $NaHCO_3$ 浓度，则通过磷酸盐的酸化和分泌 NH_4^+ 生成新的 $NaHCO_3$，以补充机体的消耗，从而维持血液 HCO_3^- 浓度的相对恒定。如果体内 HCO_3^- 含量过高，肾脏可减少 $NaHCO_3$ 的生成和重吸收，使血浆 $NaHCO_3$ 浓度降低。当血液 pH 降低、血 K^+ 降低、血 Cl^- 降低、有效循环血量降低、醛固酮升高及碳酸酐酶活性增强时，肾小管分泌 H^+ 和重吸收 HCO_3^- 增多。

血液缓冲体系、肺和肾三者共同维持体液酸碱度的相对稳定性，以保持 [$NaHCO_3$] / [H_2CO_3] 比值为 20 : 1，从而维持血液的 pH 在 7.35 ~ 7.45 的范围内。在酸碱平衡的调节系统中，血液缓冲体系的反应最为迅速，一旦有酸性或碱性物质入血，缓冲物质就立即与其反应，将强酸或强碱中和转变成弱酸或弱碱，然而同时会引起 [$NaHCO_3$] / [H_2CO_3] 比值的变化。

三、酸碱平衡失调

原发性酸碱平衡失调有代谢性酸中毒、代谢性碱中毒、呼吸性酸中毒和呼吸性碱中毒四种。不论发生哪种酸碱平衡失调，机体都有继发性代偿反应，减轻酸碱紊乱，pH 恢复至正常范围，以维持内环境的稳定。

（一）代谢性酸中毒

代谢性酸中毒最为常见，由体内 $[HCO_3^-]$ 减少所引起。引起代谢性酸中毒常见的原因有以下几种。

1. 固定酸产生过多　组织缺血、缺氧，糖类氧化不全等，产生大量丙酮酸和乳酸等有机酸，可发生乳酸性酸中毒。在糖尿病或长期不能进食时，体内脂肪分解过多，可形成大量酮体积聚，引起酮体酸中毒。

2. 碱性物质丢失过多　腹泻、肠瘘、胆瘘和胰瘘等可引起碱性的肠液丢失，从而导致体液中的 $[HCO_3^-]$ 的丧失。

3. 固定酸排除障碍　急性肾病、肾功能不全时，肾小管分泌 H^+ 和 NH_3 能力下降，引起酸性代谢产物在体内堆积。

4. 高血钾　高血钾时，血液中的 K^+ 和细胞内的 H^+ 交换引起细胞外 H^+ 增加。

5. 酸性物质摄入过多　大量摄入阿司匹林、氯化铵等外源性固定酸可致酸性物质摄入过多。

（二）代谢性碱中毒

代谢性碱中毒由体内 $[HCO_3^-]$ 增多所引起。造成代谢性碱中毒常见的原因有以下几种。

1. 酸性胃液丧失过多　酸性胃液丧失过多是外科病人发生代谢性碱中毒的最常见的原因。患者出现大量丧失酸性胃液如严重呕吐，实际上是丧失了大量的 H^+。

2. 碱性物质摄入过多　长期服用碱性药物也是引起代谢性碱中毒的一个重要原因。服用碱性药物后，患者胃内的盐酸被中和减少，以致 pH 升高。

3. 低血钾　低钾血症时，每 3 个 K^+ 从细胞内释出，即有 2 个 Na^+ 和 1 个 H^+ 进入细胞内，引起细胞内酸中毒和细胞外碱中毒。同时，远曲肾小管细胞向尿液中排出过多的 H^+，HCO_3^- 的回收增加，细胞外液发生碱中毒。

4. 某些利尿药的作用　呋塞米（速尿）和依他尼酸（利尿酸）能抑制近曲肾小管对 Na^+ 和 Cl^- 的再吸收，但不影响远曲肾小管内 Na^+ 和 H^+ 交换。因此，经常摄入速尿及利尿酸时，随尿排出的 Cl^- 比 Na^+ 多，回入血液的 Na^+ 和 $[HCO_3^-]$ 增多，可发生低氯性碱中毒。

（三）呼吸性酸中毒

呼吸性酸中毒系指肺泡通气功能减弱，不能充分排出体内生成的 CO_2 造成血液的 $PaCO_2$ 增高，引起高碳酸血症。常见原因是一些能引起 $PaCO_2$ 持久性增高的疾病，如肺组织广泛纤维化、重度肺气肿等慢性阻塞性肺部疾患。这些疾病有换气功能障碍或肺泡通气 – 血流匹配失调，故能引起 CO_2 在体内潴留，导致高碳酸血症。另外，全身麻醉过深、镇静剂过量、心搏骤停、气胸、急性肺水肿、支气管痉挛、喉痉挛和呼吸机使用不当等，使通气不足，可引起急性、暂时性的高碳酸血症。

（四）呼吸性碱中毒

呼吸性碱中毒指肺泡通气过度，体内生成的 CO_2 排出过多，以致血的 $PaCO_2$ 降低，引起低碳酸血症。这种类型的酸碱平衡失常较少见，引起通气过度的原因有癔病、精神过度紧张、发热、创伤、感染、中枢神经系统疾病、轻度肺水肿、肺栓子、低氧血症、肝功能衰竭和使用呼吸机不当等。慢性呼吸性碱中毒在外科患者中比较少见。

本章小结

水和无机盐是生物体组成的不可缺少部分，它不仅参与人体的组成，还参与物质代谢。

水有非常重要的生理功能，如维持体温、运输功能、维持细胞新陈代谢、润滑、维持组织的形态和功能。水的来源为饮水、食用水和代谢水。水的去路为：消化道、呼吸道、皮肤和肾排出。每天人的生理需水量是 2500ml，最低生理需水量是 1500ml。正常情况下，水的来源和去路保持动态平衡。

钠主要分布于细胞外液。人体每天摄入的钠主要来自于食盐，钠主要由肾排出，少量由汗及粪便排出。钾主要分布在细胞内液。人体每天需要的钾来自蔬菜、水果、谷类、肉类等食物。钾经肾、皮肤和肠道排泄。醛固酮和心房肽可调节钠、钾的代谢。

钙和磷是体内含量最多的无机元素。钙的主要生理功能是成骨作用，Ca^{2+} 作为第二信使参与细胞间信号转导等。磷的主要生理功能是参与构成骨、牙齿，维持体液的酸碱平衡，组成含磷的有机化合物等。体内钙磷代谢主要受甲状旁腺素、1，25－二羟维生素 D_3、降钙素三者的调节。

体内的酸性物质包括挥发酸和固定酸。体内代谢产生的碱性物质主要来自于蔬菜、水果和一些碱性药物。体内酸碱平衡的调节主要通过三个方面实现，即血液的缓冲作用、肺的调节作用以及肾的调节作用。当机体的缓冲能力或肺、肾的功能障碍时均可引起酸碱平衡失调，原发性酸碱平衡失调有代谢性酸中毒、代谢性碱中毒、呼吸性酸中毒和呼吸性碱中毒四种。

本章主要考点

1. 水的生理功能，水的摄入和排出途径及其摄入量和排出量，水的生理需要量和最低生理需要量。

2. 钠、钾的生理作用及排泄特点，钙的生理功能，pH 和血钙的关系，调节钙、磷代谢的三种激素的作用，钙和血磷的乘积及其意义。

3. 酸碱性物质的来源，固定酸和挥发酸的概念，酸碱平衡失调基本类型的生化特点。

（陈　莉）

实 验 指 导

实验一 血清蛋白电泳（醋酸纤维素薄膜法）

【目的】

熟悉电泳法分离蛋白质的原理。

了解血清蛋白醋酸纤维素薄膜电泳的操作方法及临床意义。

【原理】

带电荷的蛋白质在电场中向着与其所带电荷电性相反的电极泳动的现象称为电泳。血清中各种蛋白质的等电点不同，但大都在 pH7 以下，若将血清置于 pH8.6 的缓冲液中，则这些蛋白质带负电，在电场中都向阳极移动。由于各种蛋白质在同一 pH 环境中所带负电荷多少及分子大小不同，所以在电场中向阳极泳动速度也不同。蛋白质分子小而带电荷多者，泳动速度快；反之，则泳动速度慢。因此可将血清蛋白质依次分为清蛋白、α_1 - 球蛋白、α_2 - 球蛋白、β - 球蛋白和 γ - 球蛋白五条区带，经染色可计算出各血清蛋白质含量的百分数。

醋酸纤维素薄膜电泳具有微量、快速、简便及分辨率较高等优点，广泛应用于血清蛋白、血红蛋白、脂蛋白、同工酶的分离和测定。

【试剂与器材】

1. 巴比妥 - 巴比妥钠缓冲液（pH8.6） 称取巴比妥 2.21g 和巴比妥钠 12.36g，溶于 500ml 蒸馏水中，加热溶解。待冷至室温后，再加蒸馏水稀释至 1000ml。

2. 染色液 称取氨基黑 10B 0.1g，溶于 20ml 无水乙醇中，加冰醋酸 5ml、甘油 0.5ml，使溶解；再称取磺柳酸 2.5g 溶于少量蒸馏水中，加入前液，并稀释至 100ml。

3. 漂洗液 甲醇 45ml、冰醋酸 5ml 和蒸馏水 50ml 混匀。

4. 透明液 取枸橼酸 21g，N - 甲基 - 2 - 吡咯烷酮 150g，以蒸馏水溶解并稀释至

500ml 备用。

　　5. 0.4mol/L 氢氧化钠溶液。

　　6. 仪器　电泳仪、电泳槽、分光光度计或光密度仪。

　　7. 材料　醋酸纤维素薄膜、培养皿、滤纸、镊子、点样器、直尺、铅笔、剪刀等。

【操作】

　　1. 电泳槽的准备　在电泳槽内加入缓冲液，调节两个电泳槽内的液面至等高。剪裁尺寸合适的滤纸条或纱布，取双层滤纸条或四层纱布用缓冲液浸透，贴在电泳槽的两侧支架上，下端伸入电泳槽底部。取醋酸纤维素薄膜（2cm×8cm）在毛面的一端约 1.5cm 处，用铅笔轻画一直线，表示点样位置并编号，然后将此薄膜置于巴比妥缓冲液中浸泡，待充分浸透（即膜条无白斑时）后取出，用洁净滤纸轻轻吸去表面的多余缓冲液。

　　2. 点样　取少量血清置于普通玻璃板上，用点样器（或盖玻片）的钢口蘸取血清（约 3～5μl），随后将钢口垂直"印"在点样线上，待血清渗入膜后移开点样器。点样应注意，要适量、均匀和垂直，并避免弄破薄膜。

　　3. 平衡与电泳　将已点样的薄膜加样面朝下，加样端置于阴极端，平整地贴于电泳槽的支架上拉直。支架上事先放置好两端浸入缓冲液的用四层滤纸条作的"滤纸桥"。平衡数分钟至薄膜重又湿润时方可通电进行电泳。一般电压为 100～160V，电流约 0.4～0.6mA/cm，通电时间 40～50min，待电泳区带展开约 3.0～3.5cm 时即可关闭电源。

　　4. 染色　小心取出薄膜，直接浸于氨基黑 10B 染色液中 1～3min（以清蛋白区带染透为止）。染色过程不时轻晃染色缸，使薄膜与染色液充分接触。

　　5. 漂洗　取出染色后的薄膜，在漂洗液中连续浸洗数次，直至薄膜背景为无色，即得五条蛋白质色带。从阳极端起依次为清蛋白、α_1 - 球蛋白、α_2 - 球蛋白、β - 球蛋白和 γ - 球蛋白。

　　6. 定量及计算　取六只试管编号，清蛋白、α_1 - 球蛋白、α_2 - 球蛋白、β - 球蛋白、γ - 球蛋白和空白管。分别将漂洗净的薄膜吸干，剪下各蛋白质色带，另于空白部位剪一相当于清蛋白宽度的膜条作空白，分别置于 0.4mol/L NaOH 溶液的试管中，清蛋白管加 4ml，其余各管加 2ml，振摇，使溶液浸没膜条后，置 37℃水浴 20min，使其色泽完全浸出。在 620nm 处，以空白管调工作零点后分别测得清蛋白管、α_1 - 球蛋白、α_2 - 球蛋白、β - 球蛋白和 γ - 球蛋白各管的吸光度值。

　　定量计算时，先计算各吸光度（A）值的总和：$A_{总} = 2 \times A_{清} + A_{\alpha_1} + A_{\alpha_2} + A_{\beta} + A_{\gamma}$，再计算血清各部分蛋白质所占的百分率。

$$清蛋白\% = A_{清蛋白} \times 2/A_{总} \times 100$$

$$\alpha_1 \ 球蛋白\% = A_{\alpha_1 - 球蛋白}/A_{总} \times 100$$

$$\alpha_2 - 球蛋白\% = A_{\alpha_2球蛋白}/A_{总} \times 100$$

$$\beta - 球蛋白\% = A_{\beta-球蛋白}/A_{总} \times 100$$

$$\gamma - 球蛋白\% = A_{\gamma-球蛋白}/A_{总} \times 100$$

若条件许可，也可将已透明的薄膜放入全自动光密度计或其他光密度计暗箱内，进行扫描分析与计算。

血清蛋白醋酸纤维素薄膜电泳（氨基黑10B直接扫描计算的结果）。

清蛋白	$66.6\% \pm 6.6\%$
α_1 – 球蛋白	$2.0\% \pm 1.0\%$
α_2 – 球蛋白	$5.3\% \pm 2.0\%$
β – 球蛋白	$8.3\% \pm 1.6\%$
γ – 球蛋白	$17.8\% \pm 5.8\%$

【思考题】

1. 电泳时，醋酸纤维素薄膜点样的一端应靠近哪一极？为什么？
2. 血清蛋白电泳分析有何临床意义？

（邵红英）

实验二 酶的催化特异性

【目的】

通过淀粉酶只能水解淀粉而不能水解蔗糖的实验，验证酶对底物具有高度专一性。

【原理】

淀粉酶能催化淀粉水解，产物是具有还原性的麦芽糖和少量的葡萄糖，它们均属于还原性的糖，可使班氏试剂中的 Cu^{2+} 还原成 Cu^+，即生成砖红色的氧化亚铜（Cu_2O）。但淀粉酶不能催化蔗糖水解，而蔗糖本身又无还原性，所以不能与班氏试剂发生呈色反应。

【试剂与器材】

1. 1%淀粉溶液 配制方法：取可溶性淀粉1g，加5ml蒸馏水，调成糊状，再加蒸馏水80ml，加热，使其溶解，最后用蒸馏水稀释至100ml。

2. 1%蔗糖溶液。

3. pH6.8的缓冲溶液 取0.2mol/L磷酸氢二钠溶液772ml，0.1mol/L枸橼酸溶液228ml，混合后即可。

4. 班氏试剂 配制方法：取结晶硫酸铜（$CuSO_4 \cdot 5H_2O$）17.3g溶解于100ml热

的蒸馏水中，冷却后，稀释至150ml，此为第一液。将枸橼酸钠173g和无水碳酸钠100g加蒸馏水600ml，加热使之溶解，冷却后，稀释至850ml，此为第二液。最后将第一液缓慢倒入第二液中，混匀后用细口试剂瓶贮存备用。

5. 10mm×100mm试管、试管架、蜡笔、恒温水浴箱、沸水浴箱。

【操作】

1. 稀释唾液的制备　将痰咳尽，用水漱口（洗涤口腔），再含蒸馏水30ml，作咀嚼动作，2min后吐入烧杯中，再用滤纸过滤后待用。

2. 煮沸唾液的制备　取出一部分稀释唾液，放入沸水浴中煮沸5min，取出备用。

3. 取试管三支，标号后按表顺序操作。

试剂（滴）	试管		
	1	2	3
pH6.8缓冲液	20	20	20
1%淀粉溶液	10	10	–
1%蔗糖溶液	–	–	10
稀释唾液	5	–	5
煮沸唾液	–	5	–
将各管混匀，置37℃恒温水浴箱保温10min后取出，然后加入			
班氏试剂	20	20	20

【思考题】

如果第二管实验结果出现了草绿色，你认为是什么原因？

（邵红英）

实验三　影响酶促反应的因素

【目的】

通过本实验，观察各因素对酶促反应速度的影响。

【原理】

唾液淀粉酶对淀粉的水解过程是"淀粉——→糊精——→麦芽糖"，在水解的过程中淀粉的分子量逐渐变小，形成若干分子量不等的过渡性产物，称为糊精。淀粉遇碘呈蓝色，麦芽糖遇碘不显色，糊精中分子量较大者遇碘呈蓝紫色，随糊精继续水解，对碘呈橙红色。因此根据不同的颜色，就可了解淀粉酶水解的程度。由于在不同温度或酸碱度下，酶活性高低不同，所以在同一时间内淀粉被水解的程度也不一样。还有淀粉酶遇激活剂或抑制剂时，酶活性也不同，以致影响了淀粉被水解的程度。因此，通过与碘产生不同的颜色，可以了解温度、pH、激活剂与抑制剂对酶促反应的影响。

【试剂与器材】

1. 1%淀粉溶液　配制方法：取可溶性淀粉1g，加5ml蒸馏水，调成糊状，再加蒸馏水80ml，加热，使其溶解，最后用蒸馏水稀释至100ml。

2. 稀释唾液　将痰咳尽，用水漱口（洗涤口腔），再含蒸馏水30ml，作咀嚼动作，2min后吐入烧杯中，再用滤纸过滤后待用。

3. 不同pH缓冲溶液　pH6.8缓冲溶液（0.2mol/L磷酸氢二钠溶液772ml，0.1mol/L枸橼酸溶液228ml，混合）；pH3.0缓冲溶液（0.2mol/L磷酸氢二钠溶液515ml与0.1mol/L枸橼酸溶液485ml混合）；pH8.0缓冲溶液（取0.2mol/L磷酸氢二钠溶液972ml与0.1mol/L枸橼酸溶液28ml混合）。

4. 1%氯化钠溶液。

5. 1g/L硫酸铜溶液。

6. 1g/L硫酸钠溶液。

7. 10mm×100mm试管、试管架、恒温水浴箱、沸水浴箱、冰浴箱和蜡笔。

【操作】

1. 温度对酶促反应的影响

取试管三支，标号后按表顺序操作。

加入物（滴）	1	2	3
pH6.8缓冲液	20	20	20
1%淀粉溶液	10	10	10
置37℃水浴5min		置沸水浴5min	置冰水浴5min
稀释唾液	5	5	5
置37℃水浴10min		置沸水浴10min	置冰水浴10min

取出，各管加入碘液1滴，观察颜色变化，分析三管中颜色不同的原因。

2. pH对酶促反应的影响

取试管三支，标号后按表顺序操作。

加入物（滴）	1	2	3
pH3.0缓冲液	20	–	–
pH6.8缓冲液	–	20	–
pH8.0缓冲液	–	–	20
1%淀粉溶液	10	10	10
稀释唾液	5	5	5
混匀，置37℃水浴中保温10min			

取出，各管加入碘液1滴，观察颜色变化，分析三管呈色原因。

3. 激活剂与抑制剂对酶促反应的影响

取试管三支，标号后按表顺序操作。

加入物（滴）	1	2	3
1%淀粉溶液	10	10	10
pH6.8缓冲液	20	20	20
1% $CuSO_4$	—	—	10
1% NaCl	—	10	—
稀释唾液	5	5	5
混匀，置37℃水浴中保温10min			

取出，各管加入碘液1滴，观察颜色变化，分析三管呈色原因。

【思考题】

温度、pH、激活剂、抑制剂对酶促反应有何影响？

(邵红英)

实验四　721（722）型分光光度计的使用

【目的】

1. 掌握比色分析法和分光光度法基本原理、标准管法结果计算。
2. 了解常用可见光分光光度计的测定原理及使用。

【原理】

1. 比色分析法的基本原理

许多物质本身具有一定的颜色，也有许多物质本身无颜色，在加入适当的显色剂后生成有色物质。溶液浓度越大，颜色越深。因此，可以利用比较溶液颜色深浅的方法来测定有色溶液的浓度，这种方法叫比色分析法。

将两种适当颜色的可见光按一定强度比例混合可得到白光，这两种光叫互补光，该现象叫光的互补。白光通过棱镜后可分解成各种波长不同的色光，把具有一种波长，不能再分解的光叫单色光。

物质的颜色和波长：

可见光：波长（λ）400~760nm

紫外光：$\lambda < 400$nm

红外光：$\lambda > 760$nm

光的互补示意

（1）溶液的颜色和光吸收的关系　溶液的颜色是由于不同的有色物质有选择地吸收单色光而引起的。溶液呈现的颜色是与它吸收的光互补的颜色。溶液吸收的光越多，呈现的颜色越深。例如，一束白光通过黄色的核黄素溶液，蓝色光被吸收，而透过光为黄色光。测定同一物质对不同波长光线的吸收程度，以波长为横坐标，吸光度为纵坐标作图，所得曲线为光吸收曲线。

（2）物质浓度、液层厚度与光吸收的关系（Lambert – Beer 定律）　当一束单色光通过溶液后，光被溶液吸收的量（A）与溶液的浓度（c）、液层的厚（L）有关。溶液浓度越大，液层越厚，吸光越多，这就是物质（均匀透明固体、液体、气体）对光的吸收定律，用公式表示为：

$$A = KcL$$

式中，K 为消光系数，$K = A/cL$，同一溶质，K 值相同。$A = KCL$ 表示物质对光吸收程度与该物质的消光系数 K、溶液浓度 c、液层厚度 L 成正比。

（3）待测溶液浓度的计算

标准管法：在同样条件下，测得标准液和待测液的吸光度（A）值，然后根据下式计算。

$$标准液：A_s = K_s c_s L_s \qquad 待测液：A_u = K_u c_u L_u$$

式中，A_s、K_s、c_s、L_s 分别代表标准管的吸光度、消光系数、溶液浓度和液层厚度；A_u、K_u、c_u 和 L_u 分别代表待测管的吸光度、消光系数、溶液浓度和液层厚度。而 $L_s = L_u$，$K_s = L_u$，$A_s/A_u = c_s/c_u$，$c_u = (A_u/A_s) c_s$。

标准曲线法：分析大批待测样品时，采用此法较方便。先配制一系列浓度由小到大的标准溶液，测出它们的吸光度（A）值。在一定浓度范围内，溶液浓度（c）与其吸光度（A）之间呈直线关系。以各管 A 为纵坐标，c 为横坐标，绘制标准曲线。待测溶液 A 值测出后，在曲线上查出 c。

标准系数法：多次测定标准溶液的吸光度后求出平均值，标准系数 = 标准液浓度/标准液平均吸光度，同法测出待测液的吸光度代入下式计算。

$$c = 待测溶液吸光度 \times 标准系数$$

此外，还可用消光系数法测定蛋白质和核酸的含量。

2. 比色分析的测定方法

（1）比色分析法　白光透过滤光板后，可得到近似的单色光，让单色光透过有色溶液，然后射到光电池上，光电池接受光放出电子，所产生的电流与光的强度成正比关系。利用滤光板可获得近似的单色光，波长范围 30～50nm。滤光板最易透过的光是有色溶液最易吸收的光。一般说来，选择滤光板的颜色应与被测溶液的颜色为互补色。

（2）分光光度法　分光光度法使用分光光度计，利用棱镜或光栅获得单色光，波长范围 3～5nm，所以比比色分析法的灵敏度，准确度和选择性都要高。

3. 比色分析条件的选择

（1）波长的选择　原则"吸收最大，干扰最小"。例如 A、B 两种物质，A 物质最大吸收峰在 a 处，B 物质在 a 处也有吸收，对 A 物质的测定有干扰，故选 b 处波长进行比色测定，以满足以上原则。

（2）吸光度的选择　A 值读数在检流计标尺中部时，准确度较高，相对误差最小。一般 $A = 0.05 \sim 1$。

（3）显色条件的选择　比色分析中，常需要利用空白溶液调节仪器的透光率为 100%，此时 A 为 0。空白溶液仅仅不含被测物质，而其他溶液、试剂和处理条件与被测溶液完全相同。因此，利用空白溶液可消除显色溶液中其他有色物质的干扰，抵消比色杯和试剂对入射光的影响。

【操作】

721 或 722 型分光光度计的使用方法：

1. 打开电源开关，接通电源。

2. 打开比色皿的暗箱盖。

3. 选择需要的波长及适宜的灵敏度，调整后不再动。

4. 调节 "0" 调节旋钮，使检流计指针指在 T 为 "0"。

5. 将空白液、标准液和待测定液分别装入比色杯中，液体面控制在 3/4 ~ 2/3，不可过多或过少。如液体面不够比色杯的 3/4 或 2/3，可用等量蒸馏水稀释，然后用擦镜纸擦干外表面液体。

6. 合上比色皿的暗箱盖，用空白液校正 T 为 100%。

7. 反复调整数次 "0" 和 "100%"。

8. 将待测液和标准液分别推入光路，并读取吸光度，记录下来。

9. 比色完毕后关闭电源开关，将比色杯冲洗干净，倒置于实验台上。

【思考题】

1. 分光光度法的基本原理是怎样的？

2. 溶液的颜色与吸光度有何关系？

（朱荣林）

实验五　血糖测定〔葡萄糖氧化酶（GOD）法〕

【目的】

通过本实验使学生了解氧化酶法测定血糖的原理和操作方法。

【原理】

在葡萄糖氧化酶作用下，血浆中的葡萄糖氧化生成葡萄糖酸和过氧化氢（H_2O_2）。H_2O_2 在过氧化物酶催化下，与 4 - 氨基安替比林及苯酚反应生成红色的醌化合物，其颜色深浅在一定范围内与葡萄糖含量成正比，故通过与同样处理的标准葡萄糖液进行比色，测定该有色化合物的吸光度即可求得被测样品中葡萄糖的含量。反应式如下。

$$葡萄糖 + O_2 + H_2O_2 \xrightarrow{葡萄糖氧化酶} 葡萄糖酸 + H_2O_2$$

$$H_2O_2 + 4 - 氨基安替比林 \xrightarrow{过氧化物酶} 醌化合物（红色）+ 4H_2O$$

【试剂与器材】

1. 试剂盒　来源于市售试剂盒，以下内容录自长春汇力生物技术有限公司产品说明书试剂盒内容及储存。

规格	R_1（100ml×1）	R_2（10ml×1）	标准（1 支）
成分	磷酸盐缓冲液 苯酚	GOD POD	5.5 mmol/L
储存	2~8℃避光储存，有效期 12 个月		

工作试剂制备及稳定性：根据用量 R_1 和 R_2 按 10∶1 体积混合成工作试剂，2~8℃储存 1 个月有效。

（1）葡萄糖标准液（5.5mmol/L）。

（2）工作试剂。

（3）蒸馏水。

2. 721 型分光光度计、离心机、恒温水浴箱、微量加样器、试管、试管架等。

【操作】

1. 取 10ml 试管三支，编号并按下表加入试剂。

试剂	试剂空白管	标准管	测定管
工作试剂（ml）	1.0	1.0	1.0
标准液（葡萄糖）（μl）	–	10	–
血清（样品）（μl）	–	–	10

2. 将上述各管混匀，置 37℃水浴箱中保温 15min，后上机测定。

3. 分光光度计测定方法　用分光光度计在 510nm 波长处进行比色，以空白管调零点，读取测定管与标准管的吸光度值。

$$血糖浓度（mmol/L）= \frac{测定管吸光度}{标准管吸光度} × 标准管浓度（5.5\ mmol/L）$$

【正常参考值】3.9~6.1mmol/L。

【注意事项】

血糖测定应在取血后 4h 内完成，如放置过久，糖易分解，使测定结果偏低。

工作试剂防止被氧化性物质污染变红。试剂明显变红说明 R_2 被污染。

【临床意义】

血糖升高常见于糖尿病、垂体功能亢进、胰岛细胞瘤等疾病；血糖降低常见于垂体功能减退、胰岛细胞瘤等疾病。

【思考题】

测定血糖为什么要空腹或禁食 12h 后再抽血？

（朱荣林）

实验六　肝脏酮体的生成作用（定性测定）

【目的】

通过实验证明肝脏中酮体生成作用。

【原理】

丁酸在肝组织中的酮体生成酶系催化下合成酮体，酮体中的乙酰乙酸和丙酮可与含亚硝基铁氰化钠的显色粉反应产生紫红色化合物。由于肌组织不含有酮体合成酶系，因此丁酸和肌组织反应不能产生酮体，和显色粉作用无紫红色化合物产生。

【试剂与器材】

1. 0.9% 氯化钠溶液，15% 三氯乙酸溶液。

2. 洛克（Locke）溶液　氯化钠 0.9g、氯化钾 0.042g、氯化钙 0.024g、碳酸氢钠 0.02g、葡萄糖 0.1g，将以上药品混合溶于蒸馏水，加蒸馏水至 100ml。

3. 0.5mol/L 丁酸溶液　取 44.0g 丁酸溶于 0.1mol/L NaOH 溶液中，用 0.1mol/L NaOH 溶液稀释至 1000ml。

4. pH7.6 磷酸缓冲液（0.067mol/L）　量取 0.067mol/L Na_2HPO_4 溶液 86.8ml 和 0.067mol/L NaH_2PO_4 溶液 13.2ml 混合即可。

5. 显色粉　亚硝基铁氰化钠 1g，无水碳酸钠 30g，硫酸胺 50g，混合后研碎。

6. 试管、试管架、滴管、解剖器材、匀浆器或研钵、离心机或小漏斗、恒温水浴箱、白瓷反应板。

【操作】

1. 肝匀浆和肌匀浆的制备　取小鼠一只，断头处死，迅速剖腹，取出肝脏和肌肉组织，剪碎，分别放入匀浆器中，加入生理盐水（按重量/体积为1:3），制备成匀浆。

2. 取试管四支，编号后按下表加入各种试剂。

试　管	1	2	3	4
试　剂				
洛克溶液（滴）	15	15	15	15
0.5mol/L 丁酸溶液（滴）	30	–	30	30
pH7.6 磷酸缓冲液（滴）	15	15	15	15
肝匀浆（滴）	20	20	–	–
肌匀浆（滴）	–	–	–	20
蒸馏水（滴）	–	30	20	–

3. 将上列四支试管摇匀后，放置于37℃恒温水浴箱中保温40~50min。

4. 取出各管，各加入15%三氯乙酸20滴，摇匀混合，3000r/min离心5min。

5. 吸出上述各管离心液分别放于白瓷反应板四个凹中，每凹放入显色粉一小匙，观察所产生的颜色反应，并说明原因。

【思考题】

1. 简述酮体的概念、肝酮体的生成有何生理意义？

2. 本实验加15%三氯乙酸起何作用？

3. 已知肌组织不能产生酮体，但试管4有时也产生较浅的紫红色，为什么？

（韩　霞）

实验七　丙氨酸氨基移换酶活性测定（赖氏法）

【目的】

1. 验证ALT在不同组织中的活性大小。

2. 熟悉转氨基的过程及测定ALT的临床意义。

【原理】

丙氨酸和 α-酮戊二酸在pH7.4的条件下，经ALT催化进行氨基的转移，生成丙酮酸和谷氨酸。丙酮酸可与2，4-二硝基苯肼作用，生成丙酮酸2，4-二硝基苯腙。后者在碱性条件下显棕红色。在其他影响因素不变的情况下，其反应颜色的深浅与酶活性成正比。

【试剂与器材】

1. 0.1mol/L 磷酸盐缓冲液（pH7.4） 称取磷酸氢二钠 11.928g，磷酸二氢钾 2.176g，加蒸馏水溶解并稀释至 1000ml。

2. ALT 基质液 称取 1.79g（若用 L－丙氨酸，则只取 0.9g），α－酮戊二酸 29.2mg 于烧瓶中，加 0.1mol/L pH7.4 磷酸缓冲液 80ml，煮沸溶解后冷却，用 1mol/L NaOH 调节 pH 至 7.4（约 0.5ml），再用 0.1mol/L 磷酸缓冲液在容量瓶内稀释至 100ml，混匀后加三氯甲烷数滴，置冰箱保存。

3. 2，4－二硝基苯肼溶液 称取 2，4－二硝基苯肼 19.8mg，用 10mol/L HCl10ml 溶解后，加蒸馏水至 100ml，置于棕色瓶内保存。

4. 0.4mol/LNaOH 溶液 称取 16gNaOH 溶解于适量蒸馏水中，并稀释至 1000ml。

5. 冰生理盐水 （0.9%氯化钠溶液）。

6. 研钵、剪刀、试管及试管架、滴管、漏斗、脱脂棉。

【操作】

1. 肝浸液和肌浸液的制备 将家兔处死后，立即取出肝和肌组织，分别以冰生理盐水洗去血液。取新鲜肝和肌组织各 10g，分别剪碎并加入 pH7.4 缓冲液 20ml 混匀，用棉花过滤，即得肝浸液和肌浸液。

2. 取三支洁净试管编号，按下表操作。

试 剂	1	2	3
ALT 基质液	1ml	1ml	1ml
肝浸液	3 滴	－	－
肌浸液	－	3 滴	－
生理盐水	－	－	3 滴
混匀，置37℃水浴中保温 20min			
2，4－二硝基苯肼	10 滴	10 滴	10 滴
0.4mol/L NaOH	5ml	5ml	5ml

混匀后，比较三管颜色，思考是否发生了转氨基作用，哪种组织 ALT 活性高？

【思考题】

转氨酶的分布有何特点，测定转氨酶在临床上具有何意义？

（郭劲霞）

参 考 文 献

1 查锡良. 医学分子生物学 ［M］. 北京：人民卫生出版社，2003，11

2 潘文干. 生物化学 ［M］. 第五版. 北京：人民卫生出版社，2004，4

3 周爱儒. 生物化学 ［M］. 第六版. 北京：人民卫生出版社，2004，1

4 杨荣武. 生物化学原理 ［M］. 北京：高等教育出版社，2006，10

5《中国糖尿病防治指南》编写组. 中国糖尿病防治指南 ［M］. 北京：北京大学医学
　出版社，2004，10.

6 高国全. 生物化学 ［M］. 第2版. 北京：人民卫生出版社，2006，8

7 阎瑞君. 生物化学 ［M］. 上海：上海出版社，2006，8

8 高风琴. 生物化学 ［M］. 北京：中国中医药出版社，2006，6

9 黄平. 生物化学 ［M］. 北京：人民卫生出版社，2004，1

10 王学铭. 生物化学 ［M］. 北京：北京大学医学出版社，2003，11

参考文献